TAKE
SHOBO

冷血公爵の溺愛花嫁

姫君は愛に惑う

小出みき

Illustration
Ciel

蜜猫
MitsuNeko

冷血公爵の溺愛花嫁　姫君は愛に惑う

contents

イラスト／Ｃｉｅｌ

冷血公爵の溺愛花嫁

姫君は愛に惑う

第一章　歓迎されざる花嫁

「……これで見納め、ね」

小高い丘の上にそびえる王城を馬車の窓から見上げ、フィオリーネは緑の混じる黄玉《トパーズ》色の瞳を曇らせた。

馬車に同乗した侍女のカトリンが慌てて身を乗り出す。

「そんなことございません！　いずれご夫君と一緒に来られますとも。公爵様の領地はこのグリトニールから馬車を飛ばせば一日で着く距離ではありませんか」

「これから向かうのはそこではないわ」

「ええ、まぁ……」

カトリンは口ごもって眉を上げ下げした。フィオリーネは次第に遠ざかる王城をじっと凝視《みつ》めた。父譲りの艶やかな黒髪が、さらりと風にそよぐ。

生まれ育った王宮が遠くなる――。そう思っただけでやるせなさが胸を塞いだ。

悲しげな主を見かね、侍女は語気を強めた。

「大丈夫ですわ、姫様。公爵様はずっと国境におられるわけではありません。いずれ領地に戻られます。ほんの少しのご辛抱ですよ」

「……そうね」

城から目を離さないまま頷《うなず》く。いつ領地へ戻れるのだろう。今は全然わからない。それでも見知らぬ他国に嫁がされるのではなく、国内貴族に降嫁できてよかった。

別れを告げた家族の姿が眼の奥で城とだぶって見えた。

涙ぐんでいた美しい母。いつも猛禽《もうきん》のように鋭い父の瞳も少しばかり潤んで見えた。双子の次兄たちは交互にフィオリーネを抱きしめて離そうとせず、いいかげんにしろと父に叱られていた。途中まで送ってくれる長兄は馬車の前を騎馬で先行している。

（……さようなら、みんな）

城が視界から消えてしまうまで、フィオリーネはずっと目を凝らし続けた。

およそ一カ月前――。フィオリーネは父王から結婚相手を決めたと告げられた。驚きはしなかった。もう十八だし、早晩そういう話が来るでしょうと母からも言い含められていた。

わかっていた。いつまでも優しい家族のもとでぬくぬくと暮らしているわけにはいかないことは。自分はグランフェルト王国唯一の直系王女なのだから。

相手はリンドホルム公爵リーンハルト。長兄と同い年で親しい友人でもある。兄の友人なら悪い人ではあるまい。物静かで思慮深い長兄のことは心から敬愛している。

貴族の結婚では婚約から半年ほどを準備にあてるのがふつうだ。しかしフィオリーネはたった一カ月で慌ただしく夫の任地へ赴くことになった。現在、リーンハルトは国境守備を任されており、領地ではなく東の城砦《じょうさい》シュトルツェーレで暮らしている。

父王の出身一族に連なる公爵ゆえ、嫁ぎ先として不足はない。しかし、こうまで急いで結婚させるにはむろんそれだけの理由があった。

東の隣国ファラハールの王がフィオリーネを妃《きさき》にしたいと申し入れてきたのだ。同時に自分の妹を王太子妃としてグランフェルトに嫁がせたい、とも。

グランフェルトは三年前からファラハールと国交を断絶している。それ以前もけっしてよい関係とは言えなかった。かの国が頻々《ひんぴん》と国境侵犯を繰り返していたからだ。

三年前までは王都に領事館があって交易も行われていたのだが、現在は王都への出入りは一切許されていない。その状況を打開しようと、先王崩御によって後を継いだ若き国王セリムが通婚を申し入れてきたのである。

グランフェルトの家臣のなかにはよい機会ではないかと言う者もいた。しかし国王ルガートはこの結婚で得られるものは何もないと撥《は》ねつけた。

信用ならない国の王女を大事な王太子の妃に迎えるつもりはないと断言されれば、あえて勧める利点はない。交易についても別の国を通るルートがすでに確立している。

結婚の申し込みを断るにあたり、王女は婚約済みだということにした。ただ拒否しては侮辱されたと受け取られかねない。相手がもう決まっているので……という断り方が一番穏便に済ませられる。

王女を嫁がせられないのでそちらの姫もいただけない、と言えば両方の話を流せる。

そのように断った以上、なるべく早く結婚させねばならない。

溺愛する一人娘を他国へ嫁がせる気など微塵《みじん》もなかったルガート王は、国内貴族に降嫁させようと考え、以前からしかるべき相手を慎重に見繕っていた。

家柄だけでなく、年齢や容姿、性格、騎士としての技倆《ぎりよう》など、さまざまな点を考慮して最終的に決定したのがリンドホルム公爵リーンハルトだ。

家臣であるリーンハルトからすれば、王女を嫁がせたいと言われて否はない。

念のためルガートは想《おも》う相手はいるかと彼に確認した。そのような相手はいないとの返答があり、話は決まった。かくして最低限の嫁入り支度だけでフィオリーネは急ぎ彼に嫁ぐこととなった。

最低限といっても、そこは王女である。結婚相手が現在国境の砦《とりで》に駐屯中という特殊事情もあり、可愛《かわい》い一人娘に不自由させたくないと、十数台もの馬車に衣裳《いしょう》やら家具やら身の回りの品々やらが満載されている。

（……どんな方なのかしら）

整備された街道を馬車に揺られながら、つらつらとフィオリーネは考えた。肖像画を用意する暇もなく、人となりを聞いただけだ。

（金髪で、瞳は綺麗《きれい》な翠色《みどり》だとか……）

背は長兄より少し高く、父よりは若干低いという。父はとても上背があるので、リーンハルトも充分に長身の部類に入る。

美男子だよ、と長兄は微笑《ほほえ》んだ。お兄様よりも？　と尋ねると、兄は困ったように眉根を寄せた。負けないくらい凛々《りり》しい方よ、と彼に何度か会ったことのある母がにっこりと請け合うと、いつも表情の薄い兄の頬《ほお》がかすかに染まった。

（無口だって、お兄様は仰《おつしや》っていたけど……）

口数が多いとは言えない兄がそういうくらいだから相当に寡黙なのだろう。その点は少し心配だ。フィオリーネもあまり積極的に喋《しやべ》るほうではない。すぐ上の双子の兄がわりとお喋りで、ふたりがやり合うのをにこにこしながら見ているのが好きだった。

寂しくなって、フィオリーネの黄玉《トパーズ》の瞳は自然と潤んだ。

（そのうちまた会えるわ。外国に嫁ぐわけじゃないんだもの）

国内貴族、それも公爵に降嫁するのだ。両親とも兄たちとも会う機会はいくらでもある。侍女の言うとおり、リンドホルム公爵の本来の所領は王都からそれほど離れていない。ただ、一時的に国境に駐屯しているだけなのだ。きっとすぐに戻れる。

（――リーンハルト、様）

心のなかでそっと呼んでみる。金髪で、翠の瞳をして。背が高く、寡黙で凛々しい美男子。伝え聞いた婚約者の立ち姿を思い描き、フィオリーネはほんのりと頬を染めた。

（恰好《かっこう》いいわ、ね……）

そう。きっと素敵なひとに違いない。父が選んでくれた人だもの。兄の親友でもある。

『……だけど、あの方は、ねぇ』

ふと漏れ聞いた女官たちのひそひそ話が思い浮かび、フィオリーネは急いでその声を頭から追い払った。

（ただの噂《うわさ》よ。根も葉もない噂）

フィオリーネの嫁入り支度をしながら、女官たちが内輪で話しているのを、つい立ち聞きしてしまったのだ。

『いくらお身内とはいえ、あんなことをしでかして追放処分になった人に嫁がせるなんて。国王陛下もあんまりだわ』

あんなこと……？　追放処分……？

『やっぱり、父親である以前に国王……ということよ。お可哀相《かわいそう》な姫様』

女官たちは一斉に溜息《ためいき》をついた。せめて立派な支度を整えてさしあげましょうと励む女官たちの姿に問《と》い質《ただ》すのも気が引けて長兄に尋ねた。兄は困った顔で妹を見返した。

『誤解だよ。リーンハルトはそんなことしていない』

父に訊いても返ってきた答えは同じようなものだった。

『八つ当たりで悪い噂を流されただけさ。追放など俺はしていない。信頼しているから国境守備を任せたんだ』

そう。ただの噂。興味本位のひどい噂だわ。

い、い、い、い、い、
婚約者を殺して喰った、なんて。


道中の領主館に宿を取りながら三泊し、最後の宿で長兄と別れた。ここからは警護の騎士たちに付き添われ、ひとりだけ王宮から伴ってきた侍女カトリンとともに東の砦へ向かう。

長兄は妹を固く抱擁し、父王がしたためた公爵宛の書状を持たせた。兄と別れると寂しさのあまりしばらく涙が止まらなかった。そんなフィオリーネを、侍女のカトリンは親身に慰めた。

国境の城砦が見えてきたのは夕暮れも間近な頃合いだった。防御に重点を置いた造りは王都グリトニールの城よりもさらに堅牢《けんろう》だ。

東の砦――シュトルツェーレ城砦は国境の渓谷を見下ろす高台に位置しており、麓《ふもと》にはグランフェルト東端の城市《まち》がある。砦は四隅に円塔のある高い城壁に囲まれ、その周りは開けた交戦場になっている。

先触れが行っているので、堅固な城門はすでに大きく開け放たれていた。

一行の掲げる旗には後ろ足で立ち上がった有翼狼《マルコシアス》が炎を吐く図柄が描かれている。もともとはルガートの出身であるオーレンドルフ家のもので、現在もオーレンドルフ辺境伯の紋章として使われている。有翼狼《マルコシアス》が冠を被り、手に剣を持っていれば王家の紋章だ。

城門のまぐさ石には美しい陶器で作られた王家の紋章が嵌《は》め込《こ》まれ、その下に現在駐屯しているリンドホルム家の旗が下がっている。意匠は交差する二本の剣の間で翼を広げる赤い不死鳥《フェニックス》だ。

警備兵たちが武器を掲げて敬礼するなか、馬車は石畳の広い中庭で止まった。すでに夕闇の色濃い中庭は篝火《かがりび》と松明《たいまつ》で照らされている。

従者の手を借りて馬車から降りたフィオリーネは、テラス状になったアーチ型の入り口の前に佇《たたず》む人影に気付いた。篝火を反射した金髪が荘厳にきらめき、心臓がドキリと跳ねる。

その人物はゆっくりと階段を降り、石畳の中庭に降り立った。

「……まさか本当にやって来るとはな」

冷淡な呟《つぶや》きに目を瞠《みは》る。

彼は立ち尽くすフィオリーネをじっと凝視《みつ》めた。反射した篝火の炎が瞳で揺らめく。息を詰めて妖美な瞳を見返していると、彼の背後に控えていた副官とおぼしき騎士が訝《いぶか》しげに尋ねた。

「殿？　どうかなさいましたか」

「——いや」

気を取り直したようにかぶりを振り、彼は胸に手を当ててそつなく一礼した。

「ようこそ姫君。どうぞこちらへ」

ふたたび目が合うと、すでに瞳のなかに揺らぐ翳《かげ》は消え失せていた。話に聞いていたとおりの美しい瞳だ。緑玉《エメラルド》のように固く、冷たい。

胸に当てた手を、きゅっと握りしめる。ショックで心臓が冷たく感じられた。

いやでも自覚せざるをえなかった。

歓迎されてはいないのだ——ということを。

案内されたのは大きな暖炉のある居間だった。立ったまま入れそうなほど大きな暖炉だ。すでに春の半ばだが、王都よりも標高が高いから夜は冷えるのだろう。薪《まき》が小さく燃えている。炎を見るとなんだかホッとしてフィオリーネは手をかざした。

「……ワインは温めたほうがよさそうだな」

呟いたリーンハルトは控えていた侍従に指示をし、暖炉の前の椅子に座るよう勧めた。

「どうぞ。お疲れでしょう」

よそよそしい口調に怯《ひる》みつつ、挨拶も交わしていないことを思い出してフィオリーネはドレスを摘まんで膝を折った。

「初めまして、リーンハルト様。フィオリーネと申します」

リーンハルトは面食らったように目を瞬き、我に返ってさっと跪《ひざまず》いた。

「これは大変なご無礼を」

差し出された手を取り、唇を寄せる。ただ近づけただけで、触れはしない。

「リンドホルム公爵リーンハルトと申します。王女殿下におかれましては、遠路はるばるこのような辺境までお運びいただき、まことに恐縮です」

堅苦しい口上。まるで宮廷での謁見のよう。彼は顔を上げるとかすかに口角を上げた。笑ったようには見えなかった。そっけなさに小さく胸が痛む。とても花嫁を迎える言葉には思えない。それでもフィオリーネは精一杯品よく微笑んだ。

「……これから、どうぞよしなに」

客人ではなく、ずっとここにいるのだと含みを持たせたつもりだが、通じたかどうか。リーンハルトは無言で頷いただけだ。隅に控えているカトリンがかすかに溜息を洩《も》らした気がする。ぎこちないやりとりに呆《あき》れたのかもしれない。

（仕方ないわ。会ったばかりなのだもの）

侍従が温めたワインを入れた把手《とって》付きの壺《つぼ》を戻ってきた。後ろにはエプロンをつけた中年の女性がカップを載せた盆を掲げて従っている。侍従はテーブルに置いた壺から銀の杓《レイドル》でワインをカップに注ぎ分け、今度は自ら盆を持って主に歩み寄った。

リーンハルトはフィオリーネに座るよう再度勧め、カップを差し出した。メイドは一礼して退出したが侍従は残って扉の側に控えた。

熱いワインから香辛料と柑橘《かんきつ》の香りが立ちのぼる。噎《む》せないように気をつけて香りを楽しみ、ゆっくりと味わった。蜂蜜が入っていて、ほんのり甘く美味《おい》しい。

ワインを飲みながら、フィオリーネは室内をそっと見回した。壁にはくすんだタペストリーが何枚も下がり、石壁の寒々しさを覆い隠している。防衛拠点の砦という役割ゆえか、城全体が古風で武骨な造りだ。

リーンハルトは腰を下ろすことなく、椅子の背もたれに軽く肘を預けて立っている。

「道中は如何《いかが》でしたか」

低声で尋ねられ、ハッと彼に視線を戻す。深みのある声音はなめらかで、とても響きがいい。宝玉の如き翠の瞳に見つめられ、頬が熱くなった。彼の瞳は本当に美しい。これほど冷たくさえなければ、いつまでもうっとりと眺めていたいくらい……。

「おかげさまで快適でしたわ。道も、宿も」

「宿泊は領主館で?」

「はい。お城に泊めていただきました。どこも、とてもよくしてくれましたわ」

「当然です。あなたは王女なのだから」

彼はしかつめらしく頷いたが、どこか気がかりそうでもあった。何か迷うような風情の彼を訝しげに見やったフィオリーネは、ふと思い出して腰を浮かせた。

「――あぁ、そうだわ。父から書状を預かっています」

すかさず歩み寄ったカトリンが美しい文箱《ふばこ》をうやうやしく差し出す。フィオリーネは中から取り出した国王の封印の押された手紙をリーンハルトに渡した。

彼が手紙を読むあいだ、夫となる人物をそれとなく窺《うかが》う。

(凛々しい、お顔だち)

きりりとした眉。すっと通った鼻筋。怜悧《れいり》さの際立つ目許《めもと》。凛《りん》とした唇は、微笑んだらさぞかし麗しいだろうと思わせる。残念ながら、厳《いか》めしく引き結ばれて容易にほころびそうにない。

やや暗めの金髪は肩甲骨の辺りまでの長さで、うなじで軽く結んでいる。きらきらしいというより荘厳な趣《おもむき》の髪色で、エメラルドを思わせる翠の瞳とあいまって、いにしえの宝物めいた神秘的な雰囲気が漂う。

とても背が高いけれど気圧《けお》されはしなかった。父も兄たちも長身なので慣れているし、みなフィオリーネを大事にしてくれた。逞《たくま》しく頑健な父が、ほっそりとたおやかな母をとても丁寧に扱うのを見て育ったゆえかもしれない。

(お父様とお母様のように、なれるかしら……?)

結婚したら両親のように互いを思いやり、支え合う夫婦になりたい――。そうずっと願っていた。仲むつまじい両親の姿はフィオリーネの憧れだ。

父は一人娘をとても可愛がり、気に入った相手と添わせてやろうと昔から言ってくれていた。しかし思い定める相手は現れず、結局父の勧めに従うこととなった。

恋への憧れはもちろんあったけれど、父の決めた結婚に不満はなかった。結婚してから恋が始まることもある。母は戦いに敗《やぶ》れた一族から寵姫《ちょうき》として父に差し出されたのだと言う。ロマンチックとは程遠い出会いだった。それでも両親は互いをなくてはならない存在として愛し合い、二十五年経《た》った今でも人が羨むほど仲がよい。

貴族の結婚は政略で決まるものだし、ましてやフィオリーネは王女――それもたったひとりの王女である。国の利益になる相手に有無を言わさず嫁がされても文句は言えない。

国王としての思惑が皆無ではなかったにせよ、父は娘の幸せを最大限に考えて結婚相手を選んでくれたはずだ。

リーンハルトを一目見た瞬間、フィオリーネはかつて経験したことのないときめきを感じた。彼が結婚相手で嬉《うれ》しく思った。いきなりの冷淡な呟きで、残念ながらそんな浮かれた気分はたちまちしぼんでしまったけれど……。

『まさか本当にやって来るとはな』

あれが自分に向けて発せられたのだとは思っていない。たぶん独り言だ。思わず洩れてしまった――本音。

（……わたしのこと、気に入らなかったんだわ）

今まで自分はそこそこ美人だと思っていた。母はとても美しい人で、父も精悍《せいかん》な雰囲気をまとわせつつ顔だちは端整だ。きょうだいのなかで一番母に似ているのは長兄で、フィオリーネはその次に母似だと言われていた。逆に髪や瞳の色は父にそっくりで、漆黒の髪とやや翠がかった黄玉《トパーズ》の瞳を受け継いだのは子どもたちのなかで自分だけだ。

胸元に垂れる黒髪を指先でもてあそびながらフィオリーネは考え込んだ。

（黒髪の女は、好みじゃないのかも……？）

長兄のような琥珀色《こはくいろ》、もしくは次兄たちのような金茶色のほうが明るく見えてよかったのかもしれない。

（それか、お母様みたいな銀髪……とか）

うつむいて無意味に髪を弄《いじ》っていると、ぶっきらぼうな低声が頭上から降ってきた。

「お疲れですか」

びくりと顔を上げると、憮然《ぶぜん》としたリーンハルトと視線がかち合った。反射的にふるっとかぶりを振る。

「大丈夫です」

手紙はすでにたたまれていた。翠の瞳はとても美しいのに冷ややかで、いかなる感情も窺《うかが》えない。むしろ、手紙を読んで一層冷厳な顔つきになったようだ。いったい父は何を書いたのだろう。

「三日も馬車に揺られては疲れているはずだ。いや、四日だったか……?」

目線で問われ、おずおずと頷く。

「ならば、なおのことお疲れだな」

彼は呟いた。どうやら彼は独りごちる癖があるらしい。彼は扉の側に控えている侍従を振り向いた。

「湯浴《ゆあ》みの準備はまだなのか?」

侍従が答えかけたところで扉が細く開いた。侍従はそちらに頷きかけると、主に向き直ってうやうやしく腰をかがめた。

「お待たせして申し訳ございません。湯殿《ゆどの》の支度が整いましてございます」

「姫君を案内せよ。――湯浴みのあいだに食事を用意しておきます。どうぞごゆっくり」

頷いてリーンハルトに目礼すると、フィオリーネは侍女を連れて侍従の案内に従った。

客間らしき部屋のひとつに細長い木製の浴槽が置かれていた。カトリンの介添えでドレスを脱ぎ、湯に浸《つ》かる。

ゆったりと足を伸ばし、香草の入れられた湯から立ち上る清涼感のある香りを吸い込んで、フィオリーネは深々と吐息を洩らした。道中の宿とした城館でもお風呂はいただいたが、明日からはもう馬車に揺られないで済むのだと思えばやはりホッとした。

湯から上がると別のドレスに着替え、ふたたび侍従の案内で晩餐室《ばんさん》へ降りる。

最初に通された居間と同じくらい大きな暖炉があり、その前でリーンハルトがぼんやりと炎を眺めていた。

彼の足元には俊敏そうな体躯《たいく》の大型犬が二匹寝そべっていた。一匹は白く、もう一匹は黒い。犬たちは頭をもたげてじっとフィオリーネを眺めたが、よく躾《しつ》けられていると見え、唸《うな》ったり吠《ほ》えたりはしなかった。王宮でも父が大型の猟犬を側に置いていて、子どもの頃からよく遊んでいたので特に怖くはない。

湯浴みしているあいだに彼も着替え、立ち襟の付いた膝丈のコタルディに脚衣《ショース》という貴族の平服姿だ。

リーンハルトは召使に合図をするとフィオリーネの手を捧《ささ》げ持《も》ってテーブルへ案内した。細長いテーブルは清潔な白布で覆われ、食事用のナイフ、銀のフォークと木製のスプーン、スープ皿やトレンチャー（固いパンで作られた皿）、手水鉢《ちょうずばち》などが並んでいる。

お湯の入った水差しを持った給仕係が席を廻《まわ》り、手を洗う。ぬるま湯はハーブで香りづけがしてあった。

リーンハルトが頷くと料理が次々と運び込まれた。鹿肉のシチューから始まって、棒鱈《ぼうだら》と豆の煮込み、雉《きじ》のロースト、うさぎのパイ、去勢鶏《ケイポン》のロースト、などなど、たくさんの料理が並べられる。自分の好きなものを選んで食べればよく、もてなしの常として量は実際の人数の二倍用意されている。

取り皿に残った骨や食べ屑《くず》は足元におとなしく控えている犬たちに与えた。

締めくくりのデザートには林檎《りんご》の砂糖煮と、蜂の巣型の薄い焼菓子《ウエファー》、スパイス風味の白ワインが出された。

「……ごちそうさま。とても美味しかったわ」

ナプキンで口を拭いてそう言うと、リーンハルトは礼儀正しく口角を上げた。今度はちゃんと笑顔に見えた。

「田舎だが、質のよい新鮮な素材が手に入りますので」

お世辞ではなく食事もデザートも美味しかった。領地から料理人を連れてきているのだろう。

「──明日、下の城市《まち》から司祭が来ます」

しばしの沈黙を挟んで、いささか唐突に彼が言い出した。結婚式のことだと思い当たって背筋を伸ばす。リーンハルトはかすかに眉根を寄せ、溜息まじりに呟いた。

「残念ながらごく簡単なものしかできませんが……」

「ここでのお式は仮のものだと聞きました」

「ええ。領地に戻った後、改めてやり直すつもりです」

「わたしは別にかまいませんわ」

あらかじめ父から聞かされていたし、駐屯地で祝言を上げるのだから仕方がないと納得している。両親だって正式な結婚式は父の戴冠式と同時だったそうだ。そのときすでに母のお腹《なか》には長兄がいた。

司祭の前で結婚の誓いを立てた後は、家臣の騎士や町の代表を招いての祝宴を開くという。到着に備え、式や祝宴の手配をきちんとしてくれていたとわかってホッとしたが、心から歓迎されているわけではない……という感覚はなかなか消えない。

間仕切りに下げられたタペストリーの陰で楽士がリュートや笛を控えめに奏でている。会話は途切れがちで、ぼんやりと音楽に耳を傾けているうちに疲れが出たのかだんだんと眠くなってきた。

うつらうつらしていることに気付いたリーンハルトが軽く腕に触れる。

「寝室の用意は整っています。どうぞお休みになってください」

「——あ。ごめんなさい。つい、うたた寝を……」

「お疲れでしょう。ゆっくり休んで」

フィオリーネは頷いて席を立った。

「では、お言葉に甘えて、お先に失礼させていただきます」

「おやすみなさい、姫君」

リーンハルトの口調と『微笑み』は今までで一番やわらかな気がした。眠気で頭がぼうっとしていてそう思えただけかもしれないが。

召使の先導で客間に案内される。カトリンが寝支度を整えて待っていてくれた。就寝前の身繕いを済ませて寝台にもぐり込むと、たちまちフィオリーネは眠りに引き込まれた。


翌朝、目覚めるとすでに日は高く昇っていた。

気が張っていたせいかさほど疲れは感じなかったけれど、四日間も馬車に揺られたのだ。そうでなくてもフィオリーネは王都の周辺くらいしか出かけたことがなく、この数年はとある理由から王宮の奥に引きこもっていた。

「寝坊してしまったかしら」

「結婚式は夕方からだから大丈夫ですよ」

侍女のカトリンににっこりされて安堵《あんど》する。疲れているだろうからゆっくり寝かせておくように、とリーンハルトに指示されていたそうだ。運ばれてきた湯で顔を洗い、身繕いをして部屋でひとり軽い朝食を摂《と》る。婚礼当日は、式まで新郎と顔を合わせないのが習わしだ。

朝食が済むと、新しくフィオリーネに付けられた召使たちからの挨拶を受けた。侍従と料理長以外の使用人は地元で採用しているそうだ。

城主夫人の小間使いということで、町の有力者や富裕層の娘が新たに雇われていた。貴婦人に仕えさせて娘に箔《はく》をつけたいという親の思惑もあるのだろう。

単に公爵夫人というだけでも滅多《めった》にない機会なのに、フィオリーネは王女だ。誰もがこぞって娘や妻を側に上げたがる。

「ひとりくらいは公爵様のご領地から寄越《よこ》してほしいですよね。というか、てっきりいるものと思ってたんですけど」

フィオリーネの髪を梳《くしけず》りながら、カトリンは愚痴った。

「いないのね」

「守備隊は殿方ばかりですから。騎士の世話は従者か従騎士がしますし。ここにいる女性使用人は掃除婦やメイド、厨房《ちゅうぼう》の下働きなんかで、城市《まち》の周囲の農家のおかみさんだそうです。姫様がお嫁入りなさるので、小間使いとして若いお嬢さんがたを採用したそうですけど……」

どうもよくわかってないみたいなんですよねぇ、とカトリンは溜息をついた。

「仕方ないわ。今まで他人に仕えたことがないのでしょう」

「これからはビシビシ鍛えてやらないと」

くすくすとフィオリーネは笑った。カトリンは貴族ではないが国王の信頼厚い正騎士の娘だけあって、けっこう気が強い。

「カトリンが一緒に来てくれて嬉しいわ」

「当然です。わたしは姫様にずーっとお仕えするって心に決めてましたから」

「ありがとう。でも、ね。好きなひとができたら遠慮しなくていいのよ」

鏡越しにカトリンが頬を染める。

「じゃ、じゃあ姫様のお側《そば》にいるためにリンドホルムの騎士と結婚しちゃおうかしらっ」

「ああ！　それがいいわ」

「もう、冗談ですよー。そんなつもりで付いてきたんじゃないんですから」

ますます赤くなる侍女に笑っているうちに、だいぶ気分がほぐれた。

式の始まる時間を見計らって支度を始めた。婚礼衣裳はすべて王宮から持参した。急なことだったにもかかわらず、両親は王女の結婚にふさわしい装束を整えてくれた。

袖口に白貂《しろてん》の毛皮をあしらった青い絹のコタルディ（ドレス）。その上に着るシュルコ＝トゥヴェール（オーバードレス）の身頃と裾にも高価な白貂が惜しげもなく使われ、スカート部分は深紅の天鵞絨《ビロード》だ。腰の部分まで深く開いた袖ぐりからは、金糸銀糸を織り込み、細かな宝石を鏤《ちりば》めた豪華な飾りベルトが覗《のぞ》く。

揃《そろ》いであつらえた、毛皮で縁取られた豪華なマントを大粒のルビーをあしらったブローチを使って両肩で留《と》めると、荘厳な雰囲気が加わった。

髪は左右で編んだものを丸く束ね、真珠をあしらった金のクリスピン（ヘアネット）で覆う。その上から両端が高くなったかたちの白いエスコフィオン（帽子）をかぶった。これにも大小様々な宝石が鏤《ちりば》められている。

デコルテを飾るのはエメラルドをあしらった精緻な金細工のネックレス。母からの贈り物だ。リーンハルトの瞳とよく似ていることに気付き、いっそう嬉しくなった。

着付けが終わると、カトリンは立たせたフィオリーネの周囲を何度も廻って様子を確かめ、ようやく満足そうな笑みを浮かべた。

「完璧です、姫様」

緊張していた新米の小間使いたちも、ほーっと安堵の溜息を洩らす。カトリンはふだんからフィオリーネの身支度を一手に引き受けているものの、今回は慣れた侍女たちを使えないことがわかっていたので、念入りに練習を重ねてきたのだ。

カトリンはフィオリーネを丸椅子《スツール》に座らせ、銀のカップに入れたクラレット（葡萄《ぶどう》ジュースに生姜《しょうが》やコリアンダーを混ぜた飲料）を飲ませた。

フィオリーネが休んでいる間にカトリンは自分の着替えを済ませた。コット（チュニックドレス）の上にシュルコを重ね、先端からレースを垂らしたエナン（高い円錐形《えんすいけい》の帽子）をかぶるという、やや古風な恰好だ。王宮では女官や侍女の目印となっている。

しばらくすると侍従がやってきて『お時間です』と告げた。カトリンがフィオリーネの手をとって城の一角にある礼拝堂に導く。

両開きの大きなアーチ型の扉が開かれると、祭壇まで赤い絨毯《じゅうたん》が敷かれていた。そう広くはないがとても天井が高い。薔薇窓《ばらまど》から射《さ》し込む光が荘厳な雰囲気を醸しだしている。

奥の祭壇の前にはすでにリーンハルトがいた。膝丈の青い天鵞絨《ビロード》のコタルディに白い脚衣《ショース》。肩には白貂の縁取りのついた青いマントを羽織り、王国の正騎士であることを示す飾りの付いた剣帯に典礼用の細身の剣を下げている。

振り向いた彼の昏めの金髪がステンドグラス越しの光で神秘的に輝き、フィオリーネは反射的に目を伏せた。臆病な子ウサギのように心臓が跳ねまわっている。

（ああ、やっぱり素敵だわ……！）

警護と見届け役を兼ねた王家の騎士隊長に導かれ、祭壇の前まで進む。

騎士はフィオリーネの手を花婿にゆだねると、最前列の席に座った。その後ろにはリンドホルムの騎士が立会人として控えている。

緊張で震えそうな手を、そっとリーンハルトが握った。目を上げると頭ひとつぶん高い位置から彼がじっと見下ろしていた。前髪を軽く後ろに撫《な》でつけているため、白い額が顔だちの秀麗さをいっそう際立たせている。

深い翠玉《すいぎょく》の瞳に、自分はどんなふうに映っているのだろう。美しいその瞳がかすかに揺らいだ気がしたが、平淡な表情からは何も読み取れなかった。

無言のまま彼は祭壇を向いた。かすかな失望を覚えながら、フィオリーネもまた祭壇に向き直る。

温厚そうな老司祭がフィオリーネに微笑みかけた。儀式用の白い祭服の上から紫色の長いストラを掛けている。

司祭は典礼書の上に置かれていた聖なる御印《みしるし》を両手で掲げ、祈りを捧《ささ》げた。婚礼の儀式を執り行うことを宣言し、この結婚に不満がある者は直ちに名乗り出るよう促す。もちろん誰の声も上がらない。わかっていても、やはりホッとした。

「――では、誓いの言葉を。リンドホルム公爵、リーンハルトよ。あなたはグランフェルトの王女フィオリーネを妻とし、愛と忠誠を捧げ、死がふたりを分かつまで互いを尊重し労《いたわ》りあうことを誓いますか」

「はい」

躊躇《ちゅうちょ》ない返答に、フィオリーネは胸が熱くなるような感動を覚えた。司祭は頷くと、今度はフィオリーネに視線を向けた。

「グランフェルト王女、フィオリーネ。あなたはリンドホルムの公爵にして王国の騎士、リーンハルトを夫とし、愛と忠誠を捧げ、死がふたりを分かつまで互いを尊重し労《いたわ》りあうことを誓いますか」

即座に答えようとしたが、緊張のあまり口中が乾いてとっさに声が出ない。慌ててフィオリーネは唾を呑《の》み、上擦りぎみに「はい」と答えた。ちら、とリーンハルトが横目で見たことには気付かない。

頰を紅潮させている初々しい花嫁に、司祭はにっこりと微笑んだ。

「では、結婚指輪を」

介添えの騎士が、小さな絹のクッションに載せた金の指輪を差し出す。指輪を取り上げたリーンハルトは、ほっそりしたフィオリーネの指にリングを嵌《は》めようとしてふと眉をひそめた。

フィオリーネも気付いて、ぴくりと手が震える。

本来なら、フィオリーネの左の薬指にはリーンハルトとおそろいの婚約指輪が嵌まっているはずだった。婚約したときに揃いの指輪を作って嵌め、結婚のときに花嫁にもうひとつ指輪を贈るのが習慣だ。花嫁は左の薬指にふたつの指輪を嵌めることになる。

しかしふたりは婚約指輪を交わさなかった。当然、リーンハルトの指には指輪はない。単に時間がなかっただけだとわかっているが、意識すると急に寂しくなった。

リーンハルトはゆっくりとフィオリーネの指に結婚指輪を嵌め、物思わしげに親指で何度か指輪を撫でた。それから長身を屈《かが》め、そっと唇を重ねた。

本当に触れるだけのキス。それでもぬくもりが伝わって、とくんと胸が疼《うず》いた。

彼は身を起こすとフィオリーネの手を握ったまま祭壇に向き直った。心なしかその指先にはさっきより力がこもっている気がする。

微笑みながら頷いた司祭が、ふたりが夫婦となったことを宣言すると、立会人は全員立ち上がって拍手を贈った。

答礼すると、ふたりは手をつないで礼拝堂から出た。そのまま祝宴会場の大広間へ向かう。

大広間では鉄製の巨大なシャンデリアに蜜蠟《みつろう》の蠟燭《ろうそく》が無数に灯《とも》され、壁に取り付けられた油皿で炎が燃えていた。広間の奥には天蓋《バルダキン》付きの高座《ハイテーブル》、横壁に沿うかたちで二列のサイドテーブルが設置されている。

いずれも真っ白なクロスとオーバークロスが掛けられ、銀のナイフやスプーン、ゴブレット、脚のついたボウル、蓋付きの水差し、固パン皿《トレンチャー》などがセッティングされていた。

天井の高い広間には室内バルコニーがあり、美しい幟旗《のぼりばた》が垂らされた内側で楽士たちが音楽を奏でている。

高座《ハイテーブル》の真ん中にふたり並んで座った。前にはそれぞれ豪華な銀の船形塩入《ネフ》が置かれている。

ファンファーレが鳴り響き、ドラムが轟《とどろ》いて祝宴が始まった。給仕が銀の大皿や蓋付きの深皿に盛った料理を次々に運んでくる。

香辛料入りのシチュー、うなぎのパイ包み、鹿肉のグリル、詰め物をした豚の丸焼き、孔雀《くじゃく》のロースト等々。

肉の切り分けは若い騎士が優美な所作で行なった。国境の砦に出向中とはいえ、公爵家に仕える騎士だけあって、物腰は皆洗練されている。

料理の合間には口直しの果物やチーズ、ナッツが出された。何種類ものワインやリンゴ酒、指で摘まんで食べられる小さなペストリーやタルトもある。

食事中、バルコニーでは楽士が音楽を奏で、テーブルのあいだの空いたスペースでは曲芸師や軽業師が持ち芸を披露した。

リーンハルトはあまり話しかけてはこなかったが、料理を取ってくれたり、お酒を注いでくれたりと、気を配ってくれた。

宴の半ばでリーンハルトはフィオリーネと腕を組んで広間を出た。いったんそれぞれの部屋に別れ、着替えや身繕いを済ませる。

フィオリーネは昨日とは違う部屋に案内された。すでに荷物は移してある。昨夜泊まったのは客間で、婚礼を済ませた今夜からは城主夫妻の寝室で休むのだ。

寝室の両側には夫婦それぞれの居室や書斎、衣裳部屋などが続いている。衣裳部屋の暖炉の前には木製の浴槽が置かれ、湯浴みの用意ができていた。

豪華な婚礼衣裳を脱ぎ、湯に浸かるとホッと溜息が洩れた。

「お疲れになったでしょう」

フィオリーネの身体を海綿で優しくさすりながらカトリンが尋ねる。

「そうでもないわ。重いマントはお式のときだけだったし」

「思ったより豪華な祝宴でしたわ。辺境の砦だし、心配してたんですよ。姫様ががっかりされなきゃいいけど……って」

「時間がなかったのに、きちんと準備していただけてありがたいわ」

「あれくらい当然ですよ。王女様のお輿《こし》入《い》れなんですから。ご領地での婚礼だったらもっと華やかだったでしょうにねぇ」

残念そうに溜息をつくカトリンにフィオリーネは微笑んだ。ずっと城の奥に引き籠もっていた自分にはあれでも充分すぎるほどだ。

「お料理も美味しかったし、目の前で軽業や曲芸が見られて楽しかったわ」

「ここ、常雇いの楽士はいないんですって」

「軍事用の砦ですものね」

「ふだんは心得のある騎士が交替で楽士役を務めているんだそうですよ」

楽器のひとつやふたつ弾きこなすのも、騎士としての素養のひとつだ。

「……リーンハルト様は、音楽はお好きかしら」

貴婦人の嗜《たしな》みとしてフィオリーネも楽器は何種類か弾ける。嫁入り道具にもいくつかの楽器が入ってるはずだ。

「お嫌いではないでしょう。姫様が何か弾《ひ》いてさしあげればきっと喜ばれますよ」

そうね、とフィオリーネは頷いた。気がつくとリーンハルトの好みはなんだろうかとばかり考えていて、ひっそり顔を赤らめる。

湯浴みを済ませると、カトリンはフィオリーネの肌に薔薇の香油を念入りに塗り込めた。着せられたのは比較的ゆったりと作られたシェーンズ（シュミーズ）で、襟ぐりがとても深く、三か所ほどリボンで結ぶようになっている。

次いでカトリンはフィオリーネの髪を丁寧にブラッシングした。癖の付きにくい直毛なので、何度かブラシを入れると、父譲りの黒髪は艶めいてするんと背中に流れる。

フィオリーネの寝支度が整うと、カトリンはコホンと咳払《せきばら》いをして、改まった調子で尋ねた。

「姫様。閨《ねや》での作法については、王妃様からお聞きになっていますよね？」

「……いちおう。びっくりするようなことをされるだろうけど、驚かないでね、って」

カトリンは眉間を摘まんで嘆息した。

「王妃様らしい……。それだけですか？」

「最初はとても痛いんですって。本当なの？」

「そう聞きますね。わたくし未婚ですので、残念ながら具体的指導はいたしかねます。姉に聞いたところでは、最初は痛くてもだんだん気持ちよくなるそうですよ。お相手の方がお好きならば、ですけど」

フィオリーネは考え込んだ。

（わたし、リーンハルト様のことが『好き』かしら……）

少なくとも『嫌い』ではない。冷ややかだが品のある物腰で、騎士らしく礼節にのっとった態度で接してくれた。婚礼のときも、祝宴のときも、さりげなく気遣ってくれた。それを好もしく感じたし、彼の人となりを知りたいという思いは強くなっている。

恋をした経験のないフィオリーネには、それが特別な好意なのかどうか、よくわからなかった。父や兄たちが全員美男子で、生まれてこのかたずっと大切にされていた。それですっかり満足していたのかもしれない。

考え込んでいるフィオリーネにカトリンは苦笑した。

「姫様ったら、そういうお顔をされると本当に王妃様にそっくりですね」

「そう……？」

美女と名高い母に似ていると言われるのはやはり嬉しい。たとえ困り顔が似ているのだとしても。

「旦那様がお嫌いでなければ大丈夫ですよ。無表情で、ちょっと冷たい感じはしますけど……、乱暴な方ではなさそうですもの」

カトリンは寝室へ続く扉を細く開け、様子を確かめた。

「まだいらっしゃらないようですね。先に寝台に入っていらしてよいかと思います」

ためらいながらカトリンの手を取り、寝台の端に腰掛ける。四柱式の大きな寝台だが、もう晩春なので天蓋から垂れ下がる布は柱に寄せて結ばれていた。ここは王都から見ると北東寄りの高地だし、古めかしい城砦は底冷えがしそうだ。

軍事城砦だから王宮のようにはいくまいと覚悟していたが、外見から想像したよりずっと快適だ。かなり改装したのだろう。

「寒くありませんか？」

「大丈夫よ」

暖炉には小さく火が燃えている。明け方はけっこう冷えるのかもしれないが、今は風呂上がりでもあり、室内はほどよい温かさだ。

カトリンはフィオリーネの前で膝を折って一礼すると、真剣な顔で言った。

「姫様。もしどうしても耐えられないとなったら大声で呼んでくださいね。隣に控えておりますので」

フィオリーネはどきまぎしながら頷いた。

「ありがとう。たぶん……大丈夫だと、思うわ……」

カトリンはもう一度礼をして、静かに退出した。ひとりになると、暖炉でパチパチと炎の爆《は》ぜる音が、やけに大きくなったように感じられた。

手持ち無沙汰でぼんやりと室内を見回す。壁は白い化粧漆喰《しっくい》が塗られ、タペストリーがかかっていた。勇壮な狩りや戦闘場面を描いた大広間のものとは違って、こちらは千花模様《ミルフルール》を背景に、大きな筒型のヘッドドレスをつけた貴婦人や、宝石箱を持つ侍女、寄り添う乙女と一角獣など、優美な情景が描かれている。

振り仰ぐと梁《はり》や天井板は薄い緑に塗られ、重なり合う花や葉っぱの模様が金で描かれていた。壁にかけられた灯火《ともしび》がゆらめき、ざわざわと葉むらが蠢《うごめ》いているように見えて、フィオリーネはぱちぱちと瞬きをした。もちろん錯覚だ。

フィオリーネは頭を戻すと寝台脇のテーブルに置かれた蜂蜜酒《ミード》の容器とカットグラスの酒杯をちらっと見た。

(寝る前に飲むんだったかしら……)

蜂蜜には強壮効果があり、風邪をひいたときなどハーブ入りの蜂蜜酒《ミード》をお湯で割ったものをよく飲ませてもらった。

結婚後一カ月くらいは寝る前に飲むといいと言って、父が上等なものを持たせてくれた。環境が変わって気疲れすることを心配してくれたのだろう。この美しい小さなグラスも父の贈り物だ。

大好きな父を思い出すと寂しくなって、きゅっと唇を噛《か》む。絶対的な信頼を寄せる父に庇護《ひご》されるだけの安楽な『娘』では、もういられない——。

(しっかりしなくちゃ)

自分は公爵夫人になったのだ。リーンハルトの妻に。

端麗な彼の美貌を思い浮かべて顔を赤らめたとたん、入ってきたのとは反対側の戸口でカタリと音がした。振り向くとリーンハルトが扉を閉めるところだった。

彼は静かな足どりでフィオリーネに歩み寄った。

着ているのは踝丈《くるぶし》のゆったりした室内着《ウープランド》だ。深い緋色《ひいろ》で、立ち襟と漏斗状の袖がついている。昼間着ていた青いコタルディも素敵だったが、深みのある赤もよく似合う。

反射的に立ち上がると、彼はかすかに眉を寄せて座るよう身振りで示した。フィオリーネは顔を赤らめてふたたび腰を下ろした。微笑んだように思えたが、錯覚かもしれない。それくらい、彼の表情は薄い。

ふと、冷え込んだ冬の朝に薄氷の張った川面を思い浮かべた。透明な氷の下には水が流れているのに、けっして触れることも止《とど》めることもできない……。

彼は蜂蜜酒《ミード》に気づき、飲むかと尋ねた。頷くと三分の一ほど注いだグラスを手渡された。

そっと触れ合わせたグラスを口許《くちもと》に運ぶ。濃厚な蜂蜜の香りと甘さを舌で転がすように味わう。酒精《アルコール》はほとんど感じないが、割っていないのでけっこう強いはずだ。

「……たいしたこともできず、申し訳ない」

ぽつりとリーンハルトが呟いた。フィオリーネはびっくりして彼を見返した。祝宴のことを言っているのだと気づき、急いでかぶりを振る。

「そんなことありません！　とても楽しかったです。今夜のお料理も、とても美味しかったし……」

「ならばよいのですが」

やっと彼は微笑んだ。それを見ると、安堵と同時に鼓動が速まってとまどう。

（もしかしたら、これが『好き』ということなのかしら……？）

「あの……、リーンハルト様」

「なんでしょうか、姫君」

「姫君はやめていただけませんか？　敬語も……。わたしはあなたの、つ、妻になったのですし、もう王女ではありませんから……」

「結婚してもあなたはグランフェルトの王女ですよ。身分を失うわけじゃない。今のところあなたは第四位の王位継承権をお持ちだ」

兄たちが結婚して子を設ければ順位は下がるし、そもそも三人も兄がいるのだからフィオリーネに王位が巡って来る可能性はほぼない。

「そうですけど……。でも、妻として、対等に接していただきたいのです」

彼は翠玉《エメラルド》の瞳をかすかに細め、探るようにフィオリーネを見つめた。フィオリーネはドキドキしながらその目を見返した。

（やっぱり、綺麗……）

美しくて、謎めいている。ここへ来る途中に通ってきた道沿いの渓谷――。あんな色の淵《ふち》の側で休憩した。綺麗ねとカトリンに言うと、表面は穏やかに見えても、ああいうところは危ないんですよと物知りの侍女は答えた。水の中は激しい渦を巻いていて、引き込まれたら最後どんなにもがいても浮き上がれず、息が続かずに溺れてしまうのだそうだ。

リーンハルトの瞳はそんな美しくて恐ろしい淵の色に似ている。

こくり、と小さく喉を鳴らすと、彼の生真面目な表情がふっとやわらいだ。

「わかった。では、そうしよう。……フィオリーネ」

「は、はい。リーンハルト様」

上擦った声で答えると彼は微苦笑した。

「夫婦は対等なのだろう？　だったら様はいらないよ」

「あ……、はい。……リーンハル、ト……」

彼はフィオリーネをしげしげと見つめた。まるで今やっとその存在を意識したかのように。

そっと手を伸ばしたものの、指先が頬に触れる寸前、ぴくりと動きを止める。

彼は残っていた蜂蜜酒《ミード》をぐっと呷《あお》った。

コトリと卓にグラスを置いて立ち上がる。彼は顔をそむけたままぽつりと呟いた。

「あなたも好きで嫁いできたわけではないのだし……、こんな辺境の砦で暮らすのはさぞかし不本意なことと思う」

「え？　そんなこと……」

当惑するフィオリーネを見下ろして、彼は眉根を寄せた。開きかけた口を思い直したように閉じると、軽く頭を振り、ぎこちなく微笑んだ。

「ここでの暮らしに慣れるまでは、気兼ねなくゆっくり休んでくれ」

返事も聞かず彼は踵《きびす》を返した。戸口でわずかに振り向いてぼそりと呟く。

「婚約指輪のことは、すまなかった」

ぱたんと扉が閉まる。フィオリーネは閉じた扉を呆然《ぼうぜん》と眺めた。ぎくしゃくと姿勢を戻し、飲み残しのグラスをぎゅっと握りしめる。

眼窩《がんか》の奥がカッと熱くなり、瞳が潤んだ。

思い上がっていた。きっと大事にされるはずだと。

意識はしていなくても、王女を妻に迎えられるのだから喜んで当然……と思い込んでいたのだ。

言葉にされなくたってわかる。自分を妻に迎えたのはただ単に王命に従っただけなのだと。

(わたし……、自分のことしか考えてなかったんだわ)

彼の都合や意志などまるで考慮していなかった。結婚を承諾したからには大切にしてくれるものと頭から信じ込んでいた。

フィオリーネは残った蜂蜜酒《ミード》を一息に飲み、寝台にもぐり込んだ。手触りのよい、上等な上掛けにくるまって目を閉じる。考えまいとしても、冷ややかなリーンハルトの面影ばかりが繰り返し眼裏に浮かんだ。

皮肉にも、拒絶されて初めて、彼に恋していたことにフィオリーネは気付いたのだった。

第二章　すれ違う新婚生活

翌朝。フィオリーネはカトリンに起こされるまで昏々《こんこん》と眠り続けた。まるで暗い沼に沈んだかのように、夢さえ見なかった。

ぐっすり眠ったはずだが、気分は爽やかとは言い難い。昨夜何もなかったことは明白だっただろうに、カトリンは何も言わずフィオリーネの身繕いや着替えを手伝った。

両親がたくさん持たせてくれた衣裳のなかから、フィオリーネは深い緋色のコタルディを選んだ。昨夜、リーンハルトが着ていた室内着《ウープランド》の色合いに似ていたから……。

未練がましいと思いつつ、少しでも彼との繋《つな》がりを感じていたかった。たとえそれが自己満足にすぎないとしても。

上に着るシュルコ゠トゥヴェールは濃紺のものにした。前身頃には金糸で刺繍《ししゅう》が施されている。左右で三つ編みにした髪をまとめてクリスピンで円筒形に包み、細い金の冠で飾る。

手鏡を手に、フィオリーネはしばし自分の顔をじっと見つめた。

「お気に召しませんか？」

心配そうにカトリンが尋ねる。我に返ってフィオリーネはかぶりを振った。

「そんなことないわ。ただ、ずいぶん違って見えるな……って思って」

未婚女性は髪を結わず、自然に垂らしておく。髪を結っていれば既婚者だ。

「姫様のお髪《ぐし》は艶々してとても綺麗な黒髪ですから、結ってしまうのはもったいないですわね。でも、その髪で旦那様以外の殿方を魅了してはいけませんから」

おどけた口調にフィオリーネはかすかに頬を染めた。

(……リーンハルトが、黒髪をお嫌いでなければいいけど)

一般的に金髪の女性が好まれるのは確かだが、フィオリーネは父譲りの自分の黒髪を気に入っている。母もよく褒めてくれた。

フィオリーネは口の端に苦い笑みを浮かべ、手鏡を離した。つれなくされても彼のことを嫌いになれない。むしろ好意を持ってもらいたいという思いはより強くなった。

(突き放されたわけじゃないもの。きっとわたしを気遣ってくれたのよ)

もしかしたら誤解しているのかもしれない。降嫁させられ、辺境の砦に連れてこられて腹を立てているのだと。

(そんなことないって伝えなきゃ)

ここへ来ることにしたのは自分の意志だ。けっして強制されたわけではない。降嫁にも不満はない。身分ではなく心から好きだと思える相手と結婚して、暖かい家庭を築きたいと願っていたのだから。

リーンハルトを一目見た瞬間、言うに言われぬときめきを感じた。この人だ、と思った。その直感を信じたい。

侍女たちを従えて広間へ行く。祝宴が開かれた大広間ではなく、一昨日ふたりで晩餐を摂った小さめの広間だ。

クロスをかけた長テーブルの端でリーンハルトがひとりで朝食を取っていた。下座の端には騎士たちが集まっている。鎧《よろい》の下に着る武装用のダブレット姿なのは、朝の訓練を終えたところなのだろう。彼らはフィオリーネが広間に入っていくと立ち上がって一礼した。

リーンハルトは驚いたように目を瞠り、急いで席を立ってフィオリーネを迎えた。ぎこちない仕種《しぐさ》で手を取ってキスをする。

「おはよう。よく眠れたかな」

「はい」

素直に微笑むと、彼は少し気まずそうな顔になってフィオリーネを席に導いた。

彼の食事はほとんど終わっていた。騎士は朝食前に訓練で身体を動かすので、かなりボリュームのある食事を摂る。フィオリーネはフルーツのシロップ煮とチーズ、焼きたてのパンとバター、煎《い》り麦を煮出した汁にスパイスを加えた飲み物で済ませた。

「……昨夜の、お客様たちは……？」

ふと尋ねると、リーンハルトは淡々と答えた。

「昨夜のうちにお帰り願った。砦には非常時以外、城市《まち》の住民は泊まらせないことになっているのでね」

「そうなのですか」

「ここは防衛拠点だから、用心のためだよ」

そんなことも知らないのかと呆れられるかも……とドキドキしたが、リーンハルトの表情に変化はない。心のなかでどう思ったかはわからないけれど。

(嫌われているわけじゃなさそう……よね)

それともただの希望的観測？

(でも、優しい方だわ)

無口でぶっきらぼうだが、到着以来何かと気遣ってもらっている。

きっと、少し不器用なのだろう。視線が合うと、ぎくしゃくとだがかすかに微笑んでくれた。

拒否されているわけではない、と思う。急に結婚が決まって、とまどっているだけ。

そう、自分以上に彼のほうがとまどっているに違いない。突然押し付けられた『王女』を扱いあぐねているのだ。

焦ることはない。これから少しずつ距離を縮めていけばいい。まだ出会ったばかり。お互いのことをほとんど知らないのだから。彼が少しばかり用心深くなるのも無理はない。

気持ちが通じ合ってから領地へ戻ればいいのだ。そう自分に言い聞かせ、できるだけ明るく話しかけた。返答は言葉少なだったが、そのまなざしは初めて会ったときほど冷淡でもよそよそしくもなく、充分希望の持てるものに思えた。

ホッとしたフィオリーネは、彼が時折眩《まぶ》しいものでも眺めるような視線を自分に向けていることにはまるで気付かなかった。


翌日から本格的に新しい生活が始まった。シュトルツェーレ城砦は王家の持ち城だが、リーンハルトが守備を任されている以上、その妻であるフィオリーネには城主夫人としての務めがある。

国境警備と防衛のための城だから遠征で留守にすることはないが、万が一ファラハールが国境を越えて侵入してきた場合、外に出て戦う夫に代わって城内を取り仕切るのは妻の役割だ。

フィオリーネの母は不遇な少女時代を送り、家政については無知なまま父と結婚したのだという。王妃なので補佐役が何人も付いてくれたから困ることはなかったが、やはり引け目を感じたそうだ。

だからフィオリーネには幼い頃から貴婦人としての教養だけでなく、家政全般や経済についても教育を施された。外国の王族に嫁ぐにしろ国内貴族に降嫁するにしろ、きっと役に立つだろう、と。

父も兄たちも、フィオリーネの質問には快く答えてくれた。おまえはどう思うかと逆に意見を求められることもたびたびあった。積極的に前に出る性格ではないけれど、自分なりに考えておくよう心がけている。

朝食を取りながら、フィオリーネは城内を見て回りたいと願い出た。リーンハルトはあっさり承諾して執事を呼び、奥方が見たいところはすべて案内するよう命じた。

リーンハルトが午前中の執務をするために食卓を離れると、さっそくフィオリーネはカトリンと一緒に城内を案内してもらった。

執事のアントンは代々公爵家に仕える家士で、本拠地の城は彼の上役に当たる家令が留守を守っているのだそうだ。リーンハルトよりもいくらか年上、三十歳くらいだろうか。黒褐色の髪に青い瞳で、きびきびした動作が有能そうだ。

「シュトルツェーレ城砦は前王朝時代から王家の所領地で――」

説明を聞きながら城内をめぐる。城砦の位置づけについては嫁いでくるときにひととおり学んできたが、確認がてら頷きながらしっかり聞き入った。

国境沿いは基本的に辺境伯という、侯爵に相当する身分の貴族が守っている。現在の国王ルガートも元は辺境伯で、現在そちらは弟が継いでいる。

しかし東の国境だけは代々王家が直接守備していた。昔は王子が交替で出向していたが、いつからか傍系王族が担当するようになり、それもまた家臣に行かせるようになり、下請けの下請け……のような状態がずっと続いていた。

グランフェルトが王位をめぐる内乱に明け暮れているあいだ、隣国ファラハールがここぞとばかりに攻めてこなかったのは、守備が堅固だったというよりも、たまたまファラハールもまた内紛すれすれの不安定な状況だったゆえの僥倖《ぎょうこう》にすぎない。

フィオリーネの父は王位に就くと、ここが最も危ういと判断し、まずは信用のおける身内を守備隊として送り込んだ。

いいかげんになっていた警備体制を見直した後は、目付役と共に新参者を送り込んだ。忠誠心を試すためだ。以来、シュトルツェーレ城砦は伯爵以上の身分を持つ譜代家臣と新参の家臣とが交替で守備に就いている。

少しややこしいのだが、リーンハルトは家系としてはオーレンドルフ辺境伯の傍系親族の伯爵で、最古参の家臣である。内乱時の功績により、ルガートの最後の敵であったリンドホルム公爵の爵位と領地を褒賞として与えられた。よって、旧リンドホルム公爵家とはまったく縁もゆかりもない。

この辺りの事情を、地方の小領主には未《いま》だ理解していない者がいるのだそうだ。

つまり、リーンハルトは身内として信用されて砦に勤務しているのだが、それを左遷されたとか、国王に疎まれていると取る人もいる、ということだ。

気を取り直して城内見学に集中する。

城砦は東西南北に高い塔のある城壁を持ち、内部を二分するかたちで居館がある。城門側の外庭のほうが広く、厩舎《きゅうしゃ》や鍛冶場、武器工房、騎士たちの詰所など。エールの醸造所もある。

フィオリーネを見かけると、騎士たちは胸に手を当てて恭しく一礼し、職人たちは帽子を脱いで丁寧にお辞儀をした。

居館は四階建てで、地階は倉庫や厨房、一階に大きさの異なるいくつかの広間がある。二階は上級騎士たちの居室や客室で、三階が城主夫妻の私室となっている。居館の西側は結婚式を挙げた礼拝堂だ。

厨房はとても広かった。小部屋くらいの調理用暖炉には炉が三つあり、巨大な鉤《かぎ》から大小の鍋が吊《つ》るされ、燻製《くんせい》にする肉なども下げられている。レンガ作りの大きなかまどや広々とした調理台、パン焼き窯もあった。

料理長とその助手二名はリンドホルムの城から連れてきたが、あとは現地採用で、町や農村から城に通っているそうだ。

「――あら、仔猫《こねこ》がいるのね」

ふと、暖炉の側の籠に目を止めてフィオリーネは呟いた。ネズミ避《よ》けにどこの厨房でも猫を飼っている。料理長が頷いた。

「ひと月ばかり前に生まれたんです。気に入ったのがいれば、お持ちになってかまいませんよ」

フィオリーネは頷き、しゃがんで母猫をそっと撫でた。ブラウンタビーの大きな母猫は目を細め、懐っこくゴロゴロと喉を鳴らした。仔猫は母親と似たようなブラウンタビーやレッドタビーがほとんどだが、一匹だけ黒白斑の仔猫がいた。

何気なく抱き上げて、フィオリーネは目を丸くした。

「まぁ。おもしろい模様ね」

身体の中心あたりできれいに色が分かれている。頭部は右が黒く、左が白い。身体は逆に右が白くて左が黒い。さらに前肢の先端はまた逆で、右が黒、左が白。雄猫で目は金緑色だ。

「ミ・パルティみたいですねぇ」

カトリンも感心した声を上げる。ミ・パルティとは左右で異なる色の布を使った衣裳のことだ。本当ね、とフィオリーネは頷いた。

仔猫は金緑色の瞳をくりくりさせ、甲高い声でミィミィと鳴いた。抱き上げられていやがる様子はない。母親も慣れているのか平然としている。

「……この子、いただいてもいいかしら」

もちろんです、と料理人は頷いた。部屋に届けてもらうことにして一旦母猫の元に戻し、城内の見学を再開する。

厨房の裏から内庭へ出た。広さは外庭の半分ほどで、厨房に近い場所は野菜畑や薬草園、果樹園、反対側の一部は生け垣で囲んだ庭園になっていてベンチや四阿《あずまや》がある。執事に確認すると、自由に使ってかまわないとのことだった。

「御館様はほとんどこちらにいらっしゃらないので少々雑然としておりますが、すぐに職人を呼んで手入れさせますので」

恐縮顔のアントンにフィオリーネは微笑んだ。

「よかったですね、姫さ……奥様。天気さえよければ、お城のなかより快適そうですわ」

カトリンも満足そうに頷く。内部はかなり改装されているとはいえ、もともとが国境守備隊が駐屯する防衛城砦だ。私室の窓は大きめに取ってあり、ガラスが嵌め込まれているものの、王宮の婦人部屋のように快適とは言えない。

城内をひととおり案内してもらうと城壁に昇った。昼夜問わず歩哨《ほしょう》が立ち、国境を監視している。敵の軍隊だけでなく、密猟や密輸、不審な侵入者なども監視対象だ。

現在、ファラハールの商人はグランフェルトへの入国を禁じられている。個人的に国境を越えて買い物をすることは許されているが、商売のための大量買いつけなどはできない。

とはいえ国境を挟んだ町同士での小規模な行商や、地元の商人が自分の店で扱う程度ならば、守備隊の責任者であるリーンハルトが許可を出せば可能だ。その審査や調査も重要な仕事のひとつである。

城砦は高台にあるので、城壁からの眺めは素晴らしかった。城の周囲にはほとんど何もなく、わずかな樹木がところどころにぽつんと生えているだけだ。むろん、敵の隠れる場所を作らないためである。守備隊の騎士たちはここで騎馬戦の訓練もする。

丘の麓にはグランフェルトでもっとも東に位置する城市《まち》がある。領主はゴルツ城伯。結婚の祝宴にも夫妻で招かれていた。

城伯は自分の居城とその周辺の農村だけを治める小領主で、公爵であるリーンハルトよりも地位はずっと低い。

(ゴルツ城伯も、リーンハルトが左遷されて来たと受け取っているのかしら)

ふと考え、フィオリーネはかぶりを振った。どちらであろうと、リーンハルトはすでに三年間、立派に国境を守ってきた。そういう意味では信用しているはずだ。

ゴルツ城伯は貴族というより商人のような風采で、目端の利きそうな男だった。ややぽっちゃり体型の夫人はにこにこと愛想がよく、ぜひ自分たちの城へお越しくださいませと熱心に誘った。王宮の女官にちょっと似た感じの人物がいたのを思い出し、親しみを覚えた。

「……そのうち、城市《まち》にも行ってみたいわ」

呟くと、アントンはにっこりした。

「御館様とご一緒にお出掛けになっては。我々も騎士の方々も、休日には遊びに行くんですよ。小さい城市《まち》ですが、なかなかの賑《にぎ》わいです。かの国の珍しき文物なども市場や商店で扱っておりますよ。王都までは流通していませんので、ここでしか手に入りません」

「いいわね！　——奥様、ぜひ見物だけでもなさっては」

「そうね……」

フィオリーネは曖昧に頷いた。

頼めば一緒に行ってくれるかしら……？

昨夜もリーンハルトは同衾《どうきん》しなかった。初夜同様、寝室に姿は見せたのだが、ゆっくりお休みと囁《ささや》いて額にそっとキスしただけで出ていってしまった。引き止めたかったけれど、なんと言えばいいかと迷っているうちに扉が閉まり、フィオリーネはしょんぼりと肩を落とした。

(嫌われてはいない……と思うけど)

初夜は指先だったキスを、昨夜は額にしてくれた。今夜は頬にしてくれるかもしれない。そしていつかは唇に……。

期待している自分に気づき、フィオリーネはひっそりと頬を赤らめた。

「——の塔は危険ですので、お気をつけください」

アントンの声にハッと我に返る。目の前には城壁の四つ角を占める塔のひとつがあった。

「ここは……北側ね？」

「はい。正確には北東の角に当たります。下は倉庫になっていますが、ほとんど使っていません。中程の壁に亀裂があり、階段も一部崩れていますので。歩哨路《ほしょうろ》として使う部分は板を渡して補強してありますから大丈夫です」

城壁と繋がる部分はどの塔も歩哨兵の休憩所となっていて、悪天候のときはここから見張りをする。他の三つの塔には交替要員が待機するためテーブルや簡単な家具などが置かれていたが、この塔には物入れ兼用のベンチがあるだけだ。

下へ続く階段も板でふさがれている。隙間はあるが風を通すためらしく、人が通り抜けられるほどの幅はない。

北の塔を通り抜けると、最初に昇ってきた西の塔から下に降りた。アントンに礼を言って別れ、私室に戻って少し休憩することにした。


しばらくすると、厨房から籠に入れて仔猫が届けられた。丸洗いされて毛並みがふわふわになっている。首に赤いリボンを巻いてやり、抱き上げてフィオリーネはにっこりした。

「かわいいわ」

「赤いリボンがよく似合いますね。それにしても、本当におもしろい模様。何がどうしたらこんな柄になるんでしょう」

カトリンがくすくす笑う。

「名前を付けないとね。何にしようかしら」

「そうですねぇ……。やっぱりこの柄でしたら」

ふたりは顔を見合わせた。

「ミ・パルティ！」

同時に言って笑いだす。ということで仔猫の名前はミパルティとなった。カトリンはさっそく略してミパと呼び始めたが。

晩餐の席で、猫を飼うことにしたと告げると、咎《とが》められることもなく了承された。早くも見慣れてしまった、冷厳な重々しい顔つきだ。まるで裁定を下す領主のよう。きっと、実際に裁定を下すときもこんな顔をしているに違いない。

まじめな人なんだわと改めて実感するとともに、もうちょっと打ち解けてくれてもいいのに……と残念に思う。

（ちょっと他人行儀すぎるわ）

リーンハルトにとっては未だ『姫君』のままなのかもしれない。初夜もまだ済ませていないのだから本当の妻とは言い難いだろうし、自分でもそうは思えない。

その夜も、リーンハルトはおやすみの挨拶をしただけだった。

猫を見せられると、さすがに驚いた顔になった。

「変わった模様だな……」

「ミパルティと名付けました」

答えると彼はかすかな笑みを浮かべ、フィオリーネはドキッとした。

もっと笑顔を見せてほしい。その笑顔をわたしに向けてほしい。

「……まさしく」

呟いた彼はフィオリーネの思慕には気付かず仔猫の頭を一撫でした。顔を上げて妻の額にキスしたときには、すでにいつもの端整な無表情に戻っていた。

穏やかな声音で『おやすみ』と囁き、静かに彼は出ていった。

フィオリーネは肩を落とし、小さく溜息をついた。今夜は頬にキスしてくれるかと思ったのに……。代わりに、彼の指が触れた仔猫の頭にそっと頬をすり寄せる。

「……触れてほしいと願うのは、いけないこと？」

ミィミィと甲高い声で仔猫が鳴く。そんなことないよと言ってくれている……と思いたい。

ふわふわの毛並みに何度も頬擦《ほおず》りをし、チュッと頭にキスして仔猫を足元の籠に戻した。

「さ、寝ましょうね」

仔猫を撫で、フィオリーネは寝台にもぐり込んだ。

（まだ、三日目だもの）

焦ることはないわ、と自分に言い聞かせる。これからずっと彼と一緒に生きるのだから。時間はある。少しずつでも歩み寄っていけたらいい。

今は主君の大切な『姫君』としか思えないのだとしても、いつかは『妻』として見てくれるはず。彼の『妻』としてふさわしくふるまっていれば、きっと見直してくれるわ……。

仔猫に向けられた微笑みを繰り返し脳裏に思い描きながら、フィオリーネはうとうとと眠りに落ちていった。


期待むなしく、婚礼から十日経ってもリーンハルトの行動に変化はなかった。

物語に出てくる高潔な騎士のように、礼儀正しさには文句の付けようがない。彼だけでなく、他の騎士からも召使からも丁重に扱われている。慇懃無礼《いんぎんぶれい》というのではなく、心から大切にされている。姫君として。

そう、あくまで『姫君』として、だ。グランフェルト王国の姫君、崇敬を集める国王ルガートの愛娘《まなむすめ》として敬われている……だけ。

「——という気がしてならないのよ」

仔猫と遊びながら、フィオリーネは気心の知れたカトリンについ愚痴ってしまった。猫じゃらしを振り回しながら、カトリンは眉を上げた。

「そんなことありませんって。わたし、騎士様がたや召使ともけっこう喋るようになりましたけど、みんな姫様がお嫁に来てくださったことを喜んでますよ？」

カトリンの父は貴族ではないが正騎士の身分を持っており、ここの騎士たちともふつうに会話ができる。父親と顔見知りの騎士もいるらしい。

「皆さん、感激してるくらいです。王女様が、こんな辺境の砦までわざわざお越しくださるとは、って」

「別におかしくないでしょう？　結婚したんだもの、できるだけ夫の近くにいたいわ」

「むしろ、深窓の姫君なら王都の近くにいたがるものだと思うのでは？　公爵領で旦那様のお帰りを待つことにしたって、皆さん別に当然だと思ったんじゃないですかねぇ。公爵領は王都から馬車で一日もかかりませんし」

それはそうかもしれない。実際、次兄の双子や母王妃は、リーンハルトを一時的に呼び戻して領地で結婚式を挙げ、フィオリーネはそのまま任期終了を領地で待てばいいと言った。父に問われたフィオリーネは、少し考え、夫の側で暮らしたいと答えた。

父は滅多にフィオリーネに『命令』しない。娘が素直で、我を張ることがほとんどない性格だとわかっているからだ。逆に自己主張のやたらと激しい双子にはあえて厳しい指示をすることが多かった。

居心地のよい住み慣れた王宮から、あえて離れてみようと思ったのだ。公爵領は近すぎる。このままでは、いつまでも『あのとき』の傷を抱え込んで、一歩も前に進めない。そんな気がして。

「……自分で選んだのよ。選ばせてくれたお父様には感謝してる」

フィオリーネは呟いて、仔猫のぷにぷにしたお腹をそっと撫でた。

カトリンは他の小間使いたちが離れた場所で縫い物や糸つむぎをしているのを確かめ、そっと耳打ちした。

「姫様、まだ……なんですよね？」

かぁっとフィオリーネは赤くなった。

「え……、ええ……」

「そうは言っても、いくらかは進んだでしょう？」

「……額から下には降りてこないわ」

カトリンは目を丸くし、眉間を押さえて嘆息した。

「……もしかして旦那様、ダメなのかも」

今度はフィオリーネが目を丸くする。カトリンはぐっと拳を握った。

「騎士様のどなたかに尋ねるのが早いですね！　一番の側近は……やっぱり副官のジークヴァルト卿《きょう》かしら？」

今にも飛び出していきそうな侍女を、フィオリーネは慌てて制した。

「や、やめてよ、カトリン。そんなこと訊《き》くなんて……し、失礼だわ……」

「そんなことって、大切なことじゃないですかっ」

「そうだけど……」

「では、姫様御自らお確かめくださいませ」

「わたしが⁉　どうやって」

「婉曲《えんきょく》表現だと逃げられる恐れがございます。率直に要求されるのがよろしいかと」

「そ、率直って……」

「きちんと妻にしていただきたい、と断固要求するのです」

カーッと赤くなってフィオリーネは両手で顔を覆った。

「無理！　絶対無理よ」

赤面していやいやと首を振る主にカトリンは溜息をついた。

「まぁ、いきなりそれは難しいですよね……。そうだわ。おやすみのキスを要求されてはいかがでしょう」

「キスならしてもらってるわ」

「おでこにでしょう？　唇にしてほしいと頼むのです。全然恥ずかしいことじゃないですよ。婚礼のときにキスしてるんですから、初めてってわけじゃないですし」

それくらいなら、できる……かもしれない。

「唇にキスしてるうちに、その気になるかもしれません。いいえ、絶対なります。なるに決まってます。ならなかったら問題ありです。そうなったらわたくし、国王陛下に報告させていただきますので」

「ええっ⁉」

「夫婦の営みを行なえないというのは、立派に離婚の理由になり得ますもの」

「離婚……!? そんな、結婚したばかりで離婚なんていやよ」

「でしたらちゃんとお願いしてくださいね」

にっこりと笑顔で迫られ、気圧されたフィオリーネはうっかり頷いてしまったのだった。


その夜。ドキドキしながらフィオリーネは夫が就寝前の挨拶に来るのを待っていた。遊び疲れた仔猫は籠のなかですやすや眠っている。

やがて室内着《ウープランド》に着替えたリーンハルトが訪れた。立ち上がって歩み寄ると、彼は小さく微笑んでフィオリーネの額にキスした。この十日での変化といえば、彼がわずかでも微笑んでくれるようになったこと。もちろんそれだけでも嬉しいのだが。

「では、おやすみ」

いつものように穏やかに囁いて背を向けた彼に、フィオリーネは勇気を振り絞って呼びかけた。

「あの……!」

振り向いた彼がかすかに眉をひそめるのを見るや否や、奮い起こした勇気はたちまち萎《しぼ》んでしまう。

「く……」

唇に、キスしてほしい。たったそれだけの言葉が出てこない。呼びかけただけで眉をひそめられた。このうえキスまでねだったら、軽蔑されてしまうのではないかしら……。

「何か？」

「…………なんでも……ありません……」

ああ、やっぱり言えなかった。カトリンに叱られる。失望させてしまう。姉妹のように思っている侍女の心悲《うら》しげな顔を想像しただけで泣きたくなった。

震える唇になけなしの微笑を浮かべて、フィオリーネは膝を折った。

「おやすみなさい……」

頷いて出て行くものとばかり思っていたリーンハルトが、いきなり大股で近づいてきて目を瞠る。さらに彼はフィオリーネの顎を取り、長身をかがめてじーっと顔を覗《のぞ》き込《こ》んだ。

「顔が赤いな」

不審そうな呟きに、カーッと頬が熱くなる。いや、顔全体が火照って赤らんだ。すると彼は何故《なぜ》かひどく怖い顔になって額をくっつけてきた。

「……!?」

もう何がなんだかわからない。動転のあまり硬直していると、額を離したリーンハルトがいつもの調子で重々しく裁定を下した。

「熱がある」

「は……?」

ぽかんとしているうちにリーンハルトは寝台の上掛けを剥《は》ぎ、難なく抱き上げたフィオリーネをそっとリネンの上に横たえた。丁寧に上掛けを掛け直し、ぽんぽんと軽く叩《たた》く。

「安心しなさい、すぐに医者を呼ぶ」

「え……、あの……っ」

焦って押しとどめようとしたが、リーンハルトは隣接する小部屋に続く扉を拳で叩いた。

「侍女はいるか」

「——は、はいっ⁉」

夜間は隣で待機しているカトリンが寝間着の上にガウンを引っかけながら慌てて飛び出して来る。

「フィオリーネが熱を出した。医者を呼んでくるから、とりあえずできることを。……そうだな、額を冷やしておけ」

口早に命じると、リーンハルトはせかせかと部屋を飛び出していった。唖然《あぜん》と見送るカトリンの背に向かって、フィオリーネは泣きそうな声を上げた。

「わ、わたし熱なんかないわ。どうしてこんなことになっちゃうの……⁉」

振り向いたカトリンはまじまじとフィオリーネを見つめたかと思うとぷっと噴き出し、盛大に笑いだした。

「どうして笑うのよ⁉」

ますますべそをかくフィオリーネの肩口を、笑いすぎてにじんだ涙をぬぐいながらカトリンは叩いた。

「わかりました、わたし。姫様の旦那様はダメなのではなく……過保護なんです！」

「え……」

「ご両親よりも、兄上様がたよりも、断然過保護です。しかも斜め上を行ってますね！　ああ、可笑《おか》しい」

「カトリン……？」

「この際だから、せいぜい甘やかされてあげましょう。結局はそれが近道ですよ、きっとね」

悪戯《いたずら》っぽく片目をつぶり、カトリンは寝室備え付けの洗面台で濡《ぬ》らした麻布をフィオリーネの額に載せた。

まもなく、寝ぼけ眼の医師をリーンハルトが引っ張ってきた。三十代半ばのまだ若い医者は、フィオリーネの熱を測ったり、脈を取ったり、ひととおり診察すると『軽い風邪のようですね』と診断を下した。

単に昂奮《こうふん》と緊張が重なっただけなのに……と恥ずかしくなって、フィオリーネは上掛けを鼻まで引き上げた。

医者が下がると、リーンハルトは枕元に座って微笑んだ。

「気疲れしたんだな。焦らなくていい。あなたは実によくやってくれている」

「……本当ですか？」

リーンハルトは穏やかな表情で頷いた。

「もちろんだ。ゆっくり休んで、気兼ねせず、しばらくのんびりしなさい」

腰を上げた彼の袖口を反射的に掴《つか》む。

「あ、あの……っ」

「うん？」

「少しだけ……ここにいていただけませんか。ほんの少しで……いいんです……」

彼は微笑んで座り直した。

「安心しなさい。あなたが寝つくまでここにいよう」

そっと手を握られる。フィオリーネは頷いて目を閉じた。父に似た、がっしりと武骨な手の感触が安堵をもたらしてくれる。

うとうとしながらフィオリーネは彼の手を両手で包んで引き寄せた。

眠りに落ちる瞬間、彼の指先が、そっと頬に触れた気がした。

怪我《けが》の功名……とでも言うのだろうか。唇へのキスをねだることはできなかったものの、勘違いのおかげで彼がけっして無関心なわけではないことがわかった。

以来リーンハルトは就寝前の挨拶を済ませても、フィオリーネが寝台に入るのを見届けるまでは出て行かない。どうやら自分が出ていった後も薄着で室内をうろうろしていて風邪をひいたと思っているらしい。

フィオリーネを寝かせて自ら上掛けをそっとかけてやり、寒くないかと尋ねる。ドキドキするのを抑えてこっくり頷くと、彼は微笑んで目許にキスしてくれる。

その後は以前と同じく『おやすみ』と囁いて出て行ってしまうのだが、フィオリーネは嬉しくてたまらなかった。

微笑みかけてくれるし、額にしかキスしてくれなかったのが目許になった。いくらか唇に近づいたわ、と頬を染めてニコニコしている主《あるじ》に、カトリンは呆れたような諦めたような溜息をついた。

「確かに前進はしましたけど、このぶんでは何年かかるやら……」

「わたし、この砦にいる間はこのままでもいいかと思ってるの」

「そんなぁ、姫様！」

「きっと領地へ戻れば、きちんと妻にしてくださるはずよ。だから、それまでは婚約期間だと思うことにしたの。急に話が決まって、お互いのことを知る暇もなかったでしょう？　だから、ちょうどいいんじゃないかしら」

　自分に言い聞かせるように呟くと、カトリンは瞳をうるっとさせた。

「姫様って、時々びっくりするくらい前向きですよね……。斜め上に行っちゃってる気もしますけど、わたし、そんな姫様が大好きです！　――ああ、でもでもやっぱり、もどかしくってたまりません！　早く領地へ戻してくださるよう、国王陛下にお願いしましょう。もう三年もここに詰めてるんですよ、充分じゃないですか」

「でも、わたしは来たばかりだし……。それに自分でここへ来たいと望んだのよ。早くも音を上げたのかってお父様やお兄様に呆れられちゃう。そんなのいやだわ」

「双子の兄上様がたはお喜びになりますよ」

「兄様たちはわたしを甘やかしてばかりだから」

　苦笑するとカトリンは肩をすくめた。

「過保護っぷりでは旦那様もお二方に張ると思いますけどね」

　嘆息混じりに首を振る侍女に、フィオリーネは赤くなった。夫婦の営みには至らないものの、半月ほど一緒に暮らすとリーンハルトの性格もだんだんとわかってきた。カトリンが言うとおり、彼はかなり過保護……というか、心配性らしい。

　フィオリーネは王国唯一の姫君で、末っ子でもあり、両親と兄たちの愛情を一身に受けて育った。周囲の皆から可愛がられ、大事にされた。

ゆえに、おっとりと素直なのは姫君らしくてよいとして、反面、人を疑うことを知らなかった。世の中には悪人もいるのだということを理解していなかったのだ。

そのぶん三年前の出来事はいっそう衝撃的だった。人の大声が怖くなり、楽しみだった外出もしなくなった。王宮の奥に引き籠もってしまったのだ。それをリーンハルトは父からの手紙で知ったのだろう。

さらに彼は、深窓の姫君ゆえフィオリーネは心身ともに虚弱なのだと思い込んでいるようだ。脆《もろ》くて傷つきやすい、国王の愛娘。傷つけてはいけない、守らなくてはならない――という責任感が先に立っているらしい。

弱い者や傷ついた者を助け、守るのは騎士たる者の義務である。リーンハルトはまさしくその務めをまっとうしようと日々心を砕いている。そんな彼の高潔さには感服する。

そつなく優雅な物腰のわりに、リーンハルトには不器用なところがある。手先の問題ではなく――むしろ手先はかなり器用だと従者が言っていた――女性の扱いが得意ではないらしいのだ。これも従者がこっそり教えてくれた。

(あれだけ美男子なのだからさぞかし女性にもてるでしょうに、不思議だわ……)

首を傾《かし》げ、ふとフィオリーネは彼にまとわりつく不気味な噂を思い出した。

『婚約者を殺して喰った』

思い出すだけでもゾッとして、厭《いや》な気分になる。

悪口にしたってあんまりだ。殺したというだけでもひどいのに、『喰った』だなんて……。初めてその噂を聞いたときは耳を疑った。正直、怯《おび》えもした。

だが父や長兄が全力で否定したので、悪意の噂にすぎないと納得した。もし本当だったら——あるいは疑わしいというだけでも、父がそのような怪しげな人物に娘を嫁がせるわけがない。噂はどうあれリーンハルトは信用されている。

実際に会ってみれば、身にまとう雰囲気は冷ややかでも、礼儀正しい態度だった。残虐さや粗暴さなど微塵も感じず、ごく丁重に扱われたので、すぐにフィオリーネはそんな噂など忘れてしまった。

今は噂の真偽よりも、どうしてそんな馬鹿げた噂を流されたのかというほうが気になる。王女を娶《めと》ったのだから、いずれそんな噂も消えるだろうけど……。

（リーンハルトは、優しい人だわ）

風邪騒動の一件で確信した。あのときの彼は、本当に心配そうな顔をしていた。ふだん無表情だから、よけいに際立って見えたのかもしれない。たいしたことはないと医者が言うのを聞いて、心底ホッとしていた。その表情に、きゅんと胸が疼いた。

彼はただ、感情を表わすのが下手なだけなのだ。そんな彼が少しぎこちなく浮かべる笑みが、すごく好き。

（わたし……、リーンハルトが『好き』なのね）

もっと彼の笑顔が見たい。彼と一緒に笑いたい。

剣を握る手の武骨さも好きだ。父や兄たちと同じ、守ってくれる人の手をしてる。不器用だけど優しくて、信頼できる。彼の側では安心していられる。

（あなたが好き……って言ったら、彼はどんな顔をするかしら……？）

ぼんやりと夢想に頬を染めるフィオリーネに苦笑しつつ、カトリンはまだまだ遊び足りない仔猫の相手を主人のぶんまでせっせとしてやったのだった。


結婚式からひと月ばかり経っても、相変わらずふたりはままごとのような夫婦生活を送っていた。フィオリーネ自身はさほど不満は感じていない。侍女に告げたとおり、婚約期間だと思って楽しむことにしたから。

守備隊の訓練も見学させてもらった。願い出たときにはリーンハルトは許可を出しつつもどこか憮然としていたのだが、だいぶ読み取れるようになってきて、どうやら照れているらしいと見当がついた。奥方が見ていると兵たちのやる気が増すようだ、と告げたときも、ぶっきらぼうな口調ながらかすかに頬が赤らんでいた。

内庭の生け垣に囲まれた一角はきれいに整備され、気候もよくなって、日中は外で過ごすことも多い。四阿《あずまや》で本を読んだり、刺繍をしたり。王宮から持ってきた楽器を弾くこともあった。

ヴィオールやプサルテリウムという弦楽器のほか、持ち運びのできる小型のパイプオルガンもある。

リーンハルトも執務や訓練のあいまに側近たちとやってきて、しばし休息を取るようになった。側近の騎士たちとも次第に打ち解けて、リーンハルトが外しているときには、彼のことをいろいろと教えてくれた。

側近たちも主が見た目に反して無愛想で不器用ゆえに誤解されがちだと心配している。さすがに口には出さないが、ふたりがまだ実質的な夫婦になっていないことは察しているようだ。それでもフィオリーネが素直に夫を慕っている様子を見てホッとしていた。

部下の進言もあってか、リーンハルトはふたりで過ごす時間を取ってくれるようになった。といっても寝室での語らいではなく、夕暮れ時に城壁の上をぶらぶら散歩するだけだ。色気はほとんどない。

思い切って手を握ってみると、リーンハルトは驚いた顔になったが振り払いはしなかった。しかつめらしい顔でぎくしゃくと手をつないでくれた。武骨なのに優しい手の感触がすごく嬉しい。

連れ立って散歩する様子をカトリンや側近の騎士たちはやきもきしながら見守っていた。

「あああ、もだもだするぅっ」

とカトリンが顔をしかめて身悶《みもだ》えすれば、

「殿は押しが足りなさすぎるな」

と副官のジークヴァルト卿が腕組みをして嘆息する。城壁の上にはいつも歩哨が立っているのだが、城主夫妻の散歩を邪魔しないように連動してうまく姿を隠していた。

「とっくに結婚してるっていうのに、何あれ。お見合い直後みたい」

カトリンの溜息にジークヴァルト卿は苦笑した。

「そんなものかもしれないぞ？　何せ急な話で、降嫁なさる王女を辱《はずかし》めることのないよう準備するだけで精一杯だったんだ。まぁ、せっつかないでおこう」

「姫様がおっとりした性格でよかったですね。気の強い人だったらきっと今頃喧嘩《けんか》になって、家庭内別居状態ですよ」

「まったくだ。……実はな、正直なところ甘やかされて育ったわがまま放題の王女様だろうと危ぶんでいたのだよ。そういう方は、殿には合わないからな。いったいどうなることかと」

「姫様は甘やかされたのではなく、本当に愛されてお育ちなんです」

「ああ、わかる。あの方なら、きっと頑《かたく》なになった殿のお心も溶かしてくださるだろう」

顎を撫で、ジークヴァルト卿はしみじみと頷いた。

「それにしても、女性不信の殿がご婦人と手を繋いで歩くお姿を見られるとは……」

「なごやかすぎて、仲のよい兄妹みたいにしか見えないのが問題ですけどね。——って、御館様は女性不信だったんですか⁉」

カトリンが目を剥《む》くと、ジークヴァルトは気まずそうな顔になった。

「うむ……。お若い時分からその気味はあったのだが、例の妙な噂のせいで悪化した。……よもや奥方様もご存じか？」

「信じていませんから大丈夫です」

もちろんわたしもです、と請け合うと騎士はホッとして頷いた。

「ならばよかった。……まぁ、そのうち色気も出てくるだろうさ。長い目で見て差し上げようではないか」

「あいにくわたし、姫様ほど気が長くないんです。あとひと月以内に致さなかったら国王陛下に報告しますからね！」

カトリンが睨《にら》むと、騎士は肩をすくめた。

「それで呼び戻されてお小言をくらうのもいいかもしれん。このままだと殿はいつまで経っても辺境に引き籠もっておられるだろうからな」

そう呟いて、ジークヴァルト卿は不審げな侍女に片目をつぶってニヤリとした。


ぎこちない新婚生活が二カ月目に入ってまもなくのこと。フィオリーネはいつものように生け垣に囲まれた四阿で刺繍をしていた。周囲にはカトリンを始め数人の侍女たちがいて、繕い物をしたり、交替で楽器を弾いたり詩を朗読したり、猫の遊び相手をしたりしている。

「――あっ、ミパ⁉　だめよ」

小間使いの焦った声にフィオリーネは顔を上げた。

「どうしたの？」

「すみません、奥方様。ミパルティが……」

見回すと白黒斑の仔猫が見当たらない。カトリンが肩をすくめた。

「きっと、ハリネズミかリスでも見かけて追いかけていったんですよ」

好奇心旺盛な仔猫は、この頃よく脱走する。城内ではこの変わった模様の猫が奥方の飼い猫であることは知られているが、心配なのはリーンハルトの飼っている猟犬だ。

特に気に入りの二匹は城内を自由に歩き回っている。たいていは主人の足元でおとなしく寝そべっており、よく躾けられてフィオリーネにも懐《なつ》いているのだが、猟犬としての本能か、小動物を見かけると追いかける癖があるのだ。ミパルティを飼うことにしたときも、その点を気をつけるようにと言われた。

フィオリーネの近くにいれば大丈夫だろうが、無防備に一匹でちょろちょろしているところを見つかったら、獲物と間違われるかもしれない。

不安になってフィオリーネは立ち上がった。間違いがあればリーンハルトと気まずくなってしまう。せっかく少しずつ距離が縮まってきたところなのに。

「奥様はここでお待ちください。わたくしたちが探します」

「いいの。ちょうど少し歩きたかったところだから」

城門に近い外庭は外部の人間も入ってくるが、裏側の内庭に入れるのは城の住人と通いの召使だけだ。知らない人間に出くわすことはないし、様子もわかっている。

フィオリーネと侍女たちは手分けして仔猫を探し始めた。名前を呼びながら茂みや物陰を覗き込む。内庭といっても畑や果樹園があるくらいだからけっこう広い。いちおう井戸を挟んでわかれてはいるが、塀で仕切られているわけではないのだ。

「厨房のほうへ行ったのかもしれないわ。母猫やきょうだい猫もいるし」

「それじゃ、そっちはわたしが見てきます」

カトリンが小走りに厨房へ向かったので、フィオリーネは城壁に沿って歩きだした。以前、この辺で虫か何かを追いかけていたことがある。

きょろきょろしながら歩いていると、どこからかかすかに甲高い鳴き声が聞こえた気がした。

「……ミパルティ？」

立ち止まり、周囲を見回したが仔猫の姿はない。耳を澄ましていると、やがてまたミィミィと鳴く声が聞こえてきた。それが妙に高いところからのようでとまどう。木に登って下りられなくなったのかしら、と近くの樹木を見上げてみたが、どこにもいない。

探し歩くうちに、北の城壁塔の足元まで来ていた。執事のアントンに城内を案内してもらったときは城壁の上からだったので、地上からこの塔に近づいたのは初めてだ。

見上げると、確かに塔の中程に亀裂があった。原因は落雷らしく、リーンハルトが砦の守備を任されたときにはすでにかなり大きな亀裂が入っていたという。

城壁の外側ならすぐに修復したのだろうが、完全に内向きで城壁よりも低い位置にあったので、後回しのまま代々引き継ぎとなっているようだ。

その亀裂を見上げていると、そこからかぼそい鳴き声が聞こえてきてフィオリーネはぎょっとした。

「まさか……」

急いで塔に近づき、扉の把手に手をかける。鍵はかかっていなかった。かけ忘れたのか、そもそもかけていないのか。ここにあるのはガラクタばかりだとアントンが言っていたが……。

そっと覗いてみると、がらんとした円形の空間に空き樽《だる》や木箱などがいくつか置かれていた。明かり取りを兼ねた矢狭間《はざま》から射し込む光のなかにうっすらと埃《ほこり》や羽毛が舞っている。使われていない塔だから鳥の住処《すみか》になっているのかもしれない。

「ミパルティ……。いるの……？」

おそるおそる足を踏み入れると、床がギシリと鳴って竦《すく》み上がる。耳を澄ませているうちに上階からミィミィとかぼそい鳴き声が聞こえてきた。やはり塔のなかにいるのだ。

「ミパ！　下りてらっしゃい。おやつをあげるわ」

しかしいくら呼びかけても鳴き声がするだけで、仔猫は一向に下りてこない。それどころか、鳴き声がだんだんと切羽詰まってきたような……？

階段の入り口まで行って見上げてみたが、塔を取り巻く螺旋状《らせんじょう》になっているので少し先までしか見えない。

「ミパルティ！」

声を大きくしても、やはり鳴き叫ぶ声がするだけだ。

（何かに挟まって身動きできないのかもしれないわ）

人を呼んできたほうがいいとは思ったが、せめて様子を確かめたくてフィオリーネはそろそろと階段を上り始めた。分厚い壁のなかに設けられた階段は狭く、急角度だ。端が欠けている段も多い。

裾をからげ、一段一段確かめながら昇る。ぐるっと廻って亀裂のところまで来てしまったが、まだ鳴き声は上から聞こえてくる。ここまで来たからには、もう自力でなんとかしよう。

息を切らせながら昇っていくうちに、いつのまにか城壁の高さまで来てしまう。出入り口を塞ぐ板の隙間から仔猫の胴体がぶらんとぶらさがっているのが見えて、フィオリーネは慌てた。

「ミパルティ⁉」

仔猫は板の隙間に頭を突っ込んだ体勢で必死にもがいていた。ネズミでも追いかけてきたのか、勢いよく隙間に突進して抜けなくなってしまったのだろう。

　暴れる仔猫をなだめながらどうにかこうにか引っこ抜いた。ここまで来たら城壁の上に出たほうが早いし、安全だ。しかし厚い板が何枚も重ねられていて、フィオリーネの力ではとても動かせなかった。

　しかたなく、仔猫を片手で抱き、もう片方の手で壁にすがりながらそろそろと階段を降りた。途中、何度か段の端が崩れてひやりとしたが、なんとか足を踏み外すことなく地上に戻れた。

「ああ、怖かった……」

　ホッと息をついた途端、怒鳴り声がして飛び上がりそうになる。

「ここで何をしている⁉」

　開け放しておいた扉から、リーンハルトが覗き込んでいた。彼は立ちすくむフィオリーネの元へつかつかと歩み寄った。

「まさか塔に登ったんじゃないだろうな……⁉」

　見たこともない怖い顔で質されてうろたえる。

「あ、あの……」

「登ったのか⁉」

「ね、猫が……。板の隙間に、嵌まってしまって……」

　リーンハルトはますます険しい表情になってフィオリーネの手首を掴んだ。怯えた仔猫が腕の中から飛び出したが見向きもしない。

「ここに入ってはいけないと聞いていないのか⁉　アントンは説明しなかったのか」

「き、聞きました。でも猫の様子がおかしくて……。少しだけ、確かめるつもりで……。ご、ごめんなさい」

「何故人を呼ばない。ここは危ないんだぞ。それをひとりで昇るなど……。来い！」

腹立たしげに手首をぐいと引かれる。その瞬間、フィオリーネの脳裏に恐ろしい記憶がよみがえった。

逃すまいと力任せに掴まれた手首。容赦なく引き立てられ、怒鳴られる。

『来るんだ！』

「……いや」

『早くしろ！』

「……いや……っ」

悲鳴を上げて手を振り払う。唖然としたリーンハルトの顔。それが別の人物に見える。ぼやけた顔の誰か。自分を無理やり連れて行こうとした、誰か――。

「フィオリーネ……？」

気を取り直したリーンハルトが、なだめるように手を差し伸べる。それすら彼には見えなくて、ますます怯えたフィオリーネはじりじりと後退《あとずさ》った。

「いやぁっ、来ないで！　触らないで！　わたしは行かない！　行かないわ！　離してよっ」

「落ち着け、フィオリーネ。乱暴して悪かったよ」

なだめようとすればするほどフィオリーネは恐慌状態《パニック》になった。後退る彼女が次第に階段室の入り口へ近づいていくことに気づき、リーンハルトは焦った。このままでは崩れかけた階段を駆け上っていくかもしれない。

「――――姫様！」

カトリンが飛び込んでくる。彼女はリーンハルトを無遠慮にぐいと押《お》し退《の》け、フィオリーネに駆け寄った。

「大丈夫です、姫様。わたしです、カトリンですよ」

「カトリン……っ」

しがみつくフィオリーネを抱きしめて背中をさする。

「もう大丈夫です。さぁ、帰りましょう。なんにも怖いことなんてありません。悪者はみんなどこかへ行ってしまいましたよ」

「本当……？」

「本当ですとも。さぁ、お部屋に戻りましょうね」

フィオリーネは幼女のようにこっくりと頷き、カトリンにすがって歩きだした。棒立ちになっているリーンハルトには見向きもしない。視界にすら入っていないようだ。

カトリンはちらと彼を見やり、素早く会釈をしてフィオリーネを塔から連れ出した。

リーンハルトはふたりの後ろ姿を憮然と見送り、駆けつけた執事のアントンに塔の扉に鍵をかけるよう、厳しい口調で命じたのだった。


フィオリーネが落ち着いた頃合いを見計らって、リーンハルトは侍女を執務室へ呼んだ。

「姫の様子は？」

「だいぶ落ち着かれました。蜂蜜酒《ミード》を少し召し上がって、今は眠っていらっしゃいます」

「そうか」

彼はしばし黙り込み、ためらう風情で顎をさすっていたが、やがてカトリンに視線を戻した。

「あのとき、姫は様子がおかしかった。ひどく怯えて……。むろん、声を荒らげたのは悪かったと思っている。ひどく驚いたもので、つい……。しかしそれだけではないように思う」

カトリンは抑えた声で慎重に答えた。

「攫《さら》われそうになったときの記憶が、よみがえったのではないかと」

「誘拐事件か……」

リーンハルトは険しい顔で呟いた。固い表情で侍女は頷いた。

「これまでにも時々さっきのようなことがありました。ここ一年以上は治まっていたので、もう大丈夫かと思ったのですが」

「三年前だそうだな。それ以来、姫は王宮の奥に引き籠もってしまったと、国王陛下からの書状にあった」

「はい。当時十五歳だった姫様は兄上様がたと城下の市場を見物なさっていました。あまり世間知らずでも困ると国王陛下が仰って、お小さい頃から時々宮殿の外へ連れ出されていたのです。姫様もそれをいつも楽しみにしていらして……」

その日は双子の兄とカトリンと一緒だった。護衛の騎士も数名付いていたが、目立たぬように少し離れていた。傍目《はため》からは休日を楽しむ騎士の兄妹に見えていたはずだ。

「その頃の姫様は、それは天真爛漫《てんしんらんまん》で……。すべての人間は善人だと無邪気に信じておられました」

自分に害をなそうとする人間がいるなど想像だにしなかった。

たったひとりの娘で、末っ子でもあり、家族からも召使からも愛されて大切に育まれた。この国の王女として国民には親切に、寛容に接しなさいと両親に教えられて育った。もともとおっとりした気質だったので、特に意識しなくても自然と誰にでも優しく接するようになった。

市場には何度か足を運んでいた。王都の市場には珍しい文物も多く、目を楽しませてくれたし、売り子と話をするのも楽しかった。ちょっとした食材を味見させてもらったり、小遣いで気に入った小物を買ったりした。市場の人間も、王女とは思わないまでも可愛らしいお嬢さんだと笑顔で接してくれた。

そんな安心感が、ややもすれば油断に繋がったのかもしれない。

雑多な人々が行き交う場所ではよくあることだが、目の前で喧嘩《けんか》が起こった。見かねた兄たちが仲裁に入ったがなかなか収まらず、野次馬《やじうま》もどんどん増えた。

カトリンとフィオリーネの間にも囃《はや》し立《た》てたりけしかけたりする人間が次々に割り込んできて、いつしか壁ができてしまった。焦ったカトリンは必死に人波を掻《か》き分《わ》けたが、そのときにはすでにフィオリーネは無理やり引きずられて連れ去られそうになっていた。

「――たぶん、グルになってる奴《やつ》らがいっぱいいたと思うんです」

悔しそうにカトリンは唇をゆがめる。

追いかけようにも邪魔されてなかなか前へ進めない。そのときは焦っていて、故意に妨害されているとは気付かなかったが……。

カトリンは緊急用の呼子を首から下げていたので、人込みに揉《も》まれながら必死にそれを吹き鳴らした。それで異変に気付いた兄や護衛の騎士たちが抜刀して賊の後を追いかけた。妨害していたゴロツキどもは相手が剣を抜いたと見るや素早く姿を隠した。

市場はひどく混雑しており、単なる通行人も何事かと足を止めたりして、追いかけるのは大変だった。カトリンは双子王子を追って走りながら呼子を吹き続けたので、やがて市場を巡回する警邏《けいら》隊《たい》も気付いて追跡に加わった。

　誘拐犯たちは目立たないようにするのを諦め、必死に追手を振り切ろうとした。半ば失神したフィオリーネを担ぎ上げて走っていたが、状況を察した売り子たちが飛び掛かってきて躱《かわ》しきれなくなり、ついにはフィオリーネを放り出して遁走《とんそう》した。

　何人かは捕らえたものの、金で雇われただけの小悪党ばかりで、主犯は結局わからず終《じま》いだった。

「正体は全然わからないのか？」

　険しい顔で問われ、カトリンはためらった。

「その……。ファラハールの人間らしい……とだけ……」

　意表を突かれ、リーンハルトは侍女を見返した。

「ファラハールだと……？　この砦はファラハールとの国境なんだぞ⁉」

　怒声を浴びてカトリンが首を縮める。リーンハルトは舌打ちをして苦い顔になった。

「すまん。……なるほど、ファラハール人の出入りが差し止められた理由がやっとわかった。どうりで奴らには用心しろと陛下が厳しく仰せになるわけだ。何か陛下の機嫌を損ねるようなまねをしたのだろうとは思っていたが、まさか誘拐の容疑者だったとは」

「事件そのものが伏せられていますから……。もちろん、その場に居合わせた市場の者たちは察しているでしょうが。——御館様はいつお知りに？」

「姫が到着した後だ。陛下からの書状で……。事件の記憶のせいで乱暴に扱われるのをひどく怖がるから、その……、初夜はできるかぎり優しくしろ、と」

「書状を渡すのは結婚式の翌朝にすべきでしたね」

思わずカトリンは呟いた。生真面目なリーンハルトは事態を深刻に受け止めすぎて、優しくするどころか何もしなかったのだから。

「……姫は犯人がファラハール人とは知らないのだろうな？　国境の砦に自らやって来たくらいだ」

はい、とカトリンは頷いた。

「何故国王陛下は止めなかった？」

「結婚相手とは一緒に暮らしたいと姫様がお望みでしたから……。仲むつまじいご両親の姿を見ながらお育ちになりましたので、夫婦とはつねに寄り添っているものと思われているのでしょう。そのようなお相手と結婚したいというのが、姫様が唯一望まれたことです」

「私を呼び戻せばよかったんだ。守備隊を交替させて……」

「詳しいことはわかりませんが、陛下はファラハールの王が代替わりしたことで、警戒を強めていらっしゃるようです。守備隊が交替する隙を突かれることを懸念されたのではないでしょうか」

淡々と答える侍女に、リーンハルトは低く唸った。シュトルツェーレ城砦の守備隊は隊長に任じられた貴族の持ち兵だ。交替となれば司令官が変わるだけではなく、騎士も兵士もまるごと入れ替わることになる。

「……あるいは、それを理由に結婚を固辞されては困ると思われたのでは？」

皮肉っぽい微笑を浮かべる侍女を、リーンハルトはムッと睨んだ。

「当然だ。婚姻の申し出を断られたファラハール王が、腹を立てて何か仕掛けてくるかもしれない。そんなときに交替などしては自ら隙を作ることになる」

「ですから姫様を公爵様と結婚させるには、お式だけ挙げて姫様を領地で待たせるか、ここへ来て同居なさるかのどちらかだったのですよ。別居はいやだと仰せになりましたので、こちらへ来られるしかなかったのですわ」

リーンハルトはイライラと頭髪を掻《か》き回した。

「そもそもどうして私なんだ？　別の相手を選べばよかったのに……」

「それ、今でも本気で言えます？」

ズバリと切り込まれ、リーンハルトはぎくっとした様子でそっぽを向いた。

「……私は、妻には絶対安全な場所にいてほしい」

憮然と返すと、カトリンは口許をほころばせた。

「それを御自ら姫様にお伝えくださいませ。……もっとも、お聞き入れになるかどうかはわかりませんけど。素直な方ですが、なんでもかんでも唯々諾々と従うわけではありませんので。

どんなにおっとりしていても〈狼王〉ルガート様のご息女ですから」

リーンハルトは眉をひそめ、下がってよいと身振りで伝えた。お辞儀をしてカトリンが下がると、彼は椅子に深くもたれて憮然と溜息をついたのだった。

少し眠ると気分も落ち着き、フィオリーネは取り乱したことが恥ずかしくなった。

カトリンが事情を説明したと聞き、にわかに不安になってあれこれ問い質す。彼は呆れていたのではないか、嫌われてしまったのではないか……。

そんなことはありません、とカトリンは笑って請け合った。

「とても心配なさって、乱暴をして済まなかったと反省しておいででしたよ」

「悪かったのはわたしよ。危ないから入ってはいけないと、ちゃんと聞いていたのだもの」

「いいえ、そもそもミパが悪いんです。——当分おやつ抜きだからね！」

カトリンはせっせと顔を洗っている仔猫を睨んだ。仔猫はきょとんとした顔で見返したかと思うと大口を開けてあくびをした。

がっくりと肩を落とす侍女に、フィオリーネはくすくす笑った。

「そんなこと言ったって猫にはわからないわよ。それより旦那様はミパルティのことを何か言っていなかった？　飼ってはいけないとか……」

「いいえ、猫のことは何も。姫様のことも怒っていらっしゃるわけじゃありません。危険なところに奥方がいるのを見て、気が転倒したのでしょう。それだけ姫様を大事に思われているってことです」

「そうかしら……」

フィオリーネはほんのりと頬を染めた。

「後で詫《わ》びに来られると思いますよ」

「わたしもきちんと謝るわ。また同じようなことがあったら、今度はすぐに誰かを呼ぶことにする」

「そうなさいませ。塔の入り口には鍵をかけましたが、この悪戯《いたずら》っ子は何をしでかすかわかりませんからね」

じろりと睨まれた仔猫はとっくに寝入っていて、カトリンは盛大に溜息をついたのだった。


その夜、ドキドキしながら待っていると、寝室に入ってきたリーンハルトは少し気まずそうな顔をした。

「……昼間は、その……すまなかった」

「いいえ！　わたしこそ、ご心配をかけて申し訳ありません」

急いで謝ると謹厳な表情でリーンハルトは頷いた。話が途切れ、室内に沈黙が落ちる。お互い気まずい感じで視線を泳がせていると、リーンハルトが小さく咳払いした。

「……では、もう休むといい。少し蜂蜜酒《ミード》でも飲むか？」

「い、いいえ。大丈夫です。もう落ち着きましたから……」

ぎくしゃくと微笑んで寝台にもぐり込む。リーンハルトはいつものように寝台の端に腰掛けて上掛けをきちんと掛け直してくれた。

フィオリーネはおずおずと彼を見上げた。

「あの……。本当に、ごめんなさい」

「いいんだ、怒ってない。あのときも怒ったわけじゃなかった。あの塔は少し前に調べたことがあってな……。いいかげん修復しなければと思っていたところだった。本当に危険だとわかっていたから、あなたがあそこにいるのを見て、ひどく動揺してしまった。すまない」

眉を垂れる彼の表情に驚いて、フィオリーネはふるふるとかぶりを振った。リーンハルトはフィオリーネの手を取ると、そっと唇を押し当てた。

「あなたを守ると誓った。なんとしても誓いは守る」

「……はい」

微笑んで彼の指先をきゅっと握る。リーンハルトはもう一度手の甲にくちづけると、フィオリーネの手を上掛けのなかに優しく押し込んだ。

まるで病人を介抱するようなかいがいしい仕種に、『旦那様は過保護です』というカトリンの断定を思い出しておかしくなる。

彼は何気なく火消器《スナツファー》に伸ばした手を、ふと止めた。

「しばらく点《つ》けておこうか？　そのほうが安心なら」

「あ。はい、ありがとうございます」

暗くされても怖くはなかったが、気遣いが嬉しくてフィオリーネは頷いた。

かすかに目を細め、リーンハルトはそっと頬にキスした。

それがいつもよりほんの少しだけ唇に近かった気がして鼓動が跳ねる。ドキドキしながら見上げたが、彼はいつもと同じ堅苦しい微笑を浮かべただけだった。

「後で様子を見に来よう。……おやすみ」

彼が隣室へ去ると、フィオリーネは軽く失望の溜息をついた。

怖いので寝つくまで側にいてほしいと頼めばよかった。昼間のことがあるから、怪訝《けげん》に思われることもなかっただろうに。

諦めて目を閉じたが、変な時間に眠ってしまったせいか、なかなか眠気が訪れない。

（……まだ起きていらっしゃるわよね？）

添い寝をお願いしたらどうかと思いつき、フィオリーネは顔を赤らめた。

（そんな、子どもじゃあるまいし……）

でも、今夜は許されるのではないかしら。怒鳴って悪かったと思っていらっしゃるし……。

いいえ、そんなつけ込むようなことをしてはだめよね。

悩んでいるとますます目が冴《さ》えてしまい、意を決してフィオリーネは起き上がった。

「お話ししたい、って頼んでみましょう」

自分の気持ちをきちんと伝えよう。好きなのだと。彼はフィオリーネが父王の命令でいやいや嫁いできたのだと誤解しているらしいから。

思い切って寝台から降り、フェルト底の室内履きにそっと爪先を入れる。

コツコツ。遠慮がちに隣室の扉を敲《たた》いてみた。

「……リーンハルト？　起きてますか……？」

返事はない。すでに眠ってしまったのだろうか。気まずく思いながら、もう一度、少し強めにノックした。

「すみません。あの、できたら少し、お話を……」

やはり返事はなく、フィオリーネは肩を落とした。仕方がない。諦めようとした瞬間、ふと彼の寝顔が見られるかも……という考えが閃《ひらめ》いた。

ドキドキしながら扉を押し開ける。ギィ……とかすかに軋《きし》む音に身を縮めながらおそるおそる室内を覗き込んでフィオリーネは目を瞠った。

書き物机の上で蠟燭が一本燃えていたが、寝台にリーンハルトの姿はなかった。寝た形跡もない。

（どういうこと……？）

混乱してフィオリーネは室内を見回した。そっけないほど整然とした部屋は、どこかリーンハルトの人となりを反映しているようにも思える。

見捨てられた気分で、フィオリーネは呆然と立ち尽くした。


朝になって目覚めると、サイドテーブルの蠟燭は途中で消えていた。後で様子を見に来ると言ったとおり、リーンハルトが消したのだろう。その後は隣室で休んだのかしら……。

（……そうよね。きっと何か用事を思い出して執務室にでも行かれたのだわ）

自分に言い聞かせても、やはり納得いかない。それからは就寝の挨拶をした後しばらく待って隣室を覗いてみたが、いつもリーンハルトは不在だった。毎日そんなに遅くまで仕事をしているのかと心配になる。

たまたま夜明け前に目が覚めて覗いたときも、やはり彼はいなかった。寝た形跡もまったくない。もう間違いない。彼はここで休んでいないのだ。

フィオリーネは彼が自室に引き取ると、一心に耳を澄ませるようになった。分厚い樫《かし》の扉越しではよくわからなくて、思い切って寝台を抜け出して扉に耳を押し付けてみる。

それでもほとんど物音がせず、叱られるのを覚悟で扉を開けてみると、すでに部屋は無人だった。呆気《あっけ》にとられてしばらくフィオリーネはその場に突っ立っていた。

つまり彼はこの部屋にひと時も留まっていないということだ。おやすみを言って寝室に通じる扉を閉めたらそのまま反対側から出ていってしまうのだろう。

（いったいどこでお休みになっているのかしら）

それよりなぜ、ここで休まないのか？

（……隣で休むのも嫌なの？）

そんなに嫌われていたのかとフィオリーネはショックを受けた。少しずつ距離が近づいていると思ったのに、ただの思い込みだったなんて……。彼にとって自分はやはり主君から無理やり押し付けられた迷惑な妻だったのか。

カトリンに愚痴るのも気が引ける。何事もなかったようにふるまいながら、心の中には次第に澱《おり》のようなものが溜《た》まっていった。

面と向かってリーンハルトに質すのもためらわれた。肯定されればショックだし、否定されてもかえって疑ってしまいそうだ。ギクシャクするのは嫌だけど、いつまでも知らないふりを続けるのは無理がある。

ある夜、フィオリーネは扉が閉まると同時に跳ね起き、閉まったばかりの扉に耳を押し当てた。別な扉が静かに閉まる音が聞こえる。すぐさま扉を開け、無人の部屋を駆け抜けて反対側の扉に取り付いた。

細く扉を開けて廊下を覗くと、小さな灯が角を曲がるところだった。

こっそり後をつけると彼は渡り廊下を通って城壁の上の通路に出た。足音を忍ばせてフィオリーネも続く。室内履きはフェルト底なので足音はほとんどしない。

リーンハルトは東の塔へ向かった。身を隠すところがないので、フィオリーネは角に身を潜めて彼の姿を目で追った。月のない夜で、星明かりで見えるのは黒い人影だけだ。

灯が塔の中に消えるのを待ってフィオリーネはそろそろと通路を歩いた。走るのは少し怖い。

各塔は上にも部屋があるとアントンから聞いたが、歩哨の詰所となっている南の塔以外は使われていない。捕虜がいれば牢《ろう》として使われることもあるそうだが。

暗闇のなか目を凝らして階段を見上げる。かすかに壁に灯が反射しているようだ。先日、北の塔に登って怒られたことを思い出すと確かめにいくのもためらわれた。フィオリーネはそっと塔を離れ、城壁の歩哨路から見上げた。

窓から灯が射している。やはりリーンハルトは塔の最上階の部屋にいるのだ。

(まさか、毎晩あそこで休んでいらっしゃるの……?)

フィオリーネはしばらく塔を見上げていたが、やがて歩哨兵の持つランタンが近づいてくることに気付いて急いで寝室に引き返した。

たまたまかもしれない……と何度か確かめてみたが、やはりリーンハルトは毎晩東の塔へ足を運んでいた。どういうことだろうとフィオリーネは悩んだ。同衾するのが厭でも隣で寝るくらい……。

ふと思いついて侍女に尋ねる。

「ねぇ、カトリン。ひょっとしてわたし、いびきをかくのかしら」

「は？」

カトリンは面食らって聞き返した。

「かきませんよ？　何故そんなことを」

「もしかして、わたしのいびきがうるさくてリーンハルトは寝室に来ないんじゃないかと思って……」

「な、何を仰います⁉　姫様のいびきなんて聞いたことありません。いつもスヤスヤと静かにお休みですよ！」

「気をつかわなくていいから本当のことを言ってちょうだい」

「本当ですってば！」

眉を吊《つ》り上げて断言したカトリンは、ハッとして指を鳴らした。

「それです！　きっと旦那様がいびきをおかきになるのです！　それを気にして別々にお休み

なのです」

確かめてきますっ、と止めるまもなく飛び出して行ったカトリンは、すぐにガッカリした様子で戻ってきた。従者に確かめたところ、リーンハルトが常習的にいびきをかくことはないそうだ。

「姫様。やはり、はっきりと要望なさるのが一番だと思います」

「要望って……？」

「一緒に寝ましょう！　と」

フィオリーネはみるみる赤くなった。

「そ、そんなこと言えないわ。は……恥ずかしいもの……」

「正式に結婚した夫婦なのですから恥ずかしくなんてありません。当然のことです」

「でもわたし……嫌われてるかもしれないし……」

消え入りそうな声で呟くと、聞こえなかったらしく怪訝そうにカトリンは首を傾げた。

「はい？」

「な、なんでもないわ。その……、努力……して、みます……」

「ぜひに」

大きくカトリンは頷いた。

結局何も言えないまま日々は過ぎた。何事もないようにふるまったつもりだが、どこかしら不自然な感じはリーンハルトにも伝わってしまったらしい。具合でも悪いのかと尋ねられた。なんでもないと笑顔で答えるとそれ以上は問われなかったが、納得してはいないようだ。

混乱はますます深まった。大事にされているのか嫌われているのか、はたまた無関心なのか、すっかりわからなくなってしまう。その全部であるような気さえする。

カトリンが言うように、はっきりと問い質せば済むことだと自分でも思う。簡単なはずのそれが、ひどく難しい。というより怖いのだ。

（……臆病だわ、わたし）

三年前の無邪気な自分なら、きっと訊けただろう。あの事件以来、何事に対しても臆病になってしまった。

庇護されるだけの存在から脱しようと決意したはずなのに。あのときの恐怖がよみがえったとたん怖《お》じ気《け》づいてしまった。

リーンハルトが本心では自分を迷惑に思っているのでは……と想像しただけで、目も耳もふさいでひたすらおとなしく、小さくなっていなければという強迫観念に捕らわれる。

そうしないと見捨てられてしまいそうで……。

あの堅苦しい微笑さえ向けられなくなるのでは。そっと頬に触れる唇のあえかな感触。そんな不確かなものにさえ、しがみついていたい。

そんな自分がすごく情けなくて、自己嫌悪でますます口は重くなった。

フィオリーネは城壁の上をよく散歩するようになった。見晴らしがいいから……とか言いながら、本当は東の塔が気になって仕方がないのだ。リーンハルトが毎晩休んでいる部屋を覗いてみたい。

考え事がしたいのでひとりにしてほしいと頼み、鬱々とした気分で城壁を歩いていたフィオリーネは、ふと聞こえてきた衛兵たちの声に足を止めた。

ちょうど歩哨詰所のある南の塔に差しかかっていた。どうやら交替の時間らしい。南の塔は城門塔にも近く、下に降りればすぐ隣に騎士の詰所がある。

「ゴルツの城市《まち》で一杯やるか」

「いいな！　久しぶりの休日だ」

朗らかな笑い声が響いてくる。兵たちは休日にはよく町の居酒屋へ行くのだと、執事のアントンが言っていた。

「――そういえば、殿は最近さっぱりお出ましにならないなぁ」

「馬鹿。殿は新婚だぞ」

「ああ、そっか」

「何しろ王女様だもんなぁ。町の酒場になんぞ出入りしてたらご機嫌を損ねちまう」

「エーリカが寂しがってるな。なにせ殿に夢中だから」

どっと笑いが起こる。

「仕方ないさ。当分は奥方のご機嫌取りで忙しいんだって言っとこう」

それ以上聞いていられなくなってフィオリーネはそろそろと後退った。早足で居館に戻り、少し頭痛がするから休むと言って寝室に引き籠もる。

（……誰の、こと……？）

エーリカ。リーンハルトに会えなくて寂しがっているという女性。

もしかして、彼の恋人……？

そう……、そんな人がいたっておかしくはない。

ふとフィオリーネは気付いた。東の塔からも城市《まち》が見えるのではないだろうか。居館を挟んで反対側になるけれど、城壁塔の最上階なら見えるはず。

いつも灯は居館側の窓から強く射していた。そちら側に彼はいたということだ。

そして、フィオリーネのいる居館の頭越しに、町を眺めていた。そこにいる恋人――エーリカに思いを馳《は》せながら……。


打ちのめされたフィオリーネは晩餐の席でもふさぎ込んでいた。

もともと夫婦揃って無口なほうなので、ふだんから食卓は賑やかとは言い難い。それでもだんだんと慣れてきて、その日の出来事など互いにぽつぽつと話すようになっていたのに、今日はおざなりな相槌《あいづち》を打つばかりだ。

リーンハルトもさすがにおかしいと思ったらしく、気分でも悪いのかと気づかわしげに尋ねられた。フィオリーネはこわばった笑みを口の端に浮かべてかぶりを振った。

「なんでもありません」

「そうは思えないが……」

呟いたのは返事なのか、いつもの独り言か。イラッとしたフィオリーネはつっけんどんに言い返した。

「少し気がふさいでいるだけですわ」

リーンハルトは軽く目を瞠り、またどちらともつかない口調で呟いた。

「……城に閉じこもっているのがよくないのかもしれないな」

別に閉じこもっているわけでは——と抗議しかけて、ふと閃いた。

「そうだわ！　城市《まち》へ行ってみたいです」

「城市《まち》へ？」

怪訝そうなリーンハルトに、挑みかかるような冷笑を浮かべて頷く。しらを切っても無駄よ。

「ええ。結婚式の祝宴で、ゴルツ城伯夫人からご招待いただきましたの」

「城伯夫人……？」

ぴくりとリーンハルトの端整な眉が動く。

「ゴルツの城市《まち》にはおもしろいものがたくさんあるんですってね。アントンから聞きました。珍しいファラハールの文物もここでなら見られるとか……。あの国とはもう国交がないから」

「……っ、だめだ！」

強い口調で遮られ、目を瞠る。さっと顔をこわばらせると、リーンハルトは慌ててなだめ口調になった。

「いや、だめというわけではない。ただ、今はちょっとやめておかないか？　もう少し落ち着いてから、ゆっくりと――」

「わたしはとっくに落ち着いています」

ムッとして言い返すとリーンハルトは困ったように眉を垂れた。

「ああ、わかっているとも。ただ……」

「わたしを城市《まち》へ行かせたくない理由でもあるんですか」

「何を言うんだ」

とげとげしい口調に、心底驚いた様子でリーンハルトは目を瞬いた。それが妙に芝居がかって見え、フィオリーネはぷいとそっぽを向いた。

「もうけっこうです。砦《ここ》でおとなしくしていますわ」

「フィオリーネ……。いったいどうしたというんだ。何が気に入らない？」

「別に何も」

頑なな表情に、困り果てた様子でリーンハルトが溜息をつく。諦めたのか、呆れたのか、彼はそれ以上尋ねなかった。それもまた癇《かん》に触って、ますます意固地な気分になった。

晩餐は正騎士たちも同じ部屋で摂るが、基本的にテーブルは別だ。この食卓に着いているのはフィオリーネとリーンハルトのふたりだけ。お互い黙り込んでしまうと、気を利かせる者もおらず、非常に気まずい。

いたたまれなくなって食事を切り上げようとすると、リーンハルトが改まった調子で軽く咳払いをした。

「その、考えたのだが……。あなたは領地で暮らしたほうがいいのではないかと思う」

フィオリーネはぽかんと夫を見返した。

「領地……？」

「リンドホルム公爵領だ。あそこは王都にも近く、安全だ。あなたも安心できるだろう」

しかつめらしい顔を呆気に取られて見返していたフィオリーネは、急にむかむかと腹が立って眉を吊り上げた。

「そんなにわたしが邪魔なの……!?」

「邪魔？」

リーンハルトが目を瞠る。そんな驚きさえわざとらしく思えてならず、フィオリーネはキッと彼を睨んだ。

「わたしがここにいると都合が悪いから追い出すのでしょう」

「そんなわけないだろう。あなたは国王陛下からの大事な預かりものだ。国境近くでは何かと不安で不便も多いと――」

その先の言葉は耳に入ってこなかった。

（預かりもの……？　わたしは『預かりもの』なの？　『妻』ではなく……）

いつか返すもの。一時的に手許《てもと》に預かっているだけのもの。リーンハルトにとって自分は、そういう一時預かりの『客』でしかなかったのか――。

フィオリーネは掴んだナプキンを叩きつける勢いでテーブルに置いた。

「――わたしはどこへも行きません。ここにいます。絶対に……、絶対に、ひとりでなんか行くものですか……！」

言い返す暇を与えず、晩餐室を飛び出した。

涙がにじみそうになって、ぎゅっと唇を噛む。悔しいのか悲しいのか、自分でもよくわからなかった。

呆気に取られて見送っていたリーンハルトの隣に、ジークヴァルト卿が静かに腰を下ろした。

「いかがなさいました。奥方と喧嘩でも？」

「……わからん」

気を取り直して渋面で唸る。

「先に領地へ戻ってほしいと言ったら急に怒りだしたんだ」

「それは……、お怒りになってもおかしくありませんな」

一回り年上の騎士は、やれやれといった風情で嘆息する。

「何故だ⁉　私はただ、国境に近いここでは何かと不安だろうし、不便なことも多いだろうから、と……」

「田舎なのは承知の上でいらしたはずです」

「しかし、都育ちの姫君だし……。後悔してるかも……」

歯切れ悪く言い返すリーンハルトに、ジークヴァルトはまた溜息をつく。

「今までに奥方が何か不満を洩らしたことがありますか？」

「ないからこそ気になるのだ。我慢して、無理をしているのではないかと」

真剣に思い悩む主に、騎士は肩をすくめた。

「確かに、我慢して無理しているようにお見受けしますな」

「だろう⁉」

「殿にすげなくされて、とても傷ついておられるご様子です」

意気込んだリーンハルトは、思いがけない返しにたじろぎ、ムッとした。

「すげなくなどしていない」

「傍目にはそう見えるのですよ。殿のご気性を把握していない人には、特にね」

「そうなのか……!?」

愕然《がくぜん》とする主を、気の毒そうにジークヴァルトが見やる。

「殿が女性の扱いに長《た》けていないことは、侍女を通じて奥方様もご理解いただけているかと思いますが。それにしても、もう少し優しくされてもよろしいかと」

「精一杯優しくしている！　……つもりだ」

「殿が、こと女性に関しては大変に不器用でいらっしゃることは、我々側仕えの者は重々承知しております」

しかつめらしくジークヴァルトが頷くと、リーンハルトは気まずそうな顔になった。

「……やはり、先日怒鳴ったのがまずかった。自分でも驚くほど慌ててしまって……」

ふ、とジークヴァルトは微笑んだ。

「私としては人間らしい殿のお姿を拝見して非常に微笑ましかったのですが、まだよく殿の人となりがわからない奥方には通じなかったかもしれませんな。――それにしても、あのときの取り乱しようには驚きました。怒鳴られて驚いたにしても少々尋常でなかったような……」

「それなんだが……」

少し躊躇したが、リーンハルトは侍女から聞いた誘拐事件の顛末《てんまつ》を側近に打ち明けた。真剣に聞き入っていたジークヴァルトは太い眉を吊り上げた。

「なんと……。そのようなことがあったのですか」

「もっと早く言ってほしかったよ」

憮然とする主をなだめるように騎士は微笑んだ。

「聞いていたら殿はなんとしても姫君をシュトルツェーレ城砦には来させなかったでしょう。一旦領地へ戻って式を挙げ、新妻をほったらかしにして早々に逃げ帰ってきたのでは？」

「逃げ帰るとはなんだ」

ムッとリーンハルトは側近を睨んだ。

「逃げているではありませんか、ずっと。誰かを愛することから。その結果、傷つくことを恐れていらっしゃる」

付き合いの長い側近は容赦がない。ふいっとリーンハルトは顔をそむけた。

「……怖いのは相手を傷つけてしまうことだ。私に好意を抱いてくれるなら、尚更《なおさら》」

「奥方は殿を慕っておられますよ。目つきからして明らかです」

断言され、リーンハルトの白皙《はくせき》の顔がうっすら上気する。ジークヴァルトはにっこりした。

「殿とて憎からず感じていらっしゃるのでは」

「……愛らしい方だと、思っては、いる……。だから――」

「だから？」

「よけいに、どうすればいいのか見当もつかん……」

掌《てのひら》に顔を埋めて深々と嘆息する主を、騎士は呆れたように眺めた。

「お心のままになさればよろしいのでは」

「だめだ！　そんなことをしたらきっと姫を傷つける。いや、傷つけるどころか……」

ごくり、とリーンハルトは喉を鳴らした。

「殿」

「――そんなことになったら、国王陛下にも王太子殿下にも申し訳が立たない。たとえ死んで詫びたところでけっして許されない。けっして……」

「……あの件に関しては、国王陛下が否定なさったではありませんか」

「私が信じられないのは陛下ではない。自分自身なんだ」

リーンハルトはこわばった顔で呻いた。騎士も黙り込み、しばし沈黙が落ちる。やがて騎士は穏やかな声音で話し始めた。

「たとえ殿がご自分を信じられなくても、私は殿を信じます。陛下も殿を信じておられる。だからこそ、大事なご息女を嫁がせた。そうは思われませんか？」

「……」

「奥方は殿が歩み寄って来られるのを待っていらっしゃるのですよ。奥ゆかしい姫君ゆえ、ご自分からは言い出せないのでしょう。そういうところがまた、なんともいじらしいではありませんか。殿の奥方でさえなければ私が自ら求婚しているところです」

「な、何⁉」

きっぱり言われ、リーンハルトはギョッとした。

「私なら、けっして姫に寂しい思いなどさせません。しっかり懐に抱いて毎日愛の言葉を囁きます。それこそ耳にタコができるくらいにね」

「い、いかん！　姫は私の妻だぞ」

「形だけのね」

「……っ」

怯む主に、騎士はニヤリと不遜な笑みを浮かべた。

「無礼を承知であえて申し上げますが、今のままではいかに大事にしようと、殿のお心が奥方に伝わることはありません。いや、ありえません。誤解が積み重なった挙げ句、早晩離婚の危機に直面することになるでしょう。まぁ、そうなったらなったで、即座に私が求婚しますので何もご心配は――」

最後まで聞かず、リーンハルトは無言で席を立った。

ニヤニヤと顎を撫でたジークヴァルトは、別のテーブルで耳をそばだてている騎士たちに向かってぐっと親指を立てた。騎士たちはどっと沸きたち、酒杯を掲げたのだった。

部屋に逃げ帰ったフィオリーネは、心配するカトリンになんでもないと言い張って湯浴みの用意をさせた。

そそくさと就寝前の身繕いを済ませ、追い出すように侍女を下がらせてベッドにもぐり込む。身を隠すように頭の上まですっぽりと上掛けをかぶってフィオリーネは唇を噛んだ。

動揺して取り乱したことが恥ずかしい。きっと呆れられた。いつまでもお姫様気分の抜けない、わがままな女だと軽蔑されてしまった。

(あんなにカッとなるなんて……どうかしていたわ)

思い出すほどに恥ずかしく、自分が情けなくなる。

(謝らなくちゃ……)

リーンハルトの側にいたい。彼の言うとおり、王都の近くは国境沿いのここよりずっと『安全』だ。しかしもはや『安心』してなどいられそうにない。離れ離れになったらすぐに忘れられてしまいそうで。今だって、彼の心にフィオリーネの居場所はほとんどないのに。

(忘れられるなんて、いや)

いくら大切にされたって、名ばかりの妻なんて――。

意地を張って居残ったら余計に嫌われてしまうかもしれない。少しでも好かれたいなら言うことを聞くべきなの？　だけどここから去ればきっとすぐに忘れ去られてしまうわ。

矛盾する想いの落としどころが見つからず悶々《もんもん》としていると、ギィと扉の開く音がした。ノックもなしに開けるのはリーンハルトだけだ。焦ったフィオリーネは謝ろうと思ったことなど頭から跳んでしまい、上掛けをかぶったままぎゅっと目を閉じて縮こまった。

抑えた足音。近づいてくる気配。じっと見下ろす視線を感じる。かすかな溜息とともに寝台がたわみ、傍らに彼が腰を下ろした。

「……眠ったのか？」

低い囁き声に唇を噛む。起きていますと言えばいいのに。どうしてこんなに意固地になってしまうのだろう。

そっと彼の手がリネンの上から頭に触れ、すぐに離れる。それ以上問うことなく、彼はしばらく黙ったまま座り込んでいた。

やがてまた溜息が聞こえ、彼は独りごちた。自らに言い聞かせるように。

「明日、謝ろう。朝一番に」

ふたたびリネン越しにそっと頭を撫でられる。それがまるで拗《す》ねた子どもに対するようで悔しくなる。実際そうなのだから、余計に。

「おやすみ」

優しく囁き、静かに彼は出ていった。扉が閉まる。フィオリーネは身を縮めたまま一心に耳を澄ませた。かすかに別の扉の開閉音が聞こえた気がした。

もそもそと起き上がり、膝を抱えて嘆息する。

どうして素直になれないのかしら。誰かを好きになると意固地になってしまうもの？

ぎゅっと膝頭を抱え込む。彼の側にいたい。でも彼はそれを望まない。

嫌われてはいないと思っていたけれど、勘違いだったかも。人に嫌われた経験がほとんどないから。そういう世間知らずで鈍いところが、リーンハルトには不満なのかもしれない。

（……そうだわ。何が不満なのか、きちんと訊けばいいのよ）

わからないことを尋ねるのは恥ではないと父は言っていた。知ったかぶりこそ恥じるべきだと。

ただ推し量るばかりでやきもきしていたが、その前に自分の気持ちをきちんと伝えただろうか？　気心の知れた家族や察しのよい召使に囲まれていたせいで、自分の気持ちを伝えるということをしていなかったのではないか。彼の気持ちを聞くことも。

自分たちはまだ『他人』なのだ。結婚したからといって、すぐに気持ちの通じ合える『家族』になどなれるわけがない。

（わたし……、甘えていたんだわ）

彼のことを何も知らないのに。一緒にいれば自然とわかってもらえるはずだなんて、傲慢にも思い込んで。

寝台から降り、室内履きに足を入れる。燭台《しょくだい》の蠟燭は灯ったままだ。いつもならおやすみの後にリーンハルトが消していくのだが、彼もまたあの諍《いさか》いで気もそぞろだったのだろう。

フィオリーネは燭台を手に、リーンハルトの居室へ続く扉を開けた。無人の部屋を通り抜けて廊下に出る。夫婦の寝室は廊下から直接入れない造りなのだ。

居館と城壁を繋ぐ渡り廊下は木製の櫓《やぐら》で覆われているが、矢狭間は開閉式で、平時は上げてあるので風がよく通る。吹き消されないように、炎に手をかざしてそろそろと進んだ。

歩廊には人の姿はなかった。歩哨は一時間置きで、そのあいだは塔から見張りをしている。哨兵に出くわすこともなくフィオリーネは東の塔に辿《たど》り着《つ》いた。見上げると、やはり居館側の窓から光が洩れている。

意を決し、上階へと続く螺旋《らせん》階段を昇り始めた。ぐるりと一周するとアーチ型の戸口が見えてきた。扉は開いている。

フィオリーネは足音を忍ばせ、そっと中を覗き込んだ。ほぼ反対側の窓辺に燭台が置かれ、リーンハルトが座っていた。片膝を立てた恰好でぼんやり外を眺めている。

町を眺めているのかと思ったとたん、猛烈に腹が立った。妻の頭越しに愛人に想いを馳せるなんてあんまりだ。

「——そんなに逢《あ》いたいのなら逢いに行けばいいわ。わたしに遠慮なさらなくてけっこうよ」

声高に叫ぶと、リーンハルトは弾かれたように振り向いた。

「フィオリーネ……？　何をしてる。寝たのではないのか」

慌てて歩み寄った彼の手を、ぱしりと撥《は》ね除《の》ける。

「夫がひそかに余所《よそ》の女性を偲《しの》んでいると知りつつ眠れると？　あいにくそこまで達観できていませんの」

「余所の女性？」

混乱してリーンハルトは目を瞬いた。中途半端に手を伸ばしたまま、困惑しきった顔でフィオリーネを見つめる。

「いったい誰のことだ。おかしな夢でも見たのかい？」

「夢じゃないわ！　聞いたのよ。あなたには町に好きな女性がいるって。エ……、エーリカよ」

「エーリカ……？」

リーンハルトは眉をひそめ、真剣な面持ちで考え込んだ。

「……そんな名前の女性は知らない。勘違いじゃないのか」

「勘違いじゃないわ！　衛兵たちが喋っているのを聞いたもの。あなたが結婚して来なくなったから、エーリカが寂しがってるって」

まじまじとフィオリーネを見返していたリーンハルトは、ふと眉をひそめた。

「衛兵……？」

「しらばくれても無駄よ！　わたしを妻にする気がないなら、はっきりそう言って。あなたはただ、王女を飾っておければいいのでしょう？　自分の地位を示すために、自負心を満たすために。高貴な身分の人形を、ただ大事に、綺麗に、飾っておきたいだけなんだわ」

思ってもみなかった言葉が次々に口から飛び出すことに自分で驚いた。いや、これこそがきっと本音。抑え込んでいた不満、不平が限界を越えてあふれだしたのだ。

憂いをおびたまなざしを窓外に向けるリーンハルトの姿に、王女としての矜持《プライド》と義務感とでかろうじて保たれていた理性の蓋が吹き飛んだ。

大事にされていると思っていた。それは国王からの『借り物《こと》』だったから。

優しくされていると思っていた。無関心をただ礼節で糊塗しただけだった。

少しくらいは好かれていると期待していたのに、結婚前から続く愛人がいたなんて――。

呆気にとられていたリーンハルトの表情が、次第に険しくなる。我に返ってフィオリーネは後退った。

「ご……、ごめんなさ……っ」

逃げ出そうと身を翻したとたん、腕を掴んで引き戻される。冷ややかな瞳が間近に迫り、フィオリーネは竦み上がった。

「心外だな。自負心を満たすためのお飾り人形など、私には必要ない。人形を飾って眺める趣味もない。――私はね、これでも精一杯礼儀正しく、優しくしたつもりなのだよ。あなたの安全のために」

「……⁉」

「なのにあなたはのこのことやって来てしまった。自ら、怪物の元へ」

「か……怪物……？」

フッと彼は自嘲の笑みを浮かべた。

「知っているのだろう？　私が婚約者を殺して、喰ったと言われていることを」

「た、ただの噂だと……」

「火のないところに煙は立たない……と言うじゃないか？」

耳元で囁かれ、ぞくりと皮膚が粟立《あわだ》った。恐怖というよりも、どこか背徳的な甘さがふくまれた感覚――。

「う……嘘《うそ》よ……、そんなこと、あなたは……しないわ……」

「何故わかる」

「お父様が仰ったもの……。お兄様も……」

彼は呆れたように鼻を鳴らした。

「自分で言うとおりのお人形か……。父や兄の言葉なら疑いもせず信じ込む。自分の頭では何ひとつ考えない」

皮肉られ、カッとなって睨《にら》み付《つ》ける。

「わたしが父や兄を信じるのは人として尊敬しているからよ！　わたしは『信じる』と決めた

の。あなたがどう思おうと、自分で決めたの。あなたを信じると」

まっすぐに見つめられ、一瞬リーンハルトの瞳がたじろいだように揺れる。だがすぐにいっそう憐《あわ》れむような冷笑が唇をゆがませた。

「……残念ながらそれは間違いだ」

「間違ってなどいません！」

「恥じることはない。人間、誰しも間違うことはある。ましてやあなたは誰からも愛され、大切にされた姫君だ。人を疑うことを知らずに育ったのだから仕方がない」

「今は知っています。世の中には悪い人もいるのだと、ちゃんとわかってる。だけどあなたは違うわ。噂されてるようなことをする人じゃない」

「――何故わかる⁉」

声を荒らげて詰問され、フィオリーネはびくりと身を縮めた。端整な顔を怒りと苦悩とでゆがめ、彼はギリッと歯ぎしりした。

「自分にすらわからないことが、私のことをろくに知りもしないあなたにどうしてわかるというのだ⁉」

「あなたを見ていたもの！　ここへ来て、初めて会ったときからずっとあなたを見てた。あなたのことが知りたくて……、どうすれば好きになってもらえるかと……。ずっと……見ていたのよ……！」

「何を……馬鹿な……」

うろたえたようにリーンハルトの視線が揺らぐ。フィオリーネは涙のにじんだ瞳でキッと彼を睨んだ。

「そうよ、馬鹿だわ。あなたには他に好きな人がいるなんて、思いもしなかったんだもの。わたしの頭越しに愛人に想いを馳せているとも知らず、いつになったらベッドに来てくれるのかと悩んでた。立派な奥方になれば、きっといつかは見直してくれるはず……なんて自分を励ましたりして」

喉が詰まって言葉が途切れる。フィオリーネは唇をきつく噛み気を落ち着かせようと努めた。

「……もう、結構です。お邪魔なのはわかりました。お望みどおりひとりで領地へ参りますわ。ものわかりのよい妻にはなれませんけど、夫のことを悪しざまに罵ったりはしないから安心して。せいぜい公爵夫人らしく務めます。あなたに恥をかかせないように……。それでもご不満なら、頃合いを見て離縁してさしあげます。子どもができないから別れたいと言えば、やむを得ないとお父様も許してくださるでしょう」

精一杯の皮肉を込めて言い放ち、くるりと背を向ける。一歩踏み出したとたん、いきなり視界が廻って身体が浮き上がった。

「……!?」

有無を言わさず抱き上げられたのだと気付いたのは、寝台にどさりと下ろされてからだった。

夫婦の寝室のような広々と豪華な寝台ではない。仮寝用とおぼしきごく簡素な寝台だ。

混乱して見上げると、怒りをはらんだ瞳が鋭くフィオリーネを見据えていた。

「あいにくだが、あなたと離縁する気はない」

「か……勝手なことを言わないで！」

抑え込まれた手首をもがかせながら必死に睨み付ける。

「愛人と別れもせず、お飾りにわたしを据えておこうと言うの!? 最低だわ……！」

「やっと自分の過ちを認める気になったか。……そうだ、私は姫君にはふさわしくない、最低の相手だ。そのような男に大事な娘を嫁がせた父王を恨むのだな」

言い返そうとした唇を強引にふさがれて、フィオリーネは目を見開いた。

「んッ……!?」

いやいやと懸命に首を振っても噛みつくようなキスは深まる一方だ。角度を変え、唇全体を食《は》むように貪られる。

混乱で瞳に涙が浮かんだ。手首だけでなく、全身を使って押さえ込まれて身動きすらままならない。

息苦しさに抵抗が弱まると、やっと唇が解放された。

「……別れることなどできるか」

怒り混じりにリーンハルトは吐き捨てた。それが愛人のことなのか、自分のことなのか、わ

からないままふたたび唇をふさがれる。

「……っ、ぅ……！」

ぬるりと熱い舌が入り込む。涙の溜まった瞳をいっぱいに見開き、フィオリーネは身体を硬直させた。きつく舌を絡め、痛むほどに吸い上げられる。荒々しく息を継ぎながらリーンハルトは執拗《しつよう》にフィオリーネの唇と舌を舐《な》めしゃぶった。

くちづけがこんなにも激しいものだなんて――。結婚式の、そっと唇を重ねただけのキスしか知らず、想像だにしなかった。

ぽろぽろと涙がこぼれる。リーンハルトは舌打ちしてフィオリーネを睨んだ。

「今さら泣いたって遅い。精一杯礼儀正しく、大事にしていたのに……。ぶち壊したのはあなた自身だ」

「ちが……っ、わた、し……」

「違わない。あなたは私を獣にする。……あなたを喰い殺せば、国王陛下が私を討ち果たしてくださるだろう。それがいい……それでいいんだ……。だが、あなたは……。ああ、可哀相な姫君。何故ここへ来たのだ。何故、私の前に姿を現した。そうすべきではなかったのに……」

うわ言のように呟きながら、リーンハルトはフィオリーネの唇を吸いねぶり、震える喉元を熱い舌でねっとりと舐め上げた。

恐怖とは違った感覚で、ぞくぞくと鳥肌がたつ。お腹の奥の方が、ずくりと不穏に疼いた。

秘めた部分が刺すように痛くなり、混乱でまた涙が盛り上がる。

薄い夜着の上から両の乳房をぎゅっと掴まれ、息が止まった。がっしりとした武骨な手で、ぐにぐにと容赦なく揉み絞られる。フィオリーネに触れるときは、いつだってためらいがちで、壊れ物を扱うかのようだったのに。

（わたしは間違っていたの？　あの噂は事実だったの……⁉）

信じたくない。信じたくなかった。あんな身の毛もよだつ恐ろしい噂など。本当は優しい人なのだと信じていたかった。ただ口下手で不器用なだけで……。

もうわからない。何が本当なのか、嘘なのか。何を、誰を、信じればいい？　溜まった涙が眦《まなじり》からとめどなくこぼれ落ちる。

ふ、と頬に優しい感触が触れた。濡れた睫《まつげ》毛をぼんやり瞬くと、リーンハルトがひどく苦い顔で見下ろしていた。

彼は「くそっ」と毒づいて身を起こした。

「明日、領地へ戻れ。離縁したければ……好きにしろ」

ぶっきらぼうに吐き捨て、顔をそむけてしまう。

フィオリーネはぎくしゃくと起き上がった。頑なな夫の背中を見つめ、ぎゅっと拳を握りしめる。

別れるつもりはないというのは、やはり愛人のことだった。命令に従えば彼を失うことになる。永遠に。

(そんなのは……いや……!)

ベッドに座り直し、胸元を留めているリボンを解く。いつまでも立ち上がろうとしないフィオリーネに不審を抱いたのか、リーンハルトは振り向いてギョッと目を剥いた。

「何をしてる⁉」

焦る彼にはかまわずフィオリーネは夜着を脱ぎ捨てて裸身をあらわにした。

「——比べて、ください」

「な、に……?」

羞恥に顔を赤くしながら、それでも己を奮い立たせて言いつのる。

「あなたの想う人と比べてください。わたしだって、そんなに悪くないと思います……!」

唖然とする彼をあえて強く睨み付ける。そうでもしなければ泣きだしてしまいそうで。

「この砦へ来たのはあなたの妻になるためです。愛人の存在など絶対に許しません。夫を誰かと共有するなんて、まっぴらです。だから——、あなたを、奪い取ることにします……!」

「奪う……?」

ますますリーンハルトは唖然とした。できるかぎり高慢にフィオリーネは頷いた。恐れを知らぬ自負心の塊のような王女に見えればいい。

「わたしのことを、愛人よりも気に入っていただきます。どんなことをしてもあなたを、えっと……、ろ、籠絡？　して、みせるわ！」

呆気に取られて見返していたリーンハルトが、くっと喉を鳴らして失笑する。

「籠絡？　王女であるあなたが……？　ふつう逆だろう」

「し、仕方ないわ。わたしのほうが後から来たんだもの」

顔を赤らめるフィオリーネを斜に眺め、彼は肩をすくめた。

「私を夢中にさせて、愛人から奪い取る……か。変わった姫君だな。あなたは王女なのだから『別れろ』と命じればいいのに」

「命令してあなたの心が手に入るの？」

「獣に心などない」

吐き捨てる彼をキッと睨む。

「あなたが獣だなんて思いません！」

彼は深々と嘆息した。

「まだ言うか。蝶《ちょう》よ花よで育った王女様らしいな。頭の中は綺麗なお花畑と見える」

「ひどいわ……！　もしもあなたが本当に獣なら途中でやめたりしないでしょう。欲望の赴くまま喰い殺していたはずよ」

リーンハルトは舌打ちした。

「よく口の廻る姫君だ。そんなに私の外見が気に入ったのか？　見た目だけは佳《よ》いらしいからな……。それとも王女としての矜持《プライド》が許さぬか」

「なんとでも言えばいいわ。わたしはあなたの身も心も独占すると決めました。他の誰にも渡しません。絶対に」

「そのためには獣に身を投げ出すことも厭《いと》わぬと？　愚かな……」

「言ったでしょう。あなたを獣とは思わない」

リーンハルトの瞳に怒りが閃く。次の瞬間、フィオリーネはふたたびベッドに押し倒されていた。

剥《む》き出《だ》しになった乳房を鷲掴《わしづか》み、憤りのにじむ声音で彼は囁いた。

「ならば獣に引き裂かれ、自分の驕慢《きょうまん》さを悔いるがいい」

「ひっ……」

じゅぅっと乳首を吸われ、悲鳴を上げる。リーンハルトが嘲笑った。

「この程度で悲鳴を上げるとは、口ほどにもない」

「お、驚いただけです！　初めてだから……」

「それで手加減してもらえるとでも？」

くっと唇を噛む。

「……好きになさればいいわ」

「意固地な姫だな」

呆れた声音に睨み付けると強引に唇をふさがれた。荒々しく乳房を捏《こ》ね回《まわ》しながら絡めた舌をこすり合わせ、唾液を啜《すす》られる。

「――いいことを思いついた。賭けをしないか？」

貪るようなくちづけの合間に彼が囁く。

「か……け……？」

「そう。『いやだ』、『やめて』と一度でも口にすればあなたの負け。泣きだしても負けだ」

「負けたら愛人を認めろと？」

「公爵領へ先に戻っていると約束してもらう」

「同じことよ！」

「私を拒絶しておいて籠絡できると思うのか？　王女様は浅はかだな」

嘲るように言われ、ぐっと唇を噛む。

「……いいわ。絶対に『いや』も『やめて』も言いません」

「やれやれ。いつまでもつことやら」

「絶対に言うものですか。勝つのはわたしよ。あなたはわたしに夢中になって、愛人のことなんかすぐに忘れてしまうもの」

「大した自信家だな」

ふっとこぼされた笑みに、フィオリーネはどきりとした。ままごとのような新婚生活のなかで時折彼が見せた、一番好きな表情だったから――。

「……ならばせいぜい私を愉《たの》しませろ」

彼はふたたび乳房に吸いついた。尖《とが》った先端を甘噛みし、舌先でつつくように舐《な》め回す。むず痒《がゆ》いような疼くような、未知の感覚にフィオリーネは震えた。

（こんなことされるなんて……）

これも母が言っていた『びっくりするようなこと』なのだろうか。乳首に吸いつくのは赤子だけだと思っていたけど。

「丸太を抱く趣味はないのだがな」

憮然とするリーンハルトに、我に返ってフィオリーネはしがみついた。

「ごめんなさい！　とまどっただけなの。何をするにも初めてのときは勝手がわからないものでしょう？　ほんの少しおまけしてもらえませんか。今日だけでいいんです」

懸命に頼み込むとリーンハルトは肩をすくめた。

「勝負は対等に行なわなければ意味がないしな……。わかった、ハンデをつけてやろう」

「ありがとうございます」

ほっとして礼を述べると彼は溜息をついた。

「調子が狂うな……」

彼はフィオリーネの身体を反転させた。それまでとは逆に見下ろす恰好になってどぎまぎしていると彼は意地悪な笑みを浮かべた。

「では、脱がせてもらおうか」

「……はぃ？」

「私の服を脱がせるんだ。あなたは自分で勝手に脱いでしまったから、脱がせる愉しみを奪われた」

「そ、そうなのですか？」

「今後、勝手に脱ぐのは禁止だ」

「わかりました」

別に進んで脱ぎたいわけではないので素直に頷く。

「男の服を脱がせたことはあるか？」

「ありません！」

「だろうな。何事も経験だ。やってみろ」

尊大に促され、おずおずと襟元に手を伸ばす。まず室内着《ウープランド》を脱がせ、下着《シェーンズ》を剥ぐ。すでに寝支度で、下穿き《ブレー》や脚衣《ショース》は着けていなかったので、あまり身体を見ずに済んでホッとした。

特に男性特有の器官はなるべく視界に入らないよう注意した。そういうものはごくごく幼い頃にすぐ上の兄たちが裸で泳いでいるときに見たきりだ。

うっかり視界の端に映ってしまったリーンハルトのそれは、あたりまえだろうが、子どものものとはすごく違っているようだった。

直視したらたちまち怖じ気づいてしまいそうだ。ちらっと見ただけでも凶悪なほど大きく思えたのだから。

からかうようにリーンハルトが低く笑う。

「どうした。目を逸《そ》らすな」

「そ、逸らしてません」

「私の顔ではなく、これを見ろと言っている」

彼はフィオリーネの手を取り強引に陰茎を握らせた。

「怖いか」

そそのかすように問われ、ぷるぷるとかぶりを振る。

「こ、怖くは……ありません……けど……」

「けど？」

「その……。お、大きい……です、ね……？」

標準サイズは知らないが、両掌に載せてもはみ出すのだから小さくはないはずだ。

「泣きだしそうな顔だな。泣いたら負けだぞ？」

「泣きません」

キッと睨んだ勢いでうっかり肉棒を握りしめてしまい、リーンハルトが息をのんだ。

「こら、乱暴に扱うな！　すごく大事なものなんだぞ」

「ご、ごめんなさい。痛かったですか」

慌てて指を開き、そーっと撫でる。ぴくりと小さく跳ねた雄茎が少し固くなった気がしてフィオリーネは焦った。

「どうしましょう。わたし、何か間違えたでしょうか。なんだか急に凝ってきたみたい……。痛いですか？　さすったほうがいいですか？」

「……本当に何も知らないのだな」

はぁ、とリーンハルトが溜息をつく。

「何をです……？」

「なんでもない。では、さすってもらおうか。優しく丁寧に、な」

「わかりました」

フィオリーネはぺたりと寝台に座り込み、両手でくるむようにして肉棒を丁寧に撫でさすった。ベルベットのような、なめらかな手触りだ。

「あの、リーンハルト……？　ますます固くなってきた、みたい……なんですけど……」

「それでいいんだ」

答える声が妙に苦しげで、心配になってフィオリーネは彼の顔を覗き込んだ。

「大丈夫ですか？　力を入れすぎでしょうか」

「いや、ちょうどいい。続けてくれ」

唸るように彼は囁いた。フィオリーネは様子を窺いながら優しく肉楔を掌で刺激した。

指示されるまま指を巻き付けて少し強めに扱《しご》き始める。リーンハルトは眉根を寄せていたが、苦しいとか痛いとかではなさそうだ。唇から時折熱っぽい吐息が洩れている。

(気持ちよさそう……?)

白皙の面差しがうっすらと紅潮し、男らしい色香が漂う。彼の表情をうっとり眺めているうちに、フィオリーネはだんだんと自分が昂奮してくるのを感じた。脚の付け根がジンと疼き、花弁の奥の突起が絞られるようにツキツキと痛む。

「気持ちいい……ですか……?」

「ああ、悪くないな」

彼の囁き声もまた昂奮しているようで嬉しくなった。今や彼の肉槍は固く張り詰め、手を離しても堂々と天を指して自立しそうだ。いつのまにか先端のくぼみから透明な露がにじみ、フィオリーネのほっそりした指を淫靡《いんび》に濡らしていた。

初めはびっくりしたが、気持ちよさそうなので心配ないだろうとマッサージを続ける。

ぬめりのある液体で指の滑りがよくなり、だんだんとコツも呑《の》み込《こ》めてきて、熱意を込めてリズミカルにきゅっきゅっと扱いた。

「……もういい」

頭をもたげたリーンハルトが気だるげに命じたが、フィオリーネは手を止めなかった。

「お気に召しませんか？」

「いや、もう充分だ」

そうかしら？　とフィオリーネは首を傾げた。よくわからないけど、この状態はなんだかとても中途半端な気がするのだけど……。

「こら。もういいと言っているだろう」

「でも、このままではお休みになりづらいのでは？」

「……わかってやってるのか？」

溜息をついてリーンハルトは頭を枕に戻した。

「まぁ、いいさ。驚いて泣きだせばあなたの負けだしな」

「泣かないし、負けません」

言い返して指の力を強める。リーンハルトが軽く息をのむと、ちょっと得意な気分になった。

屹立《きつりつ》はますます固く怒張して、そそり勃つ。

熟した実が爆ぜるように弾けてしまうのでは？　と心配になった頃。ぶるりと太棹が震えたかと思うと先端からびゅくびゅくと乳白色の液体を吐き出した。

びっくりして手を離したフィオリーネは、指先を汚す白濁に目を丸くした。これはなんだろうかと両手を掲げてしげしげ眺めていると、リーンハルトが額を押さえて嘆息した。

「だからもういいと言ったのに……」

「リーンハルト。この白いものはなんですか？」

「……子種だ」

「こだね？」

「それをあなたの女壺に注いで子を成すのだ」

「まぁ！　そんな大事なものを」

慌ててフィオリーネは濡れた指をぱくりと銜《くわ》えた。リーンハルトが目を剥いて上体を起こす。

「おいっ」

「……苦い……」

呻《うめ》いて思わず舌を突き出すと、リーンハルトは頭痛をこらえるように眉間を摘んだ。

「美味《うま》いはずないだろうが……。だいたい舐めても子はできんぞ」

「そうなのですか。でも、大切なものを無駄にしてはいけませんよね」

「減ったぶんは自然と体内で補給されるから大丈夫だ」

「まぁ……。すごいのですね」

感心するフィオリーネに、リーンハルトはがくりと肩を落とした。

「驚いて、泣いて逃げ出すと思ったのに……」

「驚きましたけど、説明していただいたので理解できました」

にこりと微笑むと、彼は深々と溜息をついた。

「敵《かな》わないな……」

「負けをお認めになるのですか？」

「あなたの無知っぷりに呆れただけだ。刺激によって子種が放出されるのは自然の生理にすぎん。これくらいで籠絡したと思ったら大間違いだ」

「わかりました。でも、刺激されると気持ちいいのですね？」

「まぁな」

「わたし、上手《うま》くできましたか？」

「……公平に判断して、悪くはなかった」

「つまり、良くもない……？　だったらもっと練習しないと」

「今日はもういい」

無邪気に股間に手を伸ばされ、慌ててリーンハルトは飛びのいた。残念そうに眉を垂れるフィオリーネを組み敷き、叱りつけるように睨む。

「わかっているのか？　このままだと獣に穢《けが》されて取り返しのつかないことになるのだぞ」

「あなたは獣ではないし、穢されるとも思いません」

きっぱりと言い返すとリーンハルトは眉間にしわを寄せて嘆息した。

「……泣かせて降参させるほかなさそうだな」

「どうだかな。すぐに泣きだして、『いや』か『やめて』のどちらかを口にするさ」

「泣きません！」

「ならばその減らず口をしっかり閉じておけ」

「どちらも口にしません」

うそぶいて彼は強引に唇をふさいだ。口を閉じる暇もなく滑り込んだ舌が絡み合い、もつれ合う。

「んッ……！　ん……ぅ……」

肩を押し戻しそうになるのを、拳をぎゅっと握りこんで耐える。フィオリーネの口中をあますところなく蹂躙《じゅうりん》し尽くし、リーンハルトは乳房を揉みしだきながら首筋から鎖骨へと舌を這《は》わせた。

先端を舌で転がしながら、やわやわと乳房を捏ね回される。視線を下げると彼の大きな掌がふくらみを鷲掴み、指のあいだから乳肉がはみ出しているのが見えて恥ずかしくなった。

「……意外と大きな胸だな。着やせするのか、気付かなかった」

彼は呟き、唾液で濡れた乳首を摘んだ。くりくりと左右に紙縒《こよ》られ、薔薇色の棘がツンと尖る。独りごちるのが彼の癖なのだとわかっていても、この状況では非常に恥ずかしい。だが、彼は気にせず——あるいは気付かず？——に続けた。

「乳輪と乳首は小さめだ」

それがいいのかどうかフィオリーネにはわからない。彼の好みであることを願うばかりだ。両方の乳首を執拗に弄り回しているのだから、気に入らないわけではなさそうだけど……。

「……っ」

変な声が出てしまいそうで慌てて唇を押さえる。見咎《みとが》めたリーンハルトが皮肉っぽく笑った。

「どうした？　『いや』か」

口許を押さえたまま、ふるふるとフィオリーネはかぶりを振った。強情だな、と彼は呆れたように呟いた。

彼は交互に乳首を口にふくみ、歯と舌を使って舐めたりしゃぶったりした。軽く歯で挟んでチロチロと細かく舌先で先端を刺激されると、ぞくぞくと身体が戦慄《おのの》いてしまう。

「んッ……」

潤んだ瞳をギュッと閉じ、フィオリーネは顎を反《そ》らせた。くくっとかすかな笑い声がする。

「どうした。気持ちいいのか」

咄嗟《とっさ》に首を振りそうになるのを慌てて抑えた。彼が自分を恥ずかしがらせ、あるいは怖がらせて、『やめて』と言わせようとしているのはわかっている。

（絶対、言わないわ）

「き……、きもち、いい……です……！」

必死に答えると、リーンハルトは軽く鼻を鳴らした。

「嘘は言わなくていい」

「嘘じゃありません！　本当に……きもち、ぃ……の……」

「それじゃ、どう感じているか説明してもらおうか」

意地悪な要求にくっと唇を噛む。だが、逆らって『負け』にされては困る。

「ぁ……、ジンジンして……ます……」

「どこが」

「……ち、乳首、の……先が……」

「これか？」

きゅっと先端を摘まれ、身を縮めてこくこく頷いた。

「気に入ったか、ここを弄られるのが」

「は、はい」

「指と舌と、どちらがいい？」

「どちらも……気持ちぃ……です……」

本当のことなので、うっとりと素直に答える。最初はくすぐったいだけだったが、熱い舌でなぶられるのも、指先で転がされるのも、今ではどちらも心地よい。

「……いやらしい王女様だ」

「ひっ……」

強く乳首を引っ張られ、かすかな痛みとそれを遥《はる》かに上回る快感とで背をしならせる。リーンハルトの声に昂奮がにじんでいるように思えたのは気のせいだろうか……。

濡れた睫毛を瞬き、弱々しく喘《あえ》いでいると、膝を掴んで立てられた。膝頭を左右に割り、脚の間を覗き込まれる。

「や……っ、見ないで」

「……『いや』？」

意地悪げに問われ、慌てて首を振る。

「い、言ってません」

「では、見てもいいんだな？」

「は……はい……。見て……ください……」

ぎゅっと目を閉じて頷いた。目を閉じるなとは言われていないから。そのほうがいくらかでも羞恥が紛れる。

「……ぐっしょり濡れてるな。胸を弄られただけで感じたのか？　それとも私を扱きながら濡らしていたのか」

「わ、わかりません……」

どちらがどうというより、濡れていると言われたこと自体がよくわからない。

「あの……、それは、いけないこと……ですか……？　悪いことなら……直します……」

消え入りそうな声で尋ねると、くすりとリーンハルトは笑った。

「悪いことではない。……そうだな、私を籠絡したければ、しとどに蜜をあふれさせることだ。そうすれば、私の愛撫《あいぶ》に感じていることがよくわかる」

「はい……」

顔を赤らめてフィオリーネは頷いた。彼の雄茎も刺激されて露を滴らせていた。だから、自分も濡れたっていいはずだ。

くちゅり、と濡れ溝に指が侵入する。

「あっ……」

ぞくんと愉悦が腹底を駆け抜けた。蜜溜《だ》まりを掻き回されると、ぐちゅぐちゅと淫靡な水音が上がる。

「直接触れられもせずこんなに濡らすとは……、姫君には淫蕩《いんとう》な才能がおありらしい」

揶揄《やゆ》に傷つく一方、甘い責め口調に昂奮も覚えている自分に気付いて睫毛が濡れた。詰りながらもリーンハルトの声音は淫靡な熱をおび、かすかに上擦っているようだ。

彼を籠絡し、独占できるなら、淫らだと詰られたってかまわない。それで彼が自分に夢中になってくれれば。

「……淫蕩な女はお嫌いですか？」

もじもじと身じろぎしながらフィオリーネは尋ねた。黙っているとおかしな声が出てしまいそうで……。

「嫌いではないさ。愉しませてくれたほうがいいに決まってる」

「わたし、あなたを愉しませてます……？」

「それなりにな。初めてにしては悪くない」

「よかった……、――ひッ⁉」

ホッと吐息を洩らしたとたん、キュッと花芯をひねられてフィオリーネは悲鳴を上げた。

「な、何を……」

肘を付いて上体を起こすと、リーンハルトは敏感な花芽を親指でグリグリとすり潰すように扱きながら意地悪な笑みを浮かべた。

「悪くなくても、良いとまでは言えないぞ？　約束だから今日だけはおまけしてやるが」

囁きながらもクチュクチュと濡れた音を立てて媚蕾を弄られ、快感に息が乱れる。

「んッ、あッ、あ……、や……」

「やめて？」

「……ッ」

唇を両手で押さえ、涙目でプルプルとかぶりを振る。

「つ、続けて……ください……」

「意地を張らず、素直に降参したらどうだ？」

「き、気持ちいいです。本当です」

「私を気持ちよくしてもらわないといけないんだが」

必死の訴えに苦笑され、フィオリーネは濡れて重くなった瞼《まぶた》を瞬いた。

「どう……すれば……？」

「今日のところは素直に喘いでいればいい。……さっきはかなり悦くしてもらったしな」

「すみません……」

籠絡するなんて大口を叩いておいて情けない。じわっと浮かんだ涙を、リーンハルトが指先で掬《すく》い取《と》る。彼は濡れた指先をぺろり舐めて目を細めた。

「これもおまけしておこう」

見つめる翠の瞳がひどく蠱《こ》惑的《わくてき》でドキドキする。艶やかな彼の唇に見とれながら手を伸ばすとリーンハルトは身をかがめ、そっと唇を重ねた。

「くちづけの練習も必要だな。ぎこちない」

「ごめんなさい……」

「いちいち謝るな。同意ならそれを示すだけでいい」

「……はい」

コクリと頷くとリーンハルトは目を細め、ふたたび唇を重ねた。

舌を絡ませるキスにもだいぶ慣れた。恥ずかしいことは恥ずかしいけれど、厭ではない。彼の体温を口中で直に味わうとドキドキして、すごく近くに感じる。物理的な距離というよりも、親密さを感じられるのが嬉しい。

いつしかフィオリーネは彼の頬に手を添え、熱心に彼の舌を吸っていた。そのあいだも彼の指は蜜を誘いだすかのように執拗に秘処をまさぐっている。

「んぅ……、ん……、ふ……ぅ……」

鼻にかかった吐息がひっきりなしに洩れる。濡れた谷間をぐちゅぐちゅと掻き回されると、とてもじっとしていられない。彼の動きに合わせるように勝手に腰が揺れてしまう。

ようやく唇を離したリーンハルトは、軽く息を乱し、愉悦にとろんと潤む瞳を熱っぽく見つめた。

「……悪くない。この調子なら見込みがあるかもしれないぞ？」

こりこりと耳殻を食みながら囁かれ、フィオリーネはぞくんと顎を反らした。

「ぁ……、ほん、とに……？」

「今後の努力次第だ」

皮肉な口調で返し、小声で『いつまでもつか知らんが……』と付け加える。フィオリーネは彼の背に腕を回してぎゅっとしがみついた。

「がんばります。わたし、がんばりますから……、だから……お願い……」

他の女のことなんか考えないで。わたしのことだけ見ていてほしい。

実際にそう口にしたのか、思っただけなのか。充血した花芽に与えられる刺激は容赦なく、思考力を奪ってゆく。

リーンハルトが低く唸り、チッと舌打ちするのが聞こえた。気に障ったのだろうかと、ぎくりとした瞬間。ぬぷりと指が隘路《あいろ》に押し入ってきてフィオリーネは息を詰めた。

「……っ⁉」

「まったく、あなたという人は――」

歯ぎしりするように呻き、彼は未熟な花筒に指を埋めた。固い関節で繊細な襞《ひだ》を荒々しく擦られ、フィオリーネは悲鳴を上げた。

「いっ……いた、ぃ……！」

それでも彼は強引に指を進めた。付け根まで深々と埋め込んだ指を引き抜き、またぐりりと押し込む。

「痛いか」

懸命に涙をこらえて頷く。

「い、たい……です……」

「このまま続ければ、もっと痛い目に会うのだぞ。私のものはさっき見ただろう？　あれを此《こ》処《こ》に――」

ぐりっと指を回され、唇を噛んで悲鳴を堪えた。

「――この狭い場所に迎え入れなければならないんだ。きっとものすごく痛い。痛いのは厭だよな？」

「い……いやではありません。それで妻にしていただけるなら、し……してください……っ」

そのかすれた声音に頑として首を振ると、リーンハルトは腹立たしげに舌打ちした。

「強情すぎる女は好みではないのだが」

「あ、あなたは卑怯《ひきょう》です。わたしを脅して、賭けに勝とうとするなんて。それでも王国の騎士なの⁉」

「卑怯だと……！」

フィオリーネの非難は彼のプライドに突き刺さったらしい。挿入した指を引き抜き、剣呑《けんのん》な目つきで睨まれる。気圧されながらも、ありったけの気力を振り絞って彼を見返した。

しばらく無言で睨《にら》み合った末、リーンハルトはふっと皮肉な笑みに唇をゆがめた。

「……傷つけまいと精一杯気遣ったつもりだが、王女様はよほど獣に穢されたいらしい。ならば取り返しがつかなくなってから嘆くのだな。後悔先に立たず……の意味を身をもって知るがいい」

空恐ろしい宣言と同時にぐいと腰を膝の上に引き上げられる。強引に脚を開かされ、ぱくりと割れた蜜口に固いものが押し当てられた。反射的に息を詰めると、リーンハルトは嘲るような笑みを浮かべた。

「警告は、したからな」

ぐっ、と彼は腰を押し進めた。未熟な貝肉を割り裂き、猛《たけ》り勃つ怒張が突き込まれる。

「ひ……ッ」

指一本でも痛みを覚えたのに、その何倍もある太棹《ふとざお》がいっぱいに隘路をふさぐ。一瞬、呼吸さえままならなくなった。

身をこわばらせるフィオリーネを見下ろし、リーンハルトは怒ったように呟いた。

「……これであなたは処女ではなくなった。満足か?」

満足なわけもなかったが、ホッとしたのは確かだ。少なくともこれで彼の妻になれた。名ばかりのお飾りではなくなったのだ。

もう逃げられない。すべての退路が立たれ、逃げ道はなくなった。

あとは立ち向かうだけ。ようやくそれに専念できる。

本当はずっとそう望んでいた。思いやりに満ちた優しい人たちに囲まれて、いつだって逃げ込める場所が用意されていた。甘えることを許されていた。

ぬくぬくと、心地よいものだけに囲まれて一生を過ごすことだって、望めば叶《かな》えられたはず。それほどに自分は愛され、恵まれた立場にあったのだ。

だけど。それではどうしても満足できなくて。この楽園からいつかは旅立たなくては……と、心のどこかでずっと思っていた。

だってそれは両親が作り上げた楽園なのだから。わたしはわたしの楽園を作らなければならない。愛する人と一緒に。

「……嬉しいです。やっと妻にしていただけました」

漸《よう》う息《よ》をついて微笑みかける。リーンハルトは面食らい、次いで眉を吊り上げた。

「もとよりあなたは私の妻だ。何度言ったらわかる⁉」

「お飾りでなくなって、ホッとしたのです。あとはあなたが愛人を忘れてわたしに夢中になってくだされぱいい」

リーンハルトは鼻白んで舌打ちした。

「……簡単そうに言ってくれる。身体を繋げただけで籠絡できたなどと思わぬことだ」

「わかっています」

素直に頷き、フィオリーネは逞しい彼の肩にそっと手を添えた。

「教えてください。あなたを愉しませたいのです。わたし以外の女性など不用だと、思っていただけるように」

「心がけのよい妻だな」

憎まれ口にも微笑で応じると、彼はたじろいだように目を逸らし、すぐに思い直したように皮肉な笑みを向けた。

「どこまで強がりが続くかな。野蛮な獣を飼い馴《な》らすのは、お上品な王女様には酷だろう」

「あなたが獣だとしたら、とても高貴な獣だと思います。たとえば……一角獣のような」

「夢見がちなお姫様らしい買いかぶりだな。私など、乙女の膝で安らぐ代わりに突き殺すのが関の山だ」

「試せばいいわ。あなたの好きなようにして、好みを教えてください」

素直に教えを請うたのに、彼は意地悪な笑みを浮かべた。

「自分で探り出せ。この身体を使って。言っておくが、賭けは継続中だぞ?」

「わかっています。『いや』も『やめて』も言いません」

「どうだかな」

呆れたように呟いて、彼はフィオリーネの腰を抱え直した。

「動くぞ。このままではいつまで経っても終わらん」

「よしなに……」

彼は憮然と鼻を鳴らし、腰を前後させ始めた。破瓜《はか》されたばかりの花襞が荒々しい抽挿に引《ひ》き攣《つ》る。唇を噛んで耐えていると、リーンハルトが腹立たしげに命じた。

「痛かったらきちんと言え」

「い、痛くありません」

「『痛い』は単なる状況説明であって、あなたの意思とは関係ないのだから正直に言ってかまわない」

しかつめらしい言葉にフィオリーネは目をぱちぱちさせた。

「そ、そうですか。……では、その……、少し、痛い……です」

本当はかなり痛かったのだが、興を殺《そ》がれたとやめられては困る。リーンハルトは黙って眉を上げ、抽挿のペースを落とした。

無情に花弁を掻き分けるのではなく、様子を探りながら慎重に剛直を前後させる。そのたびにずぷっ、ぬぷっと淫猥《いんわい》な水音が響くのが恥ずかしくて両手で顔を覆うと、すぐにその手を掴んで引《ひ》き剥《は》がされた。

「泣き顔を隠すつもりか？　卑怯なのはどっちだ」

「な、泣いてません」

濡れた睫毛を急いでぬぐう。

「これはその……、泣いたわけではなく……」

「気持ちよすぎて感涙か」

「そ、そうです」

こくこく頷くとリーンハルトは苦笑した。

「嘘をつけ、痛かったんだろう。初めてなのだから仕方がない。今日は大目に見てやろう」

機嫌を取るような口調におずおずと微笑む。リーンハルトはふたたびそっけない顔になって抽挿を再開したが、最初よりもずいぶん優しくなった気がした。

みっしりと締まる肉棒を前後されるうちに奥処から蜜が誘いだされ、滑りもよくなる。そのぶん、ぬちぬちと卑猥《ひわい》な水音も高くなった。

（へんな……かんじ……）

太棹で突き上げられ、大胆に揺さぶられるうちに、濡れた喘ぎ声が勝手に洩れ始める。

こんなところに他人の肉体の一部を迎え入れるなんて、思ってもみなかった。舌を絡めるキスよりも、もっと近くに彼を感じる。彼が自分の胎内《なか》にいることが、雄茎が隘路を前後するたび如実に伝わってくる。

破瓜の痛みは今やぼんやりとした痺れに変わっていた。ずんずんと穿《うが》たれるたびに腹底を突き上げられる感覚も、最初の恐怖が薄らぐと昂奮に変わり始めた。

「んっ……ん……ぁん……」

抽挿に合わせて腰が揺れ、鼻にかかった吐息がこぼれる。

「……悦くなってきたようだな」

結合部分を密着させ、抉《えぐ》るように腰を押し回しながらリーンハルトが呟いた。そうされると過敏になった花芽を容赦なく刺激され、たまらない愉悦が沸き起こる。

「あっ、あっ、あんっ……、んんッ……！」

「処女ならここのほうが感じるだろう」

指の股に挟んで揺さぶられるとつるりと鞘《さや》が剥け、充血した秘芯があらわになる。痛いほど

の快感にぶわりと涙が浮かんだ。

「ひッ……!? あぁっ」

「気に入ったか」

ふくみ笑い、震える蕾をにちゅにちゅと捏ね回される。目も眩《くら》むような快感に襲われてフィオリーネは背をしならせ、絶頂に達した。

「ぁ……、ぁ……、はぁッ、ぁ……」

ひくひくと媚肉が戦慄《わなな》き、深く挿入された怒張をきゅうきゅうと絞り、締めつける。リーンハルトは熱い吐息を洩らした。

「達《イ》ったか……。ふ……、よく締まる……」

満足そうに囁いてフィオリーネの腿《もも》をゆっくりと撫でる。彼は膝立ちになると、のしかかるように抽挿を始めた。

先端近くまで怒張を引き抜き、ずっぷりと根元まで挿入する。何度か大きく動いた後は小刻みに腰を打ちつけ、また掬い上げるように前後させる。

「は……っ、あっ……、あんっ、んん……」

淫らな体勢でフィオリーネは喘いだ。ほとんど真上から彼の肉槍が蜜鞘に突き込まれる様をまざまざと見せつけられ、羞恥と昂奮に息が乱れた。

抜き差しされるたびに泡立った淫蜜がしぶき、とろとろと下腹部を伝う。破瓜の血でうっすらと赤いそれが、ひどく卑猥に思えた。

　爪先が力なく空中で揺れる。潤んだ瞳は焦点がぼやけたまま、思考力はとっくに溶け崩れ、揺さぶられながら絶え間なく喘ぐことしかできない。

　抽挿が次第に切迫し始める。リーンハルトはかすかに呻き、熱い吐息を洩らしながら激しく腰を打ちつけた。ふたたびフィオリーネが絶頂に達すると同時に、彼は歯噛《はが》みしてふくれあがった怒張を勢いよく引き抜いた。

　くたりと崩れ落ちたフィオリーネの腹の上に、熱い白濁が放出される。自ら肉棒を扱くたびにびゅくびゅくと熱液が噴き出し、腹ばかりか上気して弾む胸元まで飛び散った。

「……子種は、やらない……。欲しければ私を籠絡してみせろ……」

　息を弾ませながらリーンハルトが囁く。答えようとしても声が出なかった。かろうじて頷き、フィオリーネは水底に沈むように意識を手放した。

第三章　賭けと意地と恋心

目覚めたフィオリーネは、横たわったままぼんやりと天蓋を見上げた。

見慣れた自室の寝台——。

（いつ……戻ってきたんだったかしら……）

思い出せない。記憶を辿《たど》ろうとするとふいに昨夜の出来事がありありと蘇《よみがえ》り、カーッと頬が熱くなった。

（わたし、リーンハルトと……）

ついに本当の夫婦になったのだ。

（……いいえ、そうじゃないわね。やっと出発点に立ったというだけ）

勢いに任せてとんでもないことを宣言してしまった。愛人と別れてもらうために彼を籠絡する、だなんて……。正気に戻れば、なんて無謀なことを言い出したのかと恐ろしくなる。

（いいえ、悔いてなどいないわ）

リーンハルトが欲しいのだもの。身も心も独占したい。自分だけを愛してほしい。彼に抱かれて一層その想いは強固になった。

（絶対に手に入れてみせるわ）

決意して起き上がったフィオリーネは、下腹部に走った痛みに顔をしかめた。彼を受け入れた秘処には、あの太いものをまだ咥《くわ》え込んでいるかのような違和感が残っている。

思い出すと顔が赤らみ、キュッと唇を噛む。

リーンハルトは満足してくれたのだろうか。この身体を、少しでも気に入ってくれたらいいのだけど……。

コツコツと扉が鳴った。婦人部屋に続くほうの扉だ。

「お入り」

応じるとカトリンが入ってきて一礼した。

「おはようございます、奥様」

「おはよう、カトリン」

内心ドキドキしながら何気なく頷く。いつもと変わらない返事ができたはずだけど……。

寝台から降りようとすると、何度も貫かれた部分に鋭い痛みが走り、危ういところで声を飲み込んだ。

目ざとく気付いた侍女に、気遣わしげに問われる。

「どうかなさいましたか？　お顔の色が冴えないご様子ですが」

「な、なんでもないわ。……ちょっと、お腹が痛くて……」

「ああ、そろそろ月のものが来る頃ですよね」

「そ、そうね」

ホッとしながらフィオリーネは頷いた。出血があってもごまかせそうだ。見たところ夜着は汚れていないようだけど、と考え、昨夜自分から脱いだことを思い出して顔を赤らめる。

(……そういえば、身体も拭いてあるみたい)

リーンハルトがしてくれたのだろうか。眠ってしまった……というか、気を失ったフィオリーネの身体を拭き清め、夜着を着せて、寝室まで運んでくれた……?

黙々と世話を焼く彼の姿を想像すると、心がほんのりと温かくなった。あの塔の中の簡素な寝台で、一人目覚めて涙しても文句は言えなかったのに。

(やっぱり彼は優しい人だわ)

ぶっきらぼうで冷たい言動を取られても、そういう気遣いに本来の優しい心根が表れていると思うのだ。

だから知りたい。何故彼が、過剰なほどに冷ややかな態度を崩そうとしないのかを——。

「本当に大丈夫ですか？　なんならもう少しお休みになっても」

「いえ、大丈夫よ」

フィオリーネは強いて笑みを浮かべた。

ここで甘えては『負け』だ。ただの意地かもしれないけれど、いつもと同じように朝の挨拶をして、リーンハルトがどんな顔をするのか見てみたい。寝込んでなどいたら彼に「それ見たことか」と言われてしまいそうだ。

誤解したままカトリンが気を利かせて、ゆったりめのドレスを用意してくれた。

食堂室へ行くと、いつものようにリーンハルトは長テーブルの端で朝食をとっていた。反対側の端に固まっている騎士たちがまずフィオリーネに気づき、さっと一礼する。会釈を返し、いつものように角を挟んで彼の右手に座った。

彼は驚いた顔でフィオリーネを見た。

「……起きてもいいのか」

ぼそっと尋ねられ、フィオリーネは微笑んだ。

「平気です」

リーンハルトは探るような目つきでフィオリーネを眺め、肩をすくめた。

「そうは思えないな。無理せず休みなさい」

「大丈夫ですわ」

少しむきになって答えると、彼は皮肉っぽく唇をゆがめた。

「体調も整えずに私を愉しませることができるのか？　たいした自信だな」

「……っ」

フィオリーネは赤くなってうつむいた。

「で、では、お言葉に甘えて……、本日は部屋で休ませていただきます」

「そうするがいい」

リーンハルトが尊大に頷くと、給仕が朝食を運んできた。黙々と食事をしながらフィオリーネは彼の言葉を反芻《はんすう》した。次がありそうなことを匂わせたからには、そう悪くなかった……と思っていいのだろうか。

(少なくともがっかりはされなかった……はずよね)

ちらりと窺った横顔はいつも以上に取りつく島のない冷厳さだ。だけどもう怯みはしない。決めたのだから。

彼の身も心も、独占するのだと。

その夜、寝室にやってきたリーンハルトは、挨拶することもなくフィオリーネを寝台に押し倒した。目を丸くして見上げると、彼は憮然とした顔でチッと舌打ちした。

「悲鳴も上げないとは、いい度胸だな」

「待っていましたから」

「期待して？　物覚えのよいことだ」

皮肉な口調に顔を赤らめると面食らったように彼は眉をひそめた。わざと怒らせるつもりだったのだろう。案外わかりやすいとおかしくなる。

「ずいぶんと余裕じゃないか」

「……あなたは困っているみたい」

そっと頬を撫でると、苛立《いらだ》ったように手首を掴まれた。

「やめろ。からかわれるのは好きではない」

「からかってなどいません。嬉しいのです」

「困らせて喜ぶとは、性悪な姫君だ」

「あなたの関心が惹けますもの」

「子どものようだな」

厭味《いやみ》にも不思議と腹が立たない。

「素直に認めることにしたのです。あなたの関心を惹いて、好きになってほしいから」

「だから身体でつなぎ止めようと？　あなたには王女としての矜持《プライド》がないのか」

「それは夫であるあなたに向けるべきものではありません」

ぴしゃりと言われてリーンハルトが鼻白む。

「わたしはあなたの妻です。妻としての矜持《プライド》から、あなたを愉しませ、満足させたいと願っています。悪いことでしょうか？」

気圧されたように見返したリーンハルトが、ふっと口許をゆるめた。

「……いや。いい心がけだ」

彼はフィオリーネの首筋に顔を埋めて囁いた。

「ならば今宵《こよい》も獣に貪り喰われるがいい。ただし、賭けが続いていることは忘れるなよ」

答える暇もなく唇をふさがれる。噛みつき、貪るようなキスに鼓動が跳ね上がった。心の底で感じた恐れを振り払うように、彼の背に腕を回す。

ぎゅっと抱きついて、無我夢中でくちづけに答えた。絡めた舌をきつく吸われると、ぴりっと痛みが走って睫毛が濡れた。

「んッ……」

角度を変えながら繰り返し口腔《こうこう》をねぶられ、混ざり合った唾液を懸命に呑み下す。拙いながらも彼のまねをして舌を擦り合わせ、舐めしゃぶった。

唇を合わせながらリーンハルトはフィオリーネの夜着をはだけ、荒々しく乳房を揉みしだいた。敏感な先端はたちまち色づき、ピンと尖る。

「……悪くない。手に吸いつくような肌触りだ」

たわわな双丘を捏ね回しながら彼は呟いた。閉じていた目をうっすらと開くと、リーンハルトは無邪気なほどの熱心さで、感触を確かめるように乳房を揉んでいた。なんだか彼のことが可愛く思えてしまい、そっと肩に手を添える。

ぱくりと乳首を口に含まれ、舌で突《つ》つかれると、ぞくぞくと愉悦が走ってフィオリーネは顎を反らした。

「あ……、んん……」

ぺちゃぺちゃと尖りを舐め回す舌音の淫靡さに昂奮を煽《あお》られる。リーンハルトは両方の乳首を口唇と指で散々に弄び、恍惚《こうこつ》とするフィオリーネの全身を熱っぽいまなざしで見つめた。

「……綺麗な身体だ。穢したくなるな。新雪に足跡を刻むように」

囁いて脚を掴み、ぐいと無慈悲に広げる。

「やっ……！」

反射的に頭を起こし、慌てて唇を押さえる。ニッと笑ったリーンハルトが白い腿の内側をさわさわと撫でる。ぞくんと下腹部に快感が走り、フィオリーネは眉根をきつく寄せた。

「んぅ……、ふ……ぅ……ッ」

「もう濡れているのか」

腿を撫でながら呟いた彼が、膝頭にチュッとくちづけを落とす。フィオリーネは顔を赤らめ、もじもじと腰を揺らした。

直接触れられていないのに、とろとろと秘裂から蜜が滴るのがわかる。彼の手が腿の内側を上下するたびに蜜壺が疼き、淫らな蜜を吐き出している。浅ましく男を誘うかのように……。

「あぁ……、リーンハルト……。お願い……。触って……触ってください」

「触れているぞ？　いい肌触りだ」

　意地悪に返して腿を撫でられ、フィオリーネは弱々しくかぶりを振った。

「そ……そこではなく……」

「だったらどこに触れてほしいのか言ってみろ」

　甘く冷たく命じられ、言葉に詰まる。唇を震わせていると、そそのかすように彼は囁いた。

「言えないなら自分で触れて示すがいい。触れてほしいところが、よく見えるように」

「じ、自分で……!?」

「『いや』か？」

「……！」

　意を決し、膝頭を上体に引き寄せるようにしておずおずと脚を開いた。ぱくりと割れた谷間に指を添え、淫唇を摘まんで広げる。あらわになった花芯はすでに充血し、ぱんぱんに張り詰めていた。リーンハルトが軽く息を呑む。

「こ……ここに……、触れ、て……ください……」

　消え入りそうな声で、必死に懇願する。突き刺さるような視線を感じた。脚を閉じ合わせたい衝動を必死に堪えていると、濡れそぼった粘膜にいきなり熱くやわらかいものが触れた。

「んッ……!?」

　予期したものとは異なる感覚に驚いて頭をもたげると、リーンハルトが秘裂に顔を埋めていた。濡れ溝全体をねろりと舐め上げられ、悲鳴を上げる。

「ひぁあッ」

昨夜のように指でほぐしてもらいたかったのに、唇で吸いつかれ、あふれる愛蜜を音をたてて啜《すす》られる。

(こ、こんなところを……舐めるなんて……！)

「んん……っ、ひ、ぁ……、ん……っ」

拒絶の言葉を口走らないように、必死で唇を噛む。わざとのように高い水音を立てて、リーンハルトは秘処を舐め回した。ぴしゃぴしゃと、犬が水を飲むような音が死ぬほど恥ずかしい。

そんな羞恥も、容赦なく媚蕾を吸われ、舐めしゃぶられればたちまち沸騰し、嬌声《きょうせい》を上げて悶《もだ》える。

尖らせた舌先を蜜孔に挿入され、蜜を掻《か》き出《だ》すように前後されると下腹部が激しく疼いた。とてもこらえられず、フィオリーネは絶頂に達した。

「ん――……！」

ひくひくと戦慄《わなな》く花弁を舐め回しながらリーンハルトがふくみ笑う。

「呆気ないものだな」

言い返すこともできずに涙目で喘いでいると、身を起こした彼に身体を裏返され、腰を引き寄せられた。

「ぁ……、な、に……?」

四《よ》つん這《ば》いにさせられ、焦って振り向くと同時に蜜口に固いものが押し当てられた。

「あぁあああっ」

怒張した肉楔が容赦なく打ち込まれ、フィオリーネは甲高い悲鳴を上げた。

ずんっ、と奥壁に先端が突き当たる。

(ふ……、ふか、い……っ)

身構える余裕もなかったせいで、一気に太棹を呑み込んでしまった。衝撃でリネンに突っ伏し、力なく喘いでいると、リーンハルトがゆっくりと腰を揺らし始めた。

「……こんな恰好は、『いや』だろうな?」

そそのかす口調に、必死に首を振る。

「いい、です……」

「嘘をつけ」

「ひぁあッ」

ごりっと抉るように突き上げられ、ふたたび悲鳴を上げる。

「ほ、本当です……。き、きもち……ぃ……の……っ」

必死に訴えた。嘘ではない。締まった肉棒で媚壁を擦られ、ずくずくと奥処を穿たれると、痺れるような快感が噴き上がる。

「か……感じます……！　あ……、リーンハルト……っ、も、っと……、もっとして……！」

チッと舌打ちすると、彼は抽挿の勢いを強めた。

ばちゅばちゅと肌がぶつかりあうたびに愛蜜がしぶき、たらたらと腿を伝ってゆく。ふくみきれない唾液が口の端からこぼれ、リネンを濡らした。艶やかな黒髪を振り乱し、フィオリーネは悶えた。

愉悦が昂《たかぶ》り、びくびくと蜜襞が戦慄く。淫らに跳ねる白い臀部《でんぶ》を両手で掴み、捏ね回しながらリーンハルトは荒い吐息をついた。

「四つん這いで犯されてあっさり達してしまうとは……、獣の奥方にふさわしいな」

温《ぬる》んだリネンに頬をすり寄せ、うっとりとフィオリーネは呟いた。

「……あなたが自分を獣だと言うなら……、わたしも獣になるわ……」

「見上げた心がけだ」

憮然と吐き捨て、彼はふたたび抽挿を始めた。隘路を前後するたびに雄茎はますますいきり勃ってゆく。

「ふぁ、あ……っ、すご……ぃ……！」

ずぷずぷと奥処を突かれるたび、目の前で火花が散る。内臓を押し上げられる生々しい感覚に痺れるような快感が湧き起こり、震える指でリネンを握りしめたフィオリーネは高く掲げた臀部を無我夢中で振りたくった。

「あッ、はぁっ、あんっ……ひぁあん……」

愉悦の波に攫われ、頭の中が真っ白になる。

気がつけば片足を肩に担がれて貫かれていた。その体位でも何度か絶頂させられ、フィオリーネの意識はすっかり朦朧《もうろう》となった。

正気ではとても言えない猥褻《わいせつ》な言葉も、命じられるまま口にした。どんな卑猥な要求をされても拒まなかった。試されていることはわかっていたから……。

やがて諦めたのか、強情に呆れたのか、リーンハルトは何も言わなくなった。あるいは彼も快楽に没入し、策略を巡らせる余裕がなくなったのかもしれない。

正常位で突き上げられながら、ただひたすら愉悦に酔《よ》い痴《し》れる。四肢に力が入らず、揺さぶられて嬌声を上げるだけなのが、少し悔しい。

そんな意地も昂る快感に呑み込まれ、フィオリーネはもう何度目かわからない絶頂のさなかで恍惚に浸った。

腹の上に、熱い迸《ほとばし》りを感じる。上気した肌に白濁が撒《ま》き散《ち》らされるのをぼんやりと視界の端に映しながら、フィオリーネは意識を手放した。


それまでとは真逆の、夜毎抱き潰される日々が始まった。正気に戻れば耐えがたい羞恥に襲われたが、リーンハルトが夫婦の寝室で眠ってくれるようになったのは嬉しい。

しばらくは目覚めると姿がなく、やはり塔の部屋で眠っているのかとがっかりした。質しても『どこで眠ろうと自分の勝手だ』と言われそうで訊けなかった。ある夜ふと気付くとリーンハルトが隣にいて、しかも自分を抱き抱えるようにして眠っていたので感激した。

毎夜抱いてくれるようになったとはいえ、もっぱら後背位なので彼の身体にはあまり触れられない。最後は正常位で終わってくれるけれど、その頃にはフィオリーネはすっかり疲労困憊《ひろうこんぱい》して、ろくに腕も上がらないような状態だ。

数日後に月の障りが来たが、その間も粛々と奉仕を続けた。ベッドの端に腰掛けたリーンハルトの脚の間に跪き、猛々《たけだけ》しい雄茎を下穿きのなかから取り出して、指示されるまま指を絡めて扱き、口にふくんで吸ったり舐めたりした。

雄の匂いに酔ったような気分になって、無我夢中で楔を撫でさすりながらちゅくちゅくと舌を使っていると、頭上から困ったような溜息が降ってきた。

「いやらしい奥方だな……。そんなに私のものは美味いか」

こくりと頷き、フィオリーネはぬるぬると唇で扱いた太棹をちゅぽんと口から外した。唾液が唇と雁首《かりくび》に淫らな橋を架ける。

「とっても美味しいです。……わたし、上手くできてますか？」

「ああ、困るくらいにな」

かすれた声でリーンハルトは笑い、続けるよう促した。ふたたび屹立を銜え、舌で刺激しながら唇で強めに扱く。ちゅぷちゅぷと淫らな水音が響き、先走りと唾液の混じり合った泡が淫らに棹にまといついた。

「……罪人に、なった気分だ」

リーンハルトが呻く。顔を上げようとすると頭を押さえつけられてしまった。仕方なく奉仕に専念していると、ゆっくりと髪を撫でられた。慈しまれるようでドキドキする。

「美しい黒髪だな……」

どこか陶然とした囁き声に、頬張《ほおば》った彼の雄がますます愛《いと》おしくなる。フィオリーネは心を込めて肉槍を愛撫した。

「う……」

堪えきれぬように官能的な吐息が彼の唇から洩れる。それを聞くとぞくぞくした気分になって、ますます淫らに舌を蠢かせた。

「ん……、んぅ……。ぁむ……」

吸っては舐め、チュッチュと先端にくちづけて唇でにゅぷにゅぷと扱く。障りさえなければ、いますぐ胎内《なか》にねだりたいくらいフィオリーネは昂奮していた。

優しく髪を撫でていた彼の手が頬にかかり、ぐっと腰を突き入れられる。

「んッ」

息苦しさを堪え、できるかぎり大きく口を開ける。えずくほど奥まで先端を押し込まれ、半ば噎せながら必死に受け入れた。

「……舌を出せ」

何度か前後させせると官能的な囁き声とともに太棹が引き抜かれ、伸ばした舌の上に精が吐き出された。どくどくと注がれる白濁は唇や頬にも飛び散った。

とろとろと舌の上で粘液を転がし、ゆっくりと嚥下《えんげ》する。すべて呑み込んで、フィオリーネはほうっと熱い溜息をついた。じん……と痺れるような快感が下腹部から込み上げる。

リーンハルトは顔を汚す白濁をも指でぬぐって唇に押し付けた。フィオリーネは抗《あらが》わず彼の指を口にふくんだ。丁寧に残滓《ざんし》を舐め取ると褒めるように優しく頬を撫でられ、引き起こされて膝に載せられた。

「ずいぶんと達者になったものだ。献身的な奥方には褒美をやろう。何がいい？」

「……しばらくこうしていてください」

胸にもたれて囁くと、リーンハルトは眉をひそめた。

「遠慮しなくても、私にだってそこそこの財力はあるのだぞ」

「わかっています。でも、わたしが欲しいのはあなただから……、少しだけ、抱きしめてもらえませんか」

彼はくぐもった唸《うな》り声《ごえ》を上げ、いささか乱暴にフィオリーネを抱きしめた。

「……あなたは私を困らせることに長けている」

「ごめんなさい……」

「謝るな。……何故怒らないんだ」

「怒ってますよ？　結婚しても愛人と別れないなんてひどいわ。だからあなたを奪い取るの」

リーンハルトはいっそう強くフィオリーネを抱きしめ、溜息をついた。

「こんな無体を強いられてもか」

「あなたを喜ばせられるなら、恥ずかしさを我慢するくらいなんでもないわ」

ふふっと笑ってフィオリーネは彼の背中に腕を回した。

「わたしはわがままな王女だから、遠慮して身を引いたりしないの。欲しいものは、正々堂々と勝負して手に入れるわ」

「……さすがは〈狼王〉の娘だな。おとなしく従順な姫かと思えば」

「負けを認めます？」

「見直しはしたが、籠絡するにはまだまだだ」

ニヤリとされてフィオリーネは顔を赤らめた。

「わたしだって、まだまだがんばれるわ……」

「明日は、するぞ？」

「え？　でも……」

「『いや』か」

「あ、あなたこそ、いやじゃないの？　その……汚れたら……」

「洗えばいい。そうだ、明日は風呂で奉仕してもらおう。それならお互い気にせず済む」

もちろん、『いや』とは言えなかった。


冗談かと思ったら、本当に翌日リーンハルトは召使に命じてふたりで入る風呂を用意させた。もちろんカトリンは大喜びだ。

口にはしなくても、カトリンはふたりがままごと夫婦の域をようやく脱したことには気付いていて、ひそかに喜んでいたのだ。リーンハルトとの奇妙な『賭け』については話していないから、単純にわだかまりがとけたものと思っている。

風呂でも当然のように抱かれた。贅沢《ぜいたく》に湯を張った浴槽には内庭で咲き始めた色とりどりの薔薇の花びらが浮かんでいて恥ずかしくなる。

（カトリンったら気を回しすぎよ……）

リーンハルトは薔薇風呂が意外とお気に召したらしい。浴槽のなかでフィオリーネを後ろ向きに膝に載せ、機嫌よさそうにたゆたゆと乳房を弄んだ。

「あなたの胸は、とても気に入った」

背後から耳元に唇を寄せて彼は囁いた。きゅっと乳首を摘まれて肩をすぼめる。

「よ、よかったです……、ん……ッ」

下から掬《すく》い上《あ》げるように揉まれ、尖った乳首を指先でくりくりと転がされる。慣らされた性感に熱い吐息がこぼれた。

「……あの女《ひと》……より、も……？」

吐息混じりに尋ねると、リーンハルトは乳房を揉みしだく手を止めてしばし沈黙した。思わず唇を噛むと、ふっと苦笑めいた響きが耳朶《じだ》をかすめた。

「ああ、そうだな。彼女よりも、ずっと――素敵だ」

ぐっ、と強く揉み絞られ、フィオリーネは息を詰めた。

「ほん、と……に……？」

「ああ」

彼はうなじに舌を這わせながら囁いた。喜びと快感で、ぞくぞくする。

「私にこうされるのは好きか」

「はい……」

素直に頷いた。がっしりと武骨な手は、けっして小さくはないフィオリーネの双丘をすっぽりと包み込んでしまう。剣だこの目立つ指からは、日々の鍛練を欠かすことのない彼の謹厳さが伝わってくる。

そして不器用な優しさも、また……。一見手荒く、好き勝手に扱っているようでも、彼との交わりで傷つけられたことは一度もない。出血したのは破瓜されたときだけだ。

確かに、少しばかり激しめの行為が好みのようではあるけれど、別にいやではなかった。彼しか知らないフィオリーネは、そういうものなのだろうと素直に受け入れていたし、猛る雄茎を胎内深く挿入され、ずくずくと突き上げられると昂奮と心地よさで恍惚となってしまう。

彼はいつも媚肉が充分に濡れそぼつまで丁寧に愛撫し、挿入前に指や舌で何度も達かせてくれる。彼を受け入れる頃にはすっかりとろとろに蕩《とろ》けてしまい、『賭け』をしていることなど頭から跳んでしまうくらいだ。

湯に浸かりながら彼の剛直を尻朶の間に感じ、ぞくんと下腹部が疼いた。

（わたし、期待してるわ……）

彼の欲望を胎内の最奥まで受け入れ、繋がりがもたらす愉悦を心ゆくまで味わい尽くしたい。そうしていれば、身体だけでなく、心まで繋がっている気がするから……。

たとえそれが、一瞬の錯覚にすぎないとしても。

（いいえ、見込みはあるはずよ）

彼はフィオリーネの胸が気に入ったと言ってくれた。すでに幾度となく身体を繋げているのだから、女陰の具合だって悪くはないはずだ。

そんなことをつらつら考えて顔を赤らめる。考えが伝わったわけもないだろうが、リーンハルトはフィオリーネの腰を持ち上げると猛った太棹を淫唇のあわいにあてがい、溝に沿ってゆっくりと前後させ始めた。

「あぁ……」

心地よさに頤《おとがい》を反らし、溜息をつく。浴槽の縁を掴んでうっとりと腰を揺らしていると、ふたたび乳房を弄びながらリーンハルトが忍び笑った。

「すっかりいやらしくなったな。自ら腰を振って悦がるとは」

「……お気に……召しません……か……？」

「いや。あなたの身体はとても好みだ。肌の手触り、乳房の大きさ。感じやすくて、すぐに達してしまうところもいい」

かぁっとフィオリーネは赤面した。

「い……達きすぎでしょうか……」

「私としては、何度も達ってくれたほうが嬉しいね」

ホッと肩を下ろしたとたん、雁首が花芽をぐりっと押し上げ、びくんと背がしなる。

「ひぁ……っ」

反射的に逃げを打つ腰をがっちり掴み、押さえつけられる。剛直が谷間を前後するたび、引《ひ》っ掻《か》くように花芽を刺激されて、たまらずにフィオリーネは嬌声を上げた。

「あんッ……、あっ、ぁ……、あぁんっ……」

たようでぞくぞくする。

「どうした？　もう降参か」

からかうような声音に涙目でこくこく頷くと、くくっと彼は喉を鳴らした。美しい獣が笑っ
たようでぞくぞくする。

「仕方ないな」

尖った乳首をこりこりと指先で捏ね回されて、下腹部で快感が爆ぜた。

「んく……、ふ……ぁ……はぁッ……」

逞しい胸板に背中を預けて喘ぎ、涙と湯気で重くなった睫毛をぼんやりと瞬く。蜜襞の痙攣《けいれん》
がいつまでも収まらない。

リーンハルトはフィオリーネの膝裏に手を入れてぐいと持ち上げた。尻がずり下がり、鎖骨
の辺りまで湯に沈む。代わりに万歳するかのように脚が空中に突きだした。

「ひぁ!?　や……」

「『いや』、か？」

残酷なほど優しく囁いて、彼の指がぐぷりと蜜孔に突き立てられる。

「ふ、ぅ……ッ……！」

未だひくひくと戦慄いている花弁を掻き分け、ぐちゅぐちゅと指が抜き差しされる。ひどく
ずり落ちた恰好が怖くて、浴槽の縁を必死に掴んだ。リーンハルトが片手を腹部に回して支え
ているので沈んでしまう恐れはないけれど。

後頭部を胸板に預け、宙に突き出た脚をゆらゆらさせながらフィオリーネは悶えた。

「んっ、あっ、あっ、あぁっ……」

蜜をまといつかせた指が激しく前後する。同時に親指で花芯をぐりぐりと刺激され、たちまちフィオリーネは絶頂へと追いやられた。

「ふぁ、は……ッ、ぁ……」

じん、と痺れるような快感に喘ぐ。フィオリーネの身体を抱き起こし、胸をまさぐりながらリーンハルトはうなじに何度も唇を押し当てた。

「……可愛いひとだ」

どこか困ったような囁きは、朦朧とした意識をすり抜けてしまう。

リーンハルトはしばしフィオリーネの身体を愛撫すると、背後からずぷりと貫いて揺さぶり始めた。パシャパシャと湯を盛大に跳ね散らかしながら甘い嬌声を上げ続ける。

(今日は……もらえる……？)

悦楽に蕩けながら期待したものの、結局彼の精が蜜壺に注がれることはなく……。フィオリーネの意識は立て続けに与えられる絶頂のなかでふつりと途切れた。

第四章　双子兄の襲来

奇妙な駆け引きはその後も続いた。まずは身体で彼を擒《とりこ》にしようという無謀な企《たくら》みを始めてひと月、まずまず成功を収めている……と思う。リーンハルトは東の塔へは行かず、夫婦の寝室で休むようになった。

毎日のように求められても、彼と身体を繋げるのは心地よいので苦にならない。あの『賭け』は続行中なので、うっかり拒否すれば彼が愛人の元へ舞い戻ってしまうのではないかと不安でもあった。

フィオリーネの身体は気に入ったようなのに、彼は未だに胎内へは精を注がない。口で奉仕したときには飲ませてくれるけれど、それは何か……いや、絶対違う気がする。

（飲んでも赤ちゃんはできないって言われたし……）

ふぅ、とフィオリーネは刺繍の手を止めて溜息をついた。もしも心の声をカトリンが耳にしたら白目を剥いてひっくり返ったに違いない。

念のためちらっと見やるとカトリンは涼しげな顔で本の朗読を続けていた。貴婦人に人気の宮廷恋愛風物語詩《バラッド》だ。感情を込めて読み上げているカトリンには申し訳ないけれど、ほとんど右から左に抜けてしまっていた。もっとも、内容は全部わかっているのだが。

春先に嫁いできたシュトルツェーレ城砦も、すっかり初夏だ。放置ぎみだった庭園も美しく整えられ、日中のほとんどを明るく涼しい四阿で過ごしている。

新しく採用した侍女たちとも打ち解けて、町の暮らしぶりを聞くのも楽しい。反対に、宮廷生活について話すととても喜ばれた。王都グリトニールから遠いせいか、王宮への憧れが強く、興味津々なのだ。

行儀見習いも兼ねている彼女たちに宮廷風のマナーを教えるのも楽しかった。フィオリーネは末っ子で兄しかおらず、侍女はふたつ上のカトリンが一番若いから、自分より少し若いくらいの少女たちに囲まれていると、妹ができたみたいで嬉しい。彼女たちがいずれ嫁ぐときに、自分の教えたことが役に立てばと思う。

「――邪魔をする」

しかつめらしい声がして、生け垣の向こうからリーンハルトが現れた。カトリンが朗読をやめて膝を折ると、他の侍女たちもそれに倣う。

リーンハルトがこの時間に現れたのは初めてだ。フィオリーネは驚いて刺繍板をテーブルに置いて立ち上がった。

「お珍しいですね。執務時間中なのでは……」

「手紙が来たのだ」

憮然とした顔で言われ、フィオリーネは小首を傾げた。

「手紙？　どなたから……」

答える代わりに実物を差し出され、遠慮がちに受け取る。赤い封蠟がすでに割られていることから、彼に宛てられた手紙だとわかる。誰からのものなのかは判別できない。

「読んでもいいのですか？」

彼はむすっとしたまま頷いた。上質な羊皮紙《ヴェラム》を広げて読み始めたフィオリーネは数行読んで目を丸くした。

「兄様たちがいらっしゃるのですか？」

「そのようだ」

相変わらず不機嫌そうにリーンハルトは頷いた。手紙はフィオリーネの次兄と三兄である双子王子からのものだった。

手紙に目を戻して読み始め、彼の不機嫌の理由がわかった。そこにはリーンハルトが自分たちの妹を大切に扱っているかどうか、この目で確かめに行くと、堂々と書かれていたのだ。

「……いついらっしゃるのでしょう？　書いてませんね」

「お二方のことだ、きっと早晩——」

「御館様、お客様がお見えです」

後ろからアントンの慇懃《いんぎん》な声が響き、リーンハルトはげんなりと眉を垂れた。

「……晩を待つまでもなかったな」

「フィオ！」

懐かしいユニゾンが聞こえたかと思うと、同じ顔をした青年たちが笑顔で現れた。

「アル兄様！　メル兄様！」

パッと顔を輝かせ、フィオリーネは双子兄に駆け寄った。金茶色の髪と空色の瞳。髪の長さも体格もほぼ同じ見目麗しい青年たちは、一度に両側からフィオリーネを抱き寄せ、愛おしそうにすりすりと頬擦りした。

「会いたかったよ、フィオ～」

メルヒオールが瞳をキラキラさせれば、

「僕のほうが、もっとずーっと会いたいと思ってたさ！」

アルフォンスが頬にキスをし、妹を挟んで『僕だ』『俺だ』と言い合う。

昔からふたりはなんでもかんでもむやみと張り合っているのだ。それでいて仲がよく、大抵つるんで行動しているのだから、双子ならではの繋がりがあるのだろう。

懐かしい遣《や》り取《と》りに、くすっとフィオリーネは笑みを洩らした。

「兄様たち。まずはわたしの旦那様に挨拶してくださいな」

「おっ、そうだった」

「すっかり忘れてたよ」

あっけらかんと言われ、黙って突っ立っていたリーンハルトの目許がぴくりと引き攣る。

「……アルフォンス殿下、メルヒオール殿下におかれましては、大変ご機嫌麗しく」

「麗しくないよ」

「いいわけないだろ」

二十歳を越えたというのに、ふたりは子どもっぽく口を尖らせた。世継ぎではない気楽さか、四つ上の長男ローラントが年齢以上に落ち着いているのとは対照的に彼らはいつまでも無邪気な悪童のようなのだ。

リーンハルトが口端を不穏にゆがめてもまったく動じず、両側からフィオリーネとがっちり腕を組んだ。夫の目つきがいよいよ冷たくなったことに気づき、身動き取れないままおろおろする。

「ずいぶんと早いご到着ですな。手紙を受け取ったのはほんの三十分前なのですが」

「そりゃそうだよ。僕ら、手紙を持参したんだもの」

「城門の前まで来て、護衛に手紙を持たせて先に行かせたんだ」

「いきなり押しかけもよかったんだけど」

「義弟とはいえ、それなりの敬意は払わないとねぇ」

にこにこしながら交互に厭味を繰り出され、リーンハルトの眉間にしくりとしわが寄る。

「迷惑だったかな??」

二人して声を揃え、首を傾げる。その動きがまた見事に対称的だったものだから、リーンハルトは眩暈《めまい》を起こしたように眉間を摘まんでかぶりを振った。

「――いいえ、とんでもない。辺境の砦ゆえ、ろくなおもてなしもできませんが」

「大丈夫、そんなの全然期待してないよ！」

「俺、喉が渇いた！」

「……飲み物と軽食を用意させます。私は執務がありますので、また後ほど」

そっけなく言って、感情のこもらないまなざしでフィオリーネを一瞥《いちべつ》すると、リーンハルトは四阿から出ていってしまった。

「ぁ……」

声をかけそびれてしゅんとしたものの、兄たちに左右から話しかけられて気を取り直す。

「みんなから手紙を預かってきてるよ」

「フィオの好きなお菓子も持ってきたよ。ここらでは手に入りにくいだろうと思って」

「嬉しいわ」

ふたりに挟まれたままテーブルに着き、家族それぞれからの手紙を受け取る。どの手紙も愛情と気遣いにあふれていて、読んでいるうちに泣けてきてしまった。

兄たちがはるばる訪ねてくれたのは嬉しいが、リーンハルトのそっけない態度も気になる。

もしや仲が悪いのかとおそるおそる訊いてみると、ふたりは同時に首を振った。

「悪くはないけど」

「気に食わないよなー」

「メル兄様……」

「当然だろう？　僕らの可愛い妹を、こーんな僻地《へきち》に連れてくるなんて」

「アル兄様。わたしは連れてこられたわけではなく、自ら望んで来たのですけど……」

「同じことだよ！」

「全然違います！」

声を揃える双子をキッと睨む。兄たちはまた揃って眉を垂れた。

「フィオが反抗期だ……」

「大人になったと言ってください。わたし、結婚したんですよ？」

「俺は認めてない」

「僕もだ」

結婚話が出たときから一貫して断固反対していた双子は、しかめっ面で声を揃えた。

「今からでも遅くない、別れるんだ」

「遅いですし、別れません」

ムッとして言い返すと、双子は顔を見合せ、しゅーんと肩を落とした。

「……フィオが大人になってしまった……」

「だからそう言ってるでしょ。わたしはリンドホルム公爵夫人になったんです。リーンハルトとは上手くやっています。ここにいるのは、わたしがここにいたいからなの。彼と離れたくないんです」

「まさか、リーンハルトが好きなのかい？」

「まさかってなんですか。好きにきまってるじゃない」

「結婚したからって無理に夫を好きになる必要はないんだよ？」

諭すように言われて眉を吊り上げる。

「無理になんて好きになれるわけないでしょう。わたしは自然にリーンハルトのことが好きになったの。別れるつもりも側を離れるつもりもありませんから！」

きっぱり言い切ると、双子は揃って盛大な溜息をついた。

「……本当に大人になっちゃったんだなぁ。お兄ちゃんたちは寂しいぞ！」

ぎゅうぎゅうと両側から抱きしめられ、頬擦りされてフィオリーネは眉を垂れた。

「兄様たちこそ、早く大人になってください。いいお嫁さんを見つけて――」

「それはローラント兄上が先だよ」

そうだ、そうだとメルヒオールが兄に同調し、ふたり揃って妙にしかつめらしい顔で同時に宣言した。

「――というわけで、査察に来たから」

「査察……？」

面食らってアルフォンスを見ると、反対側でメルヒオールが答える。

「もしもフィオがなおざりにされて泣いているようなら王都に連れ帰る。父上の許可は得た」

「そんなっ」

「あたりまえじゃないか。降嫁したとはいえ、フィオはグランフェルトの王女なんだよ？　リーンハルトは家臣だ。主君の大事な姫をいただいておいてなおざりにするなど不敬も甚だしい。忠誠心に疑いを抱かれても仕方がないだろう」

「なおざりになんてされてません！　大切にされています！」

「本当に？」

「本当です！」

懸命に頷き、訴える。

「そうかな？　どうもぎくしゃくしてるようだ……っていう情報が入ってきてるんだけど」

「誰がそんな……っ」

「先に言っておくけど、カトリンが告げ口したわけじゃないよ。シュトルツェーレ城砦には以前から国王直属の隠密《おんみつ》が配置されてるんだ。ここの守備は交替制だし、現在派遣されてる守備隊長が若干ワケアリだったりするからね」

リーンハルトの『ワケ』は想像がつく。フィオリーネは慎重に答えた。

「その情報は少し古いわ。確かに結婚直後は多少ぎくしゃくしたこともあります。たぶん王女という身分を気にするあまり、扱いあぐねていたのでしょう。リーンハルトはすごく真面目なひとなの」

「それは否定しないが」

「ってか、融通が利かないんだよな～。四角四面っていうの？」

「お疑いなら、その隠密から最新情報をお聞きになってください。きっと、状況が変わったと証言してくれるはずですわ」

断言しながら頬が熱くなる。双子は肩をすくめた。

「残念ながら、誰が隠密なのか知っているのは父上と兄上だけなんだ」

ふたりは探るようにじっとフィオリーネを見つめた。

「……本気でリーンハルトが好きなのかい？」

「はい」

頬を染めながらもきっぱりと頷く。

「じゃあ、リーンハルトのほうは？」

「……っ。だ、大事にしてくれています……」

「おや？　口ごもったね」

メルヒオールがニヤリとする。

「なぁ、アル。リーンハルトの奴、澄ました顔して俺たちの可愛いフィオを掻《か》っ攫《さら》い、惚《ほ》れさせた挙げ句に放置なんて、ずいぶんだよなぁ？」

「うむ！　盗人猛々《ぬすっと》しいという奴だな」

「攫われても盗まれてもいないし、放置もされてませんっ。本当に大事にしてくれていますす！」

「だったらそれを証明してもらわなきゃ」

「しょ、証明⁉」

どうやって……？　と混乱するフィオリーネに双子兄はにんまりしながら対称的に片目をつぶってみせた。


「――というわけで、貴公に決闘を申し込む」

晩餐が済んだ頃合いを見計らって高らかに宣言され、リーンハルトはぽかんとした。呆気に取られて双子を順繰りに眺め、しくりと眉間にしわを寄せる。

「何がどうしてそうなるのですかな？　メルヒオール殿下」

「僕はアルフォンスだ」

「失礼。見分けがつきませんで」

しれっとリーンハルトは詫びた。厭味でわざと間違えたのではなかろうかと、冷笑を浮かべる彼をフィオリーネはハラハラと見守った。

「フィオはグランフェルトの王女で、僕らの大切な妹だ」

「もちろん存じております」

「可愛い妹には大好きな相手と一緒になって、幸せになってほしいと俺たちはつねづね考えていた」

「だ、だからっ……。わたしは彼が、す、好きだと、何度も申し上げているではありませんか……！」

フィオリーネは若干涙目になりながら口を挟んだ。小晩餐室のテーブルについているのは四人だけだが、壁際には複数の給仕が控えている。すべてリンドホルムの家士で信用のおける人間とはいえ、こんな痴話喧嘩めいた言い合いなど聞かせたくない。

しかし双子王子はまるで頓着しなかった。

「うん、フィオの気持ちはわかった。腹立たしいことだが、どうやら本気で貴公に惚れているらしい」

リーンハルトは無言だったが、憮然とした顔がかすかに赤らんだ気がする。

「そこで尋ねたい。貴公は我が妹をどう思っているのか。正直に答えたまえ」

「……大切に想っています」

「はぐらかすな！」

「だから正直に申し上げました」

「愛しているのだな？」

「私にとって、誰よりも大切な人です」

王子たちに冷ややかに答えながら、リーンハルトはまじろぎもせずフィオリーネを見つめた。

かぁっと頬が熱くなる。憤然とメルヒオールが叫んだ。

「だったら愛してると素直に言えよ」

「そのようなことをお二方に強いられる謂《い》われはありませんな。我が主君は国王ルガート陛下です。陛下か、あるいは王太子殿下から本心を述べよと命じられれば従いますが……」

心持ち顎を反らしてじろりと睥睨《へいげい》され、気圧されたように双子は首を縮めた。視線を向けられたわけではないフィオリーネでさえ、その剣呑さに冷や汗が浮く。

双子は負け惜しみのように舌打ちした。

「なんだい、もったいぶって！」

「フィオ！　こんな唐変木が夫で本当にいいのか⁉　堂々と妻を愛していると宣言もできない意気地なしだぞ⁉」

「と、唐変木……？　でも、誰よりも大切な人、って、言ってもらえましたし……？」

「テレテレと嬉しそうに言うなっ」

「くっ……！　俺は認めないぞ！」

「そうだ！　馬に蹴られても認めるもんかっ」

「兄様たち、どうか――」

「決闘だ‼」

懸命になだめようとするフィオリーネを遮ってふたりが声を揃える。リーンハルトは額を押さえ、溜息をついた。

「だから何故そうなるのですか……」

「僕らが勝ったらフィオリーネは王宮に連れ帰る。貴公とは別居だ！」

「そんなっ」

青ざめるフィオリーネを片手で制し、フッとリーンハルトは笑った。

「構わん。勝てばいいだけのことだ」

「ム・カ・つ・く――！」

双子はギリギリと歯噛みしてリーンハルトを睨んだ。

メルヒオールが吼《ほ》える。

「父上と同じ〈狂狼戦士《ウールヴヘジン》〉だからって、余裕こいてると痛い目にあうぞ⁉」

「え……？」

思いがけない言葉にたじろぐと、リーンハルトが唇をゆがめた。ふたりのあいだに一瞬流れた微妙な空気を素早く見てとったアルフォンスが小声で尋ねる。

「ん？　知らなかった？」

「え、ええ……」

〈狂狼戦士《ウールヴヘジン》〉というのは、戦神《オーディン》の加護を受けた凶猛な戦士のことだ。たったひとりで歴戦の兵の何十人分にも匹敵するという。

フィオリーネの父王ルガートは、その〈狂狼戦士《ウールヴヘジン》〉だ。前王朝の権威が失墜し、下克上の内戦で乱れきったグランフェルト王国で、新たな王位を巡る熾烈《しれつ》な内乱をルガートが制することができたのは、率いる軍隊の強さに加えて彼が〈狂狼戦士《ウールヴヘジン》〉だったからだと言われている。

戦うほどに血臭に酔い痴れ、力を増す。ついには敵味方の区別すらなくし、己の前に立ちふさがる者を殲滅《せんめつ》するまで刃を振るい続けるという、恐ろしい戦士――。

話に聞いてはいても、フィオリーネにとってルガートは愛情深く優しい父だ。父が部下の騎士たちと模擬戦をしたり、馬上槍試合《トーナメント》で戦うのを何度も見学したが、どんなに激しい戦いでも、けっして我を忘れて暴れ出すようなことはなかった。

母も〈狂狼戦士《ウールヴヘジン》〉と化した父を見たのは一度だけだそうだ。たまたまふたりきりのときに敗残兵の集団に命を狙われた。父は母と二人乗りした馬上で槍を振るい、襲ってきた百人は下らぬ兵をあっという間に殲滅したという。

それ以来父が〈狂狼戦士《ウールヴヘジン》〉と化したことは一度もない……はずだ。少なくとも、フィオリーネが生まれた頃には戦はほぼ収束していた。戦場での詳細は、王宮で待つ家族にはわからないけれど……。

そっとリーンハルトを窺うと、彼は無言でフィオリーネを一瞥し、双子王子に冷ややかな視線を向けた。

「——失礼ながら、〈狂狼戦士《ウールヴヘジン》〉になどならなくても、お二方のお相手くらい務まります」

「言ったな！」

「というか、なったら確実にお二方を殺してしまいますので、なりません」

「ますますムカつく！」

「二人がかりなら勝てるとでもお思いなら大間違いですよ。手加減などいたしませんので。もし、お二方が絡んでくるようなことがあれば、遠慮せず本気で叩きのめすようにと国王陛下から申しつかっております」

「ふふん、望むところだ」

「目にもの見せてやる」

双子は怯みもせず、揃って不敵な笑みを浮かべた。思い直してくれるようフィオリーネがどんなに頼んでも頑として応じない。リーンハルトにすれば、挑戦されたからには騎士として受けて立つ以外に選択肢はなかった。

刺々《とげとげ》しい雰囲気のまま晩餐が終わり、早々に私室へ引き上げた。湯浴みをし、寝支度を整えても、そわそわと気分が落ち着かない。リーンハルトはいつにも増して無表情で不機嫌だ。並んで寝台に横たわっても、手を伸ばしてくる気配はなかった。

「……あの。すみません、本当に」

「あなたが謝ることはない。言い出したのは兄上がただ」

「でも……」

言いよどむと皮肉っぽい声で問われた。

「心配か？　私が負けると」

「そんなことありません！」

びっくりしてフィオリーネは身を起こした。リーンハルトは頭の後ろで手を組んで嘆息した。

「……私が〈狂狼戦士《ウールヴヘジン》〉だと知って、怖くなったんじゃないのか」

「確かに驚きましたが、怖くなどありませんわ」

きっぱり返すとリーンハルトは横目でちらっとフィオリーネを見やり、ほろ苦い笑みを浮かべた。

「父君がそうだから、だろう？」

「確かにそれは……、あるかもしれません。わたしたちは幼い頃、父の武勇譚《たん》を聞くのが大好きでした。叔父様や将軍にせがんで、よく話して聞かせてもらったものです」

父は自分では語りたがらなかったから。そんな褒められたものではないと苦笑して……。身近な人物が語ってくれる逸話にわくわくしながら聞き入った。強くて優しい父がますます好きになった。〈狼王〉の子であることが誇らしかった。

「狼は家族を守って戦う獣なのだと、母が言っていました。強くて恐ろしい獣だけれど……、家族想いの、誇り高い獣なのです。そう思えば、やはり憧れを感じます」

「……戦神《オーディン》の加護は呪いと表裏一体だ」

「え？」

「父君から聞いていないか」

少し考え、フィオリーネは頷いた。

「そういえば一度、そんなことを呟いていたような……。双子の兄たちが十四歳くらい……だったかしら。いったいどうすれば〈狂狼戦士《ウールヴヘジン》〉になれるのかと父を問い詰めたことがあるのです。父は、そんなものにはならないに越したことはないと、真剣な顔つきで兄たちを戒めました」

「陛下の仰るとおりだ。〈狂狼戦士《ウールヴヘジン》〉になど、ならずに済めばそのほうがいい。今は陛下が戦っておられた戦乱の時代とは違う。戦神《オーディン》の加護は、もはや呪いにしかならない」

リーンハルトは溜息をついた。彼はごろりと寝返りを打ち、フィオリーネに背を向けて呟いた。

「なろうとしてなれるものではないんだよ、〈狂狼戦士《ウールヴヘジン》〉というものは……。努力や才能は関係ない。逆に、どんなになりたくなかろうと戦神《オーディン》に選ばれてしまえば逆らうことは不可能だ」

「だから『呪い』だと……？」

答えはなく、溜息だけが返ってきた。

「……もう寝なさい」

「はい」

素直に頷いて横になり、そっと背中に額を寄せる。

ぴくりと筋肉が動いたものの、彼は何も言わず、振り向くこともなかった。それでもフィオリーネは眠りに落ちるまでずっと彼の背に寄り添っていた。


翌日、軽い食事を摂ると『決闘』の準備が始まった。場所はふだん騎士たちが訓練をしている外郭の練兵場だ。

鉄板で裏張りした革の胸甲を鎖頭巾《コイフ》付きの鎖帷子《ホーバーク》に重ね、紋章入り戦衣をまとう。逆三角形の盾と刃を潰した長剣を持ち、双子王子とリーンハルトは向き合った。三人とも面頬《バイザー》付きの鉢形兜《バシネット》をかぶっている。

双子は身長も体格もほぼ同じなので、戦衣と盾に描かれた次男を表わす三日月《クレッセント》と三男を表わす星《モレット》の紋章がなければ区別がつかない。

　リーンハルトは双子王子よりも頭半分上背があり、戦衣と盾には新リンドホルム家の紋章である不死鳥《フェニックス》と、妻のフィオリーネが父王から受け継いだ火を吐く有翼狼《マルコシアス》が半々に描かれている。

　リンドホルムの騎士たちと、王子の護衛として付き従ってきた騎士たちが周囲を取り囲むなか、フィオリーネは一段高くなった場所に据えた床几《しょうぎ》に腰掛けて見守った。

　傍らには副官のジークヴァルト卿とカトリンが佇み、後ろには他の侍女たちが全員控えている。彼女たちは美しく溌剌《はつらつ》とした双子王子に興味津々だ。

「……まずは兄である僕からだ」

　おもむろにアルフォンスが一歩前に出る。

「ふたり同時に来られてもかまいませんよ」

　リーンハルトが平淡な声で応じた。ふたりとも兜越しで声がくぐもっている。アルフォンスはムッとして言い返した。

「僕ひとりでは不足だと？」

「別に。単に面倒なだけです」

　慇懃無礼にリーンハルトは言い放った。

「ほんとムカつくな！」

　鉄靴《サバトン》をガシャガシャ鳴らしながらメルヒオールが兄に並ぶ。

「せっかくのご好意だ。一緒にやろうぜ、アル」

「いいけどさ。大事な奥方の前で恥をかいても知らないぞ？」

「お気遣いには及びません」

「ふんっ！　俺たちだって、〈狼王〉の息子の名に恥じぬよう、毎日欠かさず鍛錬してるんだからな」

「では、どれだけ上達したか見せていただきましょう」

どこまでもリーンハルトは余裕だ。双子は同時に面頬《バイザー》をガシャンと下ろし、身構えた。リーンハルトも面頬《バイザー》を下ろし、籠手《こて》を嵌めた手でぶんっと剣を振るう。

じりじりと睨み合う三人を、フィオリーネは青くなって見つめた。

「ふたり同時だなんて……」

日頃から父に鍛えられている兄たちは、けっして弱くはない。王子だからと手加減することを、自らはもちろんどの師範役にも父は許さなかった。

リーンハルトが間違いなく強いことは訓練を見てわかっている。それでも同時に手練ふたりを相手にするのは厳しいのでは……？　双子ならではの以心伝心で、兄たちの連携プレーはかなりのものだ。

先にしかけたのはメルヒオールだった。彼は男きょうだいの中では末っ子のせいか、双子兄のアルフォンスに輪をかけてヤンチャというか、好戦的で向こう見ずだ。

リーンハルトは難なく剣撃を受け止め、目まぐるしい打ち合いが始まった。その様子を観察しながらアルフォンスが隙を狙う。

わずかにリーンハルトの体軸が傾いた瞬間を見逃さず、アルフォンスが斬りかかる。リーンハルトは左手に持った盾で斬撃を受け止め、力任せに撥ね除けると同時に、がら空きになったメルヒオールの胴体に長剣を叩きつけた。

おおっ、と歓声が上がり、フィオリーネは息をのんだ。ハラハラと身を乗り出すフィオリーネの傍らで、ジークヴァルトは顎を撫でて楽しげに呟いた。

「ほう……。確かにお二方とも腕を上げられたようですな」

「でも御館様はまだまだ余裕みたい」

カトリンの声も昂奮している。くくっとジークヴァルトはふくみ笑った。

「当然。我が殿は最強と謳《うた》われる国王陛下とも互角に渡り合える、数少ない騎士のひとりですから」

まぁ！　すごい！　と侍女たちが目を輝かせて騒ぐ。しかしフィオリーネは夫が強いからといって喜んでばかりもいられなかった。妹として、大好きな兄たちにもがんばってほしい。もちろん、最終的にはリーンハルトに勝ってほしいのだが……。

（怪我をしたらどうしよう）

刃先は潰してあるとはいえ、力任せに叩きつけられればかなりの痛手をこうむるのは間違いない。打撲で済めばまだしも、骨折する可能性だってあるのだ。

結局、フィオリーネはどっちが優勢でもハラハラしどおしだった。双子ならではの連携プレーから繰り出される攻撃は、リーンハルトに息つく暇も与えない。彼がすでに防戦一方になっているように思え、フィオリーネはこくりと喉を震わせた。

「ほほう、これはなかなか……」

意外そうに目を瞠ってジークヴァルトが呟く。

「いつまでも仔狼というわけではなさそうですな」

「だ、大丈夫かしら……」

「心配めさるな、侍女どの。万が一、殿が止まらなくなった場合は、我らリンドホルムの騎士が全力で引き剥がしますから」

「はぁ?」

意味を図りかねたカトリンは目を白黒させたが、フィオリーネには理解できた。もしもリーンハルトが〈狂狼戦士《ウールヴヘジン》〉になったら――ということだ。ジークヴァルトを始め側近の騎士たちが、見学だけのはずなのに妙に重装備だと思ったら……。

(そういうわけだったのね)

話に聞いただけでも〈狂狼戦士《ウールヴヘジン》〉の戦闘力は凄《すさ》まじい。いくら強くなったとしても、あっというまにふたりとも斬り払われてしまうだろう。止めに入るのだって、きっと命懸けだ。その様を想像してフィオリーネは青ざめた。

戦いにじっと視線を注ぎながらジークヴァルトはひとりごちた。

「そうなったらなったで、お二方の力量の証明にはなりますが。……ま、大丈夫でしょう」

思わず彼を見上げたフィオリーネは、ガキンと大きく響いた金属音にハッと視線を戻した。

リーンハルトが双子のどちらかと剣を深く交えていた。アルフォンスかメルヒオールなのかは紋章が見えないのでわからない。もうひとりはこちらに背を向けている。

先ほどから双子は、互いに入れ替わりながらリーンハルトを挟み打ちにしていた。だが、彼は背後にも目がついているのかと思うほど機敏に立ち回り、ふたりの攻撃をあるいは受け止め、あるいは躱し、隙を狙っては攻撃をしかける。

ただ、攻撃しているともう一方が背後を狙ってくるので、なかなか勝負を決められない。

(両方一度に決めるしかない……？　そんなの不可能よ)

三人とも兜をかぶっているので顔が全然見えない。いったいどんな表情をしているのだろう。

リーンハルトは焦っているのか。大言壮語を吐いたと後悔しているだろうか。

(──いいえ。勝つと言ったからには、彼は必ず勝つわ)

「リー……」

思い切って声援を送ろうとしたが、躊躇して尻すぼみになってしまう。フィオリーネはぎゅっと拳を握りしめた。

彼だけに声援を送ったら、兄たちを裏切ることにならないだろうか。がっかりさせてしまうかもしれない。

(仕方ない、わ)

己の立ち位置は自分で選ばなければ。庇護され、可愛がられる一方の『妹』ではなく、夫を支え、共に歩む『妻』であることを、わたしは……選ぶ――！

口許に両手を添え、声の限りに叫んだ。

「リーンハルト！　がんばって――‼」

一瞬、三人の動きが止まったように思えた。次の瞬間、目にもとまらぬ早業で双子の一方が吹き飛ばされて転がる。

地面に叩きつけられた勢いで剣が飛んだ。間髪入れずに身体を回転させたリーンハルトの目の前に、剣を振りかぶるもうひとりが迫る。

「はぁあっ！」

裂帛《れっぱく》の気合で振り下ろされた剣が、リーンハルトの兜をわずかにかすめる。彼は回転した勢いのまま身体を沈め、脚払いをかけたのだ。

体勢を崩した相手は剣を取り落としてひっくり返った。即座に体勢を戻したリーンハルトが胸部を鉄靴《サバトン》で踏みつけ、逆手に持ち替えた剣を喉元めがけて突き下ろす。

「――参った！」

踏みつけられた剣士が慌てて両手を上げ、降参を叫ぶ。剣先が鎖頭巾《コイフ》すれすれに、地面に突き刺さった。

リーンハルトが身を起こし、相手の紋章が見えた。三男の星《モレット》。メルヒオールだ。

背後でアルフォンスが起き上がり、尻餅をついたまま兜を外した。

「くそぉ、もうちょっとだったのに」

大きく肩を上下させて溜息をつく。メルヒオールも身を起こして兜を取り、ぶるぶると頭を振って汗を飛ばした。

「いいところまで行ったと思ったんだけどなぁ」

「……残念でしたな」

兜を外したリーンハルトが微笑んだ。多少上気しただけの涼しげな顔を、メルヒオールは悔しそうに睨んだ。

「ちぇっ、全然正気じゃないか」

「そんなに死にたいですか？　だったらもっと修練を積まないと」

「言ってくれるよ……」

ぶすくれながら、差し出されたリーンハルトの手を掴む。彼は同じように座り込んで息を切らせているアルフォンスを助け起こした。

向かい合い、剣を下げて互いに一礼すると、観衆からわーっと歓声と拍手が巻き起こる。フイオリーネも立ち上がって全力で拍手を送った。

戻ってきた三人をいそいそと出迎える。

「お疲れさま。みんなすごかったわ」

「悔しいけど、まだまだだな。てんで敵わないや」

「世辞ではなく、だいぶ腕を上げられましたよ。可愛い妹姫が私を応援したショックで隙が生まれたのでしょう」

「無理にフォローしてくれなくていいよ」

「あれがなくてもどうせ二、三分しか違わなかったさ」

双子は揃って肩をすくめた。

「でも、ま、感謝してもらってもいいよな。惚れ直しただろう？　フィオ」

「えっ……」

ニヤニヤと冷やかされ、赤くなって口ごもる。

「リーンハルトだって、大事な奥さんに声援されて嬉しかったよなぁ？」

「……もちろんです」

しかつめらしい顔をしながら、彼は面映げに目を泳がせた。

「それじゃ、礼として僕らに稽古をつけてくれたまえ！」

「そうだ！　稽古をつけてもらうまで帰らないからな」

偉そうに胸を張る双子に、げんなりとリーンハルトは眉を垂れた。

「あなたがたは本当に、何しにいらしたんですか……」

「文句言うなよ。貴公は俺たちの義弟《おとうと》なんだぞ？」

リーンハルトがものすごく厭そうな顔をしたので、思わず噴き出してしまう。くすくすと笑うフィオリーネを、リーンハルトは眩しげに眺めた。


結局、双子は十日ほどシュトルツェーレ城砦に居坐《いすわ》った。渋い顔をしつつもリーンハルトが兄たちに親身に稽古をつけてやる様子を、フィオリーネはにこにこしながら見学した。

兄たちは無鉄砲で尊大なところはあるが、根は素直だ。実力を認めた相手からは積極的に教えを請おうとする。どんなに固辞されても食い下がり、相手が根負けするまでつきまとうのだからかなりしつこい。

強くなることは、双子にとって一番の目的であり、楽しみでもあるのだ。

リーンハルトがどんなに強くても、彼らの『義弟《おとうと》』である以上、それなりに敬意を払わなければならない。騎士として、主君の子である王子たちを粗略に扱うわけにはいかないからだ。

そんな『弱み』もあっけらかんと利用として悪びれないのだから、もう諦めるしかない。

もっとも、そういうからりとした明るさが、苦笑まじりでも皆から愛される所以《ゆえん》なのだろうけれど。

訪問から十日経ち、明日帰ると朝食の席で双子が言い出すと、リーンハルトの秀麗な顔に安堵が浮かんだ。

「今、やっとか……って思っただろ」

目敏《めざと》くメルヒオールに睨まれ、彼は涼しい顔で頷いた。

「大変にホッといたしました」

「正直な奴だ」

腕を組んだアルフォンスが仏頂面で頷く。

「俺たちは義兄《あに》なんだぞ。もっといてくださいと世辞にも言うべきじゃないか？」

「あいにく世辞は口にしない主義でして。それに、そんなことを言えば本気でここに住み着かれそうですし」

恬淡《てんたん》と返され、双子は肩をすくめた。

「もっと邪魔してイライラさせてやりたいところだけど」

「やり過ぎるとフィオに嫌われてしまうからな～」

顔を見合わせてニヤニヤする双子にリーンハルトが仏頂面になる。

「なぁ、フィオ。帰る前に、三人で遠乗りしないか？」

「えっ」

「ちょっと砦の周りを廻るだけさ。――かまわないよな?」

リーンハルトは何故かムッとしたように眉間にしわを寄せた。

「……こちらの騎士を同行させていただけるのなら」

「いいよ。どっちみち案内役が必要だし。あ、言っとくけど貴公はダメだからな」

「邪魔はいたしません」

冷ややかに彼は応じた。不機嫌の理由はなんとなく察しがつく。フィオリーネはまだ彼と一緒に外出したことがないのだ。以前、町へ行きたいとねだったときは喧嘩になってしまったし。

「あの……。一緒に、行きませんか?」

おずおずと誘ってみるとリーンハルトは小さく微笑んだ。

「兄妹水入らずの話もあるだろう。楽しんできなさい」

そう言われては食い下がるわけにもいかず、フィオリーネはしゅんとしつつ頷いた。

最後の稽古をつけてくれと双子がねだったので、遠乗りは午後からになった。どうせなら外で昼を食べようと、昼食をバスケットに詰めてもらう。

稽古を終えた双子が汗を流して着替えるのを待つあいだ、ふと思いついて厩舎へ行ってみた。そういえば嫁いできて以来、馬に乗っていない。乗馬は習得しているから不安はないけれど、どんな馬に乗るのか気になる。

ちょうどリーンハルトが白い馬を引き出してきて、フィオリーネに気付くと憮然とした顔になった。彼がこんな顔をするのは一種の照れ隠しなのだともうわかっているから、気にせず歩み寄る。

「綺麗な馬」

「……あなたに乗ってもらう馬だ。よく訓練された儀仗馬《ポルフリー》だから扱いやすいと思う」

「素敵ね！　ありがとう」

そっと鼻面を撫でると、白馬はおとなしく頭を垂れた。黒い瞳は優しく、とても賢そうだ。

「気に入った？」

「ええ、とても」

頷くと、彼はホッとしたように微笑んだ。

「乗ってみる？」

すでに婦人用の鞍《くら》が着けられている。彼の手を借りて鞍に横座りし、手綱を取って厩舎の前を歩かせてみた。かかとで合図して少し走らせ、見守っているリーンハルトの元へ戻る。

「とても乗りやすいわ。指示もよく通るし」

「あなたの指示が的確だからだよ」

微笑まれて嬉しくなる。

「……一緒に行きたかったわ」

「兄君たちが帰ったら、出かけよう」

「ごめんなさい。最初はあなたと出かけたかったの。本当よ」

「謝ることはない。タイミングが合わなかっただけだ。ちょうどこの馬が手に入って、遠乗りに誘おうとした矢先にお二方が現れてね」

「そうだったの……」

兄たちに悪気がなかったのはわかっているが、やはり残念だ。眉を垂れるフィオリーネに、リーンハルトは悪戯っぽく囁いた。

「遠乗りは先を越されてしまったから、今度ふたりで出かけるときは私の馬に二人乗りしよう」

「二人乗り？」

「いやかい？」

くすりと笑まれ、頬を染めてぶんぶん首を振る。彼が閨事を匂わせたのはすぐにわかった。兄たちが訪れて以来、ずっとしていない。交接はもちろん、口での奉仕もだ。キスだって、挨拶としてごく軽く唇を合わせるだけ……。

初めて抱かれて以来、十日も間が空いたのは初めてだ。客間とは離れているのだから、致したところで気付かれないし、気付いたとしても文句を言いはしないだろう。冷やかされるかもしれないが……。ただ、なんとなくお互いそんな気になれなかったのだ。

一方で、思う存分触れ合いたいという気持ちも日々高まっている。彼の美しい翠の瞳に翳のように欲望が揺らめくのを感じ、ドキドキと鼓動が速まった。

自らの爪に唇を押し当て、おずおずと手を伸ばす。リーンハルトはうやうやしくその手を取り、そっと爪にキスした。

ちろりと舌で指先を舐められたとたん、ぞくっと下腹部を戦慄が駆け抜けた。ズキズキと痛むほど雌蕊《めしべ》が疼いてフィオリーネは顔を赤らめた。

（やだ……、はしたないわ）

己を戒めつつ、彼の瞳にも自分と同じ欲望が宿っているのだと思うと嬉しくなる。

「おーおー、お熱いねぇ」

絶妙の二重唱で冷やかされ、互いにパッと手を離す。振り向くと双子王子がニヤニヤしていた。即座にふだんの冷厳な顔つきになるリーンハルトをふたりは感心したように眺めた。

「なんなら一緒に来てもいいんだよ。俺たち兄弟なわけだしさ？」

「遠慮いたします。どうぞ、存分に別れを惜しんでください」

「『二度と来るな』って聞こえたぞ」

「さすがは王子殿下、察しのよいことで」

アルフォンスの厭味にもリーンハルトは冷ややかな微笑を平然と返す。

「うわぁ、目つき怖っ……」

「本気で殺しに来そうだ。さっさと退散するに限るな」

ふたりは従者の引いてきたそれぞれの馬に素早く騎乗した。護衛の騎士たちもすでに準備を整えている。

砦からは案内役としてジークヴァルトともうひとり、オリヴァーという若い騎士が同行することになった。最も信頼している副官をわざわざ供に付けるあたり、敬意を払うという以上に何か警戒している気がしないでもない。

「じゃあね～」

「世話になったな、義弟《おとうと》よ」

ふざけた口ぶりに、リーンハルトが不審げに眉をひそめる。別れを告げるには早くないかと訝しみつつ、兄たちに促されてフィオリーネは馬の向きを変えた。侍女のカトリンも従者と同じく駿馬《ロンサン》に乗って従っている。

案内役のジークヴァルトを先頭に一行が動き出す。振り向くとリーンハルトは腕を組み、憮然とした顔でじっと見送っていた。

心配しないで、と意を込めて軽く手を振ると、彼は苦笑して片手を上げた。兄たちに続いて城門をくぐる。

(砦を出るのは結婚してから初めてなんだわ)

そう考えるとなんだか驚いてしまった。庭の四阿で過ごすことも多く、ずっと城内で暮らしていても閉じ込められている気はしなかった。もともと引きこもりだったせいかもしれない。

厚い城壁に守られた城にいればやはり安心できる。

とはいえたまには外に出るのも悪くない。兄たちと会話しつつ馬を進めながら、リーンハルトと一緒に来たかったわ、と改めて残念に思った。

(二人乗りしようって言ってくれた……)

嬉しくて、思い出すだけで口許がほころぶ。そんな上機嫌な妹を横目で見やり、双子は示し合わせたようににんまりしたが、リーンハルトと二人乗りすることを想像してときめいていたフィオリーネは全然気付かなかった

城砦の周囲は交戦場として空き地になっており、もう少し下れば渓谷沿いに森林が広がっている。旧王朝時代から王家の狩猟場だが、ここまで足を伸ばすことは稀《まれ》だ。

現在の国王ルガートは森の管理を近隣で一番近い城市《まち》のゴルツ城伯に委託し、委託料の代わりに自由な狩猟を許していた。狩猟権は砦に駐屯する守備隊にも与えられており、いちいち城伯の許可を取らずとも森を散策したり獲物を捕ることができる。

それを聞いた双子は、もっと早く知りたかったと悔しがった。ふつう、王族が訪問すればもてなしとして狩猟を行うものだ。リーンハルトだってそれは考えたはず。

しかし、来た早々わけのわからない『決闘』を挑まれ、勝てば勝ったで稽古をせがまれ、こ

れ以上歓待する必要なしと見做《みな》したのだろう。そういう割り切ったところも彼らしく、なんだか笑える。

護衛の騎士は少し離れて付いてきている。案内役のジークヴァルトたちも、三人が道から外れない限りは好きに進ませるつもりらしい。

見たところゴルツ城伯はきちんと手入れをしているようだ。委託といっても丸投げされているわけではない。砦の守備隊が食料確保のため定期的に狩りを行っているし、抜き打ちで森林監督官が査察を行う場合もある。不適切と見做されれば管理費代わりの狩猟権を取り上げられてしまう。

途中で巡回中の森番と行き会ったが、ジークヴァルトと顔見知りだったので咎められることはなかった。

白い花が群生している場所を見つけて敷物を広げ、のんびりと昼食とお喋りを楽しむ。

そろそろ引き返そうかと森を出たあたりで、急に双子が馬を止めた。

「──さて。それじゃ、ここでお別れだね」

フィオリーネはびっくりして兄を見返した。

「帰るのは明日じゃないの?」

ふたりは同じ悪そうな顔でニヤリとした。

「リーンハルトには世話になったことだし、一日でも早く解放してあげようと思ってさ」

「だったらそう言ってくれればいいのに……」

「そこまで喜ばせてやりたくないよなぁ」

「なぁ？」

頷きあう兄たちに絶句する。

「で、でも。しばらく会えないんだし……、せめて晩餐を一緒にしたかったわ」

あまりに急だったのでつい洩らすと、にわかにふたりは目をキラッとさせた。

「そう思う？」

「当然だよな！　フィオは優しいもの」

「えっ？　ええ……もちろん……よ……？」

なんとなく怪しい雲行き……と危ぶみつつ頷くと、ふたりはにっこりと満面の笑みを浮かべた。怪しい。怪しい。怪しすぎる。

「じゃあ、僕らと一緒にゴルツの城市《まち》で一泊しよう。もう宿は取ってあるんだ」

「──お待ちください」

唖然としたフィオリーネが答えるよりも早く、ジークヴァルトが険しい顔で割って入る。

「宿とはゴルツ城伯の館のことですか？」

「違うよ。町の旅籠《はたご》に部屋を取ったってこと。っていうか、ずっと取ってあったのさ。前払いで一カ月分払ってある」

　ジークヴァルトはげんなりと眉を垂れた。

「……そんなに長居するおつもりだったのですか」

「念のためだよ。今夜一泊したら帰る。ぜんぜん泊まらないんじゃもったいないじゃないか。払った宿代は帰って来ないんだぞ」

「どうしてそんな無駄遣い……」

　思わず洩らすと兄たちは揃って眉を吊り上げた。

「フィオに別居の練習をさせようと思ったんだよ！」

「意味わかりませんっ」

　負けじと眉を吊り上げて言い返す。

「フィオだって旅籠に興味あるだろう？　一度泊まってみたいって言ってたよねぇ」

「何年も前のことじゃない」

「もう興味なくなった？」

　フィオリーネは口ごもった。好奇心をなくしたわけではないし、兄たちと出かけるのはいつだって楽しかった。

「……もしかして、不安？」

「俺たちはもう信用できないのかな……？」

　しょんぼりと尋ねる兄たちの姿にハッとした。

フィオリーネが引きこもりになった原因――。楽しかった市場見学の途中で誘拐されかけたこと。そのとき同行していた兄たちは、ずっとそれを気にしていた。

自分たちが陽動に引っかかったせいで妹に怖い思いをさせてしまったと。そのせいで引きこもりになってしまったのだと。

兄たちはそれ以来、強くなることに執着するようになった。それまではむしろ、双子同士の張り合い以外は勝敗にこだわらなかったのに。

フィオリーネは急いで首を振った。

「そんなことないわ！」

兄たちのせいだと恨んだことなどない。まさか平和な王都のど真ん中で誘拐されるなんて、誰も想像していなかったのだから。

「兄様たちのことは信頼しています。昔も今も変わらずに」

「本当？」

「もちろんよ」

大きく頷くと兄たちは皓歯《こうし》を覗かせてにっこりした。

「じゃあ、決まりだね」

「……え」

「というわけで、ジークヴァルト卿。フィオリーネは今夜僕たちと町に泊まる。旅籠は〈踊る子ヤギ亭〉だ」

「勝手に決められては困ります！」

　にっこりされて騎士が太い眉を逆立てる。

「僕らはこの国の王子だし、フィオリーネは実の妹だ。なんの問題もない」

「それはそうですが、フィオリーネ様は我が主の大事な奥方です！　殿の許しもなく……」

「じゃあ、これ渡しておいて」

　いきなり折りたたんだ手紙を差し出され、ジークヴァルトは面食らった。

「……なんですか、これは」

「事情説明」

　ニコニコと答える王子に騎士は渋面を作る。フィオリーネも驚いた。手紙まで用意していたからには、完全に最初から計画していたに違いない。

「アルフォンス殿下……」

「俺はメルヒオールだ」

「これはとんだご無礼を。見分けが付きませんで」

「よく言うよ。わざとやってるくせに」

「なにせ主が厭味な奴だからな」

　双子は肩をすくめた。渋々受け取った手紙を扱いあぐねる騎士を見かねてフィオリーネは声をかけた。

「心配ないわ。兄たちと一緒ですもの」

「はぁ……」

「もちろん〈踊る子ヤギ亭〉は知ってるよな？　事前に調べさせたんだ。守備隊の騎士たちが休日に飲みに来るところだと」

「まぁ、そうなの？」

「はぁ」

ジークヴァルトは気まずそうな顔で頷いた。

「酔いつぶれた時には泊まることもあるそうだね？　騎士が泊まるくらいなんだから安心だよなぁ」

「……確かに怪しい店ではありませんが、奥方様がお運びになるような場所でもありません」

そう言われるとむくむくと好奇心が沸き起こり、意地でも行きたくなってしまう。

「行ってみたいわ。守備隊長の妻として、騎士たちがどんな場所でくつろいでいるのか、把握しておく必要があります。万が一に備えて」

「そのとおりだ！　我が妹は立派な奥方だとは思わんか、ジークヴァルト卿？」

「……もちろんです」

困惑を抑えて重々しく頷き、騎士は眼光鋭く王子たちを見遣《みや》った。

「本当に、〈踊る子ヤギ亭〉にお泊りになるのでしょうな？」

「父上と兄上の名誉にかけて、本当だとも。けっして余所へは行かない」

片手を上げ、神妙な顔で双子が宣誓する。ジークヴァルトは溜息をついた。

「……わかりました。私は殿にこの手紙をお届けに戻りますが、旅籠までオリヴァーが同行いたします」

双子が了承したのでジークヴァルトは後ろ髪を引かれる様子で砦に引き返していった。

フィオリーネは兄たちに従いつつ、リーンハルトに一言詫びを入れるよう求めた。

兄たちは素直に承諾し、宿に着いたらすぐに書くと約束してくれた。

町は城壁に囲まれているものの、城門は開放されていて出入りは自由である。一応、警備の兵が門の側に複数いて目を光らせており、きらびやかな騎士と貴婦人の一行に気付いた彼らは好奇の目を向けた。先導する騎士がシュトルツェーレ城砦の騎士だと気付いたらしく、誰何《すいか》されることはなかった。

小さな町だが活気がある。もう夕方なので商店は店じまいを始め、通りには人々が忙しそうに行き交っていた。近隣の農村から商売に来た者たちが帰途につく頃合いのようだ。

宿は城門からわりあい近く、角をひとつ曲がったところにあった。これなら、緊急事態にはすぐに飛び出せる。けっこう大きな店で、隣には馬車置き場や厩もある。ここは大手の商人もよく利用するのだと、オリヴァーが説明してくれた。

馬を預けて店の入り口へ向かう。壁から下がった大きな看板には、頭に花輪を載せ、後ろ脚で立つ子ヤギが描かれていた。ベルのついた赤い首輪をした子ヤギは腰に前脚をあてて楽しそうに踊っている。これなら文字が読めない者でも間違えることはない。

一カ月分の宿賃を前払いした気前のよい客を、店主は愛想よく出迎えた。砦に現れる前日、ここに一泊したのだそうだ。砦の騎士とは顔見知りだったので、彼らが守備隊長の客人だと知るとさらに愛想はよくなった。身分は明かさなかったが、念のためフィオリーネは外套《マントル》の頭巾《フード》を目深に下ろした。

地階が食堂兼居酒屋で、一階と二階が旅籠の客室となっているのだが、兄たちは二階を全部借り切っていた。

これは贅沢というより用心のためで、王族に限らず貴族が旅籠に泊まるときは警備のためにそうする。通常、王侯貴族はその地方の領主館に泊まるもので、見知らぬ他人と同宿する旅籠は好まないものだが、好奇心旺盛な双子はあえて旅籠を選ぶことも多い。

王子たちの部屋は最上等の次の間付きで、そこでフィオリーネは兄たちがリーンハルトに詫びの手紙を書くのを待つあいだ、足湯を使って身体を休めた。

砦に残してきた荷物もすでに運び込まれており、改めてフィオリーネは呆れた。最初からそのように従者に指示しておいたのだ。

(これじゃ、手紙が届く前に気付かれてもおかしくないわ)

出掛けに兄たちの妙な挨拶を聞いて、すでに不審を抱いていたようだし。

「御館様が、お怒りにならないといいのですけど」

フィオリーネの足をタオルでぬぐいながら、カトリンが呟く。

「お小言はくらうかもしれないけど、叱りつけられることはないんじゃないかしら」

「そりゃ、奥様が言い出したことじゃありませんもの。王子様がた、絶対御館様で遊んでますよね。ほんと、怖いもの知らずなんだから」

溜息をつく侍女にフィオリーネは苦笑した。それは大いにありそうだ。

やがて兄たちが書き終えた手紙を見せに来た。内容を確認し、ベルトに下げた小物入れ《ポーチ》に手紙をしまうと、フィオリーネは兄たちに連れられて階下へ降りた。

夕餉《ゆうげ》の時間にさしかかり、食堂は混み合い始めていた。王子たちはあらかじめ店主に言って食堂の一角を予約しておいた。その辺のぬかりなさは、しょっちゅう王宮を抜け出しては市井を徘徊《はいかい》している彼ららしい。

フィオリーネが兄たちとよく出かけていた頃はまだ未成年だったし、夜に王宮外に出ることは禁止されていたので、居酒屋に来たのは初めてだ。

メニュー表などはなく、注文を取りに来た給仕に出せる料理を聞いて、好みのものを選ぶ。食材があれば要望に応じて作ってもらうこともできるという。酒はワインやエール、蜂蜜酒《ミード》があった。

四人掛けのテーブルを四つ確保してあり、隅のテーブルに兄たちとカトリンと一緒に座る。フィオリーネが一番奥で、三方を壁と兄とでガードされている。

食事は城で出てくる料理とはずいぶん違っていたが、どれも美味しかった。宮廷料理は見た目も重要なので凝った装飾が施されていたりするが、居酒屋ではそんな気取りはない。

かなり豪快にどーんと出てきた料理に目を丸くしたフィオリーネは、兄が切り分けてくれた肉をおそるおそる口に運んで笑顔になった。

「美味しい！　鴨肉《かもにく》ね」

「こっちのウサギの煮込みもなかなかいけるよ。レンズ豆とチーズが入ってる」

「本当だわ」

最初警戒していたカトリンも、美味しい美味しいと笑顔で食べ始める。城の食卓とは違って互いの距離が近いのもいい。兄たちはスパイス入りのエール、フィオリーネとカトリンは蜂蜜酒《ミード》で乾杯した。

周りのテーブルの騎士や従者たちも和気《わき》藹々《あいあい》と飲んだり食べたりしている。リンドホルムの騎士はオリヴァーひとりだけだが、兄の護衛たちもすでに十日も砦で過ごして親しくなっていたので居心地悪くはないようだ。

オリヴァーはフィオリーネから見て前方のテーブルに背を向けて座っていたのだが、そこへ料理を運んできた給仕の女性が甲高い声を上げた。

「あれっ、誰かと思ったら――」

どうやら顔見知りらしい。

「今日は見たことない顔ぶれね！　交替したの？　歓迎会？」

周囲を見回しながら、彼女は矢継ぎ早に質問する。ちらっと見えた顔は、そばかすが目立つもののさっぱりした性格が窺える陽気な顔だちだ。茶色の髪を左右にわけて三つ編みにしている。十五、六歳だろうか。ちょっと男の子みたいな雰囲気の少女だ。

答えるオリヴァーの声はよく聞き取れない。

「あ、お客さん？　うちに泊まってるの？　だったら酔いつぶれても大丈夫だね！　じゃんじゃん飲んでお金落としていってよ。うちのエールは親戚が醸造してるんだ。美味しいよ！」

少女の声にどっと笑いが起こる。

「ねぇねぇ、隊長さんは？　いないの？」

またきょろきょろしながら少女が尋ねる。守備隊長を務めるリーンハルトのことだろうか。

オリヴァーの答えに彼女はがっかりと肩をすくめた。

「なぁんだ、残念。最近全然来てくれないんだもん、寂しくって。――え？　何？　――あぁ、そっか。結婚したんだよね。奥さんのご機嫌とるのに忙しいのかなぁ。いいとこのお嬢さんなんでしょ？　きっと気位が高くてわがままなんだろうね」

当人が背後にいることを知っている騎士は慌ててたしなめたが、そうとは知らない少女はあっけらかんと続けた。

「愚痴ならいくらでも聞くからさ。たまには顔見せてよ、って言っといて」

ますますオリヴァーが慌てると、別方向から客がジョッキを振りかざして少女を呼んだ。

「おーい、エーリカ。エールのお代わり頼むぜ」

(――エーリカ?)

どこかで聞いた名だわ……と首を傾げてフィオリーネはハッとした。リーンハルトの『愛人』の名前だ!

「あいよ!」

威勢よく答え、少女は『じゃ、ごゆっくり!』とにっこりして呼ばれたほうへ去った。青い顔でおそるおそる振り向いた騎士の脇腹に、ちょうど背中合わせに座っていたメルヒオールが、どすっと肘鉄を喰らわせる。

「だーれが気位が高くてわがままだって?」

「も、申し訳ありませんっ」

オリヴァーはますます青ざめ、こめかみに青筋を立てたメルヒオールに頬をぐいぐい引っ張られて涙目になった。気を取り直したフィオリーネは急いで兄を制した。

「やめて、メル兄様。彼が言ったわけじゃないわ」

「そりゃそうだが」

と言いつつなかなか手を離そうとしない。

「なぁ、『隊長さん』というのはリーンハルトのことだよな？」

「は、はひ……」

頬を掴まれているせいで、騎士はもごもごと答えた。

「あいつ、居酒屋に来ることあるのか」

「た、たまには……」

「兄様！」

フィオリーネに睨まれ、やっとメルヒオールは手を離した。

「今の女、リーンハルトとずいぶん親しそうな口ぶりだったが」

「えっ⁉　そんなことありませんよ。子ヤギちゃ……エ、エーリカは人懐っこくて愛想がいいんです。客商売ですから」

「子ヤギちゃん？」

「て、店主の娘で……、ここの看板娘なんですよ」

「ああ、『踊る子ヤギ』か。なるほど」

「幾つなんだ？　ずいぶん若そうだな」

「十四か十五だと思いますけど……」

「ぬっ⁉　リーンハルトの奴、そんなに若い娘が好みなのか⁉」

ガタッと隣でアルフォンスが身を乗り出し、フィオリーネはギョッとした。騎士はフィオリーネ以上に仰天してぶんぶん首を振った。

「ち、違います！　あの子はただ殿に懐いてるだけなんですっ。酔漢に絡まれて難儀してるところを殿が助けてやって、それですっかり懐いちゃったんですよぉ。物怖《ものお》じしない娘《こ》で……。本当にそれだけです～」

「ふん、若い娘に懐かれてデレデレと鼻の下を伸ばしているのだろう。まじめくさった顔をして、実態はこれか！」

「許せん！　フィオのような美しい妻を娶りながら、育ちきってもいない小娘と浮気するなど──」

「────誰が浮気している、と？」

地獄の底から湧き上がってくるような、冷え冷えとした声が響いた。テーブルの全員がごくりと唾をのむ。おそるおそる顔を上げると、いつのまにか傍らに殺気だった雰囲気をまといつかせたリーンハルトが仁王立ちしていた。

そこへ、『恰好いい隊長さん』の出現に気付いたエーリカがすかさず飛んできて左腕にぎゅーっとしがみついた。

「あぁん、隊長さーん！　やっと来てくれたぁ！　エーリカ、ずっと待ってたんですよ～」

オリヴァーが真っ青になり、ぴくりとリーンハルトの目許が引き攣る。ゆっくりと右手が上がり、少女を殴り飛ばすつもりかとフィオリーネは焦った。しかし彼はそっと少女の腕をほどいて押しやった。

「……すまないが、今日は妻を迎えに来ただけなのでな」

「妻⁉」

ぽかんとする少女には目もくれず、リーンハルトは隅っこで青ざめて固まっているフィオリーネに手を差し伸べた。

「帰るぞ」

「は、はい」

平板な声がかえって恐ろしく、焦って腰を浮かせる。隙間から出ようとするといきなり腕を取ってぐいと引かれ、身体が宙に浮いた。

「あ痛！」

うっかりアルフォンスの頭を蹴ってしまう。気がつくとフィオリーネはリーンハルトに横抱きにされていた。

「ご、ごめんなさい、アル兄様――」

「謝る必要などない。当然の報いだ」

「なんだよ～。考えたのはメルだぞ」

「あなたがたは一心同体なのでしょう？　だったらわずかな違いとはいえ兄であるあなたが責

任を取るのですな」

夜の吹雪を思わせる声音と冷えきったまなざしに、恐れ知らずの双子もさすがに凍りついた。

「く……。後でメルを蹴ってやる」

「成人前であればふたり並べて尻を百叩きしているところだ。いくらごきょうだいとはいえ、我が妻を勝手に連れ帰られては困ります」

「えっ……？」

連れ帰る？　どこに？　——まさか、王都に……⁉

双子がジークヴァルトに託した手紙が思い浮かぶ。

(兄様たち……、いったい何を書いたの⁉)

リーンハルトは挨拶もせず踵を返すと、大股に歩きだした。

「帰るぞ、オリヴァー。カトリン」

「はっ」

「はいっ」

侍女と砦の騎士が慌てて後を追う。リーンハルトの肩ごしに兄たちを見ると、ふたりは苦笑して手を振っていた。

四人が出て行って店の扉がバタンと閉まると、それまで目を丸くして突っ立っていたエーリカが悲鳴を上げた。

「あああの人！　まさかあの人が隊長さんの奥さんだったの!?」

どうしようどうしようと涙目で騒ぐ看板娘を、苦笑しながら双子がなだめる。咎められることはないと何度も言い聞かせ、やっと安心してエーリカは店の奥へ戻った。

「──あそこの人たちは砦の守備隊なのかい？」

カウンターにいた客が尋ねる。短い黒髪の青年だ。肌色はやや浅黒く、瞳は夜空を思わせる濃紺。目許涼しい美青年は興味深そうに騎士たちを眺めている。

「いえ、お客さんだそうです。王都から来られた方々だとか」

「へぇ……」

「──お客さん、ファラハールの人？」

「ああ、商人さ」

にっこりと青年はエーリカに笑いかけた。

「じゃあ、目立たないようにしたほうがいいですよ。王都の騎士様たちに見つかったら、ここでのようになぁなぁでは行かないと思うし」

ファラハール人はグランフェルト王国への出入りを禁じられている。しかし国境を挟んだ互いの町では、ある程度の行き来や小商いは黙認されていた。金払いがいいので、客としては悪くない。

「そうだね。ありがとう、気をつけるよ。──ワインのお代わり、もらえるかな？」

「はぁい。ただいま」

エーリカが引っ込むと、青年はカウンターに肘をついてくすりと笑みを洩らした。

「……縁があるなぁ。まさかこんなところでまた会えるとは、ね」

「我が君」

隣に座っていた体格のよい男が、たしなめるように低い声で呼ぶ。青年は軽く手を上げ、護衛らしき男を制した。

「ちらっとしか見えなかったけど……、やっぱり可愛いな」

フィオリーネ。グランフェルトの姫君。〈狼王〉ルガートの愛娘。

一目見て欲しくなった、美しい少女。王女と知れば尚更に――。強引に連れ帰ることには失敗したが、けっして諦めたわけではない。結婚していたってかまうものか。むしろ色香が増してますます魅惑的だ。

「――お待ちどおさま。ワインのお代わりね」

エーリカがカウンターにカップを置く。愛想よく微笑んで彼は代金を渡した。

王都から来たという騎士たちにカップを掲げる。離れているのでもちろん彼らは気付かない。向かい合って喋っている双子を眺め、黒髪の青年はニヤリとした。

かつて追いかけられ、全速力で必死に逃げた相手だ。今度はそうはいかない。何も知らずに彼らは去っていく。地団駄を踏む様を想像すると、かつて味わわされた屈辱感が幾分薄らいだ。

「楽しみだな」

呟いて彼は機嫌よくワインを呷った。

第五章　心のなかの砦

並足で馬を進めながらリーンハルトは無言だった。宿を出ると店の前に繋いであった自分の軍馬《デストリア》にフィオリーネを座らせ、その後ろに跨《また》がる。乗ってきた白い儀仗馬《ポルフリー》よりもずっと体高があるので目線の高さが全然違った。

カトリンたちが出てくるのを待つあいだも彼は無言だった。フィオリーネもなんといって謝ればいいかと考えあぐねて黙り込んでいると、白馬の手綱を引いてオリヴァーが出てきた。カトリンが後ろに続いているのを確かめ、リーンハルトは馬の向きを変えた。

城門は半分閉まっていた。警備兵は立派な軍馬を見ただけで誰だか察したらしく、何も言わなかった。

フィオリーネはぼんやりと夜空を見上げた。無数の星が静かに瞬いている。前方に黒々とわだかまる影はシュトルツェーレ城砦だ。

（あそこが、今はわたしの家なんだわ……）

リーンハルトの居る場所が、自分の居場所。そう決めた。自らの心で。

「──帰りたかった？」

　ぽつりとリーンハルトが呟き、たまたま砦のことを思い浮かべていたフィオリーネは、何も考えずについ頷いてしまった。

「ええ。──えっ⁉　ど、どこのこと？」

「むろん王都だ」

　リーンハルトは唇をゆがめた。フィオリーネはぽかんと彼を見つめ、我に返ってぶんぶんかぶりを振った。

「い、いま答えたのは砦のことで……！　王都に帰りたいなんて思ってませんっ」

「兄たちに連れ帰ってほしいと頼んだのではないのか」

「そんなこと頼んでません！　最後に一緒に遠乗りしようというだけで、まさかそのまま出て行くつもりだったなんて……」

「手紙には、居心地悪そうなので連れ帰る、と」

「⁉　居心地悪くなんてありません！」

「気を遣わなくていい。王宮育ちなら、いろいろと不満があって当然だ」

「そんなことっ……、本当に、わたし……」

「正直に、言ってほしい。言ってくれれば改善するから」

「……！」

驚いて彼の顔を見上げる。星明りの下、彼の端整な顔が少しだけ気恥ずかしそうに見えた。

「あなたに……側にいてほしいんだ。不満があるのならできるかぎり改める。生活上のことだけでなく、私自身の態度や言葉づかいも」

かぁっと頬が熱くなった。

「別に……不満なんて……」

「遠慮しなくていいのだぞ?」

「……………ぅ……浮気……しないで、くれれば……」

独りごちるように呟くと、くすりと笑う声がした。

「『愛人』か。……いないよ、そんなもの」

「……そのような気が……してました」

衛兵たちが交わす軽口を聞いて、カッとなった。だが、言い争ううちになんとなく、誤解しているのではと思えてきた。

「言い訳、だったのかも……。あなたの気持ちを確かめたくて」

正面切って問うのは怖くて。ただ好きではないと切り捨てられるよりも、他に好きな人がいるのだと言われたほうが、まだ望みがあるように思えて。

「……そうだな。私も、居もしない『愛人』を言い訳にした。あなたが、私を『愛人』から奪うと言ってくれたのが――嬉しくて」

「え？」

「妬《や》いてくれたのだと、嬉しくなったんだ」

フィオリーネはカァッと頬を染めた。

「と、当然じゃないですか……。妻、なんですもの……」

「そうだな」

リーンハルトは上体をかがめてフィオリーネの額にちゅっとくちづけた。

「……だが、あなたは命じることもできた。一言、『別れろ』と。王女であるあなたなら、当然そう命じるものと思っていた。だが、あなたは私を『籠絡する』と言い出した。驚いたよ」

無我夢中で宣言したときのことを思い出し、フィオリーネは両手で顔を覆った。

「だ、だって、わたしのことを……好きになって、ほしかったんですもの……。あなたの心を、独占したかったの……」

「私の心か……。だったらあなたは、とっくに望みのものを手に入れている。一目見た瞬間に、私はあなたに跪いていたのだから」

「……え」

目を瞠って見上げると、彼は照れくさそうに微笑んだ。

「自分でも信じられないのだが……、どうやらあなたに一目惚《ひとめぼ》れしてしまったらしい」

まじまじと彼を見つめ、フィオリーネは燃えるように熱くなった頬をぎゅっと押さえた。

「一目惚れ……？　わたしに……ですか……⁉」

「意外か？　あなたのように美しい人ならば、むしろ当然だろう」

「そ、そんなこと……」

リーンハルトは一息置いて、呟いた。

「あなたに好きになってもらいたいと望んだ瞬間――、私は恐れた」

「え……？」

「あなたのこの愛らしい顔が恐怖に引き攣り、美しい瞳が嫌悪で覆われる様を見たくなかった。それくらいなら、愛されないほうがずっとましだと」

「ど、どうしてそんなこと言うの⁉　……っ、噂のことなら、わたし――」

「あなたが知っているとは思わなかったな。てっきり何も知らず、父王に命ぜられるまま嫁いできたものとばかり」

「父はきちんと話してくれました。その上で、悪意から流されたくだらない噂に過ぎないと断言したわ」

彼はほろ苦い笑みを浮かべた。

「そう。あなたが承知の上で嫁いできたと知っても安心できなかった。今度は父君に対するあなたの信頼を踏みにじることになるのではないかと、新たな恐れが生まれた」

「……あなたは怖がってばかりね」

勇気を出して皮肉ると、しんみりと彼は笑った。

「そうだよ。私はどうしようもない臆病者なんだ。怖いから、高い壁を作って張りめぐらせる。――この砦のようにね」

フィオリーネはハッと視線を上げた。

いつのまにか、シュトルツェーレ城砦が間近に迫っていた。


身繕いを済ませて侍女を下がらせると、フィオリーネは手紙を持って寝室へ行った。すでにリーンハルトはベッドにいて、枕に寄り掛かり、ぼんやりと何事か考え込んでいる。

「――これ。兄たちが書いた詫《わ》び状《じょう》です」

そっと差し出すと、彼は我に返った様子で手紙を受け取って読み始めた。

「……困った方々だ。いつまでも悪戯小僧の気分が抜けないらしい」

溜息混じりに呟かれ、申し訳なさにフィオリーネは肩をすぼめた。

「わたしを心配してくれてのことなんです。兄たちは王都から遠く離れた砦に行くことを最後まで反対していたの。目が届かないところへは行かせたくないと……」

「責任を感じていたのだろうな」

リーンハルトの呟きに、こくりと頷く。誘拐事件で傷つき、苦しんだのは自分だけではない。

側にいながら妹を危険な目に合わせたことを、兄たちはずっと気に病んでいた。

「わたしも、家族から離れることに不安がなかったわけじゃない。でも……。怖がって安全な場所に引き籠もっていたら、いつまで経っても乗り越えられないと思ったの。だから、あえてここへ来ることにした。そうすれば、自分を鍛えられるんじゃないかと――」

じわっとにじんだ涙を振り払うようににっこりする。そんなフィオリーネを、彼は眩しそうに見つめた。

「あなたは強い人だな」

「そうかしら?」

「とても勇敢だ。臆病な自分が、恥ずかしくなる」

「……褒めすぎだわ」

赤くなると、リーンハルトは微笑んで唇にキスした。

「あなたは私に勇気を与えてくれた。あなたがなりふりかまわず私を求めてくれたから……、自分にもそんな価値があるのかもしれないと思えるようになったんだ」

「あなたは素晴らしい人よ? 強くて優しい、素敵な人だわ」

「優しいわけじゃない。ただ臆病なだけだ」

「そんなことないわ!」

ぎゅっと彼を抱きしめる。

「あなたが好きよ。大好き。だから、確かに贔屓目はあるかもしれない。それでもやっぱり、あなたはとても優れた騎士だと思うの。わたしを尊重して、大切にしてくれている。……誰よりも大事な人だと言ってくれて、すごく嬉しかった」

「ああ、あなたはこの世でもっとも貴く、大切な人だ。……だからどうしても、あなたに嫌われたくないという気持ちが先立ってしまう」

「どうしてそう思うの？　わたし、あなたのことが好きなのに。――いいえ、ただ好きなんじゃないの。愛しているわ。あなたに欠点があるのなら、それも含めて全部愛してる」

「……私が狂った狼でも？」

突き刺すような視線に息をのむ。こくりと喉を震わせ、フィオリーネはまっすぐに彼を見返した。

「あなたが〈狂狼戦士《ウールヴヘジン》〉だろうとそうでなかろうと、関係ないわ」

そっと彼の手を取り、唇に押し当てる。

「怖いなら、支えるわ。わたしには勇気があるのでしょう？　本当にそう思っているなら、わたしを信用して。癒えない傷を負っているのなら、恐れずにそれを見せて」

「あなた自身も傷ついているというのに？」

「わたしの傷は、とっくに癒えているわ。あなたを愛することで自然と克服できたの。気付いたときにはすでに癒《いや》されてた……」

微笑むと、彼の顔が一瞬泣きだしそうにゆがんだ。

「私は――怖いんだ。知らぬ間に、大切な人を傷つけてしまうことが」

「〈狂狼戦士《ウールヴヘジン》〉に変わること？」

彼はにわかに青ざめ、震えるように頷いた。

「……最初は、ほんの子どもの頃だった」

ごくりと彼の喉仏が動く。途切れがちに語られる言葉に、フィオリーネは真摯に耳を傾けた。

貴族の子弟なら誰でもそうするように、リーンハルトは七歳で王宮の小姓勤めを始めた。国王の長子であるローラントと同い年で、公爵の嗣子という身分もあったため、王子の学友として、遊び友だちとして親しく付き合った。

従騎士に叙せられてすぐ、久しぶりの休暇をもらって父の領地へ戻った。そこで、思いがけない事件が起こった。旧リンドホルムの一族が、取り上げられた領地と爵位を取り戻そうと、叛乱《はんらん》を起こしたのだ。

「――あなたも承知しているとおり、私の家系は旧リンドホルム家とはまったく血縁関係がない。ルガート陛下に刃向かった報いとして領地と爵位を召し上げられ、私の父に褒賞として与えられたんだ」

旧公爵家の一族はそれを恨み、復讐《ふくしゅう》の機会を狙っていた。だが、正面から戦いを挑むには圧倒的に兵力が足りない。そこで卑劣にも夫人と子どもたちを誘拐し、人質として交渉しようと企んだのである。

公爵夫人は国王ルガートの出身であるオーレンドルフ辺境伯の縁の女性だった。現在の当主リュカ卿の従姉妹《いとこ》にあたる。見捨てることはできないだろうと踏んだのだ。

彼らは目立たぬように機会を窺い、たまたま護衛の少ない私用での外出のときに馬車に襲いかかった。

「……母は隣人の伯爵夫人の出産祝いに出かけたんだ。私と妹を連れて」

互いの領地のあいだには森が広がっている。その森の真ん中で、待ち伏せしていた兵に襲われた。彼らは真っ先に護衛の騎士を狙い、慌てて応戦しようとした従僕を始末すると、馬車のなかで震えている夫人とふたりの子どもたちを無理やり引きずり出した。

リーンハルトは地面に倒れ臥《ふ》している騎士に気付いて駆け寄った。首に矢が突き刺さっていた。戦場を駆け抜けるわけではないので、兜は外して鞍につけていたのだ。

瀕死《ひんし》の状態で、騎士はぱくぱくと口を動かした。声は出ず、血泡が噴き出しただけだった。それでも彼は必死に目で訴えていた。戦えと。

「……実際は、逃げろと言ったのかもしれない。彼は幼い私に稽古をつけてくれた騎士だった。古くから我が家に仕えていた……」

リーンハルトは鞘に収まったままの彼の剣を、無我夢中で引き抜いた。こちら側で生き残った男は自分だけ。騎士の子として戦わなくてはならない。

大切な人を守るために——。

全力で斬りかかった。訓練を受けているとはいえ、従騎士になったばかりの少年の実力などたかが知れている。

あっさりと跳ね飛ばされ、地べたに叩きつけられて鼻血が出た。それでも剣を離さずよろよろと立ち上がると、敵の兵士たちは狂ったように嗤《わら》った。まるで野盗のような粗暴さだった。

かつては騎士だったのかもしれないが、世を拗ねた今はただのならず者だ。不平不満を溜《た》め込《こ》む一方、新しい世の中に順応しようともせず。ただ失った栄光を取り戻せばすべてが解決すると思い込んで——。

「……母と妹の悲鳴が聞こえた。奴らは私を挑発するかのように、彼女たちを羽交い締めにして剣を突きつけていた」

後ろから忍び寄った男に蹴り飛ばされた弾みで剣が手から離れる。男は嘲笑した。

『おとなしくしてろよ、坊ちゃん』

嘲《あざわら》って乱暴に引き起こそうとした瞬間、リーンハルトは相手がベルトに挿していた短剣を奪い取り、渾身《こんしん》の力で胸に突き立てていた。

引き抜くと、大量の血がボタボタと滴り落ちた。生温《なまぬる》い、べたつく感触。むせ返るような金臭いにおい。視界が真っ赤に染まって——。

「——気付くと、襲ってきた敵はひとり残らず絶命して、地面に横たわっていた」

フィオリーネは絶句して彼の手をぎゅっと握りしめた。それにも気付かずリーンハルトは話を続けた。

「母と妹は抱き合って震えていた。ふたりが無事だと知って、ホッとして近寄ろうとしたら、妹が悲鳴を上げた」

怖いと泣きわめき、こっちへ来ないでと叫んだ。母も真っ青になって、ガタガタ震えながら後退った。わけがわからずリーンハルトは棒立ちになった。ふと見ると、いつのまにか取り落としたはずの長剣を握っていた。刃は血にまみれていた。

身体中に返り血を浴びていた。顔をぬぐうと掌が真っ赤に染まった。

そしてやっと理解した。倒れている男たち全員を殺したのは、自分なのだと。母と妹が怯えているわけも。

そのうちに、空の馬車が戻ってきたことに驚いた家人が駆けつけた。父と騎士たちはその場の惨状に絶句した。『おまえがやったのか?』と問われ、『たぶん』と答えた。そのときの記憶がなかったので『はい』とは言えなかった。

事件はただちに国王に報告されたが、同じような企てが起こることを警戒して内密に処理された。そしてリーンハルトは宮廷に送り返された。ショックを受けた幼い妹が痙攣《ひきつけ》を起こし、情緒不安定になったので、母はその看病にかかりきりとなったのだ。

あるいはそれに託《かこ》つけて、息子と向き合うことを避けた。母が自分に恐怖を抱き、避けていることは明らかだった。

父は、おまえは母と妹を守ったのだと言ってくれた。戦神《オーディン》に加護された、選ばれた戦士になったのだと。しかしまだ髭《ひげ》も生えない少年が、十数人もの大人、それもそこそこ腕に覚えはあるだろう騎士くずれをたったひとりで血祭りに上げたことには、さすがに戦慄を禁じえない様子だった。

『国王陛下には、おまえのことは伝えてある。きっと力になってくださるだろう』

そう言って父は息子を宮廷務めに復帰させた。

「――お父様が、〈狂狼戦士《ウールヴヘジン》〉だったから、ね……？」

呟くとリーンハルトは気を取り直したように頷いた。

「陛下は自分が〈狂狼戦士《ウールヴヘジン》〉になったときのことを話してくださった。これは運命だからどうしようもない。折り合いをつける他ないのだと、溜息混じりに仰った。どう折り合いをつけるかは、自分で探さなければならない……とも」

リーンハルトには、自分を律する以外、折り合いのつけ方がわからなかった。すでに国内は平定され、散発的な反抗が起こる程度。ルガートのように戦場で華々しい活躍を示す機会はすでに失われていた。

いつまたあのときのように我を忘れるかもしれないという恐れは根深く、その反動で鍛練に励んだ。強くなればいい。〈狂狼戦士《ウールヴヘジン》〉になどならなくても、どんな相手にでも勝てるくらい強くなれれば。

そうすれば、自分を見失わずに済む――。

「……確かに強くなった。感情に振り回されないすべも身につけた」

己を抑制するうちに喜怒哀楽をほとんど感じなくなった。これなら大丈夫だろうと安堵した。

父も安心したのだろう。縁談を持ってきた。実はずっと前からの約束だったのだと、言いにくそうに打ち明けた。

「父は若い頃、とある男に命を救われたのだそうだ。その男に、父は誓ってしまった。その男の娘を、自分の息子の嫁として迎える、と」

当時の父はまだ結婚もしていなかったから、軽く考えていたのだろう。戦乱のさなかで、息子を設けるまで生き残れる保証もなかった。国が平定され、新国王に縁の女性を妻に迎え、領地と公爵位を得た。

息子が生まれ、娘が生まれ。いつしかそんな約束をした記憶も薄らいだ、ある日のこと。父を訪ねてきた男が、誓約書を示してにんまりした。

『娘ができたので、約束を守ってほしい』と。

「――それが、許嫁《いいなずけ》の方……？」

「ああ」

苦い顔でリーンハルトは頷いた。

その男は平民だったが、戦乱の時代に敵味方なく巧みに立ち回って資産家となっていた。そうなれば次に狙うのは社会的地位だ。

しかし爵位を得るには基本的に武勲を立てることが必要だった。あるいは国王に取り入り、資金援助をしたり、為政に協力するなどで一代限りの爵位をもらうという手もある。

だが、その位置はだいぶ前から別の商人ががっちり押さえていて、入り込める余地はなかった。そこで自分の娘を嫁がせて縁を繋ごうと考え、何人もの騎士を『出世払い』で援助し、同じような誓約書を書かせたのだ。

「そのなかで一番出世したのが、幸か不幸か私の父だったんだな」

一度交わした約束を違えることは騎士の信条に反する。ましてや正式な誓約書があるのだから断れない。撥ねつけるようなら国王に訴え出ると男は脅した。国王としては約束を守れと言うほかなく、父はいらぬ恥を掻《か》くことになる。

リーンハルトは婚約を受け入れた。心惹かれる女性はいなかったし、母と妹とはあれ以来ずっとぎくしゃくしたままだ。女性全般に不信感というか、隔意を抱くようになっていた。

容姿や腕前、地位に惹かれて寄ってくる女性たちも、本性を知れば恐れ、離れていくに決まっている。期待したくなかったから、どの女性にも冷淡に接した。そのせいで矜持《プライド》の高い貴婦人たちの逆恨みを買い、騎士にあるまじき冷血漢と謗《そし》られるようになった。

しかし公爵家の跡取りとしていずれは結婚し、次の跡取りを設けなければならない。だったら父の名誉を守れる相手を娶るのが最善だろう。

「むしろ、心惹かれない女性のほうがいいと思ったんだ」

「傷つかずに、済むから……？」

フィオリーネの問いに、リーンハルトは自嘲の笑みを浮かべた。

「ああ、そうだな。私は臆病者だからね……。どうでもいい相手なら、嫌われたところで痛手をこうむることはない。――でもそれは、間違いだった」

ずきっと胸が痛む。

「好きになってしまった……？」

「違うよ」

こわごわ尋ねると、彼は苦笑してかぶりを振った。

「私は誤解していたんだ。〈狂狼戦士《ウールヴヘジン》〉というものを」

「……？」

「変化のきっかけは、相手の強さではなかったんだ。まったく関係ないわけではないが、強さよりもむしろ数なんだ」

「数……？」

「そう。相手が多ければ多いほど、そして、次々に襲いかかってくるほど、〈狂狼戦士《ウールヴヘジン》〉の特性が発揮される。そして一度切り替わってしまえば、視界に入るすべてのものを殲滅するか、気を失わない限り、止まらない。だから万が一のときは私を殴って気絶させるよう部下には命じてある。――許嫁《いいなずけ》が『消えた』一件で、そのことを思い知らされた」

「消えた……？」

「ああ。また同じようなことが、起こったんだ」

今から四年前、婚約が整った直後のこと。娘が盗賊に攫われたと、男が青くなって駆け込んできた。その頃、街道沿いに無頼の輩《やから》が徒党を組んで商隊を狙う事件が頻発していた。それに巻き込まれたらしい。

討伐隊が組織されることになったが、娘を案じる父は、一刻も早く取り戻してくれとリーンハルトをせっついた。娘が傷物にでもなったら……と気が気でなかったのだろう。

討伐隊の到着を待つべきだと言うと、男は激怒してリーンハルトを詰った。わざとぐずぐずして、婚約を破談に持ち込むつもりに違いないと決めつけた。

そんなつもりは毛頭なかったが、許嫁に対する愛情のなさを突かれたようで厭な気分になった。

「盗賊団の規模がかなり大きいことはわかっていた。内乱の敗残兵や傭兵《ようへい》くずれを取り込んで、ふくれ上がっていたからね。どうせなら徹底的に叩いておく必要があった。……だが、それも言い訳だったかもしれないな。押し付けられた結婚を厭う気持ちが、まったくなかったとは言えないから……」

冷静に判断すれば待つべきだった。家臣の騎士たちの多くはそれぞれの所領に散らばっており、すぐに動けるのは交替で城に詰めている数名の騎士とその持ち兵、公爵家が召し抱える直属の警備兵だけだ。かといって城を空にするわけにもいかない。

婚約者の父をなだめるため、やむなくリーンハルトはわずかな手勢を率いて盗賊の根城に向かった。

「様子を見るだけのつもりが、結局戦闘になってしまってね……。はっきりとした記憶があるのは途中までで、後は何がどうなったのかよくわからない。部下が言うには、居合わせた盗賊の八割方を私ひとりで殺ったようだ。我に返ったときには、奴らは全滅していた」

気を取り直し、盗賊の根城となっていた廃墟《はいきょ》を捜索したが、婚約者の姿はなかった。

「痕跡はあった。彼女がそこにいたことは確かだ。しかし、どんなに捜しても見つからなかった」

やがて慌てて駆けつけた家臣や討伐隊も到着し、改めて捜索したが結果は同じだった。

リーンハルトは勝手な行動を取ったことで、国王から厳しい叱責を受けた。幹部クラスの盗賊は全員彼に殺されてしまい、残ったのは加わったばかりの下っぱが数人だけ。盗賊団を率いていたのは誰なのかなど、解明は不可能になってしまったのだ。

さらに、娘を取り戻すことができなかった男は、それをリーンハルトのせいにしてそこらじゅうで悪評をたてた。盗賊団を壊滅するついでに邪魔な婚約者を葬り去ったのだと。

「——そんな！　だってその方の死体はなかったのでしょう⁉」

　フィオリーネが悲鳴を上げると、リーンハルトの目つきはいっそう陰鬱になった。

「だからこそ、どんな無茶苦茶《むちゃくちゃ》なことも言えたんだよ。……殺して喰ったのだと」

「どうしてそうなるの⁉　あなたはひとりではなかったのでしょう⁉　お供の騎士たちが見ていたはずよ」

「あいにく部下たちとは途中ではぐれてしまったんだ。彼らが私を発見したとき、私は折り重なる死体を前にぼんやり突っ立っていたそうだ。頭からバケツで血をかぶったかのように、全身血みどろでね……」

　凄絶な様を思い浮かべ、フィオリーネは青くなって口許を押さえた。

「……そんなのありえないわ。〈狂狼戦士《ウールヴヘジン》〉は敵を殲滅するまで止まらないと言われてるけど、殺した人間を食べたりしないはずよ。お父様に訊いてみて！」

「もちろんお訊きしたよ。そんなことはしないだろうと陛下は仰ったが、絶対にしないとは言わなかった。何故だと思う？　真偽はともかく、古文書をひもとけばそういう例がいくつも記録されているからだよ」

「……⁉」

　フィオリーネは絶句し、激しくかぶりを振るとひしとリーンハルトに抱きついた。彼は炎に手を伸ばすかのようにフィオリーネの髪にこわごわと触れた。

「〈狂狼戦士《ウールヴヘジン》〉の特性はひとりひとり異なる。陛下がしなかったからといって、私もそうだとは限らない。していないと断言はできないし、保証してやることもできない……と、正直に言われた。その上で陛下は、私がそのようなことをしたとは微塵も思わないと、まっすぐに私の目を見据えて言ってくださった。だから……、私が信じきれないのは陛下ではなく、私自身なんだ……」

　血を吐くような告白に強くかぶりを振り、全身全霊を込めて彼を抱きしめる。

「…………おかしいわ」

「え……？」

　フィオリーネは顔を上げ、不確かな彼の瞳を射るように見つめた。

「死体がなかったからといって、どうして食べてしまったことになるの？　ふつうは『生きている』と思うはずよ。まして親なら我が子の死をそう簡単には認められない。逃げ延びて、どこかで生きているに違いないと希望を抱くはず。そうじゃない？」

「ああ……。そう……だな……」

　面食らったようにリーンハルトが頷いた。

「なのに、殺された挙げ句、食べられてしまったと言い出すなんて、どう考えてもおかしいわ。獣だって獲物を丸飲みにはしない——できないでしょう？　大蛇でもない限り。その……食《た》べ滓《かす》とか、絶対に出るはずよ。そういうものがあったの？」

「……いや。死体はどれも五体満足だったし、人体の残骸……のようなものは発見されなかった」

「だったら決まりよ！　その人は死んでないわ。ましてや食べられてなんかいない。どこかで生きているのよ」

リーンハルトは目を瞠り、まじまじとフィオリーネを見つめた。

「生きているならどうして姿を現さないんだ？」

「わからないけど……、あなたが気が進まなかったように、その人も結婚に乗り気ではなかったのかもしれないわね」

「確かに……」

思い当たるふしがあるのか、リーンハルトは眉根を寄せて頷いた。

「それなら父親がそんな極端な悪評を流した理由も見当がつくわ。彼女は逃げ出した。つまり、父親にしてみれば『逃げられた』のよ。公爵家と縁を繋ぐ目論見《もくろみ》が潰《つい》えてしまった。その八つ当たりで、とんでもない噂を流したんだわ」

自信満々に言い切ると、感心したように見つめていたリーンハルトがくしゃりと顔をゆがめた。

「……それは思ってもみなかったよ。ありえないと否定してもらえても、いまひとつ信じきれなかったが……」

「だって、逃げたんだと考えたほうが合理的だし、辻褄《つじつま》が合うでしょう?」

「確かに。……しかし、『合理的』とあなたが言うのは意外だな」

「まぁ。わたし、そんなに非合理かしら?」

ちょっとムッとして睨むとリーンハルトは眉を垂れた。

「いや。すまない、ご婦人というものは論理など無視して我を押し通すものだと思っていた」

「ひどい偏見だわ」

「そうだな。まったくだ。……すまない。今後は改める」

真摯に謝る姿が清々《すがすが》しい。フィオリーネは苦笑して首を振った。

「仕方ないわね。実際、そういう人は多いのでしょうし。面白がって無責任に噂を広めたのは、女性のほうが多かったかもしれないわ」

軽い気持ちで喋っているうちにどんどん噂が一人歩きして。いつしかそれこそが『怪物』のようになってしまった。

リーンハルトはそっとフィオリーネの頬に手を添えた。

「……あなたは素晴らしい人だ。私にはもったいないくらいに。今更だが、本当に私でいいのか?」

「あなたがいいの。他の人は厭。あなたは?」

「私もあなたがいい。他の女性は厭だ」

「浮気はなし、ね？」

「してないし、しないよ」

彼は笑ってそっとフィオリーネにくちづけた。やわらかく食まれる感触をうっとりと味わう。互いの唇をついばみあううちに彼の舌が半開きの歯列を割ってぬるりと入り込んだ。

昂奮にぞくっと身を震わせ、ねだるように身体をすり寄せる。ちゅぷ、くちゅと耳元で響く淫靡な水音に秘芯がきゅうっと締まり、下腹部がうずうずと戦慄いた。

「ぁ……。はぁ……ん……」

性急に舌を絡め、擦りあわされる。熱い舌で口腔内をくまなくねぶり尽くされ、快感にじわりと瞳を潤ませてフィオリーネは喘いだ。

やっと唇を離したリーンハルトが、熱い吐息混じりに囁く。

「あなたが欲しい……」

欲望をにじませる声音に、はしたないほど媚蕾が疼いた。

「ぁ……、わたし、も……っ」

押し倒されて身体が弾む。瞬く間に薄い夜着を剥《は》ぎ取《と》られ、震える双丘を掬い取るように掌に包まれた。

節高の指でぐにぐにと揉み絞られ、卑猥に形を変える両の乳房に顔を赤らめる。頂きは早くも鮮やかな血色をおび、ピンと尖っている。指先に摘んだ乳首をくりくりと転がされるとじっとしていられず、喘ぎながらフィオリーネは身体をくねらせた。

「そんなに腰を振って……。いやらしいな」

唆すような囁きに頬を染めながら彼に抱きつく。

「欲しいの。お願い、早く……っ」

「もう少し我慢しろ……とは言えないな。私も欲しい。今すぐに」

膝頭を掴んで左右に大きく割り広げられる。くぱりと開いた秘裂はすでに蕩けた蜜で満たされていた。彼は濡れ溝に屹立をこすりつけ、花芽を押しつぶすようにぐいぐいと腰を前後させた。たまらない快感にフィオリーネは嬌声を上げた。

「ひぁっ、あっ、あぁあッ……」

「……ぐちゃぐちゃだ」

熱い泥濘を掻き回しながら昂奮した声でリーンハルトが呟く。

「こうしてるだけで、達ってしまいそうだ……」

怒張しきった肉槍を淫唇で挟み込み、勢いをつけて擦り上げられる。先端が充血した花芽を引っかけ、小突き上げる。その刺激だけでフィオリーネは愉悦の極みに達してしまった。

「あぁああっ……」

ぷしゅりと蜜潮が噴きだし、腿や下腹部をぐっしょりと濡らした。あふれる蜜はすでに後孔まで達している。

「はぁ……ぁ……ん……」

濡れた睫毛を力なく瞬き、淫らな吐息を洩らす。ひくひくと戦慄く花弁を掻き分けて、ぐぷりと雄茎が隘路に押し入った。身構える暇もなく、一気に奥処まで淫刀を突き込まれた。

「ひッ……！」

ずんっ、と最奥を先端で抉られ、衝撃に息が詰まる。はぁっとリーンハルトが熱い吐息を洩らした。

「く……。すごい締めつけだな……。絞り上げられるみたいだ……」

挿入の衝撃でチカチカと視界で星が瞬く。否応《いやおう》なく絶頂させられてフィオリーネは力なく喘いだ。

やがて締めつけを堪能したリーンハルトが猛々しく動き出した。前戯もほとんどなく、いつになく性急な挿入だったが、急いているのはフィオリーネも同様だ。

兄たちが滞在しているあいだ、ずっとしていなかった反動だろうか。今は少し乱暴にされるくらいがかえって嬉しい。彼もまた我慢できないほど求めているのだと実感できるから……。

「あ。あ。リーンハルト……っ、もっと……、もっと突いて……！」

はしたなくもせがんでしまう。

「……こうか？」

望みどおり彼がぐいぐいと腰を入れてくる。

「あぁっ……！　い、ぃ……。気持ち、ぃ……っ。もっと奥処……、突いて……っ、ずんずん……って……」

「いやらしい奥様だ。だが、そこがいい」

嬉しそうに笑って、獰猛《どうもう》に唇をふさぐ。

「ん……ッ、んぅ」

すがりつき、揺さぶられながらフィオリーネは懸命に舌を絡めた。

「女神のように尊いのに……こんなにも可愛くて、淫らだ。たまらないよ……」

熱い吐息を洩らし、ごりごりと子宮口を突き上げる。

「ぁ、あ！　あんッ、んん……、ひ……ぁ……あ……！」

びくっと背がしなる。髪の毛が逆立つような感覚とともに凄まじいばかりの快感が押し寄せた。熱い飛沫《しぶき》が注がれるのを感じると同時にフッと意識が途切れ、気がつくとあやすように頬を撫でながら繰り返しくちづけられていた。

「フィオリーネ……。愛してる……」

涙ぐみながら何度も頷き、背中に腕を回して抱きしめる。彼が未だ猛ったままであることを感じて頬を染めた。覗き込んだ瞳に欲望がたゆたい、妖美な光がゆらめいている。

どちらともなく腰が揺れ始め、結合部分から蜜まじりの精がねっとりと泡立ちながら噴きこぼれた。

何度気を遣っても際限なく欲望が芽吹いた。フィオリーネは我を忘れて喘ぎ、悶えた。箍《たが》が外れたような嬌態《きょうたい》に欲望を煽られたリーンハルトもまた淫戯に没入し、体勢を変えながら幾度となくフィオリーネを貫いては絶頂させた。好きではなかったはずの後背位にもひどく昂奮を覚え、夢中で腰を振りたくった。

半ば朦朧としながら媾合を繰り返し、互いに抱き合って泥のような眠りについたときには夜空はほんのりと白み始めていた。

第六章　愛の翼、欲望の枷

すべてのわだかまりが解け、遅まきながら真の蜜月が始まった。もはや『勝負』は関係なかったけれど、意地を張り合っているあいだにフィオリーネの身体はすっかり愉悦を覚え込み、快楽になじんでしまった。

促されるまま彼に跨がり、騎乗位でうっとりと身体を揺らしていて、ふと我に返って恥ずかしくなった。

「これじゃ、どっちが籠絡されたんだかわからないわ。……わたしの負けね」

溜息をつくと、リーンハルトは愛おしそうに微笑んだ。

「いいや、勝利はあなたのものだよ。私はあなたに夢中なんだ。愛しい人。さぁ、もっと腰を振って。私のものでうんと気持ちよくなって、可愛い声を聞かせてくれ」

甘い声で請われれば悪い気はしない。彼が喜ぶように腰を振り、たゆたゆと乳房を揺らしてみせた。彼の美しい翠の瞳が欲望に艶めく様は、何度見ても飽きない。ドキドキして、もっといやらしいことでもなんでもしてあげたくなってしまう。

もっとも、大抵の淫戯は賭けをしているときに済ませてしまったのだが。気持ちが通じあえば得られる悦《よろこ》びは段違いだ。

ときには庭を散策中に茂みの陰で身体を繋げたこともあった。誰かに見られるのではないかとひやひやしたが、それにまた昂奮を煽られて声を抑えるのが一苦労だった。

むろん、いつも近くに控えているカトリンには筒抜けなのだろうけど、よくできた侍女はそんなことはおくびにも出さず澄ましている。

リーンハルトは部下たちに対しては冷厳な表情を崩さなかったが、妻を溺愛していることはさっそくに知れ渡り、四角四面の堅苦しい人物だと思われていた彼の印象はずいぶん変わったのだった。

甘い新婚生活が飽きもせず続く、ある日のこと。フィオリーネに一通の招待状が届いた。ゴルツ城伯夫人からの、慈善バザーへの誘いだ。

慈善活動は貴婦人にとって義務のようなものだ。何かと行動を制限されがちな上流階級の女性にとっては外出のいい口実にもなる。もちろん、自らの『仕事』として熱心に取り組む女性も多い。

フィオリーネの母王妃も定期的に慈善の催しを開き、病院や孤児院を慰問していた。父王は長く続いた戦乱で低下した医療水準を引き上げることに心を砕き、各地に病院を作ると同時に医師や看護師の育成にも熱心に取り組んでいる。

　今回フィオリーネの元に届いた招待状は、貴婦人たちが手作りした小物類や不用となった装身具などを売り、その売り上げを養護施設に寄付するというものだ。

　事情通の侍女によれば、実態はほとんど上流階級の女性たちの茶話会みたいなものだという。出品されるものは商人たちが分け合って買い上げる。同時に彼らは持参した自分たちの商品を売り込み、いつもその売り上げのほうが買取額を大幅に上回るのだそうだ。

「抜け目ないわねぇ」

　カトリンが呆れた鼻息をつき、フィオリーネは苦笑した。

「でも、そのぶんこちらが出すものも少しは上乗せして引き取ってくれるのでしょう?」

　町出身の侍女が頷く。

「皆さん、見栄《みえ》もあるので、品質のいいものを出されます。刺繍を施した手巾《ハンケチ》なんかは売れ筋で、どの商人も喜んで引き取ってくれますわ。宝石を使った装身具も人気です」

　宝飾品は一から作ったものよりも中古品のほうが多いくらいで、鑑定がきちんとなされていれば王侯貴族でも気にせず購入する。母はいつも顔なじみの商人があちこちから仕入れてきたなかから気に入ったものを選んでいた。フィオリーネもいくつか買ってもらい、今でも大切にしている。

「あとは……古着ですね。仕立てるのはお金がかかって大変なので、中古品がよく売れるんですよ」

「きちんと売り上げ金が寄付されて、なおかつ商人の利益にもなるのなら別にいいんじゃないかしら」

フィオリーネが言うと、カトリンも頷いた。

出席してもかまわないかとリーンハルトに尋ねると、彼は少し考え込むような顔になった。

「バザーはかまわないが……、場所はゴルツ城伯の館か」

「はい。あの、何か問題でも……？」

「いや」

リーンハルトは苦笑してかぶりを振った。

「あの城伯夫人がどうも苦手でね。噂話が大好きなご婦人で。ま、今回は女性だけの集まりだから私はお呼びでないが」

「行かないほうが、いいですか？」

「そんなことはない。あなたもたまには思う存分羽を伸ばしたいだろう」

「別に我慢なんてしてませんけど……」

からかうように言われて少し赤くなる。

「行ってきなさい。ただし、カトリンを連れて、馬車で行くのだよ。道中の護衛も付ける」

はい、と素直に頷いた。王都でも、お忍びでなければ侍女や護衛を連れて馬車で出かけるのが当然だった。

許可を得たので、さっそく出品するものを侍女たちと一緒に選んだ。

刺繍は手慰みとしてふだんからおこなっているのでたくさんある。使い勝手のよさそうな手巾《ハンケチ》やちょっとした小物の他、ミパルティのために手作りした首輪も持っていくことにした。

最初はリボンを結んでいたのだが、すぐに解けてしまうので、砦の鍛冶屋に頼んで小さな金具を作ってもらい、ベルト状のものにした。綺麗な生地や余ったレース、ガラスビーズなどもあしらって、なかなか可愛くできていると思う。

もう何個も作って余りぎみだし、猫を飼っている女性は多いので需要があるかもしれない。

商人に売るのではなく、出席者に買ってもらえれば交流の糸口にもなるだろう。

あとは、王宮から持参したものの、もう着ないだろうなと思われる少女っぽい色みのドレスなども思い切って手放すことにした。

初めて参加するバザーで様子がわからないので品数は控えめにしておく。カトリンが言うには、王女であり公爵夫人であるフィオリーネを招いたのは城伯夫人の見栄と客寄せのためだろうとのことだ。確かにそれはあるかもしれない。

バザー当日、出品物を馬車に積み、カトリンと護衛の騎士二名、従僕二名を伴ってフィオリーネは砦を出た。

先日、騎馬で通過した城門を、今度は馬車のなかから眺める。城伯の館へ続く道はいくつも角があり、曲がりくねっていた。

やがて望楼つきの内壁で囲まれた城館が見えてくる。昔はここも戦闘用の砦だったが、周囲に人が集まって民家が建ち並ぶようになり、防壁で囲って都市となったのだ。

フィオリーネが到着すると、すでに参加者全員が顔を揃えていた。結婚の祝宴に招かれていたのは城伯夫人だけなので、あとはすべて初めて顔を合わせる人々だ。

貴族としては最下位の諸侯《バロン》の奥方がふたりいる他は爵位を持たない騎士の奥方や、富農・豪商の妻とその娘たちだった。

砦の守備隊長には伯爵以上の爵位を持つ騎士が就任するため、誰であろうと赴任するのは城伯よりも身分の高い人物だ。現在の守備隊長リーンハルトは公爵。さらにフィオリーネは王女であり、兄嫁が今のところいないので王妃に次ぐ高貴な身分である。

辺境の住民にとって、本来なら遠目にさえ見ることのできない貴婦人だ。直に挨拶できることに、みな感激しきりだった。城伯夫人など得意満面である。彼女の虚栄心を満たすために招かれたのは間違いなくても、地元の住民と親しく接することができるのは嬉しい。

王都から遠く離れた場所では王家への忠誠心も薄くなりがちだ。フィオリーネに対する心証は、そのまま王家に対する心証となるのだから、ぞんざいな受け答えはできない。むろん、夫の率いる守備隊に対しても、よりいっそう信頼を深めてほしい。

そう考えるとなかなか緊張したが、気取らない応対にみな好印象を持ってくれたようだ。フィオリーネが持参した出品物は、待機している商人にはほとんど渡らずに参加者たちのあいだであっというまに捌《は》けてしまった。

猫の首輪も大好評だった。やはり猫を飼っている女性は多く、ドレスも娘に着せたいとすぐに売れた。

残りの出品物は商人がすべて買い上げ、昼食が済むと今度は彼らが持ってきた商品が並べられた。フィオリーネは夫と一緒に選びたいからと、眺めるだけに留めた。抜け目ない商人たちは、さっそく砦に伺いますと揉《も》み手《で》をした。

見ているだけでも楽しかったし、頼まれて似合いそうなものを見立ててあげればとても喜ばれた。王女のお見立て、というだけでも参加者にとっては嬉しいようで、売れ行きのよさに商人もほくほく顔だ。

そろそろ帰ろうとすると、少し休んで行かれてはと城伯夫人に引き止められた。別に疲れてはいなかったが、主催者である夫人をねぎらうつもりで承知した。

他の参加者たちと別れ、別室へ向かう。

「実は……、わたくしの姪《めい》が、ぜひ奥方様にお会いしたいと申しておりますの」

歩きながらひそりと小声で耳打ちされた。カトリンは数歩下がって付いてきている。夫人は横目でちらっと彼女を見た。聞かれたくなさそうだが、遠ざけるつもりはない。カトリンは単なる召使ではないし、長い付き合いで口の固さは信用している。

「……バザーにはいらっしゃらなかったのね？」

「ええ、引っ込み思案な娘で……」

夫人は眉を垂れて苦笑した。案内されたのは城のずっと奥まった一角だった。テーブルには洋梨やラズベリーのワイン、林檎酒などの飲み物、ナッツ菓子や蜂蜜ケーキなどの軽食が用意され、フィオリーネよりいくらか年上らしい女性が待っていた。

フィオリーネを見ると彼女はさっと立ち上がり、膝を折って挨拶した。

「姪のイジドーラです」

城伯夫人の紹介で、彼女はさらに頭を垂れる。フィオリーネは頷いた。

「ごきげんよう」

「お初にお目にかかります、奥方様」

顔を上げたイジドーラを見て、フィオリーネはおやと思った。引っ込み思案と夫人は言っていたが、顔だちはむしろ勝気そうだ。美しい女性だけれど、こちらを見る青い瞳はどこか品定めするような目つきで、正直あまりいい気分はしない。

金髪を結い上げ、宝石を散りばめた櫛《くし》を挿している。首飾りもドレスも豪華なものだ。城伯夫人の姪にしてはずいぶん華美な気がするが、きっと生家が裕福なのだろう。

イジドーラの口端がほんの一瞬奇妙にゆがむ。彼女はすぐにっこりして席を勧めた。

「わざわざお運びいただき光栄ですわ。どうぞお座りくださいませ」

一同が着席すると給仕が飲み物を注ぐ。夫人の目配せで召使は一礼して退出した。室内には四人だけが残った。

最初は当たり障りのない話をしていたが、やがてフィオリーネは隣に座るカトリンの異変に気付いた。こくりこくりと舟を漕《こ》いでいる。

「カトリン？　大丈夫？」

そっと揺すってみると、彼女はぼんやりした顔で恥ずかしそうに頷いた。

「すみません、奥方様。なんだかすごく……眠くて……」

呟くあいだにも瞼が下がり、ついに彼女はテーブルに突っ伏してしまった。

「カトリン、カトリン」

いくら揺さぶっても、すやすやと寝息が聞こえるばかりだ。本格的に寝入ってしまったらしい。

「どうしたのかしら……」

困惑するフィオリーネに愛想よく夫人は勧めた。

「疲れているのでしょう。そのまま寝かせてあげては」

「大丈夫、しばらくすれば目を覚ましますわ」

イジドーラの口調にふと不審を覚えた。眉をひそめて見つめると、彼女は嘲るようにくすりと笑った。

「侍女には聞かれたくないので眠っていただきましたのよ」

「……なんですって？」

「お怒りにならないでくださいましな、王女様」

城伯夫人が急いで取りなす。

「彼女の話を聞けば必ずご納得いただけますわ。飲ませたのはただの眠り薬ですから心配なさらずともほどなく目を覚まします」

「カトリンは子どもの頃からずっと仕えてくれている信頼のおける侍女なのよ？　それでも聞かれたくないというからには、よほど内密の話なのでしょうね」

「ええ、もちろん」

せせら笑うようにイジドーラが答えた。ムッとして睨んでも、挑みかかるような視線が返ってくるだけだ。仕方なくフィオリーネは頷いた。

「では伺いましょう。その前に、カトリンをそこの長椅子にでも寝かせてください。このままじゃ可哀相。でも、別室に運び出すことは許しません」

「まぁ、ひとりになるのが怖いんですの？」

「自分の立場をわきまえているだけです」

挑発には乗らずそっけなく返すとイジドーラのこめかみがぴくりと引き攣った。慌てて夫人が割って入る。

「もちろんですわ。ゆっくり寝かせてあげましょう」

夫人はベルを鳴らして給仕を呼び、部屋の一隅にある長椅子に移した。カトリンは目を覚ますことなく昏々と眠り込んでいる。

「――それで。話とはなんですか」

「王女様はリンドホルム公爵の評判について、ご存じなのかしら……?」

目を細め、イジドーラが嘲るように尋ねる。

「元婚約者についての馬鹿げた噂のことなら知っています」

ぴしゃりと返すと、イジドーラは大仰に目を丸くした。

「まぁ！　承知の上で嫁いでいらっしゃるなんて、王女様は勇敢な方ですのね」

「くだらない噂など信じません」

今更そんなことを持ち出す意図がわからず、用心深く彼女を窺う。城伯夫人が妙にわくわくした顔つきなのも気になった。

(なんなの、いったい……?)

イジドーラは余裕の表情でベリーのワインを一口飲み、艶然と微笑んだ。

「ご安心なさって。その噂はでたらめです」

「……！」

「公爵は婚約者を殺しておりませんし、食べてもいません。婚約者は生きています。こうして今ここに、ね」

　フィオリーネはぽかんとイジドーラを見つめた。

「あなたが……?」

「ええ。リンドホルム公爵リーンハルト様の婚約者だった、イジドーラ・ディターレです。わたしが婚約していた頃は、まだ公爵位は継いでいらっしゃいませんでしたが」

　くすりと彼女は笑った。気取っていても、底知れぬ悪意を感じさせる笑みだ。この女は危険だと、本能が囁く。

「……生きていたのなら、どうして戻ってこなかったの?　そのせいでリーンハルトはあなたのお父様にとんでもない悪評をたてられたのよ」

「それは申し訳なかったと思いますわ」

　しおらしくうなだれながら、その表情はちっとも悪いと思っていないようだ。

「仕方なかったのです。リーンハルト様とは結婚したくなかったんですもの……。だってわたし、恋人がいましたのよ?　なのに公爵家と縁を繋ぎたがった父に、無理やり婚約させられたんです」

　フィオリーネは目を瞠った。まさか本当に自分の推測が当たっていたとは。

「わたしの恋人は騎士でしたの。いわゆる……盗賊騎士」

「──は？」

「リーンハルト様が皆殺しにしてしまった盗賊団を率いていましたのよ」

きゅうっと口角を吊り上げてイジドーラは笑った。

「彼は跡取りではなかったので武芸で身を立てようとしたのですけれど、周囲とうまくいかなくて……。腕はとても立つのに、少ぅし短気なのですね。──それでまぁ、いろいろとございまして、正騎士様の従者も馘《クビ》になったものですから、自主的に街道沿いの警備を始めましたの」

「それって……要するに通行人に難癖をつけて金品を巻き上げるのでしょう。私闘権《フェーデ》を盾に強奪を繰り返す騎士くずれがいることくらい知っています」

「まぁ、王女様は意外と物知りでいらっしゃいますのねぇ」

ほほほ、とイジドーラは厭味ったらしい哄笑《こうしょう》を上げた。

「仰るとおりですわ。でも私闘権《フェーデ》は騎士として当然の権利ですもの、彼は悪いことはしていませんのよ。それに、女性にはとても優しいんですの。強くて頼りがいのある、素敵な騎士ですわ」

けろりとした顔でのたまうイジドーラを、フィオリーネは呆れて眺めた。

城伯夫人は彼女の話にうんうん頷きながらうっとりと頬を染めている。おそらく頭のなかではハンサムな悪漢騎士が活躍するロマンチック活劇が展開されているのだろう。

フィオリーネとて恋と冒険の騎士物語は大好きだ。自分で読むのも、朗読してもらうのも、吟遊詩人の弾き語りもみんないい。だが、あくまで娯楽としてのフィクションであることは理解している。父や兄から盗賊騎士のロマンチックとは程遠い実情を何度も聞いた。

現実を知らないであろう城伯夫人はともかく、イジドーラは恋人の行状をなんとも思わないのだろうか。

「あなた、平気なの？　恋人が罪もない人たちを脅して、金品を強奪しても？」

「命まで取るわけじゃありませんもの。また稼げばいいんですわ」

さらっと返され、開いた口がふさがらない。イジドーラは逆に恨みがましくフィオリーネを睨んだ。

「なのにあの男は、彼を慕って集まった仲間たちを皆殺しにしたんですよ。悪い評判が立つくらいなんだと言うの。ざまぁみろだわ」

一瞬たじろいだものの、気を取り直してフィオリーネは毅然《きぜん》と言い返した。

「リーンハルトは高潔な騎士です。無抵抗な相手を攻撃するわけがない。きちんと投降勧告したはずだわ。それでも向かってきたから仕方なく――」

「だからといって、何も皆殺しにすることないじゃないのっ」

非難され、ぐっと詰まる。それはリーンハルト自身が気にしていたことだ。叱責も受けた。〈狂狼戦士《ウールヴヘジン》〉はひとたび箍が外れてしまえば敵を殲滅するまで止まらない。たとえ降参し、必死に命乞いしたところで耳には届かない。

「……あなたの恋人も亡くなったの……？」

「おあいにくさま、ピンピンしてますわよ」

イジドーラは憎々しげにフンと鼻息をついた。

「どうせあの根城は捨てるつもりだったの。国王軍に目をつけられてしまったし。だから、仲間たちがあの男の注意を引きつけているあいだにわたしたちは脱出した。適当なところで逃げ出して、あとで落ち合うはずだったのに……。ひとりも来なかった」

悔しそうに唇を噛む姿にフィオリーネは絶句した。

「しばらく待ったけど、下っぱ以外は全員殺されてしまったとわかって諦めたわ。わたしたちはふたりで国境を越え、ファラハールへ逃げたの」

「ファラハールへ……!?」

「その頃はまだ行き来が自由だったから。そこでよい方に巡り会って、騎士として仕官することができたわ。とてもよいご主人様よ。彼ばかりかわたしのことも重用してくれる」

イジドーラは蛇のような目つきでにんまりした。

「その方、あなたにとても興味があるんですって。ずいぶん前からご執心で……。国へ連れ帰ってお妃になさりたいそうよ」

「な……!?　何言って……」

「王女様には、公爵よりもふさわしいお相手だと思うわ。——ねぇ、陛下」

「⁉」

「むろんだ」

笑みをふくんだ声が背後から響き、ぎくりと竦み上がる。振り向くと、開け放してあったテラスから、ひとりの男性が現れた。

黒い髪。夜空のごとき濃紺の瞳。やや浅黒い肌色。男らしく野性味のある、精悍な美貌の青年だ。

身にまとっているのはファラハールの衣服だろうか。立ち襟の白いシャツの上に合わせた深いVネックの黒い長外套は膝丈で、金糸を使った精緻な刺繍が施されている。ベルトには豪華な鞘に収められた短剣。黒革の細身のブーツはぴかぴかに磨かれ、かかとには金の拍車が付いていた。

すらりと背が高く、堂々とした体躯と態度からも高い身分であることが窺える。

(陛下、ですって……?)

——まさか……⁉

エキゾチックな美青年は呆然とするフィオリーネに歩み寄り、跪いてうやうやしく手を取った。

「ファラハールの国王セリムだ。グランフェルトの王女、フィオリーネ姫。また逢えて嬉しいよ」

手の甲に唇を押し当てて妖しく微笑む。隣国の国王を名乗る青年を、フィオリーネは当惑して見返した。

（また……？）

何を言っているのだろう。ファラハールの王と会ったことなどない。

とまどってフィオリーネは青年を見返した。濃紺の虹彩《こうさい》には銀粉の如き光が散らばり、まさしく星空のようだ。

（……見たことが、ある……？）

この瞳に、じっと見つめられたことがあるような――。

記憶の底で、何かが揺らめいた。何か恐ろしいものが、のたりと鎌首をもたげる。

反射的に引き抜こうとした指を掴まれ、背中が冷たくなった。青年はかすかに目を細め、ニッと笑った。

「……っ！　あな、た……!?」

「思い出してくれたかな？　三年前、あなたを見初めて我が国へお連れしようとしたのだが……、残念ながら失敗してしまった」

あのときの、誘拐犯――‼

力任せに手を振り払ってフィオリーネは席を立った。

「どういうこと⁉　国王が、余所の国の王女を攫うなんて……っ」

「あの頃はまだ国王ではなく王子だった。お忍びでグランフェルトの王都を視察していたんだが、帰国するにあたって何か手みやげが欲しくてな」

　彼は悪びれもせずニヤリとした。

「手みやげ……⁉」

「滞在中に偶然あなたを見かけ、一目で心惹かれた。最初は王女だとは知らなかったが、わかればなおのこと欲しくなった。グランフェルトの国王、〈狼王〉ルガートの、ただひとりの愛娘」

「だ、だったら正式に結婚を申し込めば……。あなたは王子だったのでしょう？　なのに誘拐するなんて……」

「確かに、ふつうに考えればそうすべきだったろう。しかし果たしてルガート王が承知するかどうか。いや、望みは薄いとわかっていた。すでに我が国とグランフェルトはかなり揉めていたからな」

　フィオリーネはとまどった。国交断絶は誘拐事件がきっかけではなかったのか……？

　表情を読んだセリムがにんまりする。

「我が国が、ルガート王の反対勢力に資金提供していることがバレてしまってね」

「……！」

「国交断絶は避けられない状況だった。そんな時期に視察に行ったのは、今を逃せば王都まで入り込める機会《チャンス》は当分ないだろうと思ってのことだ。だから、『後ほど改めて』という選択肢は、あのときの余にはなかったのだよ」

「だ、だからって街中で誘拐するなんて……無茶苦茶だわ……！」

「王城に忍び込んで攫うよりは、まだ成功の確率が高かった。出だしは上手く行ったのに、思ったより早く兄王子たちに気付かれてしまって。侍女の呼子には参ったよ。叫び声だけなら騒ぎでかき消すこともできたろうに、あんなものを吹き鳴らされては」

フィオリーネはぎゅっと拳を握り、苦笑いするセリムを睨み付けた。あのとき機転を利かせてくれた侍女は、今は薬を盛られて眠り込んでいる。頼るわけにはいかない。

「まぁ、確かにあの一件で幾分かは国交断絶が早まったかもしれないな。おかげで商人たちからは文句たらたら、父にもひどく怒られた。その詫びにいろいろと手を回して、この国境の町で商売ができるように取り計らった。城伯にはずいぶん賂《まいない》を送ったし、特例を認めさせるために説得力のある請願書を作るにあたって、それらしい文言も考えてやった。――そなたを諦めたわけではけっしてなかったのでな」

伸ばされた手を、フィオリーネは毅然と撥ねのけた。セリムは目を瞠ったが、気分を害した様子はなく、むしろ嬉しげにニヤリとして手の甲を撫でた。

「昨年、父が亡くなって跡を継ぐと、早速そなたとの婚姻をルガート王に打診した。余が誘拐犯だとは気付かれていなかったからな。代替わりは関係改善にちょうどよい機会だと持ちかけたのだ。友誼《ゆうぎ》のしるしとして互いに婚姻関係を結ぼうと。そなたを妃として迎える代わりに余の妹をローラント王太子の妃として輿入れさせる。いい考えだとは思わないか？　なのにルガート王はにべもなく断り、そのうえ慌ただしくそなたを降嫁させてしまった……。ひどい侮辱だ。一国の王の求婚を断って、臣下に嫁がせるとは」

「身分など関係ないわ。父はわたしが幸せになることを願って、最もふさわしい相手を選んでくれたのよ」

「公爵夫人より王妃のほうが、ずっとそなたにふさわしい」

「言ったでしょう？　身分は関係ないと。わたしはリンドホルム公爵ではなく、リーンハルトを愛しています」

「王妃になりたくないのか？」

「なりたくないわ。他のお相手を捜してください」

きっぱり言うと、セリムは肩をすくめた。

「やれやれ。ふつうは目の色を変えて王妃になりたがるものなのに」

ぼやく王に、それまでおもしろそうに眺めていたイジドーラがくすくす笑った。

「女というものは、心から愛する殿方がいれば地位など二の次なのですわ、陛下」

「ああ、そうか。おまえも地位より愛を選んだのだったな、ナフラよ」

「はい」

芝居がかってイジドーラが会釈する。

「ナフラ……？」

「余がこの女に与えた名だ。我が国の言葉で『蜂』を意味する。艶やかな女だが、うっかりすると刺されてしまう。蝶《ちょう》より蜂のほうがふさわしかろう」

「お褒めに預かり光栄ですわ」

「ふむ。地位より愛か……。ならば、そなたには余を愛していただくことにしよう」

「わたしが愛しているのはリーンハルトです。あなたを好きにはなりません！」

「それはわからんぞ？」

顎を掴まれ、ぐっと引き寄せられる。今度はもがいても振りほどけなかった。セリムは濃紺の瞳を妖しく輝かせ、こわばるフィオリーネの顔を覗き込んだ。

「女を躾けるための手段なら、我が国の後宮《ハレム》にはいくらでもある。夫のことなどすぐに忘れて余に夢中になるさ。そして王妃にしてほしいと自らせがむのだ」

「そんなことしませんっ、離して！」

いきなり身体を反転させられ、後ろ手に拘束されてフィオリーネは呻いた。耳元に唇を寄せてセリムが囁く。

「いいのか？　あまり手間をかけさせると、この侍女の眠りを永遠のものとしなくてはならなくなる」

「……っ」

「この侍女は三年前と同じ女だな？　見覚えがある。あのとき邪魔をしてくれた報いを、今ここで受けさせてやってもよいのだぞ」

片手で難なくフィオリーネを押さえ込んだ男が、空いた手でベルトに挿していた短剣を引き抜く。フィオリーネは真っ青になった。

「やめて！　カトリンを傷つけないで」

「そうしてほしければ、おとなしく従うことだ」

「……わかったわ」

やむを得ず頷いた。セリムが視線を向けるとイジドーラは頷いて立ち上がった。

「馬車の用意はできています」

「よし。侍女が目を覚ます前に出よう。余とて好きこのんで人を殺めたいわけではない。〈狂狼戦士《ウールヴヘジン》〉とかいう化け物とは違うんだ」

「〈狂狼戦士《ウールヴヘジン》〉は戦神《オーディン》に選ばれた戦士よ！　化け物なんかじゃないわ！」

イジドーラが嫌悪に顔をゆがめて吐き捨てた。

「見境なしに殺しまくるような奴が化け物でなくてなんなのよ？」

「――――ちょ、ちょっと待って！　冗談でしょう⁉」

金切り声で叫んだのはゴルツ城伯夫人だった。彼女はセリムが登場した頃からぽかんと成り行きを眺めていた。頭の中の妄想劇場は、いつのまにか尻すぼみに終演となっていたらしい。

「話が違うわ、イジドーラ！　あなた言ってたじゃない！　事件の真相を明かして、自分が生きて幸せに暮らしていることを知らせて、公爵様と王女様を安心させてあげたいって……。だからわたくしは……！」

「王女様にはご安心いただいたわ。公爵様には叔母様が話してあげて」

嘲笑されて城伯夫人は眉を吊り上げた。

「あんたは姪じゃない、赤の他人よ！　こんな、とんでもないことにわたくしを巻き込まないで！」

「うるさいわねぇ」

肩をすくめたイジドーラは卓上にあったナプキンを掴み、城伯夫人の口にねじ込んだ。

「うぐ⁉」

どこからともなく取り出した紐《ひも》で、目を白黒させる夫人を手早く縛り上げ、カトリンが眠っている長椅子の足元に容赦なく突き飛ばす。

「侍女が目を覚ましたら解いてもらえるわ。しばらくの辛抱よ。――念のため、足も縛っておきましょう」

足首も縛り上げられた夫人は目に涙を浮かべて必死にイジドーラを見上げたが、返ってきたのは冷笑だけだった。

途中で騒がれては困るとセリムに進言し、彼女はフィオリーネの口にもナプキンを押し込んだ。縛られてはいないが、男の大きな手でがっちりと後ろ手に拘束されて身動きできない。さらに悲鳴を上げることもできなくなった。

三人はバルコニーから中庭に出ると、植え込みの陰に沿って館の裏手に廻った。抜かりなく下見をしていたようで、先導するイジドーラの足どりに迷いはない。

裏口の木戸を開けるとそこには目立たない感じの馬車が一台停《と》まっていた。三人が乗り込むと即座に馬車は走り出した。馬車のなかには頭巾《フード》付きの外套《マントル》が用意されていて、フィオリーネはそれをすっぽりとかぶせられた。外套《マントル》の下では相変わらず手首を拘束されている。

馬車は正門ではなく、城館に近い側門から城外へ出た。市場や繁華街からは遠いので、出入りする者は少なく、衛兵もひとりしかいない。

イジドーラが馬車の窓から顔を覗かせて手を振ると、引き止められることもなく馬車は城市《まち》の外へ走り出た。

単に顔見知りだったのか、買収されているのかはわからないが、これでもう馬車を止めるものはない。フィオリーネは絶望に呻いた。

(このままファラハールへ連れて行かれてしまうの……!?)

「……ここまで来ればいいだろう」

呟いたセリムが掴んでいた手を離し、口に押し込まれたナプキンを取ってポイと窓外に投げ捨てる。フィオリーネは無我夢中で窓から顔を突き出した。

いつのまにか馬車は異国の装束をまとった騎士の一団に前後左右を囲まれていた。ファラハールの騎士たちが、道沿いに潜んで馬車が来るのを待っていたのだ。

これでは決死の覚悟で馬車から飛び下りたところですぐに捕まってしまう。

くすくすと意地悪くイジドーラが笑った。

「砦の守備隊でなくて残念ねぇ。彼らが追いかけて来る頃にはとっくに国境を越えてるわ」

グランフェルトとファラハールの国境には河が流れ、自然の国境線となっている。橋はかけられていないので浅瀬を選んで渡らなければならないが、この辺りには馬車が渡れるような浅瀬は一か所しかない。

実際に行ったことはなかったが、城壁の上からあそこだとリーンハルトが示してくれた。不穏な動きがないか、いつも見張っているのだ、とも。

(――そうだわ！　ならばこの馬車も砦から見えているはずよ)

だめだ、気付いたところで間に合わない。それに守備隊は出て行くよりも入ってくる動きのほうを警戒している。ファラハールへ向かう馬車にはさほど関心を払わないのではないか。

いや、馬車だけならともかく、護衛の騎士たちがこんなにいたら不審に思うはず。商隊の護衛にしてはものものしすぎる。

（目を引くことができれば、もしかして……！）

窓から身を乗り出して手を振り回そうとしたが、気付いたセリムに引き戻されてしまう。

「おとなしくしていろ」

「いやっ、離して！」

抱きすくめられて暴れるフィオリーネに、セリムは呆れたような溜息をついた。

「やれやれ。ずいぶんと威勢よくなったものだ。以前連れ去ろうとしたときは半ば失神状態だったのに」

「幻滅なさったのなら馬車から突き落としてはいかが？　この女が死ねば、少しは殺された仲間の供養になりますわ」

冷笑を浮かべてイジドーラが恐ろしい科白《せりふ》を吐く。セリムは苦笑してかぶりを振った。

「まぁ、そう言うな。気の強い女のほうが躾《しつ》け甲斐《がい》があるではないか。より一層愉しめるというものだ」

「陛下も物好きですわねぇ。それともファラハールの男は皆そのように悪趣味なのかしら」

呆れてイジドーラは肩をすくめた。ずけずけと不敬な言葉を吐いてもセリムはニヤニヤするばかりで咎めようとはしない。

抵抗をやめないフィオリーネを持て余したか、彼はいきなり唇をふさいだ。

「んむッ……⁉」

ぞわりと鳥肌が立つ。なりふり構わず抗ったが両の手首を掴まれ、噛みつくように唇を押し付けられて身動きできない。舌先で上唇の裏をゾロリと舐められて嫌悪で鳥肌が立つ。

「おっと」

噛《か》み付《つ》いてやろうとしたが素早く躱された。思いっきり突き飛ばして座席の隅に逃れると、セリムは唇を拭ってニヤリとした。

「危ない、危ない。愛らしい顔をして姫君は悍馬《かんば》のようだな。……これは調教のしがいがありそうだ」

自分を守るように腕を身体に巻きつけ、背中を座席の角に強く押し当てて男を睨みつける。

セリムは降参とばかりに両手を挙げた。

「悪かったよ。もうしない。とりあえず、馬車の中では、な」

用心しながらフィオリーネは窓に取りすがった。ゆったりと座席にもたれてセリムはうそぶいた。

「気の済むまで眺めるといい。もう二度とは見られぬ景色だ」

フィオリーネは窓枠を握りしめ、遠く聳《そび》え立《た》つシュトルツェーレ城砦を懸命に見つめた。

(お願い、気付いて。リーンハルト……！)

絶望のさなかにも必死に祈る。

「リーンハルト……」

思わず洩れたかすれ声に、イジドーラが馬鹿にしたように鼻を鳴らした。

「諦めなさい。たとえ声が嗄《か》れるほど叫んだって聞こえやしないわ」

セリムが何か言ったが耳に入らなかった。フィオリーネはある一点を凝視していた。砦の方向から何かが近づいてくる。

豆粒のような点は、目を凝らすうちにどんどん大きくなった。最初はただの点にすぎなかったのが、やがて黒い馬にまたがって猛然と疾駆する騎士に見えてくる。

傾いた太陽がその影を長く大地に刻み、磨かれた銀の鎖帷子が神々しく輝く。その後方にはさらにふたりの騎士が見えた。

「リーンハルト……？」

「しつこいわねぇ」

呟き声にイジドーラが顔をしかめる。フィオリーネは窓から大きく身を乗り出し、声の限りに叫んだ。

「リーンハルト！」

「おい、そんなに身を乗り出すな。危ない」

辟易《へきえき》した口調でセリムがたしなめると同時に、彼の側の窓からファラハールの騎士が緊張した面持ちで叫んだ。

「陛下、何者かがこちらへ向かっています。守備隊の騎士かと……」

「何⁉　気付いたにしても早すぎるだろう」

セリムもさすがに驚き、馬車の速度を上げるよう御者に命じた。

その間にも騎士は全速力で接近してくる。強健な漆黒の軍馬《デストリア》にまたがった、その姿。交戦場で演習を行う姿を何度も見た。

間違いない。彼だ。彼が来てくれた。リーンハルトが助けに来てくれた……！

「リーンハルト！　ここよ！　わたしはここ……きゃぁっ」

後ろから力任せに引っ張られ、バランスを崩してフィオリーネはセリムの腕の中に倒れ込んだ。遮二無二身を起こして窓にかじりつくと、勢いで肘鉄を食らったセリムが顎を押さえて毒づいた。

ファラハールの騎士たちが馬の向きを変え、迎撃に向かうのが見えて大きく息をのむ。

無駄のない動作で長槍を構え、揃って突撃態勢を取る。リーンハルトは兜の面頬《バイザー》を勢いよく下ろし、同じく槍を構えた。追い付いた二名の騎士も同様に槍を構えて突進してくる。

稲妻のごとく槍が一閃《いっせん》し、ファラハールの騎士が吹き飛ばされた。乗り手を失った馬が悲鳴のように嘶《いなな》いて隊列を逸れて行く。

続けざまにファラハールの騎士が二人、馬から叩《たた》き落《お》とされた。全力疾走する馬から放り出されてはただでは済まない。勢いよく転がった騎士たちは頚椎《けいつい》が折れたのか、横たわったままピクリとも動かない。

リーンハルトはすでに手綱を使わず、鐙《あぶみ》と膝で巧みに馬を御していた。両手で長槍を回転させ、右へ左へ振り回すたびにファラハールの騎士たちが軽々と吹き飛ばされ、薙《な》ぎ払《はら》われていく。唖然とするほどの凄まじい膂力《りょりょく》だ。二名の騎士も奮闘しているが、リーンハルトの強さは段違いだった。

「なんなんだ、あいつは。化け物か⁉」

いつのまにかフィオリーネと並んで闘いに見入っていたセリムが呆然と呟く。

リーンハルトは迎撃に向かった騎士たちをあっという間に始末すると、速度を上げた馬車を追い始めた。彼が窓に並び、面頬《バイザー》越しに目が合う。フィオリーネは身を乗り出し、セリムはたじろいだように引っ込んだ。

熱いものがこみ上げた瞬間、どこからか射かけられた矢が兜に当たって跳ね返った。続いて飛来した何本もの矢を、彼は煩わしげに槍で払った。

その動作でほんの少し速度が落ち、馬車が少しだけ前に出る。ファラハールの騎士たちが何か叫ぶのが聞こえ、セリムの顔に喜色が浮かんだ。

「援軍だ！」

前方に目をやると、いつのまにか国境の河が迫っていた。バシャバシャとしぶきを上げて、騎士の一団が渡河してくるのが見える。フィオリーネの喉から絶望の呻きが洩れた。

その瞬間、ドン！と馬車の扉に衝撃が走った。ふたたびリーンハルトが馬車と並走していた。

「フィオリーネ！」

面頬《バイザー》を上げてリーンハルトが叫ぶ。無我夢中でフィオリーネは窓から身を乗り出した。槍を右手で握った彼が、左手をこちらに差し伸べる。

「来い！」

躊躇なくその手を取ろうと伸ばした腕を、慌ててセリムが掴んだ。力任せに振り払うと、火事場の馬鹿力か、当たりどころが良かったのか、彼は馬車の反対側に転がった。

イジドーラに抱きとめられながら切羽詰まった声でセリムは叫んだ。

「やめろ――――！」

意に介さず目一杯腕を伸ばしてリーンハルトの手を掴む。猛スピードで走る馬車は激しく振動していたが、彼は巧みに馬を御してぴたりと横に付けると、足を馬車の扉に踏ん張り、弾みをつけてフィオリーネの腕をぐいと引いた。

ふわりと一瞬、身体が宙を舞う。

次の瞬間、フィオリーネはしっかりと彼の胸に抱き留められていた。

「掴まってろ！」

「はいっ」

背中に腕を回してぎゅっとしがみつく。不死鳥《フェニックス》と有翼狼《マルコシアス》の紋章が描かれた戦衣に頰を押し付けると、その下に付けた胸甲の固い感触が馬蹄《ばてい》の轟きとともに伝わってきた。

リーンハルトは力強く槍を一振りすると、河を渡ってきた一団に向かって手綱を捌きながら怒号した。

「退《ひ》け――！　汝《なんじ》らは国境を侵犯している！　ここはグランフェルトの領土だ、退かねば全員討ち果たすぞ！」

鋭い咆哮《ほうこう》は届いているはずだが、彼らは自分たちの国王が乗った馬車を守ろうと必死に割り込んでくる。またもや矢が射かけられたが、槍の一閃ですべて払い落とされた。

「やめろ、姫君に当たる！」

馬車の窓にしがみついてセリムが叫ぶ。ファラハールの騎士が後方に向かって怒鳴ると弓矢の攻撃は止《や》んだ。

敵が躊躇する隙を逃さず、リーンハルトは猛然と槍を振るった。そのたびに異国の騎士が薙ぎ払われてゆく。

砦の方向から土煙とともに鬨《とき》の声《こえ》が上がった。守備隊が追いついてきたのだ。騎士たちの後には歩兵も続き、一斉にこちらへ押し寄せてくる。

セリムはこめかみに青筋をたてて部下たちに怒鳴った。

「戻れ！　くそっ、退却だ――！」

叫ぶと同時に馬車の屋根に何本もの矢が突き刺さる。セリムは慌てて頭を引っ込めた。

リーンハルトは馬車を止めようと御者を狙ったが、それを阻むべくファラハールの騎士が数人がかりで襲いかかった。

応戦しているあいだに馬車は浅瀬に突入し、水飛沫《みずしぶき》を跳ね散らかしながら渡り始めた。さすがに速度は落ちたものの、向こうの騎士たちも追撃を阻もうと必死で向かってくる。

激しい乱戦となった。槍が折れるとリーンハルトは長剣を手に戦い続けた。鋭い剣撃の音がひっきりなしに響き、フィオリーネは邪魔にならないように必死に頭を低くして身体を縮めていた。

とても目など開けていられない。恐ろしい金属音と絶叫、怒号が激しく頭上を行き交うなか、ただただリーンハルトの無事を祈った。

ようやく戦いの音が止み、馬が鼻息荒く足踏みを始める。おそるおそる頭を上げると、リーンハルトは血に染まった長剣を構えたまま、じっと前方を凝視していた。

すでに馬車は河の真ん中を越えて向こう岸に近づきつつあった。守備隊は河の半ばから向こうへは絶対に行かない。彼らの役目は国境を守ることだから——。

「……逃したか」

ぽつりとリーンハルトが呟いた。彼は遠ざかる馬車を食い入るように見据えている。兜の隙間から窺える瞳の冷徹さに、フィオリーネは思わずこくりと喉を鳴らした。

視線を戻した彼が面頬《バイザー》を上げて微笑んだ。

「大丈夫、私もあれからさらに鍛練を積み重ねた。もうこの程度で箍《たが》は跳ばないよ」

ホッとして笑顔になると、彼は無念そうに大きく息を吐いた。

「あなたを攫おうとした輩を、またもや取り逃がしてしまった……。すまない」

「いいえ！」

ふるふるとかぶりを振り、フィオリーネは対岸に乗り上げようとしている馬車を見つめた。

「もう、来ないと思います。きっと……」

「だといいが」

向こう岸に辿り着いた馬車は、速度を上げて遠ざかっていく。

「……っ、そうだわ！　わたし、彼女に会ったの」

「彼女？」

「あなたの婚約者だったひと。イジドーラ……、ええと、ディターレ？」

「何……!?」

リーンハルトは愕然と目を見開いた。フィオリーネは彼女が得々と語った話をかいつまんで伝えた。驚きの表情で耳を傾けていたリーンハルトは、聞き終わると安堵と気まずさが入り交じったような、複雑な顔で呟いた。

「生きていたことは喜ばしいが……、まさかファラハールにいたとはな」

しかもただ暮らしているのでなく国王セリムに仕えているのだ。

「彼女の恋人――今は結婚しているようだけど――については、わからないの。素性も名前も……。だけど多分、こちらへは来ていないんじゃないかしら」

もしも夫が先ほどの戦いに加わっていたとしたら、イジドーラはもっと慌てていたのではないだろうか。追手の出現に驚き、焦ってはいたが、彼女は御者を急かせるばかりで戦いの行く末には注意を向けていなかったように思う。

「彼女の交友関係を当たればわかるだろう。騎士階級以上なら仕官の記録も残ってる」

「これで妙な噂が払拭できるわ」

ホッとしてフィオリーネは微笑んだ。

「これからは、ちゃんと自分を信じてあげてね?」

「ああ、そうするよ。あなたの信頼に応えるためにも」

そっと唇を重ねる。リーンハルトは馬から降りると汚れた剣を河の流れで洗い、きれいにぬぐって鞘に収めた。

ふたたび馬に跨がり、後ろに控えている騎士たちに頷く。

「敵方で生き延びた騎士がいれば砦に連行しろ。死者は向こう岸へ丁重に送り返せ」

「はっ」

副官のジークヴァルトが頷き、部下たちに指令を飛ばし始める。数人の護衛を従え、リーンハルトは砦に向かって馬を走らせた。残照の空に星が瞬き始めていた。

終章

リーンハルトが国境の手前で馬車に追いつけたのはカトリンの功績だった。実は彼女は眠り込んでなどいなかったのだ。

カトリンは単にフィオリーネの身の回りの世話を焼いたり話し相手をするだけの侍女ではなく、目付役と護衛も兼ねている。本職の騎士には及ばないものの、彼女自身騎士の娘として護身術を叩《たた》き込《こ》まれ、武器もひととおり扱える。医療に関する知識もかなりのもので、薬草にも詳しい。

城伯夫人とその姪なる女性との歓談で出された飲み物の味にカトリンは違和感を持った。フィオリーネに異変はない様子だが、念のため眠そうなふりをして探りを入れると、イジドーラがいやな感じにほくそ笑むのに気付いた。ピンと来たカトリンはだらしなく眠りこけたふりをして、しっかり全部聞いていたのである。

フィオリーネが連れ去られると直ちに飛び起き、護衛の騎士たちに知らせた。さらには思いも寄らぬ事態に動転し泣きじゃくる城伯夫人を脅して一番速い馬を用意させて飛び乗り、自らも全速力でシュトルツェーレ城砦に取って返した。

一方、砦の見張りはこちら側の騎士に加え、スカートの裾を旗のようになびかせて猛然と突進してくる異様な騎馬姿にすぐに気付いた。すわ緊急事態と警鐘をガンガン打ち鳴らし、ちょうど中庭で戦闘訓練を行っていたリーンハルトと騎士たちが城門に集結する。

見張りから報告を受けたリーンハルトは三人が戻ってくるのを待たずに飛び出した。行き会ったカトリンから説明を聞くや否や、副官には兵を率いて後から来るよう命じ、護衛騎士二名を従えて城市《まち》へ向かった。

高台にある砦から下っていくと、国境へ向けて猛スピードで疾走する怪しい馬車が見えた。馬車はファラハール人とおぼしき騎士の一団によって護衛されており、商人とは思えない。

さらに近づいていくと、ひとりの女性が馬車の窓から大きく身を乗り出した。乱れた黒髪が風にあおられ激しくたなびいている。

フィオリーネ……！

カッとなったリーンハルトはさらに馬を駆り立て、敵を蹴散らすとついに馬車に追いつき、手を差し伸べて声のかぎりに叫んだ。

『来い！』

と――。

すべてが終わって砦に戻ると、気を揉んでいたカトリンが安堵で泣きだしながら抱きついてきた。ひとりにして申し訳ありませんと涙ながらに詫びる侍女に、リーンハルトから事情を聞いたフィオリーネもまた瞳を潤ませながら礼を言い、ねぎらったのだった。

後でもいいと言われたが、記憶が鮮明なうちにと書記官を呼んで城伯の館で見聞きしたことをできるだけ詳細に述べ、文書に記録してもらった。それが済むと部屋に引き取り、ゆっくりと湯浴みをして早々に横になった。

緊張が解けてどっと疲れが出たのか、あっというまにフィオリーネは眠りに引き込まれた。


自分では平気だと思っていたのだが、やはり精神的な負担は大きかったらしい。それからしばらくのあいだフィオリーネは気が沈んで外にはあまり出ず、一日のほとんどを居室で過ごした。

リーンハルトから早馬で報告を受けた両親や、心配した兄たちから心のこもった真摯な手紙が届いた。繰り返しそれを読むうちにだんだんと萎えた気力も回復し始め、フィオリーネは時間をかけてそれぞれに返事をしたためた。

ゴルツ城伯とその夫人は、詮議のために王都へ護送された。夫人に悪気はなかったと思うが、浅慮だったことは否めない。イジドーラとどのようにして知り合ったのかなど、厳しく調べられることになるだろう。夫も収賄と文書偽造の罪に問われることは間違いなく、城伯の地位を保つことは難しそうだ。

　捕虜となったファラハールの騎士たちも同様に王都へ送られることになり、リーンハルトは国王への報告がてら自ら連行することにした。

　フィオリーネも一緒に行く。母王妃に顔を見せて安心させるためだが、そうでなくてもリーンハルトには二度も誘拐されかけた妻をひとりで残していくつもりは毛頭なかった。

「危なっかしくて、とても目を離せないからな」

　騒ぎからひと月ほど経ったある夜のこと、寝室へ引き上げてきたリーンハルトは護送の日程が決まったと告げた後、生真面目な顔でそう付け加えた。

　フィオリーネは目許を赤くして軽く夫を睨んだ。

「わたしだって用心はしているのよ」

「わかっているが、どうもな……。心配でたまらないんだ。いつも懐に入れておきたいくらいだよ」

　フィオリーネは目を輝かせた。

「素敵！　そうしたらいつもあなたと一緒にいられるわ。――ああ、猫に変身できたらいいのにねぇ、ミパルティ？」

　白黒斑の仔猫を抱き上げて頬擦りする。生まれてから三カ月ほど経ち、だいぶ大きくなった。

「言っておくが、猫は留守番だぞ」

「わかってます。――いい子でお留守番してるのよ？」

頭を撫でると、猫は目を細め、牙を剥きだしてファアアーと大あくびをした。

「ふふっ、遊び疲れて眠いんだわ」

フィオリーネはミパルティを寝床の籠に入れてやった。ベッドに戻ると、リーンハルトがごほんと咳払いをして居住まいを正した。

「？　なぁに」

「うむ……。実はな――」

「もしかして王宮に行くのが気が進まない、とか？　完全にでたらめだってわかったんだもの、もう噂なんて気にすることないのよ？」

「いや、それはいいんだ、別に」

「お顔が赤いわ。……熱はなさそうだけど」

額に手を当てて首を傾げる。リーンハルトはまた咳払いをした。

「その……。やっと仕上がってきたのだ」

「何が？」

彼は隠し持っていた小さなケースを示した。掌に乗るくらいの楕円形《だえんけい》で、美しい細工物だ。蓋には宝石が嵌め込まれている。

「まぁ、綺麗な匣《はこ》！　――これをわたしに？」

「いや！　匣ではない。もちろん匣もあげるが……」

　彼は緊張した面持ちで匣の蓋を開いた。フィオリーネは目を瞠った。天鵞絨《ビロード》張りの内部にはお揃いの指輪がふたつ並んでいた。

「これ……？」

「い、いや、婚約指輪だ。急に結婚が決まって、贈りそびれたから……。婚礼のときに気付いて、急いで注文したんだが……、ずいぶん時間がかかってしまった。——今更、かな……？」

　まじまじと指輪を見つめていたフィオリーネは、不安げな彼の声に慌ててかぶりを振った。

「そんなことないわ！　嬉しい……」

「嵌めてもいいだろうか」

「もちろんよ」

　頷いて左手を委ねる。リーンハルトは結婚式で嵌めた指輪をフィオリーネの薬指からそっと外し、婚約指輪を慎重に嵌める。黄金作りのシンプルな指輪はしっくりと指になじんだ。

「サイズは大丈夫そうだな。結婚指輪と同じサイズだから」

「ええ、ぴったりよ」

「結婚指輪を作らせたときに気付くべきだった。すまない」

「いいのよ」

　微笑んでもうひとつの指輪に手を伸ばす。

「嵌めてもいい？」

「ああ」

ドキドキしながら彼の左手の薬指に指輪を嵌めた。自分の手と並べてにっこりする。

「お揃いの指輪……。嬉しいわ」

「これでやっと『婚約』が整ったな」

照れくさそうに微笑んで、リーンハルトは改めて結婚指輪をフィオリーネの薬指に嵌めた。

そしてうやうやしく手をとると、ふたつの指輪にくちづけた。

「順番があべこべになってしまって、本当に悪かった」

「いいの。覚えていて、こうして作ってくれたんだもの……」

そっと唇を合わせる。もう一度、結婚の誓いをたてるように。

リーンハルトは愛おしそうにフィオリーネの頰を撫でた。

「私は幸運な男だ。結婚で幸せになれるなんて、思ってもみなかった。愛することを恐れ、逃げていた……。だが、あなたからは逃げられない。一目見た瞬間に捕まってしまった」

「わたしもよ。一目であなたを好きになった。運命がここにあると感じたの。あなたの側にいれば、きっと強くなれるって」

「あなたは強いひとだ」

「あなたこそ」

くすくす笑いながらこつりと額を合わせる。

「……お互いがいるから、ね？」

「そうとも」

頷いてリーンハルトはフィオリーネをぎゅっと抱きしめた。

「愛してる、フィオリーネ。兄君たちに問われて答えられなかった私を許してくれるか？」

「とっくに許してるわ。ちゃんと聞こえていたもの。わたしを見つめる瞳から、心の声が伝ってきたの。誰よりも大切だと言ってもらえて嬉しかった」

重なる唇の感触と温かさにうっとりする。彼に対する愛情が心の奥深くから迸り、あふれだすのを感じる。

リネンにそっと横たえられ、繰り返しキスを交わした。舌を絡ませ、口腔を探り合う。薄い布越しにやわやわと乳房を揉まれ、フィオリーネは熱い吐息を洩らした。

彼に触れられるのはどうしてこんなに心地よいのだろう。そっと撫でられるだけで芯から蕩けてしまいそうだ。

夜着を脱ぎ捨て、互いの裸身を愛撫しあう。耳朶を甘く食みながらリーンハルトが囁いた。

「これからは、あなたの好きなことをたくさんしてあげよう。今までずいぶん苛《いじ》めてしまったからね」

艶めいたまなざしにフィオリーネは頬を染めた。

「そんなこと……。あなたを悦ばせることができれば嬉しいわ」

「あなたの悦びが私の悦びなのだよ」

甘い囁きだけで、ぞくぞくと愉悦が込み上げる。早くもぷっくりと勃ち上がった乳首をそっと摘まみ、リーンハルトは先端をくすぐるように舐め回した。

「んッ」

ぞくっと刺激が走り、顎を反らして熱い吐息を洩らす。

「あなたの乳首はすごく可愛い。最初は花びらのようにやわらかいのに、ちょっと刺激されただけで、ほら、こんなにこりこりと」

「やぁ……！」

はっ、と唇を押さえると、くっくとリーンハルトは喉を鳴らした。

「かまわないよ。『いや』も『やめて』も好きなだけ言えばいい」

「……聞いてはくれないのでしょう？」

「私にはどちらも『悦い』としか聞こえないからね」

「もうっ」

睨むと機嫌を取るようにくちづけられ、心地よさにたちまち瞳がとろんとなってしまう。彼が身を起こすと、物足りなさに腕を伸ばしながらぐずる。

「んや……、もっと」

リーンハルトは笑ってフィオリーネを抱き起こし、膝に載せて唇を合わせた。舌を絡めて扱かれるとちゅくちゅくと淫らな水音がすぐ耳元で響く。

「ん……ん……」

逞ましい背中に腕を回し、甘いくちづけに耽溺《たんでき》する。舌の付け根を刺激されると唾液が口中にあふれ、彼の唾液と混ざり合う。まるで媚薬《びやく》のようなそれを、フィオリーネはこくこくと飲み下した。

口唇を貪りながらリーンハルトは両の乳房をぐにぐにと揉みしだき、捏ね回した。男の掌に包まれて自在にかたちを変えるふくらみが我ながらひどく淫靡でドキドキする。

母譲りの豊かな胸を突き出し、彼の動きに合わせて身体を揺らしながらさらなる快感を味わっていると、リーンハルトが上機嫌にふくみ笑った。

「いやらしいな……。うっとりした顔で大きな胸を揺らして。そんなに気持ちいいのかい？」

「ん……」

頬を染めてこくりと頷く。彼はフィオリーネの唇を舐め吸いながら、掬い上げるように執拗に乳房を弄った。

「……たまらないな。むちむちして手に吸いついてくるみたいだ」

「ふぁ……あん……」

下腹部がじんわりと熱くなり、花弁が引き攣るように震える。トロトロと蜜がこぼれ出すの

を感じ、フィオリーネは恍惚の溜息を洩らした。

「達してしまった？」

頰を染めて頷くと、誘惑の声音で彼は囁いた。

「どのくらい蜜が出てるか、見せてごらん」

フィオリーネはおずおずと膝立ちになり、自らの秘処に指を差し入れた。くちゅん、と淫靡な水音がして、指先が蜜溜まりに沈む。

「ぁ……ん……」

ゆるく掻き回しただけでふたたび達してしまいそうになる。熱い蜜を掬い取って示すと、リーンハルトはためらいもせずその指を口にふくんだ。根元まで銜えられ、指の股をチロチロと舌先でくすぐるように突つかれる。

「んッ」

びくりとフィオリーネは肩をすぼめた。

「んゃ……、くすぐったぃ……」

「甘い蜜だ」

「そんな……」

やっと指を解放すると、リーンハルトは美しい翠の瞳に淫欲を宿して囁いた。

「さぁ、これを挿《い》れて、自分で達するんだ」

催眠術にかかったかのように、彼の唾液で濡れそぼった指を花筒に押し込む。淫蜜で満たされた隘路はフィオリーネの細い指をにゅくりと呑み込んだ。

「あッ……！　はぁ……ぁん……」

腰を揺らしながらつぷつぷと抜き差しを始めると、彼は空いたほうの手を取ってねろねろと舐め回した。

「んっ、ぁっ、ンン……、や、っあ」

くすぐったさと心地よさに吐息が熱く乱れる。彼は人指し指と中指を口にふくみ、わざとのようにぺちゃぺちゃと音をたてて舐めしゃぶった。存分に唾液をまといつせると、彼はまたそのかすように命じた。

「これで両方入るね？」

羞恥に涙ぐみながらも言われたとおり両手の指を蜜洞に挿し入れる。濡れそぼち、熱く蕩けた粘膜は左右二本ずつの指を難なく呑み込んだ。彼の雄茎よりは細いけれど、卑猥な指示に昂奮したのかひどく感じてしまう。

「あっ、あっ、あんっ、んんっ……」

ぐちゅぐちゅと抜き差しするたびに掻き出された蜜が滴り、彼の腿の上に落ちる。上体がグラグラして不安定だが、リーンハルトがしっかりと腰を支えているので倒れはしない。

「……素敵だ。すごくいやらしいよ、フィオリーネ」

　昂奮をにじませる囁き声は甘くかすれ、官能的に耳をくすぐる。いっそう感じ入り、夢中になってフィオリーネは恥ずかしい行為に没頭した。たゆんたゆんと揺れる上気した豊乳を眺め、彼は飢えた獣のように舌なめずりをする。

「……ぁ、ぁ、ぁ……、あぁああっ……！」

　快感の大波に攫われ、フィオリーネは背をしならせてびくびくと痙攣した。はぁはぁ喘ぎながら震える指を引き抜くと、粗相したように蜜潮がぽたぽたと滴り落ちた。

「やぁ……あ……、ごめ……なさ……っ」

「可愛いよ。とても色っぽくて昂奮した」

　甘く囁いたリーンハルトに抱き寄せられ、ちゅっと褒めるようにくちづけられる。

　そのまま舌を絡ませ、濃厚なくちづけを交わしていると、屹立がせっつくようにつんつんと花芽を突ついた。

　腰を落とし、固く締まった先端に媚蕾をこすりつける。それだけでも昇天してしまいそうなほど気持ちがいい。舌を吸いあいながら濡れ溝で雄茎をくるんで扱くとリーンハルトがうっとりと吐息を洩らした。

「いけないひとだ……。私の奥方は、可愛い顔して床上手なのだから困ってしまうな……」

「気持ちいい？」

「ああ、すごく悦いよ」

ちゅっちゅっと音をたてて互いの唇を吸いねぶる。蜜襞が戦慄き、うっとりとフィオリーネは溜息をついた。ひくんひくんと痙攣しつづける花弁を割り、雄々しい怒張が蜜窟を突き進む。膝から力を抜くと自重で身体が落ち、熱杭がぐちゅりと最奥に突き当たった。

「ぁ……！　ふか……ぃ……ッ」

目の前でチカチカと星が瞬く。続けざまの絶頂に意識がかすみ、朦朧とフィオリーネは逞しい胸板にもたれかかった。リーンハルトもまた恍惚とした溜息をついた。

「たまらないな……。あなたの此処は……まるで誂《あつら》えたかのようにぴったりで……。貪欲に吸いついて……私を絞り上げる……」

「ひぁん！」

密着した腰をぐっと突き上げられ、かぼそい悲鳴が喉を突く。猛った肉槍に突き上げられるまま、頼りなく身体が揺れた。

「はんっ、あんっ、んん」

ぱちゅぱちゅと濡れた肌がぶつかりあう音が淫靡に響きわたる。フィオリーネは逞しい背に腕を回してしがみつき、肩口に顔を埋めて身悶えた。

彼の乱れた吐息が耳元で聞こえ、愛おしさと悦びとでますます昂奮が高まる。

「く……！　フィオリーネ……っ、もう……達きそうだ……！」

「来て……来て……、リーンハルトっ……、熱いの……欲し……。ぃ……っぱぃ……ッ」

咽《むせ》ぶように、切れ切れに懇願する。翠の瞳の奥で淫欲の炎がいっそう激しく瞬いた。彼は歯噛みするように唸ると激しく腰を振って蜜洞を穿ち始めた。頭のなかが真っ白になり、ひたすら快楽だけを追い求める。

「あ、あ、あ、あぁ――……っ‼」

目も眩む絶頂感が押し寄せ、同時に胎内で灼熱《しゃくねつ》が弾けた。煮えたぎるような奔流がどくどくと注ぎ込まれる。彼が腰を打ちつけるたびに熱いものが噴出し、蜜壺をいっぱいに満たした。

「ひ……ぁ……、あ……、まだ……、出て……っ」

荒い息を吐き、リーンハルトは繋がった腰をなお深く抉るように押し付けた。胎内で息づく雄茎の脈動が、痙攣する襞を通してどくんどくんと伝わってくる。欲望を吐き出してもまだ太棹は物足りなそうに猛っていた。

「っく……、まだだ……、まだ足りない……！」

彼は息を荒らげて呟いた。

「ああ、フィオリーネ……。私はやっぱりけだものだ……。あなたが欲しくてたまらない……止まらないんだ……っ」

切羽詰まった声に、ほろほろと涙をこぼしながらフィオリーネは頷いた。

「い……の……。もっと……して……？」

彼は唸り、身体を繋げたままフィオリーネをベッドに押し倒した。ふたたび律動が始まり、フィオリーネは我を忘れて喘ぎ、腰を振りたくって悶えた。

爪先から頭のてっぺんまで悦楽に塗りつぶされ、甘く痺れて力が入らない。ようやく彼が満足した頃には、フィオリーネは過ぎた快楽に蕩けきって半死半生の態だった。

詫びるように甘やかすように何度もキスされるうち、ようやく意識が戻ってくる。心配そうな彼の瞳を覗き込んで微笑み、腕を回して抱きついた。

「大好きよ、リーンハルト」

ホッとしたように彼が笑顔になる。

「やはりあなたには敵わないな。きっと一生敵わない。でも、それがいいんだ」

ふふっと笑ってくちづける。

「ずっと一緒ね？」

「ああ」

力強い声に安堵して懐に顔を埋める。あたたかな幸福感に包まれながら、フィオリーネは深く安らかな眠りへと誘《いざな》われていった。

あとがき

こんにちは。このたびは『冷血公爵の溺愛花嫁　姫君は愛に惑う』をお手にとっていただき、まことにありがとうございます。お楽しみいただけましたでしょうか？

今回のヒロインは温かな家族のもとで愛されて育った、とても恵まれた立場にある王女様です。そのため騙されたり危険な目に遭った経験がなく、とある事件で大きなショックを受けて引きこもりになってしまいました。

そんなヒロインが結婚を機に家族のもとを離れ、夫とともに自分たちの新たな『楽園』を模索し始めるというストーリーです。

父王が熟考の末に決めた政略結婚で、お相手は王族にもゆかりのある公爵という高い身分の持ち主ですが、戦う貴族、つまりは騎士なのですね。国境守備を指揮するため、ヒーローは本来の領地を離れて砦に詰めています。そこにヒロインが嫁いでいくわけです。

ヒロインは温室育ちの王女様ですが、意外と根性があります。親の遺伝でしょうか。実はこのお話、蜜猫文庫で以前書かせていただいた『略奪花嫁　炎の愛撫に蕩ける氷華』の子ども世代のお話なのです。

いつか書きたいなぁとずっと思っていたのですが、おかげさまで末っ子ちゃんのお話を書くことができました。

もちろん物語としてはそれぞれ独立していますので、こちらだけでも大丈夫です。両親のエピソードが気になった方は併せてお読みいただくとおもしろいかもしれません。

初稿では前回のヒーローである父親や長兄も台詞つきで登場していたのですが、前作を未読の方には煩わしいかと思って削りました。ブログに載せておきますので興味があればご覧ください。https://blogs.yahoo.co.jp/koide_miki
ヒロインの兄三人についてはは書くかどうかわかりませんが、今回、困ったちゃんな双子兄を書いていてとても楽しかったです。きっとこれからも何かと押しかけては『義弟』をオモチャにすることでしょう。ああ、ヒーローが眉間にしわを寄せる様が思い浮かぶ（笑）。

敵役もわりと好きなキャラです。実際に身近にいたらイヤですけど、悪役令嬢とその恋人（登場してませんが）は犯罪者カップルとして有名なボニー＆クライドみたいな感じ？　愛し合っているのは確かだけど、非常に傍迷惑。

そしてヒロインに横恋慕して二度誘拐を企て二度とも失敗した隣国の王様。懲りない人です。またやります。当然また失敗しますけど。

この人には本気の恋をして更生してほしいですね。……いや無理かな。嫁を誠実に溺愛しつつ悪巧みも全力で楽しみそうな性格ですし。それはそれで書いたら楽しそうだけど、悪漢ヒーローに需要はなささそう。

最終的にはヒーローとヒロイン父によってこてんぱんに叩かれてやっとおとなしくなる……けどやっぱり懲りずに悪巧み……とか。う～ん、しょうもない人ですねぇ。まぁ、そのおかげでヒーローとヒロインのラブラブっぷりにも拍車がかかりそうなので、よしとしましょう。

さて、今回の挿画はCiel先生に付けていただきました。まだ表紙しか拝見していませんが、うっとり見惚れてしまいました。跪いてヒロインの手にキスする鎧姿のヒーロー。武装の騎士が大好物な作者には美味しすぎます……！

いつもお世話になっている編集様を始め、この本が世に出るまでにご尽力いただきました皆様と、この本を手に取ってくださった読者様に改めて厚く御礼申し上げます。ありがとうございました。

今回はあとがきが四ページもありまして。駄文のネタも尽きましたので削除した冒頭部分のさらに冒頭を載せておきます。続きはブログにて。

グランフェルト王国の都、グリトニール。蛇行するギョル河沿いの城下町を見下ろす小高い丘の上にそびえる宮殿の奥まった一室で、国王ルガートは手にした書状を憮然と眺めていた。

齢五十に達しても、鍛え上げた筋肉に鎧われた体躯は頑健そのもの。艶やかな黒髪にわずかな銀線が混じり始めたが、涼しげな目許には一本のしわもない。

すでに日は落ち、室内は燭台と暖炉の灯でやわらかなオレンジ色に染まっている。

コツコツとノックの音がして、彼は顔を上げた。

「入れ」

重厚な扉が開き、長男ローラントが顔を出す。琥珀色の髪に澄んだアイスブルーの瞳をした美青年で、今年二十五歳になった。

「お呼びでしょうか、父上」

「まぁ、座れ」

軽く顎をしゃくって差し向かいの椅子を示す。腰を下ろしたローラントは父の手にした書状を注意深く眺めた。

「……昼間届いた書状ですね」

「ああ。ファラハールの国王からの親書だ」

表情の薄いローラントの目許が、ぴくりと動く。彼は疑わしげなまなざしを父に向けた。

小出みき

小出みき
Illustration SHABON
略奪花嫁
炎の愛撫に蕩ける氷華
俺が欲しくてたまらないと啼いてみろ
戦に敗れた一族の利益を守るため、敵将であるルガートに差し出されたアウローラ。〈氷の美姫〉と呼ばれる彼女をルガートは当然の権利とばかりに組み敷き、悦楽に堕として処女を奪うが、その後も情熱的に愛して気遣ってくれる。「もっと乱れろ。蕩けてしまえ。」残忍だと恐れられる男の意外な優しさと熱さにとまどい心惹かれていくアウローラだが、次期国王になると噂されるルガートにとって彼女は一人の寵姫にすぎなくて!?

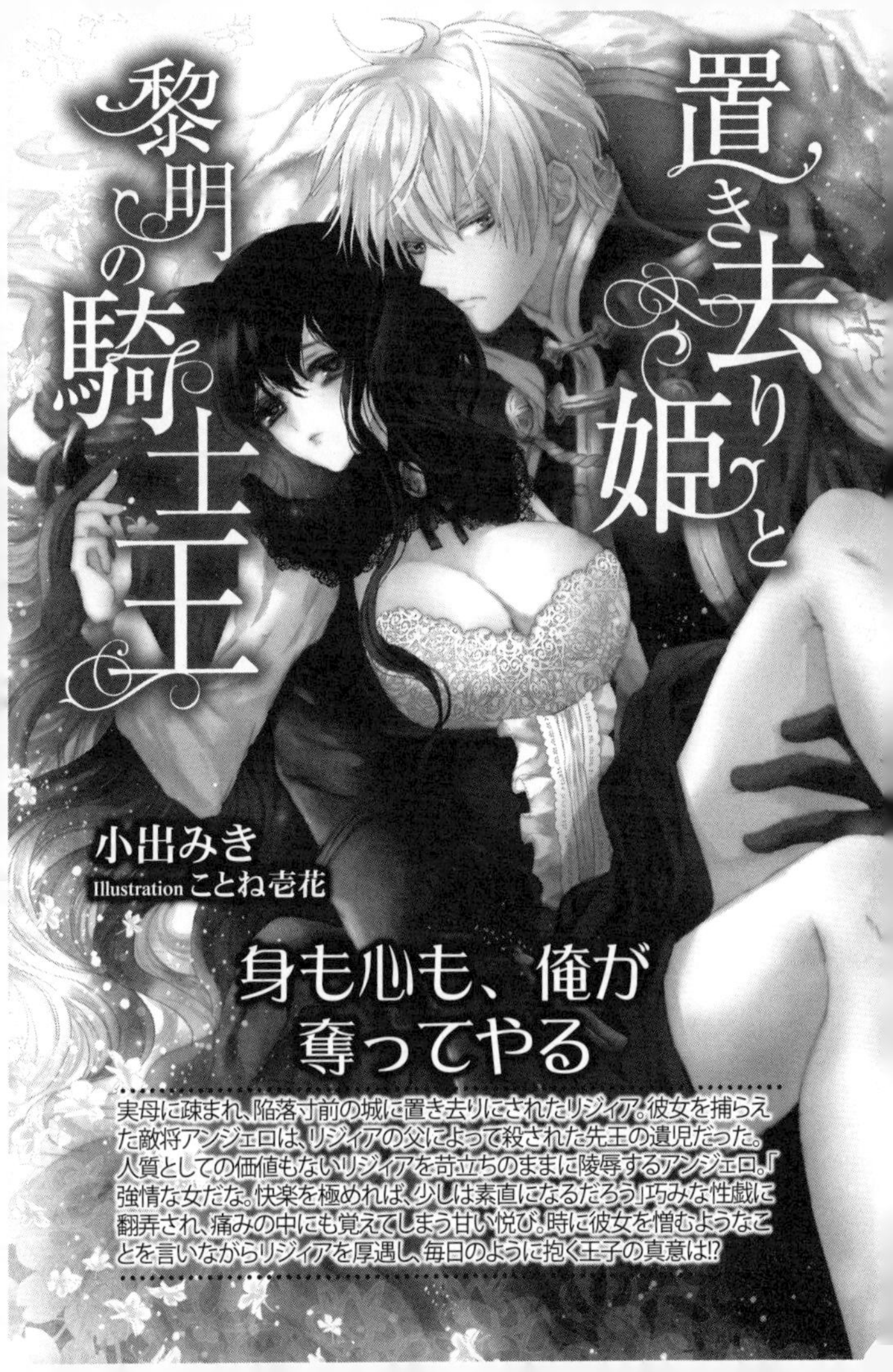
置き去り姫と
黎明の騎士王
小出みき
Illustration ことね壱花
身も心も、俺が
奪ってやる
実母に疎まれ、陥落寸前の城に置き去りにされたリジィア。彼女を捕らえた敵将アンジェロは、リジィアの父によって殺された先王の遺児だった。人質としての価値もないリジィアを苛立ちのままに陵辱するアンジェロ。「強情な女だな。快楽を極めれば、少しは素直になるだろう」巧みな性戯に翻弄され、痛みの中にも覚えてしまう甘い悦び。時に彼女を憎むようなことを言いながらリジィアを厚遇し、毎日のように抱く王子の真意は!?

傲慢貴族の惑溺愛
小出みき
Illustration KRN
君の誘惑には勝てない
僕は君に溺れているよ…
中流階級の令嬢ダフネは夜会で気品のある美しい伯爵、フレドリックと知り合った。妻を亡くしたという彼はダフネと親しくしつつも再婚するつもりはないらしい。元々身分違いであると恋を諦めていたダフネだが、意に沿わぬ結婚を強いられたその時、助けてくれたのはフレドリックだった。「きみを奪われたくない。誰にも渡したくないんだ」思いがけず情熱的に抱かれ、求婚されて喜びに震えるダフネ。だが彼には未だ前妻の影が!?

鋼の元帥と見捨てられた王女
銀の花嫁は蜜夜に溺れる
小出みき
Illustration 森原八鹿
もっと可愛い声、聞かせろ
無敵の元帥×魔女の娘
魔女の娘と忌まれ、幽閉されていたルシエラは、異母兄である国王に、辺境に引っ込んでしまった母方の従兄である<鋼の元帥>、ザイオンを戦に出るよう説得しろと命じられる。国王を憎む余りその遣いのルシエラにも冷淡だったザイオンだが次第に彼女には優しくなる。「見せろ。綺麗なんだから」幼い頃から憧れた従兄に愛されて幸せを感じるルシエラ。しかし彼を城に連れ帰れないと、自分が殺されてしまうことは告白できず!?

Mitsuneko Label

蜜猫文庫をお買い上げいただきありがとうございます。
この作品を読んでのご意見・ご感想をお聞かせください。
あて先は下記の通りです。

〒102-0072　東京都千代田区飯田橋 2-7-3
(株)竹書房　蜜猫文庫編集部
小出みき先生 /Ciel 先生

冷血公爵の溺愛花嫁
～姫君は愛に惑う～

2018 年 10 月 29 日　初版第 1 刷発行

著　者　小出みき　©KOIDE Miki 2018

発行者　後藤明信

発行所　株式会社竹書房
〒102-0072 東京都千代田区飯田橋 2-7-3
電話　03 (3264) 1576 (代表)
03 (3234) 6245 (編集部)

デザイン　antenna

印刷所　中央精版印刷株式会社

Printed in JAPAN
ISBN978-4-8019-1646-3　C0193
この作品はフィクションです。実在の人物・団体・事件などには関係ありません。

ヒステリック・サバイバー

プロローグ

カフェテリアはいつもより華やかだった。

ぼくは周りを見渡す。ランチタイムで席はほぼ満杯だ。それはいつもと変わらない。でも夏休みが三日後に迫っているせいか、会話はどこも弾んでいる。無数に飛びかう言葉のなかに、旅行先の地名や夏休み映画に出るハリウッドスターの名が登場していた。

「ああ、マジでユーウツだよ。最近あんまり食欲ねえし」

隣にいるロニーがまたぶつくさとこぼす。それでもトレイにはソテーやポテトサラダが山のように盛られていた。

「なんで？　夏休みじゃないか」

もう何度も何度も耳にした。それでも友情の証《あかし》として、ぼくは水を向ける。ロニーは唇の端を曲げてみせた。

「だってよお、休みに入ったところでサマーキャンプだぜ。うんざりだよ。飯盒《はんごう》でライス炊いたり、焚き木に火つけたり。今は二十一世紀だぜ。そんな開拓民みてえなことして愉《たの》しいわけがねえ」

「本当はスニッカーズにありつけないのが怖いんだろう?」

ロニーは肩をすくめた。顎が太い首に埋没する。

「ああ、そうだよ、ちくしょう。またうさん臭いのさ。その主催者ってのが。サンフランシスコでハッパだのやってたクチだよ。フィジーなんぞに住んで、ハーブで癌《がん》が治るだの、コーヒー浣腸だのとわけのわからねえ本を書いてたヒッピー野郎さ」

「当然スナックやチョコバーなんてのは――」

「そんなもんに手を出すやつはアルカイダ扱いさ。まったく夏といえば、ガンガンに冷房を効かせて、アイスクリーム食いながら『セインツ・ロウ』でもやるのが正しい過ごし方なんだがね。モニターのギャングを撃ち殺してさ」

「正しいかなあ」

ロニーは肩を震わせて笑う。彼は中国系の少年で、「アジア系の男はオタクばかり」という偏見を見事に裏づけていた。中華レストランの経営者の息子で裕福だから、誰もプレイしていないゲームや知らない音楽をいち早くダウンロードしてきては、いつもぼくらを驚かせていた。メタルバンドの過激なTシャツを愛用し、ときどき校長室に呼ばれて注意を受けていた。

おまけに日本製のゲームやマンガに夢中で、「BL」とか「Menhera」とは、どういう意味だと真顔で尋ねてくるほどだ。そうした日本のカルチャーのおかげで友達になったのだ。

「サム。お前はいいよな。行きたいぜ。おれもカリフォルニアに」

「別に遊びに行くわけじゃないよ」

「わかってるよ、ミスター・ブラックベルト。だがあっちに行ったら、さっさとほのかちゃんみたいなかわいい日本の女の子と仲よくなれよ。そんでおれにきっちりと紹介するんだ。いいな？」

「え？　誰？」

ロニーは馬鹿にするように鼻を鳴らした。

「アニメのキャラだよ。お前よりも、おれのほうが日本通になってどうするんだ」

「もうとっくになってるさ」

夏休みにぼくはロサンジェルスに行く。日本人学校のサマースクールに参加するためだ。空手とテコンドーと柔道をごちゃ混ぜにして教えている地元の道場とは違って、あそこには本格的に柔道を教えてくれる道場もある。段位の認定もそこで去年受けていた。フットボールや野球も好きだったが、誰かと取っ組み合っているのがぼくにはぴったりくるようだった。さらにいえば、やっぱりぼくも日本人だからかもしれない。

ぼくのあだ名はサム。姿三四郎がその名の由来だ。映画好きの教師が名づけ親で、苗字にも三という文字がつくから、初めはサンと呼ばれていたが、やがて発音しやすいサムに変わっていた。

「頼りねえなあ。お前にはいつかトーキョーを案内してもらわなくちゃなんねえんだぞ」

「トーキョーというより、行きたいのはアキハバラとナカノだろ？　ぼくはそんなとこ一度も行ったことないよ」

アメリカでの生活はもう長い。日本にいた頃の記憶もかなり薄らいでいる。ぼくの国籍は日本のままだ。それでももうあの国には「帰る」というよりも「訪れる」という感覚しか持てない。日本語も長いこと使っていない。

ぼくらは窓際の席につく。ランチタイムは混雑しているように見えても、暗黙の了解で座席はほとんど決まっている。そこにはユンとスティーブがいて、二人はデザートのリンゴを齧《かじ》っていた。彼らもアジア系で、フットボールとバスケをこよなく愛する少年達だ。オタクのロニーとはウマが合わないのではないかと思うが、どういうわけかいつも昼食を共にしている。

せわしなくスプーンを動かすロニーの後ろの席で、何人かの女子生徒がぼくらをちらちらと見ていた。

ジェシカのグループだった。思わせぶりに耳打ちしあっている。ジェシカがぼくのほうを見ていた。

「なんだろう」

呟《つぶや》くと、脇にいたスティーブが太い腕でぼくの脇腹を突いた。

「鈍いやつだな」

「え？」

ジェシカはチアガールのリーダーだ。学校では知らぬもののいないアイドルでもある。ウェイブがかかったきれいなブロンド。それに宝石みたいに輝く緑色の瞳の持ち主で、鼻のあたりに少しそばかすが散っているが、かえってそれがかわいらしく思える。小さな頃に矯正ブレスをしっかり嵌《は》めていたせいもあって、笑うと形のよい白い歯が覗けた。

「お前はジュードー馬鹿だからな」

ユンがひやかすように笑った。

ジェシカが席を離れ、笑いかけながらぼくのほうへと近づいてくる。男達はみんな彼女の大きな胸についてばかり語る。そのせいかどうしても視線が泳いでしまう。心臓の鼓動が速くなる。

「サム、あなたLAに行くんですって?」

「うん」

「私も。サンタモニカに伯母がいるから。あっちのビーチで休みは過ごすつもり。あなたは?」

「ぼくはパサデナだよ。学校もあのあたりにあるんだ」

「あっちでもコレをやるの?」

ジェシカはチョップを打つまねをした。似たようなコスチュームのせいか、ここの住人のほとんどは、柔道と空手と韓国武術の区別がついていない。

「そうだよ」

「ふうん」

彼女は値踏みするようにぼくをじろじろと見た。そのあからさまな仕草に居心地の悪さを感じる。ユンとスティーブがにやにやと笑う。肉や魚の鮮度をみる主婦みたいな目をしていたが、彼女はやがて納得したようにうなずいた。

「たまには休みがあるんでしょう?」

「え? うん、あるけど」

彼女はぼくの耳の近くに口を近づけていった。

「じゃあ、あっちに行ったらデートしない？　私、まだ『マジック・マウンテン』には行ったことがないの」

耳打ちのつもりだったのだろうが、ジェシカの声はそれほど小さくはなかった。ユンが口笛を吹いた。ロニーだけがそ知らぬふりをしながら、ひたすら目の前のランチと格闘していた。ロニーとジェシカは水と油だ。お互いに顔を見ようともしない。

「ぼくもまだないよ」

声が少し裏返った。

「それで？　返事を聞かせてくれない？」

「もちろんＯＫさ。うれしいな。楽しみにしてる」

「じゃあこれ。私の携帯電話の番号」

ジェシカは番号の書かれた紙きれをぼくに渡した。まるでこうなることを予期していたかのようだ。周りの視線が痛い。脇にいる二人、それからジェシカのグループ。そしてカフェのまん中を陣取るフットボール部の連中も鋭い目を向けてくる。

男子はみんな彼女に夢中だ。彼女もそれをよく知っている。動きの一つ一つを周囲に見せつけているようだった。困ったことになるな。ため息の一つもつきたくなるが、同時におもしろそうだと感じる自分に気づく。柔道をやっていてよかったと思う瞬間だ。格闘技を齧《かじ》っていると一目置かれる。彼らは嫉妬深いが、計算高くもある。ぼくに襲いかかったりはしないだろう。

ジェシカが訊いた。

「あなた、携帯電話は？」

「悪いけど持ってないんだ。今日にでもまた電話するよ。LAでの連絡先を教えるから」

「そう。じゃあ、待ってるから」

ジェシカはそういってぼくに手を振ると、自分のグループのところへと戻る。大きな嬌声があがる。彼女は椅子に腰かけながら、また軽く手を振った。ぼくもつられて微笑する。かわいい女の子とデートできるかもしれない。それだけで心がうきうきする。夏休みがいよいよ待ちきれなくなる。

でもデートってどうすればいいんだろう。マニュアルでもあれば助かるのに。『マジック・マウンテン』はLAにある遊園地だ。過激なジェットコースターなんかが揃っている場所らしい。実はよく知らない。どうやってそこまで行けばいい。車？　でも誰が運転する？　中学生のぼくが？　やっぱり保護者がいるんじゃないか？　たぶんそれをユン達に訊いても答えは返ってこないだろう。女の子をネタにした野卑なジョークを口にして大人ぶっていても、豊富な経験がありそうな彼女らと違って、ぼくらは無知な子どものままなのだ。

ユンがストローの袋を丸めて投げた。

「うまくやったじゃないか、ええ？　スポーツもみんなと同じものじゃだめだな。少し変わってるもんやってたほうが目立つのかもなあ」

「なんたってアレだからな」スティーブも横目で彼女の胸をちらちらと見る。「あいつ、高校生や大学生ともつきあってるそうじゃないか。うらやましいぜ。ちゃんとベッドの手ほどき受けてくるんだぞ。柔道は達人でも、アレは素人だろ？」

「やめてくれよ」

ぼくは顔をしかめた。悪気はないのだろうが、いかにもタフな男を気取っているようでいたたまれなくなってくる。

「けっ、あんな売女《ばいた》のなにがいいんだ」

ロニーはすでにパンのかけらで残りのソースをきれいに拭いとっているところだった。

「金をもらっても、ごめんだね」

ユンが口をゆがめた。

「ロニー、誰もお前に声をかけたりはしないよ」

「そんなことはねえよ。昨日はお前のおふくろとやったしな」

ユンは鼻で笑った。きつい言葉の応酬だけど、いつものことだ。

ぼくらは全員同じ学年だ。でも年齢は少し違う。ロニーだけはぼくらより年下のはずだ。いくつなのかは今でも知らない。ロニーはいつも答えをはぐらかす。彼は私立小学校で飛び級プログラムを受け、通常よりも短い年数で卒業した。でも彼曰く、そこは地獄よりもひどい場所だったらしい。中学校からは市の公立を選び、ぼくらと同じ授業を受けていた。本人は皮肉屋を演じているが、本当は誰よりも傷つきやすい少年なのだ。ぼくらはそれをよく知っていた。手のかかる弟の面倒をみているような気持ちになるのだ。

スティーブが顎で指し示した。

「だがよサム、あまり変な夢見るもんじゃなさそうだぜ」

食事を終えてジェシカ達が席を立つ。待っていたかのように、小ぎれいなポロシャツを着たフットボール部の連中が席を立ち、彼女らを取り囲んだ。露骨な示威行為だ。ジェシカはジェシカで、ぼくとのやりとりなどなかったかのように、にこやかに彼らを見上げる。日光が彼女の頭髪を輝かせる。緑色の瞳も煌《きら》めいている。まるで学園ドラマのヒロインだ。

主将のベンは口のなかが見えそうなくらいに大きく笑う。親しげに彼女の肩を抱く。周囲にアピールするかのように。ベンはチームを仕切るクオーターバックだ。彼は軽口を叩いて陽気さを見せつけながら、ときおり苛立たしげな目をぼくに向けた。

ロニーが舌打ちする。

「ち、スポーツ馬鹿《ジョックス》のクソ頭どもが。サカリのついたゴリラみてえによ。文字の読み書きもできない猿どもが、一丁前に人間さまを睨みつけてんじゃねえってんだ。サム、お前、あんな女に手だしたところで、余計なトラブル抱えるだけだぞ。ああいう売女は男どもが揉めに揉めまくるのを見て、ゲラゲラ笑うのが好きなのさ。本命の金持ち息子と寝そべりあいながらな」

「まるで経験したかのような口ぶりじゃないか」

ユンがまた水をさす。ロニーは面倒くさそうに首を振った。

「とにかく、ここは動物園じゃないんだ」

ロニーの顔に翳《かげ》りのようなものを見て、ユンは残ったリンゴを口に放って黙った。

背の高いフットボール部の連中とジェシカのグループがカフェテリアを横ぎる。くやしいが彼らには華がある。ロニーのようなオタク達にはひどく嫌われているが、彼らはこの学校の中心を歩んでいた。

ベンが傲慢な男ではないことも知っていた。スポーツマンにありがちな単純なマッチョ至上主義者でもなく、誰とでも仲良くなれる。それは彼の試合を観ていればわかる。家族や大勢の隣人達がいつも応援にきていた。たくさんの声援を受けてひたむきに試合に打ちこむ姿を見ていれば、その評判があながち嘘ではないとわかる。

「得意のジュードーチョップでやつらを追い払ったらどうだ」

スティーブがまたぼくの脇腹を突つく。話が弾んでいるのか、出口のあたりで彼らは立ち止まった。またロニーの忌々しそうな舌打ちが聞こえそうだった。

かつてのジェシカを思い出す。昔、家が近所だった。その頃を思い出すと胸が小さく痛む。昔の彼女は歯に矯正ブレスをつけて、厚ぼったいメガネをかけていた。今のような眩しさも、積極さもまるでなかった。

ユンが軽くため息をついた。

「ま、確かにロニーの気持ちはわかる。あいつらにはからっきし悩みってものがなさそうだ。うらやましいよ、WASP《ワスプ》どもってのは」

ホームパーティーや日曜の礼拝で顔を合わせる機会はたくさんあった。でも彼女はいつも下を向いたままだった。なにを訊いても、ぼそぼそと要領を得ない返事をするばかり。

「つまらないやつ」幼かったぼくは舌打ちして、別の友達のところへと走っていった。それからしばらくしてジェシカの家族は違う地区へと引っ越した。彼女もまた別の小学校へ。そしてこの学校で再会したときにはもう別人になっていた。メガネも矯正ブレスもない。

明るく洗練された女の子になっていた。おそらく努力に努力を重ねて。

「とにかく彼女に気に入られたんだ。それだけで光栄さ」

「こいつ！」

ぼくはおどける。ユンとスティーブが思ったよりも強く胸を叩く。

彼女は覚えているのかもしれない。復讐。そんな物騒な言葉が頭に浮かぶ。デートの誘いは彼女流の仕返しなのではないか。かつて自分を軽んじたものの前に、とびきりきれいになって現れる。むろん怒りや恨みなどおくびにもださない。手の届かない存在となって、後悔と罪悪感を呼び起こさせる。

まさか。ぼくは首を振る。自意識過剰もいいところだ。

「あ？　なんだありゃ」

ロニーが窓を見ながらぼんやりといった。彼は窓の外を見ていた。

青々とした芝生のなかを突っ切って二人の生徒がカフェテリアへと近づく。早足だ。おかしいのは彼らの格好だ。夏だというのに、二人は修理工のような青いツナギを身につけていた。胸元まできっちりとチャックをしめて。編み上げのブーツで芝生を踏みしめている。ベースボールキャップを目深《まぶか》に被り、大きなスポーツバッグを肩に担いでいる。

「誰だ、ありゃ。あいつらボイラー修理でもやるつもりか？」

「あれは……」

茶色い肌、黒い眉毛。顔立ちからチャベスとフェルナンドだとわかる。この学校では数の少ないヒスパニック系の生徒だ。

ロニーが片頬だけを歪めて笑った。

「ブラウンどものやることはわかんねえな」

「ロニー」

ぼくは目に力をこめて彼を見る。それで充分だった。ロニーは真顔になって、それから苦いものを口にしたかのように押し黙った。

二年前、郊外に巨大な工場ができた。おかげで職を求めてカリフォルニアから多くの人間が移り住んできている。そのほとんどがヒスパニック系だ。そこで働く彼らの子供達がこの学校に通っていた。なかには英語さえも満足に話せず、特別授業を受けているものもいた。その授業はカードやジェスチャーを使っての、まるで小学校で教えるような内容で、心ない生徒はそれを低能どもの時間と呼んだ。教育のレベルがまったく違っていたのだ。

ヒスパニック系の彼らはあまり笑わない。いつもスペイン語圏の仲間同士で寄り集まり、カフェテリアの片隅を陣取っては押し黙ったまま、ただもくもくと食事を摂っていた。

そういえば。ぼくはあたりを見回す。ヒスパニック系の生徒が誰一人いないと気づく。

「どうしたのかな」

彼らの指定席を指した。トレイの返却口のあたり。残飯の臭《にお》いが届く場所だ。今日は一帯がぽっかりと空いている。こんなことは今まで一度もなかった。

「あれ？　そういや今まで気づかなかったな」

スティーブもユンも不思議そうに首を巡らせた。どうりで。悲しい考え方だがぼくは思う。どうりで今日はカフェテリアがやたらと明るく見えるはずだ。夏休みが近いから。それだけじゃない。

ヒスパニック系の生徒達は暗いオーラを常にまとっていた。苛立ちと憎しみ、それに怒りや悲しみが凝縮されて生まれた闇を漂わせていた。親や兄が働く工場は、流れものを雇うだけあって、人間らしい暮らしができるほどの賃金も支払ってはいないらしい。

チャベスの目は今日も赤い。遠くからでも確認できるほどだ。彼のあだ名はレッド・アイ。毎日のように二人の兄から殴られていて、よく眼球の底に血を溜めていたから、その名がついた。

ハイテク産業の企業が多いせいか、学校に通う生徒のほとんどが白人とアジア系だ。郊外の治安のいい中流階級用の分譲住宅に住み、家族の健康のために有機野菜と天然酵母のパンを買う親の下で育っている。

貧しく、育《はぐ》んだ文化も違う彼らを受け入れるには、この土地は上品すぎていた。彼らの数が増えれば増えるほど、盗難騒ぎや暴力事件、それに大麻の燃えカスが見つかる頻度が高くなっていた。

二人はカフェテリアの非常出口へ近づいてくる。がらがらの席とツナギを着た二人。二つの異変が疑問符を投げかける。胸のなかで不可解なざわめきが起きる。非常出口のドアが開く。二人は室内へと入る。太陽の光を背にしているおかげで表情は陰に隠れてわからない。

「チャベス！　おおい！　チャベス！」

ぼくは彼らに向かって声を張り上げた。

ロニーが少しうんざりしたように口を曲げる。親友だが、いつも意見が合うわけじゃない。たまには喧嘩にもなる。彼らに声をかけるぼくを、「あまりいい子ぶるんじゃない」とからかったときもそうだった。

おそらくロニーの言い分は正しい。住む世界が違う。安易な同情など禁物。この国で最初に覚えなければならない初歩的なルールだ。この国の人間は虹のように、はっきりと異なる色を放ちながら生きている。わかっている。でも——。

「チャベス！」

ぼくの声が聞こえなかったのか反応はない。二人はただ彫像のようにじっと立ち尽くしていた。

チャベスとは美術の授業が一緒だった。最近ようやく言葉を交わすようになった。とはいえ彼の口から出るのは「近寄んな、このホモ野郎」というスペイン語ぐらいだったけれど。彼は同じ肌の色をした人間以外には心を決して許さなかった。

チャベスの赤い目が動く。肩に担いだ大きなバッグには今日も画材が入っているのだろうかと思う。彼には画の才能があった。

彼は油絵の自由課題でマリアさまを描いた。カトリックを信じるヒスパニック系がよく選ぶ題材だ。だが彼のは特別だった。

出来上がったそれはLAのダウンタウンにある壁画を想わせた。太くてダイナミックな筆遣い。茶色を基調としていて、キャンバスから乾いた土や埃の匂いが漂ってきそうだった。その濃厚な色遣いはまさにチカーノアートと呼ばれる芸術作品によく似ていた。

美術の教師も褒め称えたが、彼は憎々しげに唸るだけだった。

「こんなもんが描けたからって、なんだっつうんだよ」

彼の描いたマリアさまの表情は異様な形に歪んでいた。凶々《まがまが》しかった。宗教に疎いぼくでも震え上がる。彼女は眉間にいくつもの皺を寄せ、悲しそうに眉を曲げている。少しだけ覗ける前歯は唇を噛んでいて、くっきりとした大きな目からは黒い涙が溢れている。まるでこの世に存在する全ての苦しみや悲しみを背負っているかのようだ。見るものの心をゆるがす負の迫力に満ちていた。

「チャベス!」

「もういいだろうが」

ロニーが痛々しそうにぼくを見やった。声が届いていないはずはない。無視されているのはわかっている。だがなぜか呼び続けなければいけないような気がした。

二人の側にいたベンとジェシカが眉をひそめていた。アルコール依存症のホームレスでも見るような蔑《さげす》みのこもった視線を向けている。

フェルナンドはツナギのポケットに手を入れたまま、やはり彫像のように固まっていた。顔には表情というものがまるでない。

「ケ・パサ? セニョール、セニョリータ」

チャベスが赤い目をジェシカに向けた。唇を横に広げて、笑みを浮かべている。ぼくらは目を見張る。西から太陽が昇るさまを目撃したような気がした。

一体――。その思いはベンとジェシカも同じようだった。全員が呆気に取られる。チャベスだけが一人で笑う。ドラッグでもやっているのか。フットボール部の連中が顔を強張らせて、口々になにかをいった。聞こえなかったが想像はつく。

チャベスが肩のバッグに手を入れた。なにかを取り出した。手には長い筒が握られていた。黒くて茶色い木目が入った部分もある。それがなにかを理解する前に、ベンの頭が砕け散った。同時に身体をゆるがす凄まじい轟音。日常の音がみんな吹き飛ばされる。筒の先から白い煙が吐きだされる。

銃だ！　ベンのいたところは赤い霧が散り、周囲の人間の顔や衣服には赤のスプレー缶が破裂したかのようにたくさんの血がついていた。横のジェシカを見た。赤黒い血と灰色の塊が、そばかすの散った顔に付着していた。それでも彼女はただ佇んでいるだけだった。

カフェテリアにいる全ての人々の身体が一斉に沈む。なにかのマスゲームみたいに巨大な波となってうねる。テレビや映画の世界ではないと火薬の臭いが教えてくれる。

フェルナンドの腕が動く。ポケットに突っこまれていた手には、銀のリヴォルバーが握られていた。笑顔のチャベスとは対照的に、茶色い乱杭歯をむき出しにし、挑みかかるような顔で、背中を向けるフットボール部の連中や女の子らを次々に撃った。フェルナンドの腕が跳ねるたびに、彼らの衣服が弾《はじ》け、身体は床やテーブルに倒れこむ。

「逃げろ！」

ぼくはジェシカに叫んだ。彼女は動かない。耳に届いてはいない。ぼく自身にも聞こえない。彼女は一つだけ残ったボウリングのピンみたいにただ立ち尽くしていた。

「やめ――」

フェルナンドが銃口を彼女に向ける。ありったけの想いをこめて声を張り上げる。なにも変わらない。銃身が跳ね、彼女のノースリーブの生地が弾けた。

目の前が白くなる。視界が戻ると、彼女の姿はもう見えなかった。倒れたのか、机に隠れて見えない。チャベスがショットガンの銃口をあちこちに向ける。膝の力が急に抜け、ぼくは床にへたりこんだ。

ジェット機が過ぎ去ったときのようなひどい耳鳴り。また激しい銃声が轟《とどろ》く。またなにも聞こえなくなる。煙が目にしみる。

撃たれてる。ベンは死んだだろう。死。死だなんて。まさか。あんな簡単に！　ジェシカは……。考える前に強い吐き気に襲われる。食べたものを吐き出す。猫のように身体が勝手にくねる。からっぽになっても胃が収縮を繰り返す。苦しい。内臓さえもこぼれ出そうだ。銃声が続いているのか、空気がびりびりと震えている。聴覚が戻るたびに人間の声とは思えない悲鳴が上がる。食器や鍋が床に落ちて、けたたましい音が鳴る。それからショットガンの野太い発砲音。窓が割れ、ガラスの小さな破片が降りそそぐ。

喉の奥が擦り切れているかのように熱い。ぼくは叫んでいたのか。髪にガラス片がまぎれこんでいたのか、庇《かば》っていた手首が傷ついていた。掌が真っ赤だった。錆《さ》びついた金属の臭いがする。

カフェテリアのなかは白い煙でいっぱいだ。人々の足が見える。一斉に激流となって出口や窓へと向かっていた。床は所々がトマトソースみたいに血で濡れていた。狩られた動物みたいにぐったりと横たわった少女や、反対に機械のように床の上で痙攣《けいれん》している生徒がいる。無数の足が泥水みたいに血を跳ね飛ばす。

ぼくは動けない。筋肉が棒切れみたいに硬直していた。背後で崖崩れみたいな音がした。銃弾を浴びて壁のセメントが剥がれたのだろう。弾が身体を抉《えぐ》らないように膝を抱えて小さくなる。ベンが砕ける瞬間を思い出す。自分が吐き出したどろどろのパンや野菜が鼻に当たる。臭い。ああ。声を上げる。銃声が嫌だった。もう聞きたくはない。誰かがぼくを踏む。ぼくにつまずき、何人かが椅子へとひっくり返る。黒人達が泣きながら机をひっくり返してバリケードを築く。もうなにも見たくない。聞きたくはない。砕け散る人間の姿がまた脳裏をよぎる。あんなふうにはなりたくない！

頬に熱い痛みを感じた。弾がかすったんだ！　やめて。殺さないで。ぼくを抉らないでくれ。いやだ。頬にまた痛みが走り、首がねじれる。

「……く！　……ぞ！」

また頬。痛みが鼻の奥にまでつんと届く。ぼやけていた視界が元に戻る。耳鳴りが徐々に収まる。ロニーがいた。ぼくの頬を叩き続けていたのだ。

「サム！　早く、早く！　逃げるぞ」

ロニーがさらに叩こうとする。ぼくは何度もうなずいて、充分だとアピールする。ロニーはずぶ濡れだった。ミネストローネを被ったのか頭にベーコンと野菜のかけらがついていた。笑えなかった。ぼくはもっとひどいだろう。すっぱい臭いがぷんぷんする。

銃声は散発的になっていた。机の下から周囲を見た。人々の激流はいつのまにか消えている。取り残された。うめき声やすすり泣く声が耳に入る。どこかで水がしたたり落ちる音がする。靄《もや》がかかったように視界が濁っている。フェルナンドとチャベスが叫んでいた。スペイン語だ。意味がわかってしまう――おれ達をナメやがって。この淫売ども。地獄に堕ちやがれ、白と黄色のクソったれどもが。

ぼくは首をそっと伸ばす。二人はなにかを見下ろしていた。一本の腕だけが見えた。救いを求めるように、二人へ伸ばしている。リヴォルバーが跳ねる。轟音と同時に手が沈んだ。意図もせずに歯ががちがちと鳴る。狂気じみた叫び声があちこちから上がる。二人は愉快そうに笑っていた。

彼らの笑い声を初めて耳にした。

チャベス。彼は背中を向けていた。ぼくはその青い背中を見つめることしかできない。どうして——。

「サム、いいか。やつらがどこかを撃ったら走るぞ」

ロニーは幼子に教え諭すかのように人差し指を立てた。ぼくは血や胃液や涙を飲みながらうなずいた。

「でもス、スティーブとユンがいない。あいつらを——」

「窓からもう脱出してる。次はおれ達だ」

彼らの身のこなしに驚く。それからぼくはロニーを見つめる。弟だと見なしていたロニーのたくましさに驚かされる。彼もまたこの国の住人なのだと悟る。それに比べて自分はどうだ。

「ありがとう……ロニー」

「ジャップはすぐ泣くよな。お前んところのは、ゲームも映画もマンガもみんなめそめそしていてカマくせえ。嫌になってくるぜ」

ぼくらは笑おうとした。だができなかった。扉を力一杯叩きつけたような激しい銃声がする。身体が反射的に痙攣する。ロニーの大きな頬が小刻みにゆれる。

「行け！」

ロニーがぼくの背中を押した。足に力が入らない。細い木の枝みたいだ。自分のものだとは思えない。どうにか床を蹴って窓にとりつく。割れた窓から外の新鮮な空気が入ってくる。風景がじかに見える。多くの生徒が門へと駆けていく。ロニーも横にきて窓枠を摑む。ぼくもロニーも、二人のほうへは振り向かなかった。怖ろしかった。気づかないでくれと祈るしかない。

窓枠には鋭くとがったガラス片が残っていた。獣の牙のようだ。きっと腕や足を何針も縫うようなけがをするだろう。ロニーが着ているミスフィッツのTシャツもびりびりに破れてしまうだろう。それでいい。どんなにみっともなくてもいい。神さま、どうかぼくらを！ 揃って身体を窓へと投げだした。

鋭いなにかが通りすぎる。それから銃声。足のあたりに炙った刃で斬られたような痛みを感じた。身体のバランスが崩れ、床へと転がり落ちる。後頭部を床に打ちつけ、視界が一瞬まっ黒になる。

「ロニー！」

彼も同じく吹き飛ばされていた。姿は床にあった。時が止まる。赤い霧が舞っている。その粒は温かい。なまなましい臭いがする。ロニーは動かない。あれほどたくましかったのに。身体は腰のあたりで捻れている。顔は見えない。Tシャツは破れていて、そこから煙が立ち昇っている。ワインのような澄んだ色の血が漏れている。

「は、はは――」

歯の間から息がもれる。ぼくは笑った。後頭部の痛みで視界が歪む。足が熱い。それでもぼくは思う。

もういい、わかったよ、ロニー。こんな悪ふざけはやめにしよう。すごく痛いよ。手のこんだ茶番だな。本当にけがしたじゃないか。でもお前なら許せる。こんなひどい悪戯《いたずら》でも。だから……。

「お願いだ」

やがて泣き声に変わる。口に涙や鼻水が入りこむ。お願いだ。こんなのは耐えられない。顔を手で覆いながらジェシカを想う。どうかぼくを許して。ぼくはずっと悔やんできた。きれいな君を見るたびに胸が苦しくなったんだ。

「やめて。もうこんなのは嫌だ。お願いだ。耐えられないよ」

ぼくは呟いている。自分のものとは思えない。幼い子供の泣き声みたいだ。ガラスの破片を踏みしめる音。黒い軍用ブーツが目の前にある。見上げると黒い穴があった。横にはフェルナンドの微笑み。

もうなにも考えられない。考えたくない。これ以上は。もうぼくは別のなにかになってしまう。太腿の裏のあたりが猛烈にかゆい。股が温かく濡れそぼっている。フェルナンドが片目をつぶって、拳銃を映画スターのように横に構える。彼の目は涙で濡れていた。涙と鼻水を流しながら、唇を横に伸ばして笑っていた。ぼくは暗い穴から光を待ち望む。早く終わらせてほしいとさえ思う。もう知りたくもない。こんな現実はいらない。

チャベスが現れた。フェルナンドの肩を叩く。チャベスはいつもの暗い顔に戻っていた。スペイン語でなにかをいう。フェルナンドは彼を見返した。意外そうな顔をした。そして肩を大きくすくめ、銃口をそらした。黒い死の穴が見えなくなる。フェルナンドは吐き捨てるようになにかをいって背中を向けた。

チャベスはぼくを見下ろしていた。その目つきは冷たく、なんの感情も感じさせなかった。言葉を交わそうと思った。どうして――。彼はさっさと背を向けて、英語でいった。

「ここにはもう用はねえ。早く校長をやろう」

彼らは出口へと駆けていく。サラダや食器を踏みしめながら。カフェテリアから姿を消す。静寂が広がる。うめき声が上がる。笛みたいな音をたてて息をするもの。「痛い」「お母さん」「息ができない」「神さま」二人が向かった廊下から断続的な銃声が反響する。そのたびにカフェテリアは悲鳴と怒号に包まれる。

身体が震える。寒い。崖から堕ちていくような感覚。二人が去っても立ち上がるものはいない。火災報知器のベルが轟く。ついさっきまで、ただランチを食べていただけだというのに。

「ロニー……」

助けなければ。早く、早く。ポケットからハンカチを取り出す。アンモニアの臭いが目にしみる。それは小便でびしょびしょだった。彼は血のなかに浸っていた。ぼくは着ていたシャツを脱ぐ。止血しなきゃ。

「ロニー、早く出よう。救急車が来てるから」

ロニーはサマーキャンプに行くはずだった。冷房とテレビゲームを恋しがりながら、忌々《いまいま》しいほど豊かな緑のなかでライスを炊いたりするはずだった。

ロニーの胸にシャツをあてる。だがあっという間にシャツは血を吸って重くなる。身体をゆさぶる。反応はない。こんなのはだめだ。

「どうしたんだ。早く、早く起きろよ。行こうよ」

ロニーの顔が上を向く。「ひ！」ぼくは飛び退《の》いた。彼の額や頬には黒い穴がいくつも穿《うが》たれていた。右目からは神経の繋《つな》がった目玉が零《こぼ》れていた。床が歪む。壁が歪む。

「ひ！」浅い嗚咽がこみあげてくる。目玉を掌ですくい、眼窩《がんか》におさめようとした。こんなのはだめだ。だめだ！　元通りに。そうすればロニーは生きていてくれる。

「ひ、ひ」地震がした。身体をゆるがすような音と共に建物がゆれた。床を震わせ、ぱらぱらと天井から埃が落ちる。爆弾だ。二人の真意を知る。

チャベスもフェルナンドも、もうこの世に留《とど》まるつもりなどないのだ。

寒い。とても寒い。目玉がおさまってくれない。ロニー。動かない。震えが止まらない。重低音が内臓まで響く。窓枠ががたがたとゆれ、綿埃が雪のように降り落ちる。手が凝固した血で強張《こわば》る。小便の臭いがきつい。目が痛い。掌の目玉が滑る。赤ん坊の泣き声がしている。視界は白くなる。赤ん坊はぼくだ。世界が薄らぐ。ぼくは誰だ。これはなんだ。なにを思っていたんだっけ。みんな真っ白だ。これ。感じなくなる。もうすぐ夏休みがやって来るはずだったのに。

5月30日

東邦新聞　中学生が銃乱射

校舎内で自殺　邦人生徒も重傷

米北西部アイダホ州の中学校で28日午後（日本時間29日未明）、生徒が銃を乱射、生徒や教師12名が死亡、20数名がけがを負った。発砲した2人の生徒も乱射後に自殺したものとみられる。

また米連邦捜査局（FBI）によると、事件があった同校には邦人生徒も在籍しており、発砲によって重傷を負った模様。日本大使館は捜査当局や病院関係者との確認作業に追われている。

事件は同州ボイジーの公立中学校。午後12時、昼食で賑わう食堂に2人の男子生徒が侵入し、生徒や男性教師、警備員らを次々に銃撃、最後に自殺したという。捜査当局は犯行の動機や事件の詳しい状況を調べている。

米国では99年、コロラド州の高校で男子生徒2人が銃を乱射、生徒ら13人を殺害。また05年にもミネソタ州の高校で男子生徒が銃を乱射。多数の死傷者を出す事件が発生している。

北関新報　アイダホ州銃乱射事件　11月8日

邦人生徒、悲しみを胸に帰国

今年5月、米国アイダホ州ボイジーの中学校で銃乱射事件に遭った邦人生徒が7日、成田空港着の日航機で両親とともに帰国した。

邦人生徒は事件当日、同校の食堂で昼食を摂っていたところを同級生の犯人2人に発砲され、足に全治一週間のけがを負っていた。A県に住む邦人生徒の祖父は「まさかこんな形で出迎えることになるとは。ともかく今は温かく見守りたい」と言葉少なに話した。邦人生徒はクラスメイトや親しい友人を亡くし、足のけがが癒えた現在も、体調のすぐれない日々が続いているという。

1

また今日も夢を見た。いつも心を凍《い》てつかせる悲しい夢。

冬は完全に終わった。つい最近まで裸だった木々に赤い蕾《つぼみ》がたくさんついている。目に映る色彩はどんどん豊かになっていく。けれど灰色のフィルターで透かして見ているようで、視界はいつまでもくすんだ感じがしていた。

三橋和樹《みつはしかずき》は登校していた。思わず首をめぐらす。ときどき自分がどこにいるのかわからなくなる。全員が葬式に出向くような黒い制服を着ているせいだろうか。校門前の横断歩道では教師達が生徒らを次々に促している。その前の交差点でも、その前の横断歩道でも彼らの姿があった。生徒らを促していた。小学校も近い場所にあるせいか、児童の父兄と思しき大人もたくさんいる。

和樹は自分にいい聞かせる。ここはもう日本なのだ。

ずっとカジュアルな服ばかり着ていたせいか、このごわごわとした制服には未だに慣れない。これまでのように毎朝あれこれと衣服に悩む必要はなくなった。でもカラーがきつく、自分が何者かに矯正されているような束縛感を感じた。教師や父兄達の目も妙に恐ろしげに映る。

暖房はもう入っていないというのに、教室には窓際のヒーターに寄り添うクラスメイトが何人かいた。挨拶を交わす。でもろくに会話もせずに自分の席についた。夢を見た日の朝は、口を利くのがひどく億劫だった。

朝の練習を終えた男子達が教室に入ってくる。サッカー部の男子達だ。冷えた室内でもTシャツ姿で額に汗を滲ませている。一人が水溜りにはまったのか、靴下に泥水が染みていた。彼は笑いながら脱ぎ、近くの女子に放った。彼女は馬鹿野郎と罵りながらも、おかしそうに逃げる。

羨ましいと和樹は思った。自分だけがひどく歳をとったようだ。まるで冬枯れした木々みたいに。そういう子供っぽいはつらつさとは、もう永遠に縁がないように思えてならなかった。

ベルが鳴る。授業が始まる。和樹はため息をつく。生徒が意見を述べる機会がほとんどなく、長広舌の牧師のお説教よりも退屈で、脳にカビが生えてしまいそうな時間だった。

小さく笑う。

「あ、また」

ようやく凍えた心がほぐれていく。また半藤誠《はんどうまこと》が熱心に英和辞典を引いていた。数学の時間だというのに。

学ぶというよりも、軍隊のトレーニングのように思えるこの時間に、半藤みたいなやつがいるとほっとする。

窓際にいる半藤は授業中にマンガを読んでいた。数学の教科書を立てて、教師の視線をごまかしている。机の上には大きな本が開かれていた。マンガといっても日本のものではない。アメリカンコミックの原書で、フランク・ミラーの『シン・シティ』だった。

和樹もアメリカにいた頃によく読んでいた。暗闇を感じさせるような大人向けのストーリーで、かつての親友がよく貸してくれた。

和樹の視線に気づいたのか、彼はにやりと笑った。この学校に来て初めてできた友達だ。変わりもので学校のカリキュラムにはまるで興味を示さない。でも知識の量はとてつもなく、英語の読み書きもかなりこなせるようだった。

「半藤、お前この問題解いてみろ」

先生がなんの前触れもなく、半藤に黒板の問題を解くように命じた。冷たい目をしていた。ちょうど彼が英和辞典をめくっていたときだから無理もない。あちこちから忍び笑いが起きる。和樹は緊張する。

半藤は目を細めた。黒板に近づき、そのままチョークで一気に書きなぐった。記された数字や記号の形はお世辞にもきれいなものとはいえなかったが、彼は計算式を省かずに方程式を解いていき、XとYの値をきちんとはじきだしていた。先生は苦々しそうにそれを見つめ、半藤に席へと戻るように顎で促した。

「つまんねーの」

後ろのほうで声がした。悪意のこもった口調だった。みんなが彼に向ける視線もどこか冷やかだ。

どこに行っても争いの種はあるものだと思い知らされる瞬間だ。

彼はクラスでも浮いている。でもある理由から、浮いているというよりも、強い敵意が向けられていると最近知った。そのたびに夢を思い出しては胸に痛みを覚える。

昼休み。彼は和樹の席へとやってきた。一枚のDVDを手にしていた。

「三橋君、はい。本日の課題図書ってとこかな」

「ありがとう」

和樹は受け取った。半藤はマンガと同様に映画好きで、相当なコレクターでもある。高校生の友人らと映画制作にも乗り出しているらしい。

ちょくちょく日本映画やアニメのDVDを貸してくれた。アメリカではあまり観る機会のなかったものを含めて。今回は日本のプロレスだ。ストーリーとパフォーマンス重視のアメリカのものより、高度なテクニックで質の高い試合を見せる日本のプロレスを昔から和樹は好んでいた。とくに昔の闘魂三銃士や全日四天王と呼ばれるレスラーの試合と客の盛り上がりは、観ているものを圧倒させる迫力がある。

「君、やるの？」

「え？　プロレスを？」

「違うよ、柔道だよ。誘われたんだろ」

半藤は小さく笑った。彼はきれいな顔だちをしていた。髪はラテン系のような長い巻き毛。睫毛《まつげ》も長い。顎はほっそりとしていて、背丈は低く、制服を着ていなければ女の子と間違われそうだ。普通に過ごしていれば、きっと靴箱にはラブレターが毎日のようにたくさん入っていただろう。

「ああ、そっちなら。うん……でも断ったよ」

「そうか。ここの連中ときたら、運動してりゃなんでも治ると思ってるフシがあるから。まあゆっくりやることだね」

「ありがとう」

和樹は彼が好きだった。周囲に疎まれていても顔色一つ変えない強靭さがある。それに彼はあの事件について訊こうとはしてこない。

和樹は昨日の放課後を思い出す。指導教官室に呼ばれて柔道部に入るように勧められていたのだ。

その部屋は錆びたバーベルや泥だらけのスパイクだのが転がっている雑然とした部屋だった。汗とワセリンの臭いがした。後藤というヤクザみたいな悪相の教師が柔道部の顧問をしていた。そのブルドッグのような表情を崩して彼はいったものだった。

「そろそろやり直してみないか。あっちじゃすごい成績だったらしいじゃないか。いくつも大会優勝してるしな。評判は聞いてる。ロスの道場で黒帯も取ったんだろう。どうだ」

この土地もアメリカと似て随分とスポーツが盛んだった。来年、県では国体と呼ばれる大会を催す予定で、オリンピックほどではないけれど、それなりの盛り上がりを見せていた。隣町にはスケートリンク場と体育館が一緒になった巨大な総合施設が建てられ、学校のすぐ近くにある古い県営陸上競技場も、今はリニューアル工事のために青いビニールシートで覆われている。町の商店街ではよくノボリや横断幕が飾られていて、大会のPRに力を入れていた。

学校のスポーツ教育も充実していて、去年の夏にはさる公立高校の野球部が常連の私立に競り勝って、全国大会である甲子園へ初出場を決めていた。設備やスカウト活動に力を入れている私立に勝利するのは容易なことではないらしい。和樹が通う学校も、県が推し進めるスポーツ教育のモデル校として指定されていた。

和樹はうつむいて答えた。

「いえ、ぼくはもう……やるつもりはありません」

「どうしてだ」

後藤は6フィートを越える和樹の大きな身体を、上から下まで眩しそうに眺め回した。

「期待に添える活躍などできそうにありません。もうトレーニングも長いことしてないし、それに優勝できたのは、ただ選手層が薄かったからで……」

「あのなあ。今は日本でも謙遜なんて流行《はや》らんぞ。それにこっちでも優勝しろっていってるんじゃない。ただお前、柔道好きだろう」

「そんなこと……ありません」

後藤は目を細めた。

「それ、本当にお前の答えなのか?」

「どういうことですか?」

胸のなかで排気ガスが充満しているようだった。気持ち悪い。背中にぞくぞくとした冷気を感じる。

「おれには、お前さんが自分に嘘をついているようにしか思えなくて――」

後藤は言葉を止めて和樹の顔を覗きこんでいた。よほどひどい顔色に変わったのだろう。冷たい汗が背筋を伝っていた。

「悪かったな。戻っていいぞ。それとも保健室に行くか?」

返事ができなかった。きつく口を閉じるしかなく、喉元まで胃液が上ってきていた。和樹は逃げるようにして出口へ向かっていた。

昨日のやりとりを思い出すたびに、また深い自己嫌悪に陥っていた。もう一度柔道をやったとしてもなんになる。一丁前の格闘家ぶって、結局誰一人救えなかったのだから。最近になって、ようやく自分の身に起きた最悪のときを思い返せるようになった。それでもうまくコントロールしないと、記憶のなかに潜む獰猛《どうもう》ななにかに食いちぎられてしまいそうになる。

九ヶ月前の悲劇が彼の人生を一変させた。アイダホ州で起きたスクールシューティング事件。二人のヒスパニック系の生徒による計画的な犯行は、死者数十二名、負傷者二十四名を数え、最悪の学校銃撃事件となった。和樹もまた銃撃によって、足を負傷していた。

一週間の入院で傷は簡単に癒えた。だがそれまで過ごしてきた平穏な時間はついに元には戻らなかった。退院後は一歩も家から出なかった。ただ部屋のなかで泣き叫んで過ごした。

父は涙を流しながら詫びたものだった。「この国に来たのは間違いだった。許してくれ」慟哭《どうこく》の後は無気力な日々があるだけ。半病人のような状態で日本に帰国した。

半藤はいう。

「ぼちぼちやればいいよ。ここに馴染むのだって大変だろ?」

「卒業するまでは、できるだけ大人しくしてるつもりさ」

父はまだあの国にいる。植物学のエキスパートで、じゃがいもを扱う食料品メーカーに勤務していた。いつになるかはわからないが、手がけているプロジェクトを終えれば、すぐに会社を辞めて日本へ戻るつもりだという。

和樹と母が先に戻った。母の実家が近くにある、北関東の地方都市に住み始めた。マスコミからの取材の申しこみが殺到したが、母と親戚らが全て追い返していた。

信頼できる精神科医にも出会えた。日本には銃はない。治安は比べものにならないと根気よく助言し続けてくれた。

「それがいい。でも授業中はまるで白雪姫みたいだったな。今にもイビキが聞こえてきそうだった」

「そこが今一番の悩みだよ」

和樹は軽い口調で答える。半藤には感謝していた。日本語は忘れていなかったものの、あとはなにもわからなかったのだ。自分が異邦人なのだと思い知らされる毎日がしばらく続いていた。膨大な知識を持つ彼からさまざまなものを教わった。流行の音楽やテレビ。プロ野球とサッカーが国内で人気があること。それから政治。黙っていたほうがいいタブー。

それからこの地域についても。

「その悩みならぼくも一緒だよ。ここはおそろしく退屈でつまらない。早く卒業して出て行きたいよ。ここはジョックスと犬しか楽しめない土地だから」

半藤は肩をすくめた。すでに和樹も何度も耳にしたお馴染みのセリフだった。そんなふうに皮肉っぽく語るさまは、かつて失った友人の姿とダブって見える。だからこそこの国での最初の友人になったのかもしれない。

ジョックスか。懐かしささえ感じさせる言葉だった。日本語ならさしずめスポーツ馬鹿といったところか。スポーツが盛んなアメリカで生まれた言葉で、ブレイン《ガリ勉》やギーク《オタク》らが口にする侮蔑語だ。ただスポーツができるだけで大人達から保護され、チヤホヤされ、神にでも選ばれたような特権意識に凝り固まった人間に対して使う。

あいつもフットボール部の連中をそう呼んでは馬鹿にしたものだった。実際、和樹もまたそう呼ばれていた時期もある。柔道をやっていたために、大人達や同級生から一目置かれていた。そして一部の生徒からは蔑まれた。

半藤は途中で言葉を止めた。教室の入口で暗い影のようなものがよぎったような気がした。和樹もそちらに目を奪われた。一人の女子生徒が廊下に立っていた。その格好に思わず息をのむ。

ゴスだ。背中のあたりまで伸びた黒髪。つけ睫毛をし、目の周りに黒いアイシャドウを施している。そのくせ肌は血管が透けて見えそうなくらいに白い。日本にもいるのだと驚く。

ゴスはかつて和樹が住んでいたアメリカの土地でもよく見かけた。黒魔術やオカルトを愛し、マリリン・マンソンやナイン・インチ・ネイルズ、ＫＯЯＮといった親が喜ばないネガティブなロックを聴き、いつもつまらなさそうな顔をして、猟奇犯罪に関する本なんかを読む少女達だ。

　本場アメリカにいる娘らにも負けないくらいに陰鬱そうな雰囲気を彼女は漂わせ、そして半藤を見つめていた。それだけで理解したのか、彼は少し表情を固くさせて廊下へと向かう。

　和樹は訊いた。

「どこに行くの？」

　半藤はじっと和樹を見つめ返した。人差し指を天井に向ける。

「そうだな……君、ちょっと来てみないか」

「え？」

　半藤はそのまま教室を出る。先にゴスの女の子が階段で上へと昇る。二人はその後を追った。三階に至り、右手に折れる。音楽室や美術室といった専門的な教室が並んでいる廊下だ。

　授業時間までまだ間があるせいか、人気《ひとけ》はそれほどない。上履きの音がやけに大きく響く。思わず一緒についてきた和樹は妙な不安に駆られる。

　半藤は端にある茶室の前で立ち止まる。茶道部が放課後に使うだけで、通常は鍵がかけられているはずだったが、ゴスの女子は扉をやすやすと開け放った。半藤も表情を変えずに当たり前のように入ろうとする。室内からは多くの人の気配が漂ってきていた。和樹は半歩後じさった。

「入ってくれないか、三橋君。そこに立ってられるとまずいんだ」

和樹は手招きされ、部屋へと入る。隠れてタバコか酒でもやるつもりなのだろうかと思いながら。

色の褪せた畳の上に十人くらいの生徒が腰を下ろしていた。男ばかりじゃない。女子も何人かいる。八畳間の部屋が狭く思えるくらいにひしめいている。みんな厳しい顔をしていた。

中央には太った男子がイスラム教徒のように額を畳につけながら身体を震わせていた。鼻を何度も啜《すす》り、皺だらけのハンカチで目のあたりを拭っている。ドアに内鍵をかける半藤に小声で訊く。

「これは？　彼らは一体――」

「君は見ているだけでいいよ」

半藤は靴を脱いで、泣いている男の側へと寄った。

改めて和樹は室内を見渡す。ゴスの女の子も部屋の隅に腰を降ろしていた。彼女の周囲だけ、日の光を拒むような暗さが漂っているように思える。

でもそういった翳りを持っているのは彼女だけではなさそうだった。男子達はどこか不健康そうな瘦せ方か太り方をしていて、やけに肌が生白い。母親にでも切ってもらったようなセンスのない髪形の少年。なにかに怯えているかのように背中を小さく丸める少女。どこか内向的な感じのする生徒が多い。少女マンガの美形キャラみたいな半藤は、この場では少し浮いて見える。

半藤が泣いている男子の丸々とした背中を、なぐさめるように優しく叩いていた。

「佐治《さじ》、悪かったな。いてやれなくて、すまなかった。まだ……痛むか」

半藤は訊いた。佐治と呼ばれた男子は大きな頭を半藤の胸にうずめた。嗚咽を漏らす。

「い、痛くなんかないよ、でも、ちくしょう……ちくしょう」

「わかるよ。よく我慢した」

半藤の口調は柔らかだった。意外に思う。彼はマイペースな一匹狼だとばかり思っていた。

「君、持っていたんだろう？」

少年は叱られた幼児のように首をすくめ、それからゆっくりとうなずいた。半藤は佐治の足首に触れる。制服のスラックスの裾をめくった。

反射的に和樹は後ろへ下がる。背中がドアにぶつかる。少年の靴下にはカッターナイフが入っていた。半藤はそれを無造作に引き抜き、カチカチと音を鳴らして刃を出す。荒縄やボール紙をも相手にできそうな分厚い刃を、彼は涼しい目で見つめていた。

「お、おれ……また、なんにもできなかった。あ、あいつらにまた、やられたのに、だめだった。カッターも出せなかった。今度こそ、絶対に、絶対に！　おれ……もう嫌だっていったのに」

佐治と呼ばれたその少年は、何度もしゃっくりをしながら答えた。

「君はこんなもの振り回す必要はないよ。何回もいっただろう？　あんな連中を刺して、わざわざ人生を棒に振る必要はないんだ」

「あのゴリラども……また……おれを」

佐治は目と鼻を袖で拭い続けていた。黒い制服はいたるところが灰色に変色していた。上履きで蹴られてついた埃だった。

「ちくしょう、絶対に……殺してやる。ちくしょう、あの馬鹿ども、殺してやる。ちくしょう……」

和樹は何マイルも走らされたような疲労感を覚えずにいられなかった。

覚悟はできているつもりだった。どこに行っても衝突や諍《いさか》いはある。わかっていても、和樹はこの学校が気に入っていた。帰国しても心のなかにあるのは不安だけだった。父が日本から取り寄せる雑誌の多くは、学校教育が、今にも崩壊寸前のように伝えていたのだから。教師は生徒にセクハラをし、登校を拒否する生徒は数え切れず、ときには生徒同士が野生動物のようにぶつかりあい、そして道徳観念のない女子生徒が平気で売春婦のまねをする。それはまんざら嘘でもないのかもしれない。

ここ最近は未成年の凶悪犯罪が頻繁に起きているらしい。アメリカのように本物の銃が振り回されることはなくとも、改造を施したエアガンなどによる発砲事件がさかんに報道され、そのたびに排気ガスをたっぷり吸ったような不快感に襲われていた。

和樹は窓から外を見下ろす。グラウンドでは、キャッチボールやサッカーを愉しむ多くの生徒の姿があった。ここは正反対に、今にも弾んだ声が聞こえてきそうだった。

ここでの学校生活も、もう一ヶ月が経とうとしている。ここはそれほど荒廃した様子はない。多くの生徒はまっすぐに育っているように見えた。礼儀正しい上下関係があり、部活動を介して強い繋がりを築いていた。協調性があった。結束力があった。

そうした子供らを大人は放っておきはしない。日曜日になるとグラウンドや体育館には大勢の父兄らが集まって賑わっている。そうして育った生徒には、きっと輝かしい未来が待っているような気がした。教師や大人達の愛に包まれている彼らには、そう思わせるだけの華やかさがある。

だから和樹は知っていた。光が明るければ明るいほど、その周りにできる影は濃いものになると。後ろ手で扉の鍵をそっと外す。部屋から出て行きたかった。

半藤はその影の中心に位置する生徒で、スポーツ系の生徒とは対立していた。

「とにかく逃げるんだ。まともに相手なんかする必要はない」

「いつも……なんで偉そうで、あいつら、でかい面して」

二人のやりとりを見ていても、和樹の心は冷めていくばかりだった。虐《いじ》めか。心が痛むけれど、見知らぬ生徒に肩入れできるほど、和樹の心に余裕があるわけでもなかった。

「でも……どうするんだよ」

一人の男子生徒が、半藤を盗み見た。黒い髪を七三にぺったりとわけ、しきりにそれを指で撫でていた。その神経質な仕草と格好のせいでなんとなくかつてドイツに君臨した独裁者のように見える。ミリタリーマニアなのか、胸に赤い米軍海兵隊のバッジをつけていた。隣にいるカマキリみたいに大きなメガネをかけた少年も同意するように大きくうなずいた。

半藤は無表情になって答えた。

「もうすぐさ」

「い、いつもそうやって、なにもやらないじゃないか。いつまであのゴリラどもにでかい面させておくんだよ」

「待てないというのなら、君がやるといい。こいつを貸してあげるからさ」

半藤はカッターを向ける。カマキリメガネの男子に柄《え》を握らせようとする。

「高木《たかぎ》とは友達だったろう？　敵討ちだと思えばいいよ」

七三わけの男子が短い悲鳴を上げて腰を浮かせた。半藤は冷やかな口調でいった。

「なにもしないのなら黙ってなよ」

高木という生徒は和樹も知っていた。一度も会ってはいない。これからも会わないだろうと思う。その男子ならすでに転校していた。

規模はまるで違うが、平穏と思われたこの学校でもちょっとした騒ぎが起きていた。和樹が転校してくる一ヶ月前だ。サッカー部の生徒らに目をつけられていた高木という生徒が逆上し、カッターを振るったのだ。運動が苦手で、もっぱら自衛隊や米軍の航空機や戦艦を撮るのを趣味とした大人しい生徒だったらしい。蹴ったり小突いたりと日に日に増長していく部員らの虐めに耐え切れず、感情を爆発させてしまったのだという。何人かの生徒が腕や肩に軽い傷を負ったが、新聞沙汰にはならなかった。高木には停学処分が下され、サッカー部員達も教師や父兄にこってり油を絞られたらしい。高木は停学が解けても登校してはこなかった。別の学校に転校していたのだ。

「ま、誠。それでこ、こ、こいつなんなの？」

ゴス少女が和樹を睨みつけていた。吃音《きつおん》らしく、カ行の言葉に何度もつかえながら半藤に訊く。

全員の視線が和樹に集まる。その視線にはよそものを見るような敵意がこもっていた。かなり痩せてしまったが、今でも和樹の胸や首には格闘家のような筋肉がついている。

「客だよ。招待されても、嬉しくはないだろうけど」

「そんなことは……」

いいよどむ。図星だ。どうしてこんな場所まで連れてきたのか、不思議にさえ思う。一緒にスポーツ系の生徒を憎めとでもいうのだろうか。

「ちょっとトイレに行ってくる」

半藤とは友達のままでいたかった。だからなおさらこの部屋にいるのは耐えられない。

扉の鍵を外し、ドアノブに手を伸ばした。

だがその前に扉が勢いよく開かれ、ショートカットの女子生徒が姿を現した。顔がぶつかりそうなくらいの距離だ。お互いに身をそらせて驚きあった。

和樹より少し目の位置が低いが、かなり背の高い女の子だ。ぱっちりとした目と高い鼻。意思の強さを感じさせる削げた頬と日に焼けた肌が、はつらつとした印象を与えていた。

彼女は気を取り直したように顎を引いて、和樹を押しのけた。

彼女の指先には人間の耳があった。背の低い男子生徒が後に続く。顔が痛々しそうに歪んでいた。赤く変色するくらいに強く彼女が耳を引っ張っていた。

「いて、いてえっつってんだろ、真壁《まかべ》！」

声を荒げるものの、引っ張られている男子の目にはうっすらと涙が溜まっていた。

「おい、やめとけよ」「いい加減にしろ」

外の廊下には何人もの男子生徒が困ったような顔をして集まっていた。クラスメイトの寺西《てらにし》の姿もそこにはある。今朝、靴下を脱いではしゃいでいたサッカー部のキャプテンだ。

彼女はそれらの声を全て封じるように、勢いよく扉を閉めて内鍵をかけた。

その荒々しい動作に全員が浮き足立つ。

「なんの用だい」

半藤は目を細めた。

「あんたなんかに用はないわ。黙ってて」

女子は摑んでいた耳を下に引っ張った。男子の身体をくの字に折る。

真壁新菜《にいな》だ。その少女なら転校間もない和樹でも知っている。この地域で知らぬものはいない有名人だ。屈指の実力を誇る女子バスケ部のキャプテン。私立高校からスカウト話がいくつも来ていると噂される凄腕の選手だった。

「わかった。わかったから、や、やめろって……いて、いてえ」

男子が憐れみを乞うように喘ぐ。佐治が怯えたように後じさった。部屋中の生徒らが上目で新菜らを憎々しげに見つめていた。

「中屋《なかや》、それでどうすんだっけ？」

新菜は引っ張っている男に訊いた。

「悪かった。悪かったよ。すまなかった。これでいいんだろう？」

中屋は不貞腐《ふてくさ》れたようにいった。どうやら謝罪をしにきたらしい。彼とその仲間らが佐治を痛めつけたのだろう。ジョックスという言葉が浮かぶ。背丈はないが、丸坊主頭で胸板がやけに厚く、尻がやたらと大きいために制服のズボンが窮屈そうだった。

「なにそれ。ここまで来たんだから、ちゃんと謝りなさいよ」

新菜は呆れたようにいう。姉御肌で、女子生徒から圧倒的な人気を得ていたが、恐ろしく気の強い性格だという評判だった。

中屋は片頬を歪ませた。そんな馬鹿なまねできるかよ。顔にそう書いてあった。

いきなり吃音のゴス少女が動く。小さいが鋭そうなハサミをポケットから取り出す。その刃を中屋の股間にぴたりと当てた。

舌を巻くほど素早い動作だ。

「イラつかせやがって。き、金玉、き、き、切り落としてやろうか」

中屋が短い悲鳴を漏らして身体を硬直させた。

「中屋、茶番はいいよ。時間の無駄だ」

憎しみが漂うなかで半藤だけは平静だった。ハサミの先で股間のファスナーを突つかれる。中屋はへっぴり腰になった。

「おれは腹を軽く小突いただけだよ。ただ少しふざけただけ――」

「佐治の制服、埃だらけだよ」

中屋の大きな喉仏が動いた。もはやにやけた笑みはない。ゴス少女から怒気が溢れる。

中屋の目尻に涙が浮かぶ。部屋の人間がいびつに笑う。七三わけ頭の少年が甲高い声で笑った。どこか狂気を孕《はら》んだ嫌な声だった。

「よして、エリカ。暴力振るったら、こいつと同じじゃない」

新菜はゴス少女にいった。エリカは呆れたように鼻で笑う。中屋の耳はミスター・スポックのように伸びきったままだ。

「お、お前がいうなよな」

「エリカ、しまおう。そのとおりだ。ぼくらはこんな野蛮な連中とは違う」

半藤が静かに命じる。エリカはハサミをしまった。好戦的な表情が一転して、寂しそうな表情に変わった。逆に新菜の頬が紅くなっていく。

「中屋、早く謝ってよ。こんな場所、一秒だっていたくないんだから」

新菜は半藤とエリカを冷たく見下ろした。エリカは視線だけで人が殺せそうなくらいに強く新菜を睨みつけていた。

火花が散る。話す言語も、肌の色も同じだというのに、まるで異なる人種のようにさえ見える。

早く。ここはお前のいる場所ではない。和樹は自分の声を聞く。足が動かない。中屋が股のあたりをさすりながら唸る。

「わかった、わかったよ。蹴ったよ、何発も。技もかけた。締めたり、コブラツイストとか……でもそんなのおれだけじゃねえ」

「とにかく、佐治に暴力を振るったんだね？」

半藤が裁判官のように淡々といった。中屋は沈黙した。媚びるような目だけを向けていた。

「何度もいわせるなよ」

半藤の口調が変わった。静かだが、恐ろしく冷ややかな声だった。

「わ、わかった。そうだよ。認めるよ」

「それにはなにか理由があったのか？　侮辱されたり、盗まれたり」

「そんなの……そんなの、あるわけねえよ」

「理由もないのか」

「ええと、それは。だから」

「それで、どうしたらいいと思う？」

「え？」

「こういうとき、なにをすべきだと思う？」

中屋は救いを求めるように新菜を見上げる。彼女の厳しい視線が返ってきて、おどおどとする。彼らが蔑むギーク達の仕草によく似ていた。

「あの……おれ」

「ぼくにじゃない。あいつにいうんだ」

半藤が佐治を指さした。中屋は初めて指摘されたように背筋を伸ばす。

「おれ……」

同時に扉がかちゃかちゃと鳴った。鍵が差しこまれていた。

全員の目が扉に向く。部屋の空気が震えるほど大きく開け放たれ、ジャージ姿の教師と何人もの男子生徒が飛びこんできた。

「なにやってんだ、お前ら！」

教師が部屋に響くような大声を張り上げた。

男子生徒らが上履きのまま畳を踏みしめる。どれも体格がいい。まるで敵の組織に乗りこむヤクザのような険しい顔つきをしていた。

「ここは施錠されてるはずだろう！　お前ら、ここにどうやって入ったんだ！　ここでなにをしてる！」

口に拡声器でもついているかのような馬鹿でかい声が鼓膜を震わせる。

立場が逆転した。部屋にいた生徒達が首を縮める。正座に座り直す。ただ半藤とエリカだけは動じる様子を見せなかった。

「でも先生、これは違うんです！」

新菜が負けじと叫んだ。昼休みの終わりを告げる予鈴が鳴る。

「こいつら、中屋を監禁しようとしてたんですよ」

寺西が封じるようにいった。教師はすでに自分達の味方だといわんばかりだ。お洒落《しゃれ》のつもりなのか、みんな眉を女の子のように細くカットしている。教師は右に左にせわしく目を動かしていた。中屋が教師に駆けよる。勢いよくいった。

「そいつら、刃物持ってます。おれ、突きつけられた！」

「こ、こ、この野郎……」

エリカが低い声でうめく。

教師の顔には戸惑いが浮かんでいた。険しい視線を半藤が持つカッターに向けていたが、隅で顔をくしゃくしゃにして泣いている佐治の姿を見つけ、判断に苦しんでいる。新菜やスポーツ部の連中が四方から言葉を浴びせる。

教師は頬を紅くさせながら半藤の前に近づいた。

「とにかく、それを渡しなさい。話はあとで聞こう」

「ぼくのじゃありませんよ。道に落ちていたんです」

半藤はいけしゃあしゃあといった。

「こいつだけじゃない――」

中屋がエリカを指さしたが、途中で言葉を止めた。エリカの怒気に満ちた視線に気圧されていた。

どうして彼がこの場所に連れてきたのかがようやくわかった。この学校の仕組みを和樹に教えてやろうとしたのだろう。悪意はきっとなかったと思う。

半藤は和樹のほうを見た。平然とした態度を取っていたが、瞳に戸惑いの色が浮かんでいた。こんなややこしい事態になるとは思ってもみなかった。そういいたげだ。

わかっている。感謝すべきかもしれない。

でも今はともかくこの張りつめた空気から逃れたい。怒声も嘆きも耳にしたくはない。

「ごめん……ぼくは」

胃が収縮する。和樹は昼食を畳の上に吐いた。

4月21日（奈良県）

西日新聞　またエアガンか？
車のガラス粉々

20日午後8時10分ごろ、奈良県B市C町2の県道で、走行中の同市の主婦（34）が運転する軽自動車の後部ガラスが突然、「バン」という音とともに割れた。助手席には長女（10）が同乗していたが、2人ともけがはなかった。車内の後部座席に鉄製の金属球（直径約0・8センチ）1個が落ちており、県警B署は、エアガンのようなもので撃たれた可能性もあるとみて、器物損壊容疑で捜査している。

現場は片側二車線で、目撃者によるとガラスが割れた直後、黒色の乗用車が走行車線を猛スピードで走り去っており、同署が事件との関連を調べている。

京阪新聞　エアガン　　　　　　　　4月23日（大阪府）

中学生撃たれる　自動車から二回

大阪府D町内で今月初旬から中旬までに2度にわたって、中学生が走行中の自動車内からエアガンで撃たれる事件が起きていたことが22日、わかった。D署では傷害未遂や軽犯罪法違反などの容疑で捜査している。

D町教育委員会によると、今月3日午後7時ごろ、同町Eの農道で、下校途中の女子中学生2人が、銀色のセダン車とすれ違った際に助手席の窓からエアガンで数発撃たれた。生徒1人の腕に2発当たったが、けがはなかった。車には20代とみられる男が2人乗っており、発砲後に猛スピードで走り去ったという。

もう一件は、今月12日午後6時30分ごろ、同町Fの県道で起きた。帰宅途中の男子中学生が、後方から来た白い色のワンボックス車の助手席の窓から数発撃たれた。生徒には当たらなかった。車内には20代とみられる男女が3人ほど乗っており、一件目と同様に発砲後に走り去ったという。同町では小中学校や保育園の関係者をはじめ、保護者にも警戒を呼びかけている。

2

とんでもないところにやって来てしまった。

そう思いながら和樹は待ち続けていた。教室にはもう誰もいない。

放課後。半藤が職員室に呼ばれてもう二時間以上にもなる。隣の組にいるエリカというゴス少女も同様に呼び出されていた。

夕陽が室内を赤く照らす。時折、何人かの生徒らが廊下をよぎる。そのたびに、ただ一人残っている彼を不審そうに見つめていた。気になったが、だからといって読書をする気にも、音楽を聴く気にもなれない。携帯電話は持っていたがメールのやり方がわからなかったし、送る相手も特にいない。

もう帰ろう。立ち上がっては椅子に座りなおす。こうして待ち続けていても仕方がないとも思う。半藤なら何時間と説教されても屁とも思わないだろう。それに母親でも学校に呼ばれていたりしたら、余計に和樹の顔など見たがらないはずだ。

彼の母親には一度だけ会った。半藤の家は造り酒屋で、母親は経理を担っているらしく、家の隣にある事務所にいつもいるらしい。大らかでよく笑う人だった。息子が生徒をカッターで脅したと告げられたらどんな顔をするだろう。

カッターは佐治のものだ。でも半藤は道に落ちていたものだと主張し続けていた。部屋から内鍵をかけて大勢で詰問していたのだ。リンチや虐待の現場と思われても仕方ないかもしれない。

この学校、ピリピリしてる。

転校してすぐに感じた空気だった。

事件についてはこぼれ話がある。カッターを振るった高木という生徒の心はほとんど壊れていたらしい。現場に駆けつけた教師らに取り押さえられても、もうなんの反応も示さなかったという。

加害者でもあるはずのサッカー部の父兄達に詰め寄られ、逆に怒りを募らせた高木の両親は新聞社に全てを打ち明けようとした。その動きを知って、慌てて多くの人間が高木家を訪れていた。校長、ＰＴＡ会長、市の教育委員長、それから国体の運営を手がけている県議会議員。どんなやりとりがなされたのかはわからない。

その後、高木の父親は黙って息子の住民票をよそへと移した。彼は地元の冠婚葬祭会社に勤めていた。訪れた議員は地元の建設会社のオーナーで、国体用のスポーツ施設の建設に携わっていた。建築現場への仕出し弁当をその冠婚葬祭会社に発注していたため、有力な取引先でもある議員に恫喝されたのだと誰もが噂していた。

また立ち上がっては椅子に座りなおす。

半藤を恨む気にはなれない。むしろ今は感謝している。できるだけ現実を知るべきだった。いくら銃がないとはいっても、治安がいいとはいっても、楽園であるといえるはずもない。

「もうすぐさ」

半藤はあの場でいった。

なにがもうすぐなんだろう。

和樹はとっさにアメリカで起きた別の学校銃撃事件の犯人が頭に浮かんだ。九九年、コロラド州リトルトンで十三人の命を奪い、自殺した二人——ハリスとクレボールドもギークと呼ばれた生徒達だった。トレンチコートマフィアというグループを作り、体育会系への憎悪を募らせていった。なぜか彼らと半藤がダブって見えてしまう。

帰ろう。本当に帰ろう。足元から寒さが忍び寄る。悲しくなってくる。半藤やエリカが戻ってくる気配はない。戻ってきたとしても、どう迎えていいかもわからない。叱られ、プライドを傷つけられ、肉親さえも呼び出されかねない。ただ二人に下される処罰がなるべく軽いもので済むようにと祈るしかなかった。

和樹は立ち上がる。鞄を背負って出口へ向かう。

廊下から複数の足音が聞こえた。半藤とエリカか。和樹は緊張する。隠れようと勝手に足がヴェランダへと向く。遅かった。教室の扉が開いた。

現れたのは半藤ではなく、背の高いショートカットの女の子だった。真壁新菜だ。練習中に抜け出してきたのか、まだ肌寒さを感じさせる校舎のなかで彼女はTシャツ姿だ。肩にはスポーツタオルをかけている。うっすらと額に汗を滲ませながら、後ろに同じ部員と思しきジャージ姿の女子を二人従えていた。

彼女は昼間と同じくスタープレイヤーらしい力強さを醸し出していた。従者を従えた女王のようにさえ見える。

「あいつ戻ってないの？」

「うん。まだだよ」

「自業自得ね。刃物なんか持って。馬鹿みたい」

新菜は椅子を引き寄せて座った。背後の二人は立ったままだ。

「半藤は違うよ」

「へえ、あんたもあいつらの仲間になったの？」

新菜の目が鋭くなる。クラスは違うが、彼女は和樹の存在を知っているようだった。

「ぼくだって今日まで知らなかった。あんなことが起きてるなんて。半藤とは友達だけど」

「ふうん」

「それに、あのカッターだって――」

和樹は慌てて口をつぐみ、言葉を半ばで止めた。新菜は肩をすくめる。

「ええと、どこから話せばいい？　あたしは真壁新菜。この学校の女子バスケで――」

「知ってるよ。キャプテンで、スリーポイントの名手だろ？」

「そう。それなら話が早いわね。つまりあいつらとは敵。でもだからって、誰かに告げ口するつもりはないわ。この二人もね」

新菜が二人に親指を向けた。彼女らは重々しくうなずく。

「敵って、どういうことなんだい？」

「え？」

新菜は不思議なものを見るようなきょとんとした顔になった。小さな子供に、「どうして牛乳は白いの？」とか「なんで太陽は眩しいの？」と、ごく当たり前のことを尋ねられて当惑する大人みたいだった。

彼女は小さくため息をついた。

「敵というのは大げさかもしれないけど、小さいときから、あの連中とはロクに口も利いたこともないから」

「小さいときって小学校の頃から？」

「もっと前かも」

「……とにかく昨日今日の問題じゃないってことだね」

「まあね。あんたは、ここに来て間もないから、とんでもないことみたいに見えるかもしれないけど。この土地は少し変わってるから」

「そうだね。モトヤマもいたことだし」

和樹が口にすると、従者の二人が嫌悪で顔を歪めた。

新菜も誰もいないとわかっているはずなのに周囲に目をやった。それほどタブーな存在なのかもしれない。和樹が奇異な目で三人を見たせいか、新菜はわずかに頬を紅潮させて頭を掻いた。

「あたしの悪い癖ね。余計なことまでべらべら喋っちゃう。あんたはこんなことまで知る必要はないわ。気分が悪くなるだけだもん」

「いや、教えてほしい。できるだけ多くのことを知っておきたいんだ」

和樹は真顔で答えた。女王然としていて威圧的な雰囲気もなくはない。でも、どうやら嘘がつけない性格らしい。彼女に好感を抱きつつあった。

本山通《もとやまとおる》は日本で有名な犯罪者の一人だ。最近になって最高裁で死刑判決が下り、ニュースを賑わせている。あと数年もすれば、彼の死刑執行の報も伝わるかもしれない。和樹も雑誌やネットでその存在を知ってはいた。

隣町出身の本山はこの町を中心に女児を五人も誘拐。殺害しては自宅の庭に死体を隠していた。定職を持たずに日中はずっと部屋に閉じこもり、殺した女児をビデオカメラで撮影しては悦に入るというサイコキラーだった。

当時の週刊誌などでは、よくホラーやアニメのビデオがうずたかく積まれた部屋の写真が掲載されていた。マスコミはこぞって理解不能のオタク殺人鬼として取り上げ、長い間、日本の新しい闇として君臨してきた。事件当時は残虐なホラービデオが棚から消え、アニメやマンガもかなり規制を受けたらしい。当時のオタク達はひどい弾圧だったと回想している。実際どれほどのものだったのかは和樹にはわからない。しかしまさか十数年も経ってから、その影響の大きさを実感する日が来るとは思わなかった。

新菜は首をゆっくりと振った。

「半藤は頭がいいわ。すごくね。それは認める。でもこんなのは自業自得よ。こんな土地で、子供の頃からホラー映画なんか見まくって、血だらけの残虐なゲームだのやってれば、変な目で見られてもおかしくないもの。それだけじゃない。大人が嫌がることを、とにかくあいつは自分から率先してやり続けたのよ。だからずっとモトヤマ二世だの、モトヤマの生まれ変わりだとかいわれ続けてたの」

「やっぱり、そういうことだったのか」

　和樹はうなずいた。優しい感性と天才的な頭脳を持っているわりには、学校ではすっかり孤立している。その謎が少し解明されたような気がした。

「でも今にして思えば、頭がいいってのもあたしの勘違いだったのかも。あいつまで、あんな凶器を持つようになるなんて」

「違う。カッターなら、あの泣いていたやつのものだ。半藤は逆で、取り上げたんだよ。持つべきじゃないって」

　新菜は強い眼ざしで和樹の顔を直視した。

「なんで、それ先生にいわないの？」

「いうわけないじゃないか。半藤はかばってるんだ。友達を」

　新菜は苦い薬を含んだように渋い顔をした。ひどくおもしろくなさそうに見える。和樹が訊き返した。

「君も半藤を待ってるのかい？」

「まあね。でもいいわ。あんた伝えておいてよ」

「え？」

「ついさっき、もう一度中屋にきちんと土下座させたわ。本当かどうかは、あのカッター好きの泣き虫に訊けばわかる。ちゃんと額が床につくくらいに謝らせたから覚えてるとは思うけど。これでもうこの件はおしまいだって」

「……本当にそんな馬鹿なことをさせたのか？」

「冗談よ」

新菜は鼻で笑った。背後の女子も同じように笑みを漏らした。後ろにいる二人はどちらもニキビの数が多くて、瞼が厚く、女子にしては迫力のある顔つきをしていた。まるで要人を護るボディーガードのようだ。新菜は首筋のあたりを苛立たしそうに掻いた。

「あたしだって醜い虐《いじ》めなんて目にしたくないの。たとえ相手が気に食わないやつだろうとね。中屋みたいな馬鹿を見てるとうんざりするわ。ちょっとくらいサッカーができたくらいで、ちやほやする大人達も嫌い。全然懲りてないし、特別扱いされてるのは本当だもの。あんなのと同類と思われるのが死んでも嫌なだけよ」

和樹は寺西や中屋の顔を思い出していた。新菜が率いるバスケ部と同様に、彼らの属するサッカー部も全国大会出場を期待されている花形だった。

和樹は頭を下げた。

「ありがとう」

「なんであんたが礼をいうの？」

「自分でもわからない」

新菜は軽く鼻で笑いながら席を立った。

「ふうん。それなら今度は本当に伝えておいて。だからといって馬鹿な考えは持たないほうがいいって」

「ちょっと待って」

和樹もとっさに立ち上がる。背後にいた二人の女子が素早く割って入る。彼は尋ねる。

「半藤は、彼はなにをしようとしてるんだ」

「さあね。わからないから、警告しにきたんだけど」

新菜はそっけなく答えた。初めて視線をそらしていた。本当に嘘をつくのが下手な娘《こ》だ。

「教えてほしい。大昔の事件なんかじゃない。今、この学校でなにが起きてるんだ」

今にして思えば腑に落ちないところがいくつもある。スポーツ系の生徒が抱く感情はただの侮蔑や憎悪だけではなかった。サッカー部の連中、それに教師の目に浮かんでいたのは怯えや恐怖だった。半藤やゴス少女だけじゃない。部屋にいた全員を、どこか恐ろしい魔物でも見るような……。

ボディーガードの女子らが怖い顔で見上げる。構わなかった。押しのけるようにしてさらに彼女へと近づく。

新菜が見つめ返す。悲しみと憐れみがその大きな瞳に浮かんでいた。反射的に悟る。彼女も和樹の身に起きた銃撃事件を知っているのだ。

「あんたは……関わらないほうがいい。せいぜい馬鹿なまねをさせないように半藤を見張っておくことね」

彼女はそれきり背を向けた。拍子抜けしたように二人が後を追う。彼女もまた優しい人間なのだと彼は感じる。

日本に来てからも多くの人間が和樹を憐れんだ。そして事件について語り、犯人をなじった。そうすれば和樹が喜ぶと思ったのだろう。半藤や新菜からはそうした傲慢さがまるで感じられなかった。

だからこそ。和樹は追いすがる。

「半藤と話してみればいいじゃないか。誤解してると思うんだ」

「それは無理。あたしも死ぬほどあいつらが嫌いなの」

新菜は和樹の言葉を打ち消すように答えた。振り向いた彼女の表情は暗く、鼻白むほどの強烈な怒気が身体から溢れていた。

それは蔑みや侮《あなど》りなどではない。純粋な敵意だった。

新菜らが遠ざかっていく。もっと話をしたい。できなかった。これ以上知るべきではないという彼自身の声に止められる。

和樹は立ち尽くしていた。急に教室の闇が濃くなる。あと十分もすれば街灯が点る。運動部のかけ声と金属バットがボールを打つ音がした。

階段まで歩んで下を覗いた。半藤らが昇ってくる気配はやはりまだなかった。

3

和樹はアーケード街を歩いていた。

夕刻は若者達でいっぱいになる。歩道やファストフード店は制服を着た中高生らでごった返している。会話やメールを打つのに誰もが忙しそうだった。

ヒップホップ系の服屋の前には、キャップを斜めに被ってギャングを気取る少年らがたむろしている。パチンコ屋から安っぽいユーロビートが轟音となって耳に響いてくる。

和樹は一軒のゲームセンターに入った。補導員や見回りの教師がいないのを確かめながら。

店の奥にはビデオゲームの一角があった。足を踏み入れるたびに懐かしい気分になる。アメリカに渡る前に、近所の年上の子供らに、この手のゲームセンターに連れて行ってもらった覚えがある。あの国では、こうした業務用のゲーム機は、ショッピングモールやボウリング場に申し訳程度に置いてあるだけだった。ずらりと揃ったゲーム機を見て、初めて日本に戻ってきたのだという実感が湧いたほどだ。

そしてあいつもそんな日本に憧れていた。

その一角にはちょっとした人だかりができていた。3Dの格闘ゲームが置かれているあたりだ。人垣の隙間に目をやる。その中心でゲームをプレイしているのはやはり半藤だった。和樹は近づきながら、膝を曲げて隠れる。そうして人垣に紛れながら半藤の後ろ姿を見続けていた。

茶室での一件から、数日が経過していた。和樹は半藤と距離を置いていた。休み時間も話しかけなかった。話しかけられなかった。

半藤とともにいれば争いに巻きこまれるかもしれない。そんな想いが和樹の心を縛《いまし》めていた。半藤も、そんな和樹の心境を知ってか知らずか話しかけてはこなかった。去るものは追わない主義なのだろう。相変わらず孤独を愉しんでいるようだった。彼と距離を置く。そんなのも耐えられなかった。

和樹もまた孤独だった。クラスメイトはみんな和樹に親切だった。親しげに声をかけ、笑顔を向けてきた。そして何日もしないうちに、あたりを見回してからこっそりと訊いてくる。

「足の具合はどう?」「銃は撃ったことあるの?」「犯人はどんなやつ?」興味があるのは和樹ではなく、むしろあの事件のように思えてしまう。そのたびにひどい自己嫌悪に陥った。全員が薄ぎたないやじ馬根性の持ち主に見えてしまうときも少なくはない。どれだけ親切にされても、いつ切り出してくるのかと疑い、警戒するうちに、話しかけるものは誰もいなくなっていた。コミュニケーションの取り方がわからなくなった。

半藤が動かしている鉢巻を締めた日本人キャラが、強烈な回し蹴りを決めた。画面隅には「17WINS」と出ている。対戦プレイで相当勝ち抜いているようだった。対面に新たなプレイヤーが座る。意気込んでレバーを握る対戦相手の青年とは逆に、半藤はひどく退屈そうだった。モニターを見る目に力はなく、愉しむというよりもなにかのノルマをこなしているようにさえ見える。ただそれでも半藤のレバー捌《さば》きは巧みだった。残虐とも思えるような連続技を叩きこんで、あっさりと一本を先取する。

出し抜けに半藤が振り向く。まるで和樹がそこにいるのを知っているかのようだった。反射的に和樹はさらに身を縮めた。視線が合う。半藤に手招きをされ、人垣をわけながら近づいた。

「やってみるかい？」

わだかまりなどまったくなかったように、のんびりと半藤はいった。

「いや、ぼくはいいよ」

昔はよくゲームもやった。今は心が落ち着かなくなる。

半藤が相手のパンチをかわし、難易度の高い必殺の投げ技を決めた。対戦相手のボタンを押す音が荒くなる。怒気のようなものを感じて、和樹は身を縮める。半藤は呟く。

「どうも、うまくいかないな」

「一方的じゃないか」

「ああ」半藤は乾いた笑い声を上げた。「技術じゃないよ。心の話さ。昔はもっとスカッとしたはずなんだけどね」

　半藤が止《とど》めを刺す。彼のキャラが勝利のポーズを決める。それを見つめる彼の顔はひどく冷めていた。対戦相手の青年は怒りを噛み殺した表情で立ち去る。次の対戦相手はもう名乗り出てはこなかった。半藤はコンピューターを相手に闘い始める。さらにやる気をなくしたのか、パンチの連打を不用意にもらう。

「この間は悪かったね。あんなふうになるなんて思ってなかった」

「いや……いいよ。そんなのは」

「まさか真壁がしゃしゃり出てくるなんて。まったく、あのでしゃばり女」

半藤が大技の体当たりを決める。凄まじい炸裂音とともに相手が吹き飛ぶ。和樹は口内に渇きを感じた。

「君も、やっぱり真壁が嫌いなの?」

半藤は不思議そうな顔をした。それからにやりと片頬を歪ませる。「君も? そうか。真壁になにか吹きこまれたんだね。ぼくの悪口だろう。話は聞いてるよ。あいつら、君を取り囲んだらしいね」

「取り囲むだなんて。危ないことはなにもなかったよ」

「可哀想に。すっかり怯えきってる。女子バスケどもときたら、みんなあの女ヤオ・ミンに心酔しているからね。あいつのためなら拉致もリンチも平気でやるだろうし」

ヤオ・ミンはNBAで活躍した身長7フィート超の中国系の巨人だった。

「いろいろあるみたいだね、彼女らとも」

「あるね。あいつはぼくを嫌っていて、ぼくはといえば、あいつらをどうやって地獄に叩き落としてやろうか、そんなことを毎日考えてる」

半藤がさらりと答える。あまりに屈託がないため、とりつくシマさえ見つからない。半藤は完全にやる気を失っていた。グロッキー寸前のキャラを見放して彼は席を立った。

「少し休憩させてもらうよ」

販売機で彼はお茶を二つ買った。一つを和樹に差し出す。日本ではまったく甘みのない飲み物が売られているのだから驚きだ。横のベンチに座って、ただゲーム機のデモ画面をぼんやりと眺めた。

先に半藤が口を開いた。

「君達、どうしてそんなにいがみ合うんだ。仲良くやりたまえよ。想像してごらん。アイ・ハブ・ア・ドリームってとこかな。顔に書いてあるよ、マーチン・ルーサー・レノン牧師」

和樹は苦笑するしかない。やっぱりその皮肉っぽいいい回しは死んだあいつによく似ていた。

「ここはいろいろ複雑だから……そんな単純には考えてないよ」

「いや、こんなのはどこにだってあるんじゃないかな。特別でもなんでもない。モトヤマなんて変態がいなくとも、やっぱりぼくらはいがみ合ってたよ。きっとね」

電子音と、プリクラの前に並ぶ女子高生らのざわめきで声が途切れ途切れにかき消されてしまう。和樹は半藤の耳に顔を近づけ、できるだけ小さな声で囁《ささや》いた。

「近いうちに、君がとんでもないことをやるんじゃないかって、真壁は怖れてるようだった」

「そうか。見かけによらず臆病なやつだ。ぼくはなにもやっていないというのに。あの手の連中にはうんざりだよ。勝手にびくびくびくびく怖れてさ。その挙句にもっともらしい動機をこさえて、大勢でリンチしにやってくるんだ。まったく、テロリストか黒人にでもなったような気分だよ」

半藤は微笑んでいた。会話を愉しんでいるように思えたが、目にはいつもより強い光が宿っているような気がした。和樹は茶を口にした。いつもより苦く感じられる。

茶色い肌をした彼らの姿が脳裏をよぎった。

「そうだろうね……なんとなくはわかるよ」

「とはいえ、あいつらの気持ちもわからないでもない。ぼくも清く正しい聖人ってわけじゃないからね。危険人物と思われても、仕方がないことばかり考えてる。貴族面したジョックスどもを今すぐ処刑したいと思ってるし、そいつらを生んだ教師も、この土地の大人も、みんな地獄に落としてやりたいと思っている。ここの大人というのがまた心に余裕のない連中ばかりでね、モトヤマの亡霊に怯えながら育ったんだ。だからちょっとでも理解できない変人がいると、もうとにかく怖くて怖くて耐えられないのさ」

「でも真壁は、そんな臆病者みたいには見えなかったよ」

半藤が眉を上げた。

「へえ。君、あいつに気があるのかい？」

「そ、そんなんじゃないよ。荒っぽい感じはしたけど、でも彼女は違うと思ったんだ。まっすぐでフェアっていうか――」

「そうか。そのあたりに魅かれたのか」

「よしてくれよ」

和樹は半藤の背中を叩いた。強い力だったのだろう。彼は飲んでいたお茶を喉につまらせて咳きこんだ。

「だ、大丈夫かい？」

「はは。さすがにすごいや。やっぱり柔道の猛者だけはある」

和樹は彼の背中をさすった。

「本当にごめんよ」

「いいよ。こっちこそ悪かった。いい教訓になった」

半藤はお茶を勢いよく飲んで一息つく。よほど苦しかったのか、顔は首までまっ赤になっていた。和樹は身を縮めるしかなかった。

「確かにあいつは陰口や虐めなんてちんけなまねはしないな。それくらいはわかってる。コーチだろうと校長だろうとお構いなしに喧嘩するような危ないやつだから」

「うん……そうなんだろうね」

「だけどこの前のはひどいもんだった。ちっとも笑えない。『大いなる偽善』と題をつけたいくらいだ。あんなふうに中屋を連れてきて、それでどうするつもりだったんだろうな。心にもないことを無理やりいわせて、あれですっきり一件落着するなんて本気で思ってたのかな。あの女の自己満足のせいで事態は悪くなるばかりだ」

いつもはクールな半藤の口調にも熱がこもり始めていた。それは新菜が彼を語るときに見せた態度とそっくりだった。

「彼女は違うと思うな。いい格好がしたかったとか、そういうわけでもなさそうだった」

和樹はいった。また茶化されるかと思い、心のなかで身構えたが、彼は意外そうに目を見開き、それから軽く息をついた。

「……真壁はね。とくにネットじゃ有名人なんだ。練習姿なんかを盗み撮りされては、山ほどばら撒かれてるからね。クラスの出席番号も、家の住所だって書きこまれたことがある」

「それは本当かい？」

「驚くことでもないよ。もうバスケの世界じゃ知名度はあるんだし、才能もあるんだろう。見てくれだって、そう悪いわけじゃない。モトヤマみたいな変態の間じゃ、かなり話題になってる。需要があるから供給するやつが出てくるんだ」

「でも、誰がそんなひどいことを」

「容疑者A」

半藤は自分を指した。大きく口を開ける和樹にいう。

「ぼくじゃないよ。あんなやつを構うほど趣味は悪くない」

和樹は彼の人生に想いを馳せる。過ごしてきた道のりは和樹が思う以上に険しいものだったのかもしれないと思う。

「……ようやくわかりかけてきたよ。君と、それにあのカッター事件の高木が疑われたんだ。違うかい？」

「そうだよ。真壁の親が警察に訴えたんだ。それから捜査が始まって、学校近くのネットカフェで書きこまれたと突き止めたんだ。でも、目撃者が見つからなかったんだろうね。あとはちんけな推理大会にすぎなかった。いや、推理なんて上等なもんでもなかったね。

ただの決めつけさ。そんなキモいストーカーはあいつらしかいないって、高木もぼくと似たような趣味してたから。部屋に引きこもって、ネットやってたり、マンガ描いてたりしてさ」

「高木とは友達だったの？」

「いや、ぼくもよく知らない。でもある日、二人して職員室に呼ばれたんだ。教師と刑事に囲まれて、ずっとあいつ泣きっぱなしだった。アザラシみたいに愛嬌のある顔をしていればよかったんだけど、あいにく爬虫類みたいな面だったからかわいげがなくてね」

半藤はただ淡々と他人事のように語っていた。他人事であるはずがない。想像するだけで胸が潰れそうになる。

半藤は自分のロッカーに大きな南京錠をつけている。昼食を誰かと一緒に摂ったりもしない。時折、黒板や机に何者かが彼の悪口を書き残していたりする。そのたびに胸が凍え、なにもできないでいる自分が虫けらのように見えた。頭が鉛みたいに重くなる。半藤という少年がなぜ周囲から嫌われるのか、ようやくわかりかけたような気がした。

「それで最後は刃物を振り回すまで追いつめられたわけか」

「そんなところかな」

「ひどいよ。無罪だったかもしれないじゃないか」

「さあ、わからない。ただとにかくそのときぼくは思ったんだ。こんなのはおもしろくはないなってね。高木がこの学校からいなくなって、なおさら強く思うようになった」

彼の目を見た。まただ。怒りや悲しみさえも消えうせた、空虚な闇が見えていた。暗い陰惨な記憶が溢れ出そうになる。奥歯を噛みしめて、記憶を重いマンホールの蓋のようなもので閉じこめた。

半藤はＵＦＯキャッチャーのクレーンに目をやった。一旦は掴まれていた熊のぬいぐるみが景品の山へと落っこちていた。

「あいつの家にも行ってみたんだ。親類の家に移り住んでいるんだろうけど、でもあいつの母親も教えてはくれなかった。当然かもしれないけどね」

和樹は尋ねた。

「それで君はなにをやろうとしてるんだ」

半藤は頰を指で掻いた。目に悪戯っぽい輝きが戻る。いつもの彼だったが、却《かえ》って巨大な壁を設けられたような気がした。

「よしてくれよ、君まで。いくら疑っても大量破壊兵器は存在しないんだよ。ぼくはなにもするつもりもないしね」

「じゃあ質問を変えるよ。今、ここでなにが起きてるんだい？」

和樹は食い下がった。半藤はただ肩をすくめるだけだった。

「君が目にしたとおりのことさ。ぼくはいつもどおりに暮らしてる。真壁みたいな連中が勝手に怯えて、暴発しようとしている。それだけだよ」

「真壁にもそんなふうにごまかされた」

「そうかい」

「茶室にいたとき、真壁もサッカー部員も、それに先生もひどく怖れてるみたいだった。君だけじゃない。あそこにいた全員をさ」

「あいつらはみんな病気なんだよ」

「いや、そうじゃない。君も真壁もいいやつさ。だからぼくを巻きこみたくないと考えてる。違うかい?」

半藤は根負けしたように大きく息を吐いた。

「別にのけものにしようと思ったわけじゃないよ」

「わかってる。感謝してる。でも知っておきたいんだ。これは自分の身を護るためでもある」

半藤が微笑む。正しい解答ができた生徒に見せる教師のような優しい顔だった。

「なるほどね。でも別に大げさな話じゃないんだ。本当だよ。君がいたあの国とは違って、ちっぽけなサイズの話だよ」

「なにが起きてるんだ」

「ちまたで起きてる事件が、ついにここでも発生したってことさ」

半藤は人差し指をまっすぐに伸ばして、拳銃の形をつくった。

和樹は息をのんだ。二度、深呼吸をした。

「改造エアガン？　まさか——」

「二週間前かな。陸上部の二年生が撃たれたんだ。けがをしたわけでもないけど、今は連中にとって一番大切な時期だから」

和樹はまた息を吐いた。

「嘘みたいだ。そんなの。『ダイ・ハード』じゃあるまいし。どうしてこんなところでも——」

「君はブルース・ウィリスに見えなくもないけど、しかしまあかわいい話だよ。こっちのはね。カッターで人は死ぬかもしれないけど、改造エアガンじゃ缶に穴は開けられても、人に穴は開けられない。危険だといっても、所詮はおもちゃに毛の生えたような代物だよ」

「新聞にそんな記事は見当たらなかった」

「そりゃそうさ。被害届を出してないんだから。たぶん騒ぎになるのを嫌ったんだろう。ここには後ろめたい秘密がいろいろあるから」

「それじゃ本当の話なのかもわからないんだね？」

「そう。ぼくだって現場にいたわけじゃない。本当にあったのかも怪しいもんだよ。ひょっとするとデマかもしれない」

「そして君らが疑われてる」

「いつだってね」

「君らは……持ってるのかい？」

顔を凍りつかせる和樹を、うんざりしたように彼は見返した。

「よしてくれ。つい最近までネットじゃ堂々と売られてたけど、今は裏で恐ろしく高い値がついてる。ぼくらには高嶺の花なんだ。ああいうのは」

「でもマニアだったら——」

「マニアだから買わないのさ。たとえ大枚叩《はた》いて買ったとしても、元々怪しげな代物だからね。きちんとあらゆる部品をアルミ製にでもしなければ、ガスですぐに腐食してしまうんだ。たとえ改造がうまくなされていても、圧力に耐え切れなくなって、すぐにどこかがイカれるんだよ。イタリアのスポーツカーと一緒で、とてもじゃないけど、ぼくらみたいながキに手が出せるようなものじゃないよ」

半藤の説明は細やかだった。今は所有していなくとも、きっと持っていた経験があるのだろう。彼も特にそれを隠すつもりはないらしい。

「ああいうのを欲しがるのは金の余った独身の大人か、なにも知らないずぶの素人だけさ。あいつらみたいにさ」

「え？」

ふいに半藤は立ち上がった。彼の視線の先にはレーシングゲームの大きな筐体《きょうたい》がある。そこにはダボダボのフットボールシャツを着た少年らがたむろしていた。

黒人ギャング風にペイズリー柄のバンダナを巻いていた少年が巻き舌でいった。

「なんか用かい？　誠ちゃん、それとももう帰んのか？」

ぞろぞろと半藤へと近づく。胸のあたりにある大きな金のアクセサリーがゆれる。自己主張するかのように強い香水の臭いがした。群れる人間特有の締まりのない笑みを浮かべていた。

嫌な緊張が湧く。五人。和樹は顔を自然とうつむかせてしまう。背中が丸まる。昔はそうではなかった。どんなに大人数であろうと、グラスをキメてラリった連中であろうと、本物のギャングの使いっぱしりをしていた黒人少年であろうと、毅然と向き合えた。

「だったら、ちょっと金貸してくんねえ？　どうせ家に帰るんなら使い道ねえだろ？」

ボーダーシャツを着た太った少年がいった。ボウリングの玉みたいな丸坊主頭で糸のような細い目をしていた。和樹とは対照的に、これ見よがしに胸を張っていた。

「お子ちゃまは帰って寝るだけだろう？　おれ達は逆にこれからさ。遊びに忙しくてよ。物入りってやつだべ。どうよ」

バンダナ少年がいった。ギャングスタラッパーの2PACのように、バンダナを額のあたりで結んでいた。伝説のラッパーというよりも、アメリカでも放送された『おしん』みたいな子守女のようだった。ジーンズを腰よりもずっと低い位置で穿き、なかのトランクスを露骨に見せている。「物入り」という言葉がおもしろかったのか、彼らの間で笑いが起きる。目だけはやけに温度がなかった。

体格や身長も和樹とは比較にならない。だがそれでも今は怖い。学校にたまに現れては大きな顔をしている不良グループだ。いつでも食ってかかろうとする暴力的な悪意が和樹の身体を硬直させた。

「うざいな。ぼくの前に立つなといったろう。お前らに金をやるぐらいなら、トイレに流したほうがマシさ」

半藤はその獣じみた連中相手に平然といい放つ。

和樹は自分の顔から血の気が引いていく音を聞いたような気がした。

「てめ、今なんつった？」

ボウリング頭が唸る。やはり彼らの目つきが鋭角になる。眉間に皺を寄せて半藤を睨む。和樹にも同じ視線が向けられる。和樹の大きさに一瞬驚くが、すぐに弱腰を見抜かれていた。

「馬鹿の上に忘れっぽいから嫌だ。もう一度思い出してみるかい？」

半藤がポケットに手を入れた。「お、おい」少年らの顔が一気に弱々しくなり、じりじりと後じさりをする。おしんの少年が何度もへりくだるように首を上下させた。

「あ、挨拶だよ、挨拶。なに熱くなってんだよ」

「なんならエリカも呼ぼうか？　野川《のがわ》、そうすればいくら君らでも一生覚えてられるだろう？」

よほど忌まわしい存在なのだろうか、うっと唸りながら彼らは顔を痛々しく歪ませた。

「いや、いい。それは」

野川と呼ばれたボウリング頭の少年が伏し目がちになる。その視線は半藤のポケットあたりに注がれている。彼らはハリネズミやスカンクにしてやられるコヨーテに似ていた。過去によほど手痛い思いをさせられたのか、煙たそうな表情に変わっていた。

和樹の掌がじっとりと汗ばむ。一体、なにが入ってるのか。まさか拳銃など持っているはずもなかったが、半藤ならば、なぜか当たり前のように持っていても不思議ではないような気がした。

おしんの少年が唇を舐めながらいった。

「つうかよ。だからその、相当噂になってんだよ。お前がなんかヤバいことやらかすってよ。サッカー部のお坊ちゃんどもに一発食らわすってな。だからよ、おれ達が味方になってやってもいいと思ってよ。思わず見返りのほうを先にいっちまっただけなんだ。お前と違って頭はよくねえからな」

笑い声がまた起きる。

「戦争となりゃ、おれ達の出番だ。兵隊なら他の学校からも集められる。かなりの数だ。おれ達のコネクションはすげえんだぜ」

野川が指を複雑に絡め、自分の胸を叩く。ギャングがやるハンドサインだ。痛々しく思えて、和樹は目をそらす。

「もう帰るけど、三橋君、君はどうする？」

半藤はまるで相手にしなかった。

「あ、ぼ、ぼくも帰るよ」

「てめ、シカトかよ」

野川がおどけた調子でいった。怒気もまだ混ざっている。半藤は構わずに出口へと向かう。和樹は後を追った。

おしんが口を開く。

「転校生、いつでも味方になってやる。昔話を聞かせてくれるだけでホーミーだ。マジで熱いもんな。ショットガン持ったチカーノとやり合ったんだろ？　ここも結構熱いことになって――」

半藤が反転した。

持っていたお茶の缶を投げつけた。中身はまだ入っているようだ。大量にお茶の飛沫が少年へとかかり、けたたましい音とともに缶が転がる。少年の無神経な言葉よりも、そのアクションのほうが和樹の心を凍てつかせる。和樹だけではない。野川達も、それからゲームに興じていたもの達もこちらを見やったまま固まる。電子音だけが洪水のように流れ続けていた。おしんのTシャツにおねしょみたいな大きな染みができあがる。

「おめえ、ざけてんじゃねえぞ！」

後ろにいた少年らが怒鳴る。だが野川が腕を伸ばして制す。おしんも笑顔を崩さない。顎の筋肉が怒りで震えていたが。

「行こうか」

半藤は何事もなかったかのように歩きだした。暴力沙汰にはならないという確信があるのか、けが一つしないという自信でもあるのか、彼の背中は無防備だった。

和樹はそれどころではない。今にも飛びかかってきそうな少年らと対峙しながら、ゆっくりと出口へ下がる。

また吐き気がこみあげてくる。

おしんが笑いながら指を拳銃の形にした。濡れたTシャツを拭こうともせず、指先をずっと半藤達に向け続けていた。

読者投稿　住みよい町へと戻るために　岐阜県　主婦(54)　月刊女性ライフ　4月号

先月号の特集記事「子供たちの安全が脅かされる10の理由」を大変興味深く読ませていただきました。私が住む町でも、小学生の女児が見知らぬ男に抱きつかれるなどといった悪質な事件が頻発しており、私たち大人のパトロールもなかなか追いつかないのが現状です。記事でも取り上げられましたが、地方でも核家族化が進み、隣人がどんな人間なのかもわからないといった共同体の崩壊が進んでおります。今の若い親の世代も、仕事や自分達の興味ばかりを優先させるのではなく、かつてのように将来の担い手である子供達がのびのびと暮らせる社会をつくるために考える時期にきたのではないかと憂慮しております。

子供安全情報　東京都

G区教育委員会青少年課の配信メール　5月9日

5月9日（水）午後3時40分頃、G区立第一小学校南側の路上で、下校途中の女子児童3名に、坊主頭で青いジャンパーを着た中年の男が「おねえちゃん、大きくなったら赤ちゃん産んでね」などといった言葉で話しかけ、笑いながらズボンを下げ、下半身を露出したという事件が発生しました。女子児童たちは走って逃げ、男は自転車で去っていったとのことです。冬が終わり、暖かくなってくると、このような事例が多くなります。子どもたちの安全確保について、みんなで再確認しましょう。また子どもたちを守るために「いかのおすし」を教えてあげてください。知らない人について「いか」ない、他人の車や危ない誘いに「の」らない、「お」お声を出す、「す」ぐ逃げる、周りの大人に「し」らせるという警視庁の標語です。

4

赤ペンとシャープペンの替芯、それにガムを何個か買う。

雑誌コーナーに寄り道をして、スポーツ雑誌にあったNBAのプレーオフに関する分析記事に目を通し、それからコンビニを出た。

湿り気を帯びた柔らかな夜風が頬をなでた。午後八時を過ぎても、今日はやけに暖かい。穏やかに流れる風には新緑の葉の匂いが伴っていた。

駐車場スペースはきれいに埋まっていた。仕事帰りのサラリーマンや、子供連れの主婦らの姿が多く目についた。一仕事終えた頃だからだろうか、どこか弛緩した雰囲気が漂っていた。

ずっと夜が恐ろしかった。しかしそれもカウンセリングのおかげか、過ぎていく時間のおかげか、徐々に恐怖は薄らいでいった。少し前まではひっそりと静まり返った住宅街に差しかかると、ならずものや、モトヤマのような変態が今にも姿を現すんじゃないかとびくびく怯えていたものだった。

とはいえ今はサンダルをつっかけてやって来る主婦やジャージ姿の少女などを見かける

たびに、張りつめた心が解きほぐれていくような安らかな気持ちになれる。家や車や店から出るたびに、ある種の緊張感を強いられるアメリカとの違いを感じていた。近所のコンビニまでなら、それほど怖れずに買い物を済ませることができた。

突然、爆発音が轟く。和樹の身体が震える。コンビニの前の道路を走るスポーツセダンのバックファイヤーだった。

和樹は息を吐いた。安全なはずなんだ。いもしない怪物に震え上がる必要はない。口のなかで何度も呟き、自分にいい聞かせる。

半藤が嘘をついているとは思えない。他の生徒に尋ねて確かめる度胸もなかったし、いくら新聞だのテレビだので確認しても情報が入ってこないせいもあって、緊張の糸が緩むたびに事件が本当にあったのかを疑いたくなる。本物の銃ではないといっても、姿なき何者かに襲撃されたとなれば、もう少し町の空気は硬いものになっていてもおかしくはない。事件自体が大っぴらになっていないというのも変な話だった。全国のあちこちでそうした狙撃事件が起きているために、やっぱりあれは誰かが流したデマの類ではないかと思いこみたくなる。

歩道から多くの人影が近づいてくるのが見えた。制服とジャージ姿の混成部隊。手には揃いのスポーツバッグがあった。

見知った顔だと気づき、和樹は停めてある車の陰にまぎれながら、コンビニの裏口のほうへと逃れた。

「なあ、ホントに食わねえのかよ。オゴリだぜ」

「いや、今日はマジいらねえから」

「そんならバーガーじゃなくて、栄養ドリンクにしとくか？」

笑い声が起きる。オヤジ入ってないすか？　そりゃ。冗談がひとしきり飛びかうと別れの挨拶が聞こえた。

和樹は建物の陰から彼らを見た。こそこそと隠れる理由などなかったが、サッカー部の寺西と中屋の姿が見えて、思わず身体が動いていた。二人とも、元々半藤と仲良くしていた和樹に好意的な態度を取っていたとはいえなかったが、茶室での騒動に出くわしてからは、さらに敵意のこもった視線を向けながら、睨みつけてくるようになった。なにかを仕かけてきそうな危険な気配を校内で感じていただけに、なるべくなら見つかりたくはなかった。

中屋だけが店に入らず、そのまま帰路につくようだった。駐車場を横ぎってまた歩道へと戻っていた。よほど疲労が溜まっているのか、その後ろ姿は校内で見かけるときよりも小さく見えた。名門とか強豪などと呼ばれるだけあって、トレーニングもかなりハードなのかもしれない。

「あれぐらいで。だらしがねえ」

寺西は冷やかに呟きながら店へと入っていった。仲間らが後に続く。彼らは惣菜やドリンクコーナーのほうへと散っていった。店員になにかをオーダーする寺西の表情も幾分やつれて見える。半藤がいう特別扱いの連中というのも、それほど楽ではなさそうに思えた。

見つからずに済んで胸をなで下ろしたものの、和樹は何度も歩みを止めざるを得なかった。中屋が進む方向が和樹の帰り道と同じだった。充分に距離を取ってから帰ろうと思ったが、疲労のせいか彼の歩くスピードは遅く、すぐに追いついてしまいそうだった。

和樹は頭を振った。馬鹿馬鹿しい。せっかく大手を振って歩けるようになったというのに、一人縮こまってこそこそと隠れる理由などあるはずもない。

逆にいい機会かもしれない。歩みながら和樹は思い返していた。中屋の考えを知りたい。もちろん嫌がられるだろうが、和樹としては尋ねたい事柄は山ほどあるのだ。この町の歩んできた歴史や、あの不良グループと半藤との関係。そしてできれば高木のカッター事件についても訊いてみたかった。

小さな公園が横手に見える。お互いの靴音が聞こえそうなくらいに距離は近づいていたが、周囲の人気はほとんどなかった。遠くで犬の鳴き声が聞こえていた。

まずいなとも思う。いくら快活に声をかけたところで彼は怯えるだろう。和樹の交友関係や彼自身の体格のよさ、それにこの静まり返った空気を考えると、身構えないはずはない。

いっそ奇遇を装って駆け寄ろうかと考えたとき、金属が噛み合う硬い音がした。それからボンベが破裂したような低い爆発音。中屋の足元で石ころが跳ね上がる。

中屋は歩みを止める。音がした公園のほうを向く。和樹も同じように目をやる。生垣が邪魔でよくは見えない。

さらに爆発音が続く。中屋の足元から雹《ひょう》でも落ちたかのような硬い音が何度も聞こえた。

彼はただその場で立ち尽くしていた。

和樹もまた同じだった。身体が動かない。すぐに。行ってやれ。これは。縛《いまし》めから解き放たれるように彼は駆け出した。

中屋は短い悲鳴を上げた。足に弾が当たったらしく、バランスを崩してその場で尻餅をつく。亀のように頭を抱えてうずくまる。和樹は彼と公園の間で立ちはだかるように割って入る。公園のほうを見据える。

公衆トイレのほうで影が動いた。

「誰か！」

和樹は叫んだ。こんな大声を張り上げるのは、いつ以来だろう。近くの家々に救いを求めるように何度も吠えた。

影が動く。和樹は身構える。輪郭は曖昧でよくわからない。公園の反対側にある出口のあたりでまた影がゆらめいた。公園の土を蹴る音が遠ざかっていく。やがてなにも聞こえなくなっていた。

荒く息をつく。ただ数歩駆け寄っただけだというのに、顔が汗で濡れそぼっていた。影の正体について考えをめぐらす。学校の生徒だろうか。あの茶道部の部屋に集まっていた生徒だろうか。ギャング少年か。なぜか半藤の姿が目に浮かんではすぐに消えていった。

中屋はそのがっしりとした身体を縮めて路上でうずくまっていた。

周囲のアスファルトには、金属物でひっかいたような白い筋が残っていた。

「い、いてえ。いてえよ」

中屋は声を裏返らせながら呟いた。撃たれたふくらはぎのあたりを左手で押さえていた。

和樹は周囲に目をやりながら跪《ひざまず》いた。

「大丈夫か」

「いてえ、いてえ、おれの足、おれの足が」

中屋は和樹と気づかずにただ痛みを訴えていた。近くのマンションから人の気配がした。

どこかの家の窓が開く音がした。灯りが漏れてくる。

「おい、どうした。なにがあった」

部屋着のままの大人達がぞくぞくと集まってくる。和樹は安心する。だが、どう答えていいのかわからなかった。撃たれた。まっ先に答えなければならないとわかっていても、なぜか彼らの反応が怖かった。

「おい、救急車か？　痛むのか？」

次々と窓が開き、玄関が開く音がする。カーテンが開けられ、そのたびに光が注がれる。夕方にでも戻ったような明るさに包まれていた。中屋の目に涙が滲んでいた。

「どうなんだよ」

赤ら顔をした肥った中年の男が近づいていた。晩酌中だったのかやけに酒臭い。護身のつもりなのか手にはなぜかビニール傘が握られていた。

「撃たれた……撃たれた」

中屋はうわ言のように呟いていた。彼の頭の近くでなにかが煌めいていた。

「撃たれたぁ？」赤ら顔の男がオウム返しに訊く。「え？」「なんだって、どうしたの？」

空気がゆれる。路上に足の林ができる。奇妙な圧迫感を感じながら、和樹は路上に煌めくなにかを見つけた。

とっさに手を伸ばす。拾い上げて目をこらす。それはステンレスのような金属でできた粒状の弾だった。

5月23日（山梨県）

東邦新聞

催涙スプレー漏れる、4園児軽傷

22日午前10時50分ごろ、山梨県H市の私立保育園から、「過って催涙スプレーが漏れ、園児がのどの痛みを訴えている」と消防署に通報があった。のどの痛みや咳などで園児4人が病院に搬送されたが、いずれも軽傷だった。

H署によると、催涙スプレーは防犯用で、園児と外出する際は救急セットとともに保育士が持参していた。5歳児クラスの園児ら約15人を近くの公園に散歩に連れて行くため、園児を庭に整列させていた際、何らかの原因でスプレーが漏れたのだという。

5

今朝はもうすでにへとへとだった。

近くに住む伯母や祖父母がその日のうちに見舞いにやってきてくれた。

かの地でも銃というものに散々苦しめられたというのに、どうして帰国してからも同じ目に遭わなければならないのか。理不尽な運命に同情してくれたものの、言葉の端々に昨夜の行動への非難がこめられていて辟易していた。ただでさえ昨夜も警官から同じようにいわれ続けたのだ。ただちょっとコンビニまで買い物に出ていただけだというのに。伯母達はこぼしていた。まるでモトヤマが戻ってきたようだと。

まったくだ。これでようやくわかった。モトヤマはいなくとも、この町には未だにモトヤマの亡霊がうろついているのだろう。それは登校時の生徒を見守る住人らの目を見てもわかる。今日の小学校の通学路など、ほとんど数メートル間隔で父兄らが立っていて、子供らの安全確保に努めていた。シークレットサービスに護られる大統領のような気分だ。

大したけがではなかったが、撃たれた中屋のふくらはぎには黒々とした痣《あざ》が残ったらしい。新聞やニュースでは軽傷と報道されていた。きっと今日の学校の話題を独占するに違いない。気が重かった。

校舎が見えたところで、和樹はいつもの通学ルートを変えた。正門のあたりに脚立や集音マイクの長いポールが見えていた。複数の教師らが生徒を出迎えている。その姿を何台ものテレビカメラが捉えていた。

校舎の裏側は生垣によって囲まれていたが、一箇所だけ葉っぱや枝が及んでいない穴の開いた空間があった。遅刻を免れようとした不届者が作ったものらしい。今はその抜け穴に感謝するしかない。好奇の目にさらされるのはたくさんだった。カメラのレンズは銃口に似て、向けられるだけでひどい圧迫感を感じる。強盗が向ける拳銃に似て、なにかを強いるようなあの不気味な力が好きにはなれなかった。

膝をかがめて、生垣の穴をくぐった。彼の大きな身体のおかげで枝が何本か折れ、葉が制服の生地に擦れて落ちた。心のなかで詫びながら通り抜ける。

裏庭特有の湿った青臭さが漂ってくる。一面は雑草に覆われている。北向きに位置するために四六時中校舎の陰にすっぽり包まれてしまうのだ。湿気も多く、陰鬱としていて、いかにも見捨てられた場所という印象が強く、あまり生徒も近寄らないところだ。雑草の間にはスナック菓子の袋やペットボトルも多く落ちている。タバコの吸殻も見つかったりする。

体育館のあたりから人の気配を感じていた。ざわめきが起きている。建物の陰からジャージ姿の生徒が見え隠れしていた。嫌な予感がした。

怒号が耳に入る。聞き覚えのある声だ。和樹は奥歯を噛みしめる。ざわめきの方角とは正反対へと歩き出そうとした。

もうたくさんだ。昨日の夜に浴びた負の感情だけでも、すでに許容範囲を超えていたのだ。ただ穏やかな海の底の貝みたいに静かに過ごしたい。ぜいたくをいうつもりなんてない。だから。大声で叫びながら走り去りたいという衝動に駆られる。

和樹は空を見上げた。彼の心を代弁するような灰色の重い雲に覆われていた。よかった。少なくともこんな気分の日には青空も白い雲もたくさんだった。燦々《さんさん》と輝く太陽も今は見たくはない。

和樹は体育館の裏手のほうへと向かった。

見張りに立っていた二年生と思しきサッカー部員が彼に気づく。

奥にいる仲間らに知らせる。和樹が体育館の角まで差しかかると、サッカー部員はいくらか戸惑った表情を見せていたが、唇を引き締めて和樹の行く手を阻んだ。背が高くはないため、かなり見上げる格好となった。

「ちょっと……止まってくんないすか」

「どいてくれ。寺西に話がある」

和樹は詰め寄る。サッカー部員との距離を縮める。見上げる彼の顔に影がさす。和樹の表情もよほど険しくなっているのか、彼は乱暴な客に難癖をつけられたレストランの店員のような弱々しい笑みを浮かべた。

それでも和樹が横にずれようとすると、彼もまた同じように動いて阻む。反射的に手が動き、胸元のあたりを突き飛ばした。それほど力をこめたつもりはなかったが、苛立ちや怒りが募っていたせいか、強烈なものとなっていた。彼はバランスを崩して何歩か後じさり、それから膝を地面につけて胸を押さえた。

身震いするほど激しい自己嫌悪が湧いてくる。思わず刃物で突き刺したような、取り返しのつかないことをしでかした気がする。

和樹は振り切るように駆けた。角を曲がった。

「おめえらじゃねえんなら、誰がやったんだよ！　え？　佐治か。半藤か。誰がやったんだよ、こら！」

寺西が問いつめていた。チンピラみたいに品のない巻き舌で吠えている。手には丸めた冊子のようなものがあった。ジャージ姿の逞しい少年らに囲まれながら、ヒトラー風の七三わけ頭とカマキリみたいなメガネをかけたオタク系生徒の二人が雑草の上で正座をさせられていた。

「仕返しのつもりなのかよ！　この野郎！」

寺西が彼らの頭を丸めた冊子で叩いていた。軽く弾んだ音がする。すでに二人の顔は鼻水や涙でびしょ濡れだった。

「やめろ、やめてくれ」

和樹は駆けながら連中にいった。鋭い視線が一斉に和樹へと向けられる。寺西は和樹の背後に目をやった。彼に突き飛ばされた後輩の姿を目にして、こめかみのあたりを細かく痙攣させる。

「おまえこそなにやってんだ！　おい！　転校生、てめえもてめえだ。いつまでも放っておきゃつけあがりやがって。どいつもこいつも、好き勝手なまねしやがってよ！」

寺西は肩で息をしながら和樹を見据えた。ラブレターを毎週のようにもらうと噂されているだけあって、イタリア系のような彫りの深い二枚目の顔だちをしていたが、その目には抑えきれない狂気のようなものが浮かんでいた。

「話せ。転校生、お前は知ってんだろ！　あそこにいたんだからな。それで誰がやったんだよ！」

「犯人の姿までは見てない。警察にもそういったさ」

両脇から部員らが近づく。濃厚な汗の臭いがした。逃げ場所を塞ぐようにして彼らは和樹の背後に回った。寺西はぎらぎらと強く光る瞳を向けていた。

「お前、庇《かば》ってんだろ？」

「庇う？　なんでぼくが」

意味がわからずに尋ね返していた。それからすぐにナンセンスだとばかりに首をゆっくりと振った。

「誰が犯人だったとしても、ぼくは庇ったりなんかしない。半藤もそんなことするようなやつじゃない」

「よそもののお前になにがわかんだよ」

彼は目に入る汗をシャツの裾で神経質そうに拭った。

「そっちこそ、彼のなにを知ってるというんだ。なぜそんなに彼を犯人にしようとする。証拠があれば警察が捕まえてる」

「そんなもんあの悪党が残すわけねえだろ。頭だけは怪物なんだよ」

「本気でいってるのか?」

和樹は呆れる。だが彼は眉間に皺をよせ、大真面目な口調だった。誰一人として疑問を抱こうともせず、むしろ寺西に同意するように小さくうなずくのを見て、背筋が凍りつきそうになった。

「なにが怪物だ。冗談じゃない。彼は」

それ以上は話す気にもなれなかった。少なくともお前達のようなＫＫＫそっくりのレイシストみたいな連中よりずっと上等な人間だ。こうした連中と長年、同じ建物のなかで時間を過ごさざるを得なかった半藤に同情したくなる。

和樹は代わりに呟いた。

「恥ずかしいと思わないのか?」

寺西は拳を固めて、和樹に殴りかかろうとした。

「だ、だめっすよ。キャプテン」

周囲にいた部員らが止めに入ろうとする。

「なにもしねえよ、バーカ。挑発に乗るわけにはいかねえよな」

寺西はそんな周囲の反応を嘲笑うかのように見回した。固めた拳を緩め、腰に組みついた部員の頭を軽く叩く。和樹を上目で睨む。

「ここで殴っちまったら全部終わりだもんな。その手には乗らねえ」

「そんなに彼のことが怖いのか?」

「あいつならなんでもやるぜ。ガキの頃から危ねえ本だの読んで、爆弾の作り方だの毒薬の手に入れ方だの、マニュアル作っちゃ街中騒がせてたんだ。いかれてんだよ、あいつは。おまけにおれ達を恨んでる」

「………」

寺西は忌々しそうに正座し続けている二人を見下ろしていた。

「お前には馬鹿馬鹿しいだろうがよ。偽物の銃なんかにびびって。でもおれ達だって必死なんだ。この時期、死ぬよりもけがのほうが恐ろしいんだ。それにつけこみやがって……こいつらは」

「おい、それは」

彼の目が次第に潤みはじめていた。

「うるせえ！　大会まであと三週間なんだ。今は一秒だって惜しい。こんなキモいやつらに構ってる暇なんてねえんだよ。ただでさえ忙しいってのによ。その上これだ。こっちも独自で犯人を探さなきゃ、やってらんねえんだ。練習にも身が入らねえ。警察が犯人を捕まえた頃には、おれ達は全員病院送りにされてるかもしれねえだろうが……そうなったら、誰が補償してくれんだ！　冗談じゃねえぞ！」

正座している二人は身体を硬直させながらなにやらぶつぶつと呟いていた。よくは聞き取れない。視線を彷徨《さまよ》わせながら、ただ震えていた。

「でも、こんなリンチみたいなまねが許されるはずないだろ」

「なら、おれ達は黙ってやられろってえのか！」

寺西が冊子を和樹に放った。身体に当たったが痛くも痒くもなかった。黙って冊子を拾い上げた。

寺西は頭を掻きむしる。

「冗談じゃねえぞ、こんな時期に……練習に響くから辛いもんも食うなって部員にはいってんだ。食べすぎ飲みすぎに注意して、体調守って、だけど銃の弾は喜んで浴びろってのか」

和樹は二人を連れて校舎へと歩いた。行く手には和樹に突き飛ばされた生徒が打ちひしがれたような顔をしながらうつむいていた。

「おれはやめねえからな。どうせこの街の大人どもはおれ達の味方なんだ。どんなことしてでもな、おれ達は勝たなきゃなんねえんだよ」

背中に寺西は声を浴びせ続ける。和樹は目をつむる。感情が爆発しそうになるのを必死で堪える。

手にした冊子の裏表紙が折れ曲がって、奥付が記されたページが覗けた。マンガの同人誌だった。七三わけとカマキリメガネが作ったものなのだろうか、恐ろしく稚拙な画が視界に入る。

ストーリー構成者の名前としてカッター事件の高木の名前もあった。

七三わけは相変わらずぶつぶつと呟き続けていた。

「地獄に落としてやる。地獄に落としてやる。あいつだって、今頃同じこと考えてるはずだ。地獄に落としてやる」

氷を背中に放りこまれたような気分だった。そして改めて気づかされる。自分はまだ充分にわかっていなかったのだと。

6

和樹は畳に手をついた。

鮮烈な音が道場の空気を震わせる。激しく身体が畳にぶつかったが、受身をちゃんと取れたおかげでさほど痛みはない。

「さあ来い」

主将の川口が両手を広げて構える。彼は柔道部のなかでももっとも大きな体格をしている。それでも和樹を少し見上げる格好となる。

襟を摑んで今度は和樹が投げる。一本背負いだ。和樹の得意技だったが、腰のあたりに予想以上の重みを感じていた。それに抗うようにして力いっぱい投げつけた。腰で相手の身体を跳ね上げる。畳が派手に鳴った。

川口はすっぱい梅干でも食べたように唇をすぼめた。

「うー、いてて。とんでもないやつが来ちゃったなあ、もう」

　監督の後藤が側で腕を組んでいた。

「おい、さっさと立て。主将のお前がそんなだらしなくてどうする」

「はあい、すんません。そらもっと来い。さあ来い」

　立ち上がった川口をもう一度投げる。手加減はしなかった。むしろ今度はもっとうまく決められるようにと考えていた。川口の身体が畳にぶつかる。布団叩きで叩いたような気持ちのよい音がする。

　川口はまたその柔和な顔を歪ませた。もちろん演技だ。受身の取り方は和樹の目から見ても完璧だった。

「そろそろ乱取りいってみようか」

「おう！」

　彼の号令とともに乱取りが始まる。和樹は引き続き川口と組んだ。

　襟を摑み、身体のバランスを崩しにかかる。川口も負けじと押し返してくる。畳に根っこが生えているようだった。逆に和樹が押し返される。

　いい選手だ。いつも涼しい顔をしていて、武道の世界にありがちな暑苦しさや泥臭さを感じさせない。でもしっかり鍛えている。あの国の人間にはない粘りが下半身にある。同世代でこれだけの選手がごろごろしているのかと思うと軽い感動を覚えてしまう。もっとたくさんの強者とぶつかりたいと思った。

いつの間にか他の部員らが動きを止めて、二人のやりとりを見つめていた。襟を摑もうとする手を払いのける。浮き足だったところを狙う。身体のバランスを崩しにいく。どっしりとした川口の下半身がゆらぐ。和樹は身体を反転させて投げをうつ。また一本背負い。川口の身体が浮く。

「おっと、これはまずいな」

川口はのんびりとした声で呟きながら和樹に体重を預ける。投げを潰され、二人は雪崩《なだれ》のように崩れ落ちる。

完全に息が上がる。肺が苦しい。鎧でもまとっているかのように身体が重い。自分のものとはとても思えない。この手の乱取りならいつまでもやれる体力がかつてはあった。道場では太陽が沈んでからも、会社帰りの大人達とも交じってそのまま稽古を続けたくらいだ。それが今ではちょっとの練習でもうへとへとだ。このままではいけない。なぜかそんな脅迫観念が湧いてくる。

川口は帯を締め直していた。さすがに休みなく稽古を積んでいるだけあって、息は穏やかなままだった。汗もそれほどかいてはいない。本気でやれば今の和樹に勝機はないだろう。だがそれでいい。今は衰えた身体を鍛え直さなければならない。勝ち負けは重要じゃない。

白帯の下級生が周りに訊いていた。耳に入る。

「誰っすか。めちゃめちゃすごいじゃないすか。今からでも大会出たら、戦力かなり増すんじゃないですか」

黒帯の先輩が彼の頭を小突く。和樹は苦笑いするしかない。

今朝のやりとりで決意したのだ。昼休みに体育教官室にいる後藤に入部を申し出たのだ。

「うん。来るものは拒まず。歓迎するよ。選手の層も厚くなって、ぼくも楽ができる」

同じくそこにいた川口は軽口を叩いた。お堅い武道精神とは無縁そうな、ほがらかな心の持ち主だ。監督の後藤もピットブルのようなヤクザじみた顔つきをしているが、大らかで面倒見のよい教師だった。そのおかげか、学校を取り巻くギスギスとした雰囲気が柔道部からは感じられなかった。

後藤は教官室でいったものだった。

「歓迎するが、お前を大会に出すつもりはないぞ」

「わかってます」

川口が口を挟んだ。

「え？　どうしてです？　きっと相当やりますよ。今朝だってなかなかの活躍だって聞くし。ああ、これは禁句だったねえ」

川口は悪びれた様子もなくのんびりと喋っていた。後藤は耳を小指でほじって聞こえないフリをしていた。

「そこいらの粋がったガキに思い知らせたところでどうだというんだ。おれは知らんよ。三橋、お前はこれからもやっていくんだろう？　高校でも」

「それはまだ、わかりません」

「そうか。だが別に構わないよな？」

後藤はいかつい顔とは対照的に、悲しげな瞳を和樹に向けた。

「はい。でも先生こそ大丈夫ですか？」

「馬鹿野郎。教師の顔色うかがう暇があったら練習しろ。それと受験勉強ってもんが、この国にあることを忘れるなよ」

「ふうん。そういうもんですかねえ」

川口は困惑していたが、後藤にはただ感謝するしかなかった。彼以外の監督であれば和樹をどのように迎えていただろう。おそらく無理にでも大会に出場させていたのではないかと思う。きっと学校側がそれを強く望むような気がしてならない。

たくさんの新聞記者やテレビクルーを呼び、史上最悪の学校事件に巻きこまれた少年が、柔道を通して逞しく再起する。学校や地域のアピールとしては申し分ない。美談だ。

こんなのは下種《げす》の勘ぐり、あるいは被害妄想というのかもしれない。でも、とにかく他の選手の邪魔をしたくはなかった。誰であろうと高みへと目指してきた彼らの聖なる領域を汚せるはずもない。

何本目かの乱取りをしていると、道場の入口あたりでざわめきが起きた。柔道着のごつい男達のなかを華奢な巻き毛の男の子が入ってくる。

半藤だった。隣には長い黒髪のエリカがいた。柔道場という男臭い場所ではいかにも異質な感じがする。彼ら二人の周囲だけが暗く、日光が充分に届いていないようにも見える。二人の名前は下級生にまでよく知られているのか、モーゼの十戒みたいに人垣が割れ、怖れおののくように後ろへ下がった。

「なんだ、半藤。お前もやりたくなったのか?」

後藤がわざとらしく驚きの声をあげた。半藤は肩を軽くすくめた。彼はスケッチブックを抱えていた。

「いや、見学しにきました。いいですか?」

「へえ、こりゃ雪が降りそうだ」

川口は口笛を吹いた。数あるスポーツ部のなかでも、彼はこの騒動には加わらなかった珍しい人間だった。寺西や新菜とは違い、無関心の態度を取り続けている。半藤にも特に敵意を抱いてもいないらしい。ただし他の部員は恐々としているようだけれど。

川口は満足そうに顎をなでた。

「やりたくなったら遠慮なく。道着は余ってるからさ」

エリカの口がぼそぼそと動いた――そんなわけねえだろ、ボケ、殺すぞ。彼女は顔いっぱいに不満を表明しながら周囲を睨みつけていた。どうやら彼女自身は仕方なくついてきたようだ。半藤は壁にもたれながら手にしていたスケッチブックを開く。エリカは退屈そうに持っていた雑誌をパラパラとめくる。

「そら、よそ見禁物」

川口が脛《すね》を蹴たぐった。和樹はバランスを崩して倒れる。川口が襟を摑んで体落としを仕かける。重心を落として和樹はかろうじて凌《しの》ぐ。半藤は意地悪そうに小指と人さし指を立てて掲げる。気合を入れろという意味だろうか。メタル好きがよくやるメロイックサインだ。

また荒々しいかけ声があちこちから湧き起こる。半藤はさらさらと鉛筆をスケッチブックに走らせていた。まったく罪な男だ。だが嬉しかった。川口も気になるのか、ちらちらと彼を見ていた。

「よくわからないんだよな」

川口は和樹に呟いてみせたものだった。どうして校内であんな争いが起きるのか。心底理解できないようだった。

「そりゃ柔道は好きさ。でも練習が休みのときは、ぼくだってゲームしてる。三国志を語らせたら結構うるさいんだよ。あとはアニメもよく見てる。だからぼくにはどれが良くて、どれが悪いだなんて、わからないな」

ごく当たり前だと和樹も思う。同時にその理屈が世間ではなかなか通用しないことも知っていた。国籍、地域、肌の色、神、言葉、考え、趣味、年齢。そのわずかな違いを見つけて人は群れを作り、上下関係をこしらえ、群れ以外のものを嫌い、蔑み、憎み、屈服させようと励んだりする。

休憩に入ってから、タオルで汗を拭きながら半藤の隣に座った。

さっさと話を済ませろ。エリカが無言のまま鋭い目つきで訴えていた。

半藤のスケッチブックには道場の風景が描かれていた。男達の筋肉は誇張されていて、躍動感に溢れている。和樹と川口はアメリカンコミックのヒーローみたいにやたらとマッチョに描かれている。和樹の顎はお尻のように深々と割れている。川口はまるで『X－M

EN』に出てくるウルヴァリンみたいだ。腕毛も濃く、野獣のように描かれていた。それを覗いた当の川口は愉快そうに笑い、水道場へと向かっていった。

鉛筆を走らせながら半藤はいった。

「まるで水を得た魚だ」

「ぼくがかい?」

「そうさ。この画もただカリカチュアライズしただけじゃない。本当にこんなふうに見えたんだ。ぼくの目にはね。超人達のスーパーファイトって感じだったよ。やっぱりすごいな、君は」

「超人かどうかはともかく……今になって思ったんだ。ここがぼくの居場所なんだって」

「そうか。それで出るのかい?　大会なんかには」

和樹は首を振った。

「今回は、遠慮させてもらったよ」

「へえ」

半藤はちらりと後藤に目を走らせた。すぐに理解したのだろう。

「君のほうは?　今日ずっといなかったじゃないか」

今日の彼は、朝からずっと学校に姿を見せてはいなかった。もう珍しくはないのか、担任教師すらもそれほど彼にはうるさく小言を述べたりもしなかった。

「映画の制作に熱を入れすぎてね。起きたら昼になってた」

「そうか」

本当なのかはわからない。おそらく身の危険を感じていたのかもしれない。半藤はスケッチの手を止めた。

「今朝はありがとう。あいつらを助けてくれて。代わって礼をいうよ。救ってくれたというのに、あいつらときたら、君に食ってかかったそうじゃないか」

和樹は思わず彼の横顔を見つめていた。黙っているつもりだった。

朝、体育館の裏から人気の多い玄関へと連れていくと、七三わけとカマキリメガネは怒りに身体を震わせていた。すのこの上で何度も足を踏み鳴らして和樹に訴えたものだった。どうして半藤はなにもしようとしない。なんであいつらをつけあがらせておくんだ。あの発砲はやっぱり半藤なんだろう？　ただもっと撃って、あの筋肉バカどもを早く大人しくさせろよ。

一方的に懇願されて、和樹はただ面食らっていた。

「……別にいいよ。たまたま居合わせていただけだから」

「証拠もないのに犯人扱いされるのを、黙って見ていたくはない。そんなのは高木のときだけで充分だ。そう心に決めたはずなんだけどね。でもときどきやりきれなくなってくる。まるで人権派弁護士にでもなったような気分だよ」

「あいつらも最低のク、ク、クズだな。あいつらだって、た、高木を追い出したようなもんじゃねえか。被害者面しやがって」

エリカが吐き捨てるように呟いた。和樹は二人に訊いた。

「どういうことだい？　彼らは友達なんだろう？」

「高木と大杉は幼馴染さ。大杉というのは、あのドイツの独裁者に似たヘアスタイルのやつ。でもあいつらの関係も複雑でね。あいつらの父親は同じ会社に勤めてるんだ。大杉の父親のほうが確か部長だとかで上役だった思う。どういうことが起きたか想像がつくだろ？」

半藤は淡々と答えたが、和樹はただ深々とため息をついた。

高木のカッター事件がこの町の大人らまでをも巻きこんだ騒動となったことは知っていた。そこまで複雑だとは考えもしなかった。大杉の父親は、息子の虐めを告発しようとしていた高木の父親を懐柔させる立場にあった。大杉は父親の立場と友人の危機との板ばさみに苦しんだのかもしれない。大杉の怒りは、そんな人間関係のしがらみからも来ているのだろう。

半藤はいった。

「罪の意識を感じるんだったら、率先してジョックス達を痛めつければいいのに。根っから他力本願で困るよ」

「人権派弁護士どころか、いつ被告人にされてもおかしくないんじゃないか？　みんな君が発砲したと思ってる」

「なぜ？　ぼくにはモトヤマの生霊が取りついてるからかい？」

「いや、それは」

和樹は口ごもる。

「気を使わなくていいよ。小さな頃からずっといわれ続けてるからね。口にしたあいつらも自覚がないのさ。ずっといい続けてきたことだから。まあ、本気でそう考えてるわけじゃないだろうけどね」

「こんなところにもセーラムはあるんだと思って驚いたよ」

「なるほどね」

半藤は乾いた笑い声をあげた。セーラムはマサチューセッツ州にある地名だ。十七世紀に魔女狩りが行われた土地として知られている。イギリスから課せられた重税と天然痘の大流行で、恐慌状態に陥った住民達が、罪もない二十名もの女性達を魔女として殺害したのだ。

半藤はスケッチブックを閉じた。

「ずっと長い間、この土地だけがおかしいのかと思ってた。でもそういうわけでもなさそうだ。ニュースを見てるかい？　近頃の若者とやらの活躍には驚かされるよ。すごいもんだ」

半藤は窓に目をやった。その表情にはどこかもの悲しさが漂っていた。和樹も同じように外を見た。相変わらず雨は降り続いていた。まだ放課後からそれほど時間が経っていないというのに、外は宵闇のような暗さに包まれていた。

アメリカよりずっと安心して暮らせる国だ。父はずっとそういっていた。この国に全幅の信頼を寄せているようだった。だがこうして帰国した和樹にはまだよくわからない。連日のように通り魔殺人や子供の誘拐、放火といった凶悪事件が発生していて、ニュース番組や新聞を賑わせている。

この地域でも、父兄や教師は朝だけでなく夜もパトロールをし始めている。車に黄色いステッカーを貼って、防犯を呼びかけている。このエアガン騒ぎで果たしてこの町はどうなってしまうのだろうかと思う。

半藤はいった。

「あの発砲事件の犯人は、茶道部にいた連中じゃない。そうは思ってはいるけど、でも固く信じきってるわけでもない。そうであってほしいなと願ってるだけなのかもしれない。最近はね、三橋君。この学校だけじゃないよ。この世にいる同じ年頃の人間みんなに思ったりするんだ。頼むからあんまり頭の悪いことをするなよってね」

「何百万人といるのにかい？　それは――」

「無理さ。どっかのクズ野郎が犯罪を犯して、なんで軍隊みたいにぼくらが連帯責任で責められなきゃならない。勝手になまけもののクズ扱いしてさ。最近なんだか、とてつもなく薄気味悪いことが起きてるように思えるよ。いつも吸ってる空気がほんのちょっとずつだけど、薄くなってるような感じかな。なんか妙に息苦しい」

　半藤は軽くため息をついた。

「そろそろ行こう。も、もういいだろ？」

　エリカが半藤の肩を優しく叩いた。彼は軽くうなずき、和樹に訊いた。

「犯人を捜すつもりなのかい？」

　柔道着姿の和樹を改めてまじまじと見つめていた。

「そんなヒーローみたいなこと、できるはずないよ。ただ身近にいる人だけでも護れたらと思って」

「そうか」

監督の後藤が道場のまん中で手を叩いた。休憩の終わりの合図だった。次は二年生を相手に乱取りをする。練習は望むところだったが――。半藤が出口へ向かいながら呟いていた。

「弾なんて怖くないさ。痣くらいにはなるけど、やっぱりそんなのは怖くなんてないんだ」

東北新聞　ネット殺人依頼　5月8日（山形県）

森被告が保釈

インターネット掲示板を通じて、父親（55）の殺害を依頼した事件で、殺人予備罪に問われた山形県I市J、無職森純被告が保釈されたことが7日、わかった。

山形地検によると、山形地裁が森被告の保釈を認めた決定に対し、同地検が宮城高裁に抗告したが、逃亡や証拠隠滅の恐れは少なく、施設での治療が必要との理由で棄却されたという。

東邦新聞　拳銃発砲　　5月24日（神奈川県）

旅行会社の事務所に

23日午前9時ごろ、K市Lの旅行会社「京横ツーリスト」に出勤した男性社員（28）が、玄関ドアのガラスに弾丸が貫通したような小さな穴があるのを発見、K署に通報した。付近から弾丸が見つかり、同署は拳銃発砲による器物損壊事件とみて捜査している。

調べでは、弾丸は事務所北側の壁を貫通していた。また、事務所前の駐車場で薬きょうが発見されたことから自動式拳銃で撃ったとみられる。前日の22日午後8時ごろに社員が最後に戸締りして帰宅した際は異状はなかったという。

現場は国道246号沿いの住宅密集地域。人通りは少なく、夜は車の量も減るという。

7

総合公園の敷地内は静かだった。

近くには新しく作られた体育館がそびえ立っている。いつもは夜遅くまで遊歩道をジョギングする人の姿を多く見かけるらしい。けれど午後八時の今は、特に人気を感じない。

道には街灯がいくつも立っていて、ほんのりと明るくライトアップされている。芝生はきれいに刈られていて、歩道にはゴミ一つ落ちていない。まるでメジャーリーグの野球場のように、整備の行き届いた美しさには感動さえ覚える。でも今は静けさのせいか、そうした人工的な風景にどこか冷たさのようなものを感じていた。

緊張のせいか遊歩道を歩く足も思わずぎくしゃくしてしまう。一年前にふくらはぎに負った傷がうずく。柔道部での練習で取り戻しつつある自信もゆらぐ。本物ではないとはいえ、やはり銃だのガンだのという言葉がつく限り、永遠に拭えない恐怖が心を縛めていた。

この総合公園の敷地内で最初の銃撃事件が起きたといわれている。半信半疑だったが、今は信じるしかない。競技場で練習を終えた二年生の陸上部員が撃たれた場所だった。

そんな場所になぜ自分がいるのか。それは和樹自身にすらわかってはいない。素人探偵のヒーローをきどるつもりなどなかった。犯人は犯行現場に戻るといわれているが、犯人になど遭遇したくはない。取り押さえるなんて問題外だ。逃避することさえも満足にできないのではないか。突きつけられた銃からは炎など出るはずもないとわかっていても、あの暗い穴を見せつけられただけで震えあがってしまいそうな気がする。

それではなぜやって来たというのか。それもわからない。でも歩かずにはいられない。

この目で見ておかなくてはならない。この世を去った友人らが和樹に語りかけていた。促していた。

遊歩道をスニーカーで駆ける軽やかな音が聞こえた。和樹は音のするほうを見た。目を見開いた。ジョギングをしているのは新菜だ。赤いジャージに身を包み、やはり肩にタオルをかけながら近づいてくる。

彼女も和樹に気づき、驚いたように眉を上げた。街灯の光が顔や首筋の汗を光らせていた。

「あれ？　なにやってんの？　こんなところで」

「あ、いや、ええと、それが……ちょっと、わからないんだ」

彼は唇を何度も舐めながら答えた。顔が火照《ほて》る。

新菜は呆れたように口を開けた。それから身体を折って、さもおかしそうに大声で笑った。

「なにそれ。マジ？　まともな嘘ぐらい考えときなさいよ。わかんなくて、こんなところ来るはずないじゃん。こんな時間にさ」

「本当にわからないんだ」

「正直にいえばいいじゃない。犯人を捕まえるために来たんじゃないの？　だから柔道部にも入り直したんでしょう？」

「そんな勇ましいものじゃないよ。本当に」

「ふーん。まあ、別にどうでもいいけど」

彼女は大きく深呼吸をして息を整えていた。背筋を伸ばしてストレッチをする。その姿はひどく無防備に見えた。

「とにかく適当な理由ぐらい考えておいたほうがいいよ。そんなんじゃお巡りさんや補導員に怪しまれるもん」

「君は怖くないのかい？」

「え？　補導員が？」

「いや。ここがだよ。人気もないし、それに事件だって起きてる。女の子が一人でいるには――」

彼女はうんざりしたような冷やかな目を向けた。

「さあ、別になんてことないけど。お墓や廃墟じゃあるまいし。毎日ここで走ってるからわからないし、あの事件以外にここで犯罪が起きたなんて話も聞いたこともない。あんたも、ただ度胸試しがしたいのなら、どこか違うところに行ったほうがいいよ」

「ごめん、そんなつもりじゃなかったんだ」

「……あたしこそ、ごめん。どうしてかな。大会が近くて、ちょっと苛立ってるのかもしれない」

彼女は頬を紅潮させて頭を掻いた。それが後悔したときの彼女の癖なのだろう。一見すると大企業の女性ＣＥＯみたいな力強さに溢れていたが、ときどき意外な脆《もろ》さを覗かせる。

ふいに彼女は夜空を見上げた。和樹も同じように上を向く。雲はほとんどなく、アメリカにいた頃の宝石をちりばめたような星空とは違い、一等星でさえも研磨を怠ったような石みたいに鈍い光しか放っていないが、無数の星を確認できる。総合公園自体が駅の裏側に位置する再開発地区に設けられたせいか、ビルの数はまだ少なく、空を遮るものはほとんどない。

「本当は休んでるべきなんだよね。さんざん部活で汗かいて、それからこんなふうに走るのはオーバーワークだって、よくコーチにも怒られる。でもここはあたしにとって大切な場所なの。落ちつけるし、ようやく自分の好きなようにやれるから」

「わかるよ」

和樹はうなずいた。数あるスポーツ部のなかでも、本命と呼ばれている女子バスケのキャプテン。地区優勝をすでに成し遂げ、新聞の県内版でも大きく取り扱われ、専門誌の取材も受けている。傍目から見ていても恐ろしく多忙で、きついプレッシャーを課せられているのはわかっていた。

「あんたがここに来る理由もわかる。あたしだってできることならさっさと犯人を刑務所に送りたい。どうせそんなおもちゃを使うようなやつなんて、幼稚なろくでなしに決まってる。でも万一のことを考えると、少しだけ怖い。弾が目に入ったらとか、転んで捻挫でもするんじゃないかって。今はけがするわけにもいかないから」

「寺西も同じことをいってたよ」

和樹は数日前の朝に見た寺西のせっぱつまった表情を思い出していた。銃の弾は喜んで浴びろってのか――あいつの思いつめた声は未だに心に残っている。

「嫌なやつだけど、あいつはあいつなりに必死なのよ。ただでさえ高いハードルが待ち受けているのに、後ろから殴りかかろうとするテロリストみたいなやつがいるんだもの」

「少し可哀想に思えるくらいだった。思いつめていて」

「あれじゃもうすぐ破裂するわ。みんなすごく苛立ってる」

新菜はため息をついて続けた。「学校だけじゃない。なんだかこの町全体がピリピリしてる。モトヤマみたいなアブない変態がうろついてるわけじゃないのに。ここはそんなに悪い土地じゃないけど、すごく脆いの」

「ぼくがここに来たのも、犯人を捕まえるというよりも、ただこの窮屈な空気から逃げたかったのかもしれない」

「それならわかるわ。あたしもそう」

新菜は薄い微笑を浮かべた。和樹は一度空を見上げてから、それから切り出した。

「……半藤と話をしてみないか？」

「あいつと？　なにを？」

新菜の微笑があっという間に消えうせる。

「彼もぼくらと同じで、悩んでるようだった」

「ちょっと、それは……」

「ただ逃げたいだけじゃない。なんとかしたいんだ」

「それは……考えておく。臆病者と思われるかもしれないけど、なんだか騙されそうな気がするから。うまく利用されるだけされて、崖から突き落とされそうな気がするの」

「まるでレクター博士みたいだ」

「誰？」

「映画にそういう怪物みたいな悪役がいたのさ。でも彼は違う。学校の生徒を、わざわざ陥れるようなレベルの低い考えは持ってないと思う」

「悪かったわね。レベルが低くて」

新菜は口をへの字に曲げて、それから首を振った。「そうなのかもしれない。最近はずっと感じてた。怪物なのはどっちなのかって。みんなずっとあいつやエリカを怖れて、避けて生きてきたから。本当はあいつらのことをなに一つ知らないだけなのに」

「こんな暗い道を駆けるのは怖くなくて、あいつは怖いというのかい?」

和樹は挑発する。やってやろうじゃない。そんな熱っぽい返事を期待したが、彼女は頬を打たれたように顔を強張らせ、伏し目がちになった。

「もう少し考えさせて、お願い」

「……………」

弱々しく訴える彼女の反応に戸惑いを覚える。そしてこの町に漂うモトヤマという亡霊の大きさを思い知らされる。

「じゃあ、そろそろ行くね。さっきはごめん」

彼女は努めて明るく振る舞う。和樹は後ろめたさを感じていた。彼女の大事な時間を邪魔してしまったような気がした。

懐中電灯のまっすぐな光が目に飛びこんできた。和樹は反射的に顔をかばう。光の方角には何人かの人影があった。

「あ、いたいた」

懐中電灯を持った人影がいった。おばさんのような年かさの女性の声だった。トレーナーやジャージといったラフな格好の大人が急《せ》いた調子で何人も駆け寄ってくる。補導員や教師ではなさそうだったが、揃いの蛍光色の帽子を被っているところを見ると、この地域の大人らによるパトロール組織のようだった。

「なんだってのよ、まったく」

新菜は顔いっぱいに嫌悪感を表していた。

「知り合い？」

「ただの飲み友達よ。父さんの」

新菜は集団のほうへと早足で近寄った。和樹になるべく関係を知られたくはなさそうだった。

「おい、あいつ誰だ」

集団の一人が、壊れかけた拡声器のようなひび割れた声で和樹を顎で指した。彼女はうんざりしたように首を振った。

「誰だっていいでしょ。さっさとどっかに行ってよ。どうしてこんなとこまで来るの？」

「おめえこそ、わざわざこんな人のいねえところで走るんじゃねえよ。なにかあったら、どうすんだ？」

アルコールの臭いが鼻に届く。何人かの男達は酒を飲んでいたらしく、街灯で照らし出された顔は脂で赤く輝いていた。

新菜に話しかけている男はサンダル履きで、パトロールというよりも酔いをさますためにただ散歩をしているだけのように思えた。

「なにもありはしないわ。なんべん同じこといわせるの」

おばさんが媚びるような調子で新菜にいった。

「心配でしょうがなかったのよ。だってまた起きたっていうから」

「え？」「え？」

新菜と和樹が同時に驚きの声をあげた。和樹は尋ねた。

「起きたんですか？　また発砲事件」

「おめえは？」

男が尋ね返した。淀んだ目つきで和樹を見上げる。

「クラスメイトよ。それでどこで起きたの？」

「すぐ近くのファミレスの駐車場よ。練習を終えた陸上部の男の子達がまた狙われたらしいの。けがはなかったみたいだけど」

おばさんが早口で答えた。男が野卑な声でいう。

「へ、寄り道しないでさっさと帰れっつうんだ。ガキどもが。さっさと家で勉強でもしてりゃいいのによ」

「ろくに仕事もしてないあんたよりよっぽど上等よ。必死に練習した後なんだから、少しくらい休んでたっていいじゃない」

新菜は険を含んだ声でいった。校内では誰よりも大人びた態度を取る彼女だったが、今は反抗的で、苛立ちと怒りを募らせる年相応の少女に見える。

父親の飲み友達というよりも……ひょっとすると彼女の父親その人なのかもしれない。

「なるほどご休憩ね……」

男は新菜から目をそらしながら呟いていた。おばさんが男の言葉を打ち消そうとするかのように口調を強める。

「そんなこといわないの。みんなあんたになにかあったらって、それだけが——」

「やめて。本当に。今はとにかくどこかに消えて」

新菜もまた語気を強める。今にも爆発しそうな感情を必死でなだめるように肩で大きく呼吸していた。尋常ではない怒気を察したのか、その場にいるものは口をつぐんでいた。

沈黙を打ち破るように誰かの携帯電話が鳴った。仕事帰りなのか、取り出したのはネクタイとワイシャツ姿の男だった。

「ああ、そうか……もうこんな時間だったか。わかった、そっちへ向かう。え？　わからんよ。あの店の留学生？　まあ、怪しいといえば怪しいが。どうかはわからんよ……いや、このあたりは誰もいない」

ワイシャツの男は淡々とした声で手短に会話を終えて、それから周囲を見渡した。一人だけ腕章をつけているところを見ると、集団のまとめ役をしているのかもしれない。促すように集団を手招きした。

「それじゃあ、もうすぐ鈴木さんところの英語塾が終わる頃です。迎えにいきましょう」

勤めている会社でも指導する側の立場なのかもしれない。命じ方も自然だった。

おばさんが新菜へと寄る。

「じゃあ、あたし家まで送ってくわ」

「いい。送ってもらうから」

「あ、そ、そう」

新菜は和樹を親指で指した。言葉には有無をいわせない厳しさがあった。おばさんは交際を拒まれた男子生徒みたいな打ちひしがれた表情を見せた。

酒臭い男が品定めするようにじろじろと和樹の身体を見回した。

「この坊やは、おめえのなんなんだ？」

「ボディーガードよ。柔道の達人。この大きな身体見ればわかるでしょう。キレると怖いんだから。腕の骨ぐらい簡単に折っちゃうし」

新菜の説明に、男はたじろいだように後ろへ下がる。ワイシャツの男が真顔になっていった。

「こんな事件があったんだ。我々と一緒に行動したほうがいい」

「遠慮しておきますわ、おじさま」

新菜は笑顔できっぱりと答えた。ワイシャツの男もつられて笑ったが、目だけは冷たい光を放っていた。

「君は相変わらず強情だな。いいだろう。気をつけるんだよ」

蛍光色の帽子が遠ざかっていくのを見て、胸をなで下ろしていた。さっきまでは人気のなさに怖気づいていたけれど、今は解放されたような安堵感を覚えていた。おばさんが何度も振り返ったが、新菜は遊歩道のアスファルトに目を落としていた。

新菜は幼い頃に母親を病気でなくしたらしい。柔道部の川口が教えてくれていた。家事は祖母や妹らが取り仕切っているという話だった。父親は今も独身。あのおばさんとなにか関係があるのかもしれない。

新菜は鼻から大きく息を吐いた。顔には急に疲労の色が濃く浮かんでいた。まるであの集団に全エネルギーを持ち去られたかのようだった。

「あのネクタイのおっさん。寺西の父親よ。息子に似て、やたらと偉そうでムカムカするわ。なにが『いいだろう』よ。いつからお前の町になったんだっての」

「そうだったんだ」

「それにしても……まいったな。明日どうしよう。さすがに、やばいな」

途方に暮れたように彼女は星空を見上げた。

急にまた胸に切ない痛みを覚えた。翌日からはまたさらに悪化した事態が待ち受けているだろう。なにかアイディアを。励ましになるような言葉を与えてやりたい。

いくら考えても思いつかず、しばらく静まり返った公園で立ち尽くしていた。

北関新聞　またエアガン　　6月15日（A県）
中学生に向け発射、暴行の疑いで捜査
14日午後7時半ごろ、M市Nのレストラン駐車場で、私立中学校2年の男子生徒2人が、男にエアガンで撃たれた。5発発射されたが生徒に当たらず、けがもなかった。発射後、男は走り去ったという。M署は暴行容疑で捜査している。

む。こんな緊迫した日だからこそ、登校している仲間を護るべきではないかと。だがそれもただ和樹自身が抱えている不安を救ってほしいという自分勝手な理由のせいかもしれない。できれば彼のアイディアにすがりたかった。

何者かに背中を強く叩かれて、即座に振り返った。ニキビ面の女子が立っていた。新菜の後ろでボディーガードのようについていた女の子だ。

彼女は無表情のままいった。

「ちょっと来ていただけませんか？」

彼女は女子バスケ部の二年生らしい。一年上の生徒の教室にいるというのに、彼女は物怖じもせずにずかずかと足を踏み入れている。珍しい客に教室の視線が集まっていた。重たそうな瞼の下にある瞳は鈍く光るばかりで感情は読み取れなかった。

「真壁にいわれてきたの？」

「違います。でもあんたならなんとかしてくれると思ったから」

「どういうこと？」

「新菜さんの敵が動いたんです」

「な、なんだって？　ちょっと待ってよ」

女の子は答えずに早足で歩く。

「半藤のことをいってるのか?」

慌てて彼女の後を追いかけながら尋ねた。返答はやはりなかった。肩を摑んででも訊き出したいとさえ思ったが、堪えて後をついていくしかなかった。

この静けさはそのせいだったのだろうか。和樹は急に息苦しさを覚える。ひどく落ち着かない。

二階にある体育館へと向かう。その大きなホールを横切り、階段を下る。和樹の足が思わず鈍くなる。一階には運動部の部室が並んでいる。どちらの味方でもないつもりだった。しかし周囲はあまりそう思ってはいない。

校舎にはなかったざわめきが耳に届く。一階には多くの生徒が集まっていた。黒い頭が密集している。放課後になったばかりだから当たり前の光景ではあったが、生徒達の顔は昂奮で紅潮していた。

怒りのオーラを肌で感じる。まるで今まで耐えてきたものを一気に爆発させるような凶暴な空気が充満していた。和樹は唇を嚙みしめる。覚悟はしていたつもりだった。だが無事に一日が終わるという甘い期待がなかったわけでもない。

群集はサッカー部の部室を取り巻いていた。部屋から女子の叫ぶ声がした。新菜の怒声だった。

出し抜けにニキビ面の女子が突進する。人垣にぶつかっていく。バスケの反則技のようにプッシングを繰り返しては、容赦なく群衆を押しのけていく。右に左によろける男子の姿を見て、女子バスケ部がなぜ常勝軍団でいられるのか、和樹はその理由が少しだけわかったような気がした。

部室は思っていたよりも整頓されていた。汗と埃とメントールの臭いは世界共通だったが、真新しいリノリウムの床はそれほど汚れてはいない。ボールは大きな籠に入っていて、衣類や靴下といった私物は、みんなきっちりロッカーにしまっているようだ。壁には太い筆で、「目指せ、全国制覇！」と大書きされた紙が貼られてあった。

「それじゃ、こいつらに好き勝手にやらせろってのか！」

寺西が声を上げた。半藤をもっとも嫌う生徒の一人だ。サッカー部の人間だから当然いてもおかしくはない。その横には先日、足を撃たれた中屋もいた。部員達は新菜を睨みつけている。

新菜は同じバスケ部の女の子達を従えていた。自分達のフィールドではないせいか、多くの男子に囲まれて不安げな表情を浮かべていた。気丈な新菜も、今はかなり分が悪そうだ。表情にいつもの勢いが見られない。

「冷静になんなさいよ、あんた達の自業自得でもあるんだから」

男子達の怒気が部屋の温度を上げていた。ふざけんな！　てめえはどっちの味方なんだ！　罵声が飛びかう。和樹は思う。呼ぶべきなのは自分ではなく教師じゃないか。しかし階段や玄関には見張りの男子が立っていたのを思い出した。

何事なのか。わからないまま中心地へと近づく。周囲の視線が痛い。敵意さえ感じさせる鋭さだ。和樹もまた群集を掻きわける。

二人の男子生徒が壁にもたれて床にへたりこんでいた。この間と同じく、七三わけとカマキリメガネのコンビだ。寺西はカマキリメガネの足を蹴飛ばした。太腿の肉を叩く高い音が鳴った。その容赦のない攻撃を見ても、湧き上がる怒りをもう抑えきれないようだった。暴力沙汰で問題になるのをあれほど怖れていたというのに。

「半藤はどこだ！　さっさといえ、てめえ！　あの野郎、こんなもん……ふざけんじゃねえぞ！」

彼の手には古い型の8ミリビデオカメラがあった。

すでに腹や腿のあたりは蹴られたせいか、二人の制服は靴跡で灰色に変わっていた。蹴られたカマキリメガネは痛がるどころか、甲高い声で笑った。周囲の怒りを買うだけの苛立たしい笑い声だった。

「もう貴様らは終わりさ。やれよ、間抜けども。リンチでもなんでもするがいいさ。さあ、もっと醜い本性を表してみろ」

「ざけんじゃねえ、この野郎！」

中屋が拳を振り上げる。新菜が中屋を突き飛ばす。彼はバランスを崩して籠に後頭部をぶつけていた。けたたましい音とともに籠がひっくり返る。中屋の身体にサッカーボールの雨が降りそそぐ。

「暴力はだめ」

新菜はいった。寺西らは呆れたように口を開く。彼女は騒ぐ二人を冷たく見下ろした。

「あんた達もやめて。本当に死にたいの？」

七三わけの頭が見返す。粘り気のある視線を彼女に向けた。

「貴様もやれよ。本当はぼくらを殺したくてうずうずしてるんだろう？　必死の努力も全部無駄にされたんだ。思いきり殴って、うっぷんを晴らせよ。もう貴様はヒロインじゃないんだからな」

人の波がさらに室内へと押し寄せる。寺西や中屋が足を振り上げる。マントを振られて昂奮する牡牛のように、こめかみに血管を浮きあがらせて男達が迫る。

「やめて！　本当に出場停止になるよ」

迫る運動部員達の間に新菜らが割って入る。彼女らは防波堤となっていた。大きな波に耐えていた。ただし彼女らも二人をゴキブリでも見るように蔑んだ目を向けていた。当の二人はまるで殉教者のように陶酔しきった笑顔を浮かべている。彼女らが間に入っていなければ、お望みどおりにリンチされていたかもしれない。

朱に染まっていた寺西の顔が、今度は血の気を失ったように蒼くなっていった。歯の間からか細い声を漏らす。

「ふざけんなよ……なんなんだよ、お前らは。おれ達をこそこそ狙い撃ちするだけじゃなくて、なんだってこんなことしやがんだよ……なにがおもしれえってんだよ」

カマキリメガネは狂気を孕んだ目つきで周囲を見回した。

「その言葉をそっくり返してやる。お前らは神にでも選ばれたように、ずっとでかい顔して君臨してた。ふざけてるのはどっちだ」

新菜は和樹に気づいて目を丸くしていた。それから連れてきたニキビ顔の女子をたしなめるように睨む。「馬鹿。余計なこと」あれほど物怖じしなかった女子はそれだけで小さく身を縮めた。

「一体、なにがあったんだ」

和樹は彼女の耳元で大声を張り上げる。運動部の男女がお互いに怒鳴りあっていた。足元では七三わけとカマキリメガネがアニメの悪役キャラみたいに芝居がかった調子で高笑いをしていた。

「説明してる暇はないの。あの馬鹿の居場所を知ってるなら、教えてほしいけど」

「半藤のことをいってるのか？」

尻餅をついていた中屋が和樹に気づく。勢いよく立ち上がった。

「そうだ！　こいつなら知ってる。半藤のダチだ。あいつもきっとグルだ！」

「やめなさいよ」

新菜が中屋の襟を後ろから掴んで引っ張った。中屋はまたのけぞるようにして尻餅をつき、頭を籠にぶつけていた。

一斉に鋭い猛禽類の目が向けられる。それだけで首に縄をかけられたような気持ちになった。そんな目で見ないでくれ。胸のなかでヘドロが湧く。和樹は口元を押さえた。食道を焼くような強い酸が湧く。口内が胃液と咀嚼した食べ物で溢れ返る。和樹は目をつむった。涙が勝手に溢れる。暗黒のなかでそれらを飲み下す。

周囲の生徒らは一斉に和樹の側から離れていた。新菜は口をへの字に曲げて、バケツを和樹に押しつけた。

「吐くんなら、部屋を汚さないようにやって。もう、ただでさえ忙しいのに。戻ってなさいよ」

「いや、戻るもんか」

和樹はしゃがれた声で答えた。口元を押さえていた手には少し胃液がついていた。「居場所なんか知らない。でもおおよそ見当はつく」

「大丈夫なの？」

新菜は不安そうに目を細めた。その問いにはいくつもの意味がこめられているようだった。体調は大丈夫なの？　心は大丈夫なの？

案の定、寺西が飛びかかり、和樹の胸ぐらを摑む。

「どこだ！」

彼の拳は震えていた。どこだ。どこだ。連呼しながら和樹をゆさぶる。強い感情が流れこむ。半藤を見つけなければ、この世の破滅が訪れるとでもいうような悲壮な顔つきをしていた。和樹はいい放った。

「君らには教えられない。彼女だけだ」

「てめえ……この野郎！」

寺西が拳を振り上げた。止めに入ろうとする新菜を和樹は制す。ガードするつもりもなかった。

殴られる寸前で声が上がった。

「やべえ、組長だ！」

見張りと思しき誰かが入口で叫ぶ。みんな一斉に浮き足立つ。拳を振り上げる寺西の顔に怯えが走る。組長とは柔道部監督の後藤のあだ名だ。組長という異名を持つレスラーと顔つきが似ているからつけられたらしい。心根は優しい教師だが、ブルドッグのような顔つきのせいか、生徒達の畏れの対象となっている。

「こっちよ」

隙をつくように新菜が和樹の腰を叩いて促す。バスケ部の女子達が、彼女をガードするように周りを囲う。

「てめえ待て！」

寺西の怒号が室内に響く。新菜と和樹は部室を駆け出る。後藤の姿はまだなかった。代わりに階段にいたのは坊主頭の男子生徒だ。

川口だ。彼が声をあげてくれたのだろう。彼は小さくうなずいていた。和樹は軽く手を振り返した。

新菜が和樹の手を握る。掌は毎日バスケットボールを相手にしているだけあって、グローブのように皮膚は固く厚かった。指にはいくつものテーピングが巻かれている。ロニーが憧れていた日本少女らしいたおやかさは感じられない。代わりに凜とした逞しさを感じる。和樹の胸に何度めかの痛みが走る。

廊下を駆けるようにして進む。やがてある部屋の前で止まる。和樹の息が一瞬止まった。そこは女子バスケ部のロッカールームだった。男子禁制の場だ。足がすくむ。

「恥ずかしがってる場合じゃないでしょう?」

新菜は呆れたように息をついた。和樹を室内へと引っ張る。後輩らしき部員が門番となって扉の前に立つ。彼女のチームメイトらが後に続く。

さすがに県内最強の強さを誇るだけあって、女子とはいえ背が高く、屈強な感じの生徒ばかりだった。サッカー部の男子と同じく、威圧的な感じもちょっとする。

室内はサッカー部より乱雑だった。ボロボロに使いこまれたボールが籠のなかで今にもこぼれ落ちそうなくらいに山盛りになっていた。筋力トレーニング用のメディシンボールやダンベルが床にいくつも転がっていた。部屋の隅にはサポーターや練習着、古いシューズが山積みになっていた。ロッカーの上にはバスケットボールの雑誌が束になって積まれてある。その横で勝利を祈願するための千羽鶴が、いかにも使い道に困っているとでもいうようにぞんざいに置かれ、灰色の埃で変色していた。

汗や湿布の臭いはあまりしなかった。代わりにデオドラントや化粧水の匂いがした。それだけだった。父がよく聞く落語に、女湯をどうしても見たいと願って、風呂屋の番台に座ろうと躍起になる好色な男の噺《はなし》があった。

　和樹も一度くらいは女子のロッカールームを見てみたいという願望はあった。望みは叶った。なぜかあまり嬉しさは湧かない。UFOキャッチャーで取ったような小さなぬいぐるみ、それにティーンズ雑誌があるぐらいで、男子の胸をときめかせるようなものは見当たらなかった。

　新菜は切り出した。

「安心して。あたしらは話がしたいだけ」

「わかってる。でも教えられるのは君だけだ」

　新菜の言葉に嘘はないだろう。だが全員が新菜と同じ考えでいるかはわからない。彼女は和樹の胸を軽く叩いた。

「わかってる。なにもいわなくていい。ただあたしを連れていってくれるだけでいいよ。みんなもそれでいい？」

　新菜はチームメイトらに訊いた。扉にもたれていた女子が柔らかく微笑んだ。一人だけ身体が小さく、背丈は和樹の鳩尾《みぞおち》ぐらいしかない。

「いいよ。そのへんは真壁に任せておいたほうが間違いないし」

　パイプ椅子に腰かけていた大柄な女子が鼻を鳴らした。軍人のクルーカットのように極端に短く髪を刈っている。

「うちらはあまり関係ないけどね。やましいことをやってるから、あんな薄気味悪いオタクどもにつけこまれるのよ。男子は頭が悪すぎんだよ」

「そうもいってられない。女子バレー部みたいなこともあるから」

新菜がたしなめるようにいった。全員の表情が重苦しいものに変わる。和樹は尋ねた。

「半藤は、彼は一体、なにをしたんだ。エアガンの事件以外になにが起ころうとしてるんだ。あのビデオカメラは——」

「ごめん。時間がないの。歩きながら教えるから」

新菜の目にも、寺西達と同じような焦りの色が覗けた。それを見て和樹はただうなずくしかなかった。

部屋の擦りガラスを開けた。窓からは裏庭の風景が広がっていた。巨大な校舎の影に覆われている。青々とした雑草が一面に生い茂っていた。新菜は窓枠を飛び越えた。

「表だと見張られてるから」

新菜は和樹を手招きした。和樹も窓枠に足をかける。

一瞬、眩暈《めまい》を感じた。回転しながら見える外の光景には、逃げ惑う多くの生徒とヘルメットを被った武装警官達の姿があった。

アルミサッシにつま先が引っかかる。地面がみるみる近づく。和樹は草の上を転がる。受身を取る癖が身体には残っていた。おかげでけがはない。周囲を見渡す。目の前にあるのはやはり日本の風景だった。室内から笑い声がどっと上がる。新菜だけが痛々しそうに顔を歪めて和樹に手を差し出していた。

「半藤を売るような真似して、後悔してない？」

腕に鳥肌がたっていた。和樹は苦笑いを浮かべて歩き出した。

例の垣根の隙間を抜け、道路へと出る。誰も追ってこないのを何度も確かめる。新菜は少し俯き加減になっていた。町の有名人でもある彼女が、この時間に男子と一緒に歩いていたら、どんな噂が生まれるかわかったものではない。そう思うと他人が羨むヒロインという生活も、かなり窮屈なものかもしれないと感じていた。

校舎が家々の屋根に隠れて見えなくなる。それを待っていたかのように新菜はゆっくりと口を開いた。

「ビデオカメラが仕かけられてたらしいの。あちこちに」

和樹はため息をついた。寺西が持っていた古い8ミリテープ式のカメラを目にしてから、そんな予感はずっとしていた。

「そうか……そうだったんだ」

「あまり驚かないのね」

和樹は疲れきったように首を振った。

「知らなかった。そんなのは」

「あたしも。あいつらの部室で初めて知ったの。半藤はやっぱり信用ならない蛇みたいなやつだよ。さすがに女子のロッカールームにまでは仕かけてないようだったけど、でもやっぱり吐き気がする。こんな卑劣なやり方」

新菜は強い眼差しで空を睨んでいた。

「なにが映ってたのかな」

「それはまだわかんない。まだ見たわけじゃないから。ただあのオタク達がいうには、かなりやばいのが撮れてたみたい。半藤はわざとサッカー部にカメラを発見させたのよ。寺西みたいな連中にそうして警告を与えるためにね。きっと今頃はどこかで笑ってるに違いないわ。あたしらが右往左往するさまをどこかで眺めながらね」

「サッカー部はどうしてあんなに慌てているんだろう」

「別にあいつらだけじゃないわ。こんなのは。どこの部にも身に覚えがあるみたい」

新菜は指を口元に寄せて、タバコを吸うフリをした。それから指を丸めて酒を呷《あお》るまねもしてみせた。

「本当に馬鹿なやつら」

和樹は咳払いをした。彼にも身に覚えがある。柔道をやり続けたとはいえ、武道家のような厳しい倫理観まで身につけたかといえば返答につまる。昔。もうずっと昔のことのように思える。仕事を終えた大人達と交じって道場で汗を流した。大人達はいつもクーラーに入れたバドワイザーの六缶パックを持ち歩いていた。練習後にはプルを引く音があちこちで聞こえたものだった。男達は和樹をかわいがってくれた。ビールもよく与えてくれた。

「さっき女子もどうとかっていってたね。バレー部とか」

和樹が尋ねると、新菜は顔を曇らせた。

「永井、知ってる？」

「女子バレー部のコーチじゃないか」

意外な名前が出てきたと和樹は思う。ジムのインストラクターのような逆三角形の体型をしていて、眉の手入れも欠かさない、大学を出たばかりの若い教師だ。快活で明るく、生徒にも人気がある。

「大昔の日本のドラマに出てきそうな熱血教師だよね。声がはきはきしてて、歯がやけに白くてさ」

「キレるの、あいつ」

「なんだって？」

「身体は立派だけどオツムは子供のままよ。あたしらより全然ガキ。あいつ、思いどおりにならないとキレるの。ヒステリーみたいに喚《わめ》き散らして、ときどきぶったりするわ」

「……でもコーチなんて、そんな鬼軍曹みたいなやつばかりじゃないのかな」

「鬼軍曹は、同僚がいなくなったからといって急に性格を変えたりはしない。それにある特定の子を憎んだりもしない。わざわざ鼻を狙ってボールをぶつけたりもしないし、拳で何発も殴るとは思えない」

和樹は思わず新菜の顔を見つめた。彼女の顔から急に表情が消えた。口内が粘ついて言葉が出なかった。新菜は続ける。

「コートにもカメラはあったわ。さぞやおもしろい映像が撮れたでしょうね」

「それだったら、公になったほうがいいじゃないか」

「あたしもそう思う。あの若い政治家みたいなヘアワックスべたべたの後頭部に、何度もメディシンボールを投げつけようと思った。首の骨が折れるくらいに強くね。でもバレー部は、あの馬鹿の暴力のせいで、自分達が大会に出られなくなるんじゃないかって怖れてるの」

「そんな馬鹿な。生徒に罪があるわけでもないのに。出場停止になるはずないじゃないか」

　彼女は首を振った。

「わからない。あんたがいた国や別の土地だったら、そうなのかもしれない。けど、ここで暮らしたあたしらにはわからない。いろんなことがありすぎたし、大人達もいろんな目に遭ってきたから。バレー部やサッカー部だけじゃない。あんまり多くの部がまずいことやっているようだったら、最悪、運動部全てが出場停止なんてことになるかもしれない」

「まさか……」

「ならないとも思う。でもやっぱりわからない。校長は、あたしらよりも体面を先に考えるかもしれない。来年は国体があって、これだけスポーツに力を注いだ学校で、こんなみっともない騒動が明るみに出ても、まともなままでいられる人がそれほどたくさんいるとは思えない。こんなふうに考えるあたしもそう。自業自得なのはわかってる。でもやっぱり努力をフイにされるのはたまらなく嫌だし、そんなのは見たくもないの」

　新菜は空を睨んでいた。眉間に皺をよせて、見えないなにかを睨みつけていた。それはネットの噂だったり、半藤のゲリラみたいな攻撃だったり、精神年齢の低いコーチだったり、校則違反をして悦ぶ寺西だったり……。彼女には行く手を阻む巨大な魔物の姿が見えているのかもしれない。

和樹は彼女の先を進み始める。

「図書館だよ。学校に来ない日は大抵あそこにいるんだ」

「いいの？　友達を売るようなことをして」

「よくは……ないさ」

半藤の細く整った顔が目に浮かぶ。彼は繊細で優しかった。大人顔負けの知性もある。だが巨大な怒りを隠し持っている。この土地で彼が浴び続けた侮辱や悪意、それに孤独は和樹にとって容易に想像できるものではない。

もしそんな彼が本当に撮っていたのだとしたら……。考えただけでもぞっとする。中身の効力を限りなく引き出して、人々の耳目をできるだけ多く集めるセンセーショナルな方法を採るだろう。それまで受けてきた攻撃など、比べ物にならないような残酷さを発揮するだろう。彼にはそれができる。

市立図書館が見える。周囲を林や生垣が取り囲み、レンガで覆われた歩道が続いていた。彼が本気なのだとしたら、こんなたやすく発見できる場所にはいないだろうが、今は進むしかなかった。

和樹は独り言のように呟いていた。

「彼は、君らを立ち直れないくらいに打ち負かすつもりかもしれない。それだけの技術も知識もある。でもその後は？　その後はどうなる。物語は続くんだ。もうそのときは歯止めなんてきかない」

銃撃事件の後に過ごした冷たい地獄のような日々を思い出していた。部屋に閉じこもりながら、テレビだけはずっと見ていた。

ニュースは連日連夜、和樹がいた学校の事件を取り上げていた。ヒスパニック系の下院議員が、原因は日常的な人種差別によるものと学校を告発した。それに対抗するように過激なラジオＤＪやＦＯＸニュースのアンカーマンらが移民の倫理観の低さを嘆いた。警察は、他のヒスパニック系の生徒は事件とは無関係と発表した。すると地元のＫＫＫ系組織のメンバーだったコンピューター技師の中年男がヒスパニック系の集落に火をつけた。彼は三軒の家と住人の老婆を灰にすると警察の留置場で首を吊った。ＬＡでは、同胞が殺害されたと知った中国系ギャングがチカーノギャンググループを襲い、何人もの死傷者を出していた。

図書館は半藤の別荘みたいなものだった。物わかりのいい司書がいて、昼間にいても学校に通報されたりもせず、静かに読書と勉強ができるらしい。とはいえ彼が勉強するのは黒人音楽の歴史だったり、映画の撮影方法だったりで、学校では教えてくれそうにないものばかりを研究していた。

窓辺の自習コーナーに足を向ける。高校生や浪人生ばかりで半藤の姿は見当たらない。岩だらけの荒野に一人放り出されたような気がした。あちこちに視線を巡らせる。エプロンをした口髭の司書と目が合う。ログハウスでパイでも振舞いそうな人懐こい顔をしていた。彼は目元を綻《ほころ》ばせて、親指で別の場所を指した。

和樹は彼に頭を下げる。新菜はジャージ姿の自分の格好が場違いに思えたのか、気恥ずかしそうに首をすくめていた。肩を叩くと、彼女は背中に冷たい水を浴びせられたかのように飛び上がった。

「あ……ご、ごめん。あいつはいる？」

「いないみたいだ。ここには」

新菜に落胆した様子はない。むしろ安堵の色が見え隠れしていた。ここは彼女のフィールドではなさそうだった。たとえ半藤がここにいても、居丈高に問いつめるわけにもいかない。彼女を連れながらさらに歩く。建物の外に出る。

裏側にある古い神社に向かう。ちょっと前まではつつじが無数にまっ赤な花を咲かせていた。人気はほとんどなく、周囲をとりまく林からは鳥のさえずり声が聞こえていた。敷地はきれいに掃かれていた。苔の生えた二匹の狛犬が和樹らを出迎えていた。

「こんなところに？」

新菜が訝《いぶか》るように低く呟く。

図書館が別荘なら、神社は彼の隠れ家だ。滅多に友人も連れては来ないという。「連れてきても、退屈なだけだろうからね」と彼はいっていた。社の側にはたくさんの青いあじさいが涼しげに咲き誇っていた。三日前に半藤はそれを和樹に見せてくれたのだ。

今日は前に訪れたときよりもさらに多くの花が咲いていた。その横で蛙が生き生きと飛び回っているのが見えた。

その近くのベンチには、腰かけている半藤の姿があった。

彼はハンディカムカメラを手にして、社と花々を交互に撮影していた。映画制作のためというより、ただきれいだから撮っているのだろう。

隣にはエリカがいた。彼女も一緒にあじさいを見つめている。黒いアイシャドウに囲まれた目は柔らかい。なんだか嬉しそうにさえ見える。クラスの女子らが見せる笑顔と変わりはない。彼女もそんな表情を見せるものなのだと新鮮な驚きを和樹は感じていた。

歩みを一瞬ためらう。花々が咲き誇る花壇にずかずかと足を踏み入れてしまったような気がした。

エリカが和樹らに気づく。幸福そうな表情を一変させる。悲しみを覚えるくらいに暗い顔つきに変わる。身体全体から青白い炎がゆらめきだす。彼女は立ち上がり、西部劇のガンマンのように素早くポケットに手をやる。和樹は歩みを止めた。

新菜はさらに近づく。怯む様子はない。

「喧嘩をしにきたんじゃないの。お願い。話をさせて」

エリカは制服のポケットから手を出した。その手にはハサミが握られていた。新菜は声を張り上げた。

「半藤！ お願い、話を聞いて。あんた、撮ったんでしょう？ でも今はどうこういうつもりなんてない。ただ話をさせてほしいの」

エリカがハサミを逆手に持った。

「うるせえ。か、か、帰れよ」

「半藤！」

エリカは威嚇する山猫のようだった。今にも凶器を振り上げて、襲いかかってきそうだ。エリカにまつわる噂は和樹の耳にも届いている。彼女もまた転校生だったのだという。半藤と知り合うまでは他人を傷つける毎日だったらしい。彼女の吃音をからかった男子がトイレで用を足しているところを急襲し、あそこを切り落とそうとして停学になったこともあるという。自分の私物が隠されたときは、疑わしいと睨んだ女子グループを片っ端からハサミで脅した。そして彼女らの携帯電話を破壊し、財布や鞄を切り刻んだ。

噂でしかないが、前の学校ではクラスメイト全員の給食に強力な睡眠薬を入れたらしい。昼休みに眠りに落ちた生徒達の毛髪を数本ずつ切り、「いつでも殺せた」とうそぶいたため、学校にはいられなくなったとまことしやかに伝えられている。さすがに尾鰭《おひれ》がついているだろうと話半分に聞いてはいたが、うなずかせるだけの説得力が彼女にはあった。対峙しているだけで自分の股間が縮んでいくのを感じる。

和樹も唇を震わせながら話しかける。

「ぼくも同じだ。話をさせてくれ。こんなやり方は君らしくない」

「裏切りもの。お前もやっぱり、あいつらと同じだ。ステロイドをやり過ぎたインポ野郎。お、お、お前はあそこで撃たれ――」

半藤がエリカの肩に手を置いた。諫《いさ》めているようにも、褒めているようにも見える仕草だ。

「聞いてくれ、半藤君」

「来るとは、思ってたよ」

「半藤――」

新菜が寄る。半藤はカメラのレンズを向ける。それは銃口のように彼女を冷やかにとらえている。彼女は動きを止める。和樹の目の前が一瞬白くなる。

「こんなやり方、か」

半藤は微笑みながら撮影を続ける。エリカが動く。距離をつめてマフィアの殺し屋のように、ぴったりと新菜の側に寄り添う。脇腹にハサミの先を突きつける。

半藤はファインダーを覗きながら、和樹に語りかけた。

「君らしくないだって？　そんなことはない。三橋君、これが本当のぼくさ」

「……本気なのかい？」

「本気だよ。でなきゃこんなまどろっこしいことできるもんか。手間暇かけてさ。似たような境遇の仲間からも馬鹿にされて。お金もかけて。『忠臣蔵』を知ってるかい？　まったく……大石《おおいし》内蔵助《くらのすけ》の気持ちがよくわかったよ。でも苦労した甲斐はあった。オモシロ映像の連続でね。編集作業も実に愉しかった」

新菜が固い声で尋ねる。

「どうするつもり？」

「流すさ」

半藤はあっさりと答える。「かなり注目を浴びるだろうな。酒やタバコにふけって、偉そうに後輩を奴隷扱いする姿はヤクザ顔負けさ。テレビ局、それと警察と新聞社に流すつもりだよ。黙殺されたら検察庁とNPO団体にも流す。おっかない政治団体やゴシップ雑誌にだっていい。同時にネットにも。日本だけじゃない。世界のあらゆる動画サイトにも流す。それだけやればどこかでは話題になるだろう」

「そんな。ちょっと――」

　新菜が途中で言葉を止める。顔をしかめる。エリカのハサミがジャージの生地に食いこむ。和樹が止めようと近づいた。怒った猫の爪のようにハサミを一閃させて和樹を牽制した。

　銀色の線が空を走る。肌が粟立つほど速いスピードだ。刃物の扱いに慣れている。不良グループさえも嫌な顔をした理由がようやくわかる。

　半藤はカメラを降ろす。思わず見とれてしまう美少年だったが、今は疲労したように目が落ち窪んでいた。隈もできている。

「女子バレー部は特にひどかったな。頭が五歳児レベルのコーチが教え子をばしばし殴ってた。フラフラの女の子に、キーキー喚きながらボールをぶつけたりさ。思いどおりに動かない人形に腹を立ててるガキみたいだった。その横でお前は他人事みたいな顔してバスケに打ちこんでた。立派なものだね」

「そのとおりよ。認める。あたしは――」

「おっと近づいてほしくないな。ヘドが出そうになる」

彼女は顔を赤らめてうつむいた。身体を細かく震わせる。

和樹が割って入る。

「ぼくが来るとわかっていたのなら、どういう目的かもわかるだろ?」

「まあね」

「お願いだ。こんなことをしても、余計ひどくなるだけだ」

半藤が笑う。やけにくたびれた笑顔だった。

「別に頼みを聞くために待ってたわけじゃない。馬鹿にするためさ」

和樹は近づく。手を伸ばせば届くくらいに。

エリカの目が冷たくなる。それが彼女の闘う表情なのだろう。瞳からは熱気が消え失せ、半藤と同じく無表情になった。彼女はハサミを水平に構える。銃創のあるふくらはぎが痛む。痺れたように痛む。

新菜はまるで動けずにいた。和樹は反射的に腕で腹のあたりを庇う。刃先からは強烈な痛みのイメージが伝わってきていた。あのときの暗い穴と同じく死を感じさせる。和樹は唾を何度も飲み下した。

「頼む。聞くだけ聞いてくれ。君は誰よりも賢くて、尊敬できる人間だ。自分のしていることも、誰よりもよくわかっている。だからお願いだ。やめてくれ。こんなひどいことは」

　半藤が目を細めた。

「ひどいのはお互いさまさ」

「わかってる。今だって仲間の身を護るためにやってるんだ。そうだろう？　確かに君が動いてなかったら、どうなっていたか想像もつかない。犯人捜しのあげくに、誰かが痛めつけられていたかもしれない。だからここでやめてくれ。あいつらも疲れ果ててる。もうみんな限界なんだ」

　エリカが忌々しそうに唾を吐く。

「それ以上喋んな。こ、こ、殺すぞ」

　半藤は鞄を開けて、カメラをしまう。鞄の中身が見える。薄いケースに入ったＤＶＤらしきディスクが何枚かつまっていた。

「限界なのは同じさ。やったからには、もうやれるところまで行くしかない。だってそうだろう。説得に応じたとして、この映像の入ったディスクをどうすればいい。破壊しろというのか？　誰かに渡すのか？　だとしたら教師にかい？　それとももっと偉い誰かに？　どれも賛成できそうにないな。誰も信用に値しない。だからこれですっきりさせようと思う。やっぱり悪魔みたいなやつだった。それでいいさ。ぼくもそのほうが楽だからね。世界中の人間の耳に届くくらい、派手に騒いでやるさ。学校にも、この町にも、もううんざりしてたんだ」

半藤の心はすでに決まっているようだった。ゆるぎのない強い意志さえ感じる。だが和樹にはどうしても、それが本心だとは思えなかった。

「所信表明は以上だよ。聴いてくださって、どうもありがとう。行こうか、エリカ」

「聞いてくれ。頼む！」

「おっと動いたら危ないよ、三橋君」

彼は鞄とスケッチブックを抱えて、和樹の横を通り過ぎようとした。エリカが笑う。それはあの幸福そうな笑顔とは違って、他人を打ち負かしたものが覗かせる嗜虐的な微笑みだった。

「待って」

新菜が動いた。地面の砂を蹴って駆ける。回りこんで彼ら二人の行く手を阻む。今にも摑みかかりそうな険しい形相だった。半藤は無表情のまま見返す。エリカが身構える。

「どけよ。もう話すこ、こ、ことなんかねえ。お前ら終わりだ」

エリカがもう一方の手で彼女の肩を押した。

彼女の大きな身体がふいに地面へと沈む。エリカが猫のようにすばやく後ろへ飛ぶ。新菜は地面に膝をついていた。側の狛犬みたいに手も同じく地面につける。

「あたしはただ試合がしたいの。だから、お願い」

彼女は地面に頭をつけた。勢いが強すぎて、額が砂地に強くぶつかる。埃が舞い上がり、彼女の髪に細かい砂が混じる。頭が彼らの足元に近いせいで、まるで二人の靴に口づけをしているようにも見える。和樹は周囲を見渡す。

孫らしき子供を連れた老人が一人。口をぽかんと開けながら立ち止まっている。和樹は彼女を止めようとしたがかろうじて留まる。それは彼女を余計に侮辱するだけのように思えた。

エリカは排泄物でも見るような蔑んだ目で彼女を見下ろした。

「け、結局よ、てめえさえよければ、それでいいってこ、ことだろ。醜いんだよ。馬鹿。いつもいつも、ぜ、善人面しやがって。死ね」

エリカは厚いラバー底のブーツで彼女を蹴り上げた。鎖骨のあたりだ。身体が横に捻れたところで、狙いすませたように脇腹をつま先で蹴った。和樹はたまらなくなって割って入ろうとする。このまま黙って目にするぐらいなら、ハサミでずたずたにされたほうがいい。だがエリカは目の端で彼の動きをとらえていた。

「やめて」

新菜が和樹にいった。その顔は地面を向いたままだった。喉から搾りだすような苦しげなうめき声だった。かなりの苦痛が彼女を襲っているに違いない。

「蹴って……なんならそれで刺してくれても構わない。半藤、あたしはあんたみたいに頭がよくないから、こんなことしか思いつかない。とにかくバスケがしたいの――」

「うっせえんだよ！」

エリカが加減もなく胃のあたりを蹴る。和樹は救いを求めるように半藤を見る。もうやめてくれ。それでも半藤にはなんの表情も浮かばない。授業中みたいに、今にもあくびでもしそうな、うんざりしきった顔つきだった。和樹は周囲を見渡す。老人の姿ももうなかった。誰もいない。

和樹は悟る。新菜自身は大会に出られなくとも構わないとさえ考えている。刺されても、骨を折られても。エリカの暴力はさらに強まる。顔に汗を滲ませながら新菜を蹴り続ける。こめかみをつま先で蹴る。頭骨が鳴る。新菜の首がねじれる。もうやめてくれ。たとえ新菜自身が選んだやり方だとしても。

エリカが後頭部を踏む。部のキャプテンだからか。隣のバレー部員を救ってやれなかったからか。学校のヒロインであり続けた自分を戒めるためなのか。新菜はまったく抵抗しようとはしなかった。

エリカはハサミをまた逆手に持ち替える。危険だ。エリカには嘘やハッタリがない。その顔には明らかに殺意が浮かんでいた。

「だめだ。これ以上は」

和樹は二人に許しを願う。それでも半藤は動かない。

「こ、こ、殺してやる」

エリカは新菜の顎を蹴り上げた。彼女の顔が上を向く。ほんの一瞬、目が合う。

手出しはするな。燃えるような目つきで訴えてくる。

ひどい顔だった。額には砂粒が貼りついていた。唇のあたりが唾と血で濡れていた。和樹はなにもできずにいる自分を呪う。

エリカは肩で息をしながら挑発する。

「なあ、こ、こ、来いよ。ムカつくだろう。あたしらみたいなのに今までやってき、きた努力みんなフイにされんの。く、く、悔しいでしょう? か、かか、かかってこいよ。そんなに試合に出たけりゃ、あたしら潰して奪ってみろ」

新菜は応じない。座りなおして額をまた地面につける。微動だにしない。エリカは悲鳴を上げながら新菜の髪を摑んだ。その顔にハサミを突きつける。新菜は和樹をまた見る。懇願するような目つきだ。助けるな。依然として止めるなと訴えている。瞳の光は変わらず強く輝いている。

「か、かかってこいよ。き、き、きたねえんだよ。どうしてお前らはいつもそうなんだよ」

彼女の大きな目が潤む。

アイシャドウと交わり、黒い涙が鼻筋を伝う。声が震えていた。

「そ、そうやって、正義面して。ど、どうして主役みたいな顔するんだよ？　どうしてあたしらを悪者にしようとするのよ……なんでだよ」

冷たい風が吹きこむ。神社の木々の葉っぱが擦れ合う音がした。

新菜は呆然と彼女を見上げる。ハサミの刃にではなく、エリカの激情に圧倒されているようだった。

「そんなつもりは……」

か細い新菜の声は耳に届いていないようだった。エリカは新菜を見てさえもいなかった。

その濡れた瞳の瞳孔は開いていて、どこか遠くを見ているようだった。

「あたしが謝っても、と、止めてなんかくれなかった。笑ってばかりだった。おもしろがってばっかだったじゃない。余計嫌ってばっかりだったじゃない。ずるいよ。どうしてき、き、聞かなきゃなんないの。あんた達のときだけ。そんな……都合いいじゃない。助けてもくれなかったのに……どうして」

和樹は彼女の噂の続きを思い出す。前の学校でクラスメイトの給食に睡眠薬を入れ、眠りに落ちた全員の髪の毛をハサミで切った。異変に気づいて殺到する教師らに向かって「いつでも殺せた」とうそぶいた。

それから彼女は自分の手首や首に、ためらいもなくハサミの刃を突き立てたという。制服の袖からときどき覗ける手首には、確かにヒルのような不気味な傷跡がいくつも残っていた。見るものを戦慄《わなな》かせる生々しさがあった。

新菜の唇は震えていた。和樹もまた動けずにいた。エリカはハサミを振り上げたまま首を振っていた。幼児が親にいやいやするような子供じみた仕草に似ていた。

新菜は無意識に呟く。

「ごめんなさい……ごめんなさい」

半藤がエリカの肩に手をやった。その目はまったく変わっていない。冷たく新菜を見下ろしたままだ。エリカはハサミを持った手をだらりと下げる。くしゃくしゃに顔を歪め、それから傷のあるほうの手で覆った。

半藤は新菜に告げた。

「交渉に入ろう」

9

「ぼくらを侮るな。条件はそれだけさ」

「それ、だけ？」

新菜が呆気に取られたように尋ね返す。和樹が手水場で濡らしたハンカチを渡す。新菜は砂利と血で汚れた額にハンカチをあてた。傷は痛々しかったが彼女は表情を変えなかった。エリカはずっとしゃがみこんだまま。凄まじい爆発を見せた後は、全てのエネルギーを使い果たしたように顔を手で覆ったまま動こうとはしなかった。

「そう。それだけ。だけどすごく難しいんだよ」

半藤の顔にも悦びはなかった。逆にひどく疲れたような顔つきだった。半藤は最初からそれを流すつもりなどなかったのではないかと思う。ひどく荒っぽいやり方だが、ただ仲間の誇りや安全を確保するためだけの作戦なのかもしれない。半藤とはそういう男だ。

新菜は額にハンカチをやったまま考えこむような表情を見せる。

「でもアナドルナって……つまり、なにをすればいいの？」

和樹が口を挟む。

「理由もなく蔑んだり、暴力を振るうなってことさ」

「そう。それぐらい、わかってたわよ」

新菜は口を尖らせた。帰国子女の和樹に指摘されるのが恥ずかしいようだった。半藤はさらに早口でつけくわえた。

「誤解が生じないようにいっておこう。暴力は論外。ぼくらを不愉快にさせるな。いちいち人と違うことをしている他人を蔑むな。ただ放っておいてくれれば、それでいいのさ。例を一つだけ挙げれば、そうだな……部屋にこもるやつは悪くて、スポーツやってる自分達は正しいなんて思わなきゃいい。青臭い主張だけど、つまるところそういうこと。よろしく頼むよ」

「ちょ、ちょっと待ってよ」

新菜は途方にくれたような顔をした。

「簡単だよ。世の中にはいろんなやつがいて、自分達が世界の中心にいるなんて勘違いしなきゃいいだけさ。肝に銘じて、残りの学校生活を送るんだね」

半藤は荷物を抱えて、エリカの手を引く。彼女はゾンビのようにのそのそと動く。地面のほうを向いているその顔は、さっきまで凄まじい暴力を振るっていた人間と同一人物とは思えないほど弱々しい。瞼は赤く腫れあがり、頬や口は鼻水や涙で濡れていた。駄々をこねて疲れきった子供みたいだった。

「早くここを去ったほうがいい。誰か来たら、ややこしくなる」

「それは……持ったままなのかい？」

和樹が切り出す。勇気を出してみたが、武器を持った凶悪犯に語りかけるような弱々しい声になった。半藤は理解できないとでもいうように首を振った。

「当たり前だろ？　これは契約書だよ。みすみすこれを手放したら、どうやって身を護ればいい」

和樹は黙るしかない。新菜もただうな垂れるだけだった。サッカー部らの怒りと焦りを考えると、手放すなんて確かに考えられない。遊び半分ではなく、本物の憎悪をぶつけてくるような凄まじいリンチになる怖れがある。一度こぼれた牛乳はもう戻らないのだ。

「わかった……馬鹿なまねはさせないように、ちゃんと伝えるようにする。でも半藤、お願い。あんたも約束を守って」

新菜の表情は切実さに満ちていたが、半藤はもうとりあわず、エリカを連れて歩いていた。

「あいつらをちゃんと見張れ。そっちのほうが心配だ」

「でも、あんたのほうこそ大丈夫なの？　お友達はすでに映像が流れるもんだと信じきってたけど」

「放っておくさ」

「ねえ、お願い。約束して」

半藤は振り返る。その視線は射るように鋭かった。

「約束したところで、信用するのかい？　ぼくらも同じさ。なかなか信用なんてできやしない。一方的だけど、もうしばらくは主導権を握らせてもらうよ。なにかトラブルが起きれば、すぐに全てをおおっぴらにする。少し厳しくやらせてもらうよ。忘れてもらっちゃ困るからね」

「そんなこと……」

新菜の額から水滴がたれる。傷に押し当てていたハンカチを強く握り締めていた。

「これでもずっとサービスしてるんだ。単に破滅させるだけだったら、もっと簡単にやれたからね」

半藤はさらに冷たく告げる。顔はいつもの無表情に戻っていた。彼の内面もわからないでもない。内に潜む怒りや憎しみの量は想像もつかない。あの茶色い肌の二人のように。なにもかもを破滅させてやりたい。そんな暴力的な衝動を必死で抑えているような葛藤が伝わってくる。

エリカは弱々しくうつむきながらも、右手はいつのまにかポケットにしまわれている。おそらくハサミを摑んでいる。強奪されるのを警戒しているのだろう。和樹の動悸が早まる。来るべきではなかったと後悔さえ湧いてくる。

半藤も新菜も、どちらも好きだ。個性があり、才能に満ち溢れている。二人とも温かな心の持ち主でもある。それでも二人は互いに激しく対立していた。この町の歴史や性格の違いを考えても、それが不条理なものに思えてならない。

和樹は近づく。うつむいたままエリカが光のような速さでハサミの刃を腹にあてた。刃先が布地に食いこむ。皮膚に痛みが走る。表情が見えないだけに恐ろしさで身が縮んでしまいそうだ。

「もうよそう」

半藤は少しだけ眉を吊り上げる。

「君はそっちの味方になるのかい？」

「どちら側でもないよ」

「ならわかるだろう。もうやってしまったんだ。飛行機を乗っ取ってしまったようなものさ。まだビルに突っこんではいないけど、もう引き返せない」

「ぼくに預からせてくれ」

腹の痛みが強くなった。エリカが顔を上げる。化粧が落ち、頬のあたりが炭でも擦りつけたように薄汚れている。だが素顔に近いその顔はとてもかわいらしかった。

「ふざけるな、こ、こ、この馬鹿野郎」

半藤は親指の爪を噛む。なにかを見極めるように和樹を見据える。目を細める。ハサミより鋭い視線が向けられる。新菜は驚いたように口を大きく開けて和樹を見ていた。

「それって、ぼくらにメリットはあるのかい？」

「危険が減る」

エリカがせせら笑う。

「嘘つけ！　寝言こ、こ、こいてんじゃねえよ！」

半藤はいった。

「ぼくもそう思う。あまりおもしろくないジョークだ。危険は逆に増すよ。君は公正な人間で、柔道の猛者でもある。実力を疑うつもりはないけど、これを奪われないという保証はどこにもないんだ」

「そうかもしれない」

「これが奪われても、まだ元のテープは残ってる。いくらでも複製はできるさ。おまけにね、三橋君。エリカは強いよ。ぼくだって脳みそをフル回転させてこいつを護る。君にわざわざ渡す理由なんてないのさ」

「それは違うよ」

和樹の手が動く。できるだけすばやく。ハサミの刃先を摑む。うまくいったが、掌に鋭い痛みが広がった。刃先は思ったよりも鋭かった。ぬるぬるとした感触に変わり、血液がしたたり落ちる。

エリカは目を剝く。「放せ。て、てめえ」それからハサミを引っ張り出そうとする。じんじんと痺れるような痛み。血でぬめったが力比べは問題にならない。エリカは左手で和樹の胸を殴ったが、厚い胸板の和樹には痛くも痒くもなかった。

「これじゃ、ただ力関係が逆転しただけでなんにもならない」

「でもこれで少なくともぼくらは、安心して学校生活が送れる」

「今度は、彼らが本気になって君に歯向かうだけだ」

「そうするつもりかい？　真壁」

半藤は新菜に訊く。

「そんなこと……させたりはしない」

彼女は目を伏せながら、なにかに耐えるように苦しげな声で答える。

「声が小さいな。今までの自信はどこにいったんだ。しっかりやってくれないと困る」

「そんなことさせないったら！」

「ああ、これは反抗的だ。歯向かってくるかもしれない」

意地悪そうに半藤は微笑む。そしてその瞬間、和樹の下腹部に衝撃が走る。エリカが和樹の股間を蹴っていた。ハサミを握っていた手が離れる。

下腹に弾丸がめりこんでいくような激しい痛みに襲われる。和樹は膝をついた。エリカは彼の頭髪を摑み、ハサミの刃先を喉元にぴたりと当てた。

「ざ、ざ、ざけやがって。てめえ」

半藤は和樹の腕をとり、自分のハンカチを手に巻きつける。

「歯向かわれても問題はないよ。どちらかというと、そんな闘いを望んでさえいるんだ」

和樹は首を振った。

「やめてくれ。どちらかが苦しんで、どちらかは安らぎを得たふりをして幸せだと思いこむ。もうたくさんだ」

「苦しみだって？　どうかな。破滅をもたらす武器なんだと散々脅しても、あいつらときたら、すぐにその意味を忘れてしまうような気がするよ」

「それは違う。心底怯えていたさ。このままじゃ彼らは戦えない。練習にも身が入らない。チームワークだって保てないだろう。不安を抱えながらうまくやれるほど、彼らはタフじゃない。君はその映像と一緒に、彼らの魂を持ち去ったんだ」

「三橋……」

新菜が和樹を見る。それも一瞬だった。すぐにうつむき、それから鼻をすすっていた。ひどく偽善的な物言いだと思う。なにが良くて、なにが悪いのか。それすらも今はわからない。半藤はだるそうに答えた。

「そういうもんかな。そこまで考えたことはないけど」

「君らは後戻りできない。でも君が持っていても、なんにもならないような気がする」

「て、てめえ何様だ。黙れよ」

エリカが髪を引っ張り、和樹の首をゆすった。

「お願いだ。半藤君」

「うるせえ。喋んな！」

半藤がゆっくりと動く。エリカの手に触れた。

「誠？」

エリカは不満顔だった。和樹を憎々しげに睨みつけながら後ろに下がる。

半藤はいった。

「初めて会ったときから、君を味方につけたかった」

「今だって味方さ」

「まあ味方というよりも洗脳だね。ぼくらの色に染めようと考えてた。君の過去も利用してね。引っ張りこもうと思ってたんだ」

「……」

「でもそんなふうにはなりそうもない。途中でわかったよ。逆にひょっとすると、この町の亡霊も追い払ってくれるかもしれない。そんな勝手な期待を抱いていたんだ」

半藤は鞄からケースに入ったディスクをまとめて突きつけた。いいだしっぺの和樹は理解できずにしばらくそれを見つめていた。

「いいのかい？」

「このほうがおもしろいかなと思っただけだよ」

和樹は受け取る。ケースには小さなシールが貼られてあった。野球部、陸上部、それから体育館ホール1、などと几帳面に記されてあった。半藤はポケットから鍵を取りだした。コインロッカーの鍵のようだった。

「撮影したビデオテープはコインロッカーに入ってる。真壁、ちゃんとあの連中を調教していれば、たぶん流れない。卒業のときにでも三橋君の手で壊してもらうんだね」

新菜は無言のまま何度もうなずいていた。

和樹の意志に反して、持っていたディスクが跳ねた。地面にケースごと落ちる。エリカがハサミでケースを払っていた。

「あ、あたしは嫌よ」

半藤は怪訝な顔を見せる。エリカは小刻みに首を振っていた。

「な、なんで？　そんなやつになんで渡すの？　あいつらを奴隷みたいに、く、苦しめてやるんじゃなかったの？」

エリカはすがるように半藤の肩をゆさぶった。

「それも、悪くはないんだけどね」

半藤は顔をうつむかせた。だがためらいはなさそうだった。エリカの唇が震える。

「あたしは嫌」

エリカは駆けだした。その後ろ姿は意外にも小さかった。泣いて帰る虐められっ子のようだった。神社の生垣のすき間を潜って姿を消した。和樹は尋ねる。

「追わなくていいのかい？」

「いい。エリカだって本当は同じことを考えてるのさ。ただ納得するのに時間が必要なだけで」

半藤は身をかがめて、散らばったディスクを拾い集めた。外れたケースを組みなおし、ディスクをしまう。はっと我に返ったように新菜も拾いだす。地面に落ちたディスクを彼女はジャージの袖で拭いた。半藤は警戒の視線を向けたがなにもいわなかった。

「これで君はもう逃げられない」

半藤が皮肉っぽく笑いながらケースを渡した。

「わかってる」

新菜は立ち上がった。目が赤い。重大な決意を託すように、まっすぐに和樹を見つめた。鼻のあたりも風邪でも引いたようにまっ赤だった。鼻と唇の間が濡れていた。

半藤が釘をさす。

「ひとつ公正に頼むよ」

「わ、わかってるよ」

顔に火照りを感じながら、和樹はディスクを抱えた。

東邦新聞　神奈川の連続発砲事件　6月12日（神奈川県）

白のセルシオ　被害者証言と車の特徴一致

神奈川県内の住宅街など先月23日から今月11日にかけて起きている連続発砲事件で、前日の10日未明にK市Oに住む会社員（32）が所有する白のセルシオが盗難に遭っていたことが県警の調べでわかった。第二現場のK市Pで銃撃され、軽傷を負った市内の無職男性（22）は「旧型のセルシオのようだった」と証言していることも新たに判明した。県警は、犯行車両の可能性が高いとみて、車の特徴を手配するなど捜査を進めている。
また、発砲事件直後には同市内の一般道で、よく似た車両が北向きに走り去るのが目撃されており、都内に逃走した可能性もあると見て、県警は警視庁との連携を図る一方、「今後も発砲が続く恐れがある」と警戒を呼びかけている。

東邦新聞　　　　6月12日（埼玉県）

信号待ちの車に発砲

11日午後7時25分ごろ、Q市Rの国道17号交差点で、上り車線で信号待ちで停止していた東京都S区の会社員男性（38）運転の乗用車が、右横に並んで停止中の車の運転席の男から、いきなり拳銃のようなもので発砲された。助手席側の窓ガラスが粉々に割れたが、男性にけがはなかった。発砲した車は東京方面に向かって逃走した。Q署は殺人容疑などで車を追っている。調べでは、乗用車のドアには2発の弾痕があり、男性は信号が青に変わった直後に撃たれたと話している。発砲した車は銀色か白だった。現場は片側2車線で、交通上のトラブルはなく、男性は「思い当たることはない」と話しているという。

10

新菜は堂々としていた。傷ついていても。

神社の手水場で顔を洗っていても瞼は赤いままだった。短い前髪で傷を隠そうとしていた。だがあまりうまくいっているとはいえない。頬のあたりも赤く腫れている。途方にくれた彼女は逆に堂々と胸を張って歩き出した。

ここでしょげ返っていたら、周りが勝手に大騒ぎする恐れがあるかららしい。まったく彼女らしい考え方だ。

「これじゃ学校になんか戻れない」

彼女はバスケ部の仲間にメールを打った――なんとか食い止めた。詳しいことは明日報告するから鞄を家に届けてほしい。

何度か携帯が鳴っていたが彼女は電源を切ってしまった。ショックのせいか声が少し震えたままで、おまけに鼻声だった。彼女を泣かせたと部員らが知ったらそれこそ大事《おおごと》だ。

収拾のつかない騒ぎになるだろう。

「あんたの鞄は、一緒に持ち帰るようにメールしておいたから。あとで届けにいくわ」

「いいの？」

二人とも手ぶらに近かった。和樹は半藤から預かったディスクをＣＤショップの袋に入れていた。

「当たり前よ！」

新菜は怒ったようにいった。それからどこか眩しそうに彼を見上げる。和樹は直視できなかった。傷だらけの彼女の顔が痛々しい。だけどそれだけのせいじゃない。

「とにかく……なんていっていいかわかんない」

「だけど君を助けられなかった。今が一番大事な時期なのに」

「こんなのけがのうちにも入んないよ。全然大したことないんだから」

彼女は歯を見せて笑顔をつくる。いつもはきれいに並んだ白い前歯も、今は口内や唇が切れてピンク色に染まっていた。気丈な娘だと心の底から思う。手水場でうがいをしても、湿らせたハンカチを傷にあてても声一つ漏らさない。今は歩くのも辛いはずだ。

「あんたこそ病院に行ったほうがいいんじゃない？」

和樹はハンカチで縛った自分の手を見た。半藤がくれた水色のハンカチはかなり赤黒く変色していた。だが血が止まっているところを見ると、彼の手馴れた応急処置が功を奏したのかもしれない。

「うん。痛くて泣きそうだ。傷口見るのが怖いな。これに消毒薬をかけなきゃいけないなんて。想像しただけで気絶してしまいそうだ」

「正直はいいけど、ここは少し嘘ついてほしかった。あたしだって鏡見るのが怖いんだから」

彼女は顔をしかめた。やけに口調が刺々《とげとげ》しい。きっと押し殺していた感情が今になって溢れ返っているのだろう。

エリカが見せた殺気は本物だった。ゴーゴンみたいにその場にいるものを、石へと変えてしまいそうなほどの強烈な感情。

和樹も一度は味わった。何ヶ月もの間、石として過ごしたからよくわかる。大けがをせずに済んだのは幸運だったが、それでも彼女は大きなショックを受けているはずだった。今は麻痺しているものの、やがてじわじわと恐怖が蘇ってくるかもしれない。幾晩か眠れない夜を過ごすのではないかと思う。そうであってほしくはないと願うけれど。

苦々しい顔つきをしながら彼女は首を振った。

「違う。そうじゃないの。文句をいいたいんじゃない。とにかく、その、ありがとう。いてくれなかったら、あたし達は終わってた。なにもかも」

「けがをした甲斐があったよ」

湿っぽくなるのは嫌だった。おどけたつもりだったが、彼女の顔は真剣そのものだった。

「でも怖い」

「ぼくは誰かに見せたりはしないよ。絶対に」

「そうじゃない。そうじゃなくて……あの馬鹿半藤と意見は同じ。ここまでしてもらって、すごく勝手だけど、あんたはこんなことに関わるべきじゃなかった」

「いいんだよ、そんなことは」

「ねえ、どうして?」

和樹は口を開きかけてから迷う。昔について話そうとしてためらう。だけどいつものような胃のむかつきも吐き気も湧かない。なぜだろう。記憶の霧に包まれた彼らに問う。返事はなかった。

「昔、通っていた学校と似てるような気がしたんだ。肌の色も違ってて、言葉さえもまともに通じなくて。同じ建物のなかにいたというのに、絶望的なくらいに溝が深かった。それが嫌だった。もう二度と、あんなことは……」

「……あんたは、犯人とも顔見知りだったって聞いたわ」

和樹はうなずいた。

「ずっと友達になりたかった。でも結局、最後まで友達にはなれなかった。逆に親友を殺されて、ぼくだけが生き残った。犯人達は、たぶんぼくを殺す価値さえもないと決めたんだ。いかに間抜けな存在だったかを教えるために、死よりも最悪な道をぼくに歩ませたかったんだと思う」

不思議だった。思い出したくはない。できれば永遠に封印しておきたかった。予想していたとおり、摑みどころのない悲しみが胸の内で広がっていったが、それでもいつものヘドロのような悪臭をともなうおぞましさまでは湧かない。

彼女は圧倒されたように和樹を見つめていた。顔色も悪い。まるで悲しみが彼女に乗り移ったようだった。何度も傷ついた唇を舐め、言葉を一つ一つ選ぶようにしていった。

「今日は……おそろしい日ね。エリカもあんたも怖い」

「怖い？」

「違う。あまり勉強してないから、こういう場合、どういっていいのかわからない。ただあの娘もあんたも、とにかくとんでもない目に遭ったんだって、それだけはわかった。それとそんなことに全然気づかないでいた自分が、すごくなんだか恐ろしい」

新菜は自分の頭を小突く。

「ずっと、自分達は安全で無害な場所にいると思ってた。あんたがいた場所なんかと違って。ここだけはきっと大丈夫なんだって。エリカや半藤みたいに、この場所になじめない人間がいるのは知っていたけれど、それが自分達と関係があるかどうかなんて考えたこともなかった」

和樹は遠くを見つめる。視線の先には濃い緑色の山々がそびえ立っている。空は狭く、木々の形や色も、かの地で見た森とはかなり違う。でも空を燃やすような夕陽の切ない感じは、どこの世界にいようと変わりはなかった。

「ぼくもそうだったさ」

彼女は歩きながら目をつむる。それから意を決したように和樹を見る。

「あたしはその場にいたわけじゃない。だからこんなのは、簡単にいわないほうがいいとは思う。でもあんたは違うような気がする。なんだかそんな気がしてならないの。あんたは、友達になれたんじゃないの？　殺す価値もないだなんて、そんなんじゃない。ただあんたには生き残ってほしかったんだと思う」

急に和樹は目眩《めまい》を覚える。麻酔が突然切れたように、手の傷が脈拍と同じ調子でじんじんと猛烈に痛み始める。霧のなかにいる彼らが怒りをつのらせる。彼らが和樹の心に骨のかけらや脳漿《のうしょう》を浴びせる。黒い血を撒き散らす。火薬の煙を鼻につきつける。

「やめてくれ。それ以上は」

自分の声とは思えないようなしわがれた声が漏れた。考えもしないような言葉が出る。まるで彼らに全てを乗っ取られてしまったようだった。

呼吸がうまくいかない。胸を押さえる。

「だ、大丈夫？」

「今度も自分のためさ。そうしなければ耐えられないから、苦しくて、ただ目にするのが嫌で。だから――」

温かな言葉をかけてくれる彼女が恐ろしかった。止まっていたはずの血が掌からまた漏れる。ハンカチの染みが広がる。

新菜は和樹の手を取る。赤く変色していた彼のシャツの袖口をまくる。自分のハンカチで、腕を伝う血を拭ってくれた。半藤が巻いてくれたハンカチの結び目を解く。血でふやけた皮膚と赤黒い裂傷が露《あらわ》になる。

彼女は幾重にも畳んだティッシュで傷口を押さえた。新菜の指先が和樹の血で汚れる。

彼女は臆した様子も見せなかった。

「動かないで。男より血は見慣れてるんだから」

傷口の上にティッシュを敷いて、またハンカチで結んだ。鉄錆《てつさび》の臭いが漂う。女子高校生の集団が通りかかる。新菜に気づいて歓声を上げる。それから二人のけがの様子に声をなくし、ひそひそと声のトーンを落とす。彼女は意に介さなかった。

「なんでもいい。なんのためだって構わない。あんたはあたしらを救ってくれた。それだけで充分」

和樹はうなずけなかった。彼女の言葉を受け入れられればいいとは思う。そうすれば楽になれる。だが霧のなかにいる彼らを裏切ることはできなかった。ただ彼らに願う。もう少しだけ――。

「じゃあお礼として、優勝してくれないか」

「え？　なに？」

「こんなけがまでしたんだから。優勝でもしてくれないと割りに合わないよ」

彼女は吹き出した。

「優勝って、どこまで？」

「決まってるじゃないか。全てさ。全てに勝ってほしい」

「なにそれ。無茶苦茶じゃない。そんな要求、半藤よりもたちが悪い」

彼女は笑う。表情から強張りが消えていく。輝かしくて、タフないつもの彼女に戻る。

彼女の家は和樹の住むマンションとそう離れてはいない。平屋建ての小さな市営住宅だった。

壁が雨風でだいぶ煤《すす》けている。トイレと思しき場所には換気塔が空に伸びていて、からからと乾いた音をたてていた。華々しい雰囲気を持った新菜だったが、住んでいる家はお世辞にも立派とはいえなかった。この間公園で会った大人達の姿を思い出す。薄々感じていたが、あまり裕福な家庭環境にあるとは思えなかった。

新菜は困ったような顔をした。

「本当はなかに入ってほしいんだけど。お祖母ちゃんがいて、その、結構厳しい人なもんだから。こんな姿で、しかも男の子といるなんて知ったら、たぶんショック死すると思う。薬とか持ってこようか？　どこかで手当てしなきゃ」

「平気だよ。家もすぐ近くだし。今日はありがとう」

「礼をいうのはこっちよ」

新菜は申し訳なさそうに首を小さく振る。その表情はなごり惜しそうにも見えた。だとしたら嬉しい。これほど人に必要だと思われるのは果たしていつ以来だろう。もう少しだけ長く一緒にいたいと思う。彼女もなにかいおうとしたが、口を閉じかける。唇を嚙む。このままでいるにはお互いに目立ち過ぎていた。彼女の家もすぐ近くで、いつ家族の目にとまるかもわからない。

「じゃあ、またあとで」

沈黙を避けるようにして和樹は手を振った。その場を離れる。傷ついた手が、微量の電気を流しこまれているかのように痛む。感覚がなくなりつつある。だがディスクの入った袋をその右腕で握る。今日という日を、おそらく一生忘れないだろう。

道の曲がり角にきたとき、彼女が遠くから大きな声でいった。

「あんたは許されてる！　あんたの友達も、犯人だって、あんたに生きていてほしいって願ってたのよ！」

身体がわずかに反応する。聞こえないふりをした。その言葉を受け入れれば、すぐになにかに押し潰されてしまいそうな気がした。彼は早足になる。視界が水に濡れて歪む。瞼が熱くなっていた。

ついに駆け足になる。もう顔を拭う布きれやちり紙もない。血で汚れた袖口で拭う。視界をはっきりとさせておきたかった。それでも後から次々と涙が溢れて止まらない。一体、どうして。もうとっくの昔に流し尽くしたはずだったのに。

人気のない川べりに出る。おぼろげな風景のなかで、川のせせらぎだけがきれいに耳に入る。自分はまた希望を抱こうとしているのだろうか。あの世にいる彼らを置いて、また自分だけ安易に前へ向こうというのか。あれほどの過去を忘れてしまいそうになる自分の愚かさが恐ろしかった。とにかく今は一人で苦しんでいる場合ではない。視界をクリーンにしておきたい――。

その刹那、後頭部に衝撃が走った。乾いたムチのような音が鳴る。

和樹は前のめりになってバランスを崩す。痛みが走るなかで、遅れて頭がアラームを鳴らす。目の前で火花が散る。皮膚が切り裂かれるような痛み。頭の芯まで響くような重い衝撃が走る。急に夜にでもなったかのように目の前が暗くなった。

和樹は両手で頭をかばった。複数のなにかが降りそそいだ。傷口に当たり、意識を失ってしまいそうな激痛が走る。ひどい耳鳴りがしていた。

和樹は膝をつく。何本もの足が見える。ジーンズの裾はダボダボだった。それに高級そうなスニーカー。自分の血の臭いをかぎ、あの連中のつけている香水の臭いをかぐ。

闇雲に手を振り回した。手の甲が人間の頭らしい固いものにぶつかった。手応えがあった。男のうめき声が耳に届く。

「やっぱやべえぞ。こいつ」「ざけんな、んの野郎！」

怒号とともにもっと多くのなにかが顔や身体に襲いかかる。スラッパーだ。鉛入りの短い革製のムチみたいな武器だった。手首を打たれ、その先の感覚がなくなる。ディスクの入った袋を奪われたような気がした。なにもわからなかった。

「なんか、数、少なくねえか?」「もっとあるはずだろ。どこだ」

和樹は遊歩道に身体を横たえる。

スニーカーが振り子のように遠ざかる。それから勢いをつけて彼の腹へと衝突する。胃がひしゃげる。息ができなくなる。身体がくの字に曲がる。爆弾が落ちたような激しい衝撃が頭をゆらし続けていた。横たわっているアスファルトが歪み、空が下になる。

「鍵があんぞ」

もぞもぞとポケットをさぐられる。和樹の身体が無意識に動く。ズボンのポケットに入れられた手を捻り上げる。苦痛のうめき声が聞こえた。

指先にあったコインロッカーの鍵を奪い返す。目の前には黒人ギャングの格好をした男達の姿があった。どれも歪んで見える。彼らの背後には大きな川が流れていた。

和樹は大きく腕を振って、鍵を川へと放った。思ったよりも距離は伸びない。それでも流れのまん中へと吸いこまれていった。

「なにやってんだ、お前」「なめてんじゃねえぞ、こら!」

それが限界だった。一気に身体から力が失せる。髪を掴まれた。野川の大きな丸い頭がいきなり迫る。顎に当たり、目の前が激しくぶれて、それきりなにも見えなくなった。

11

「少しばかり高くつくぞ。これ先輩から借りてきたんだからよ」

「え、レンタカーじゃないんすか？」

「だから免停だっつってんだろ。借りらんねえよ」

「ちょ、ちょっと待ってくださいよ。先輩って誰？」

「あ？　誰だっていいだろ。関係あんのか」

「ありますよ。当たり前っしょ。なにいってるんすか」

「うっせえな。じゃあ今ここで運転やめてもいいんだぞ」

「まさかマキタさんじゃないっすよね。なあ、あの闇金野郎に話持ってったんじゃないでしょうね。おれ達だけのはずでしょう」

「くそ、お前降りろ。苛々させんな。その馬鹿でかいガキ連れて降りろ。殺すぞ」

「ヒグチさん。いくらっすか。あいつんところマジでトイチとかなんでしょ。利子って。おまけにあいつ……一応盃もらってんですよね」

「十万あれば話はつく……んだけどよ」

「冗談！　やめてくださいよ。おれ達だって金がいるんすよ！　なにやってんすか。正式メンバーになるためなんすよ」

「『トゥルーパーズ』か？　なあ。でもぶっちゃけっとよお。黒人のまねしてカラーギャングやってなにがおもしれえんだよ。しかもお前らヒップホップ好きでもなんでもねえじゃねえか。ホントは」

「……ヒグチさん。お前、調子こくと殺すぞ」

「お、おい、ちょっと待てよ……それどころじゃねえべ、今は」

「あんたが裏切ってっからだろ！　闇金屋にどこまで話したんだよ。下手すりゃみんな食い物にされちまうよ」

「お前らだって似たようなもんだろ。馬鹿高えスニーカーだのネックレスだのパーティだのよ。ハーコーだかブリンブリンだか知らねえけど、給食食ってるガキが高望みしすぎなんだよ」

「そうすることになってんだから、しょうがねえだろが！　てめ、ざけんな！　この野郎！」

「二人ともやめろ！　仲間割れしてる場合じゃねえだろ。まだみんな終わってねえんだぞ！」

「……くそ、なんでこうなるんだよ。いっつもよお。なんでいつもきたねえ野郎のとこばっか金行くんだよ」

「待てよ。アイディアなら、あるぜ」

「本当かよ。ただの思いつきでいってんじゃないでしょうねえ？　ねえ！」

「このガキから全部奪い返したら、おれ達が新しいオーナーになりゃいいんだよ。あいつら部活のためならなんでもやるんだろ？　うまくやりゃ、いくらでも金吐き出すぜ」

「なるほど……なるほどな。すげえ。そうだよな。あのカッター事件のときだって、金積んで解決したらしいじゃん。親も了解済みで議員まで動いてよ。なにがスポーツマンシップだっつうんだよな。薄ぎたねえ野郎から搾り取ってやろうぜ。クルバジェ回して、金のマネークリップ見せびらかして、闇金野郎も顎で使って」

「オノヤン。マジでイケてる。ラッパーやれるじゃん」

「だからおれはヒップホップ・ラブだっつうの！」

……ひどく気分が悪い。耳鳴りがする。柔道で締め落とされたときよりも、病気で寝こんでいるときよりも、もっとずっと目覚めが悪い。頭の皮膚が痺れるように痛む。血液が固まって髪がひきつる。ずきずきと脳まで響くような痛みが走る。

かすかなゆれを感じる。車の座席に座っているのか。排気ガスと芳香剤の臭いがした。

なぜ自分がこんな状況にあるのか。新菜と別れて、涙でなにも見えなくなって、それから……。和樹は奥歯を噛みしめてパニックに陥りそうになるのを耐える。

意識を取り戻すとほぼ同時に車が止まる。窓の外は夕闇がせまっていた。まだ明るさが残っているところを見ると、気を失っていたのはそれほど長い時間ではないだろう。十分くらいだろうか。身体を動かそうとした。肩の関節が外れてしまいそうな強い痛みが走る。腕が自由に動かない。

「なんだ。起きてんじゃん。ちょうどいい。こっち来いよ」

大きな手で髪の毛を摑まれる。こぶになっているところを触れられ、激痛のあまり身体が勝手に痙攣した。視界の隅に野川の丸い頭が映る。腕で振り払いたかった。手首の皮膚が擦れるように痛む。ワイヤーらしきもので後ろ手に縛められている。当然、その手にはディスクの入った袋もなかった。

「行こうぜ、三橋君」

髪を摑まれ、和樹は牛のように車の外へと引きずり出される。

足が地面を探して落下する。乗っていたのはワゴン車らしく、和樹はつんのめって地面へと落下した。髪の毛がぶつりと音をたてて抜ける。反射的に受身を取ろうとする。固いアスファルトに肩から落ちて息がつまった。骨がひしゃげるような圧迫感。和樹はうめき声を漏らした。自分の身を案じる。そして母の顔が目に浮かぶ。きっと自分はひどい顔になっているだろう。顔が燃えるように熱い。

「起きろ、おら」

間髪入れずわき腹を蹴られる。腎臓にまで突き刺さるような鋭い痛みが走る。おしん風のバンダナ少年の攻撃だった。手にはスラッパーがあった。こいつらは。怒りは摘み取られ、和樹の心は凍えていく。他人に想いを巡らせたりもしない無慈悲な暴力だった。

和樹は再び髪を摑まれる。強制的に歩かされる。足が意志に反してがくがくとゆれる。ほとんど地面を這うようにして歩かされた。川べりで襲撃してきた少年らの足が見える。

地面が煤けたコンクリートに変わる。小さな溝を踏み越える。痛みで思考がうまく働かない。だがモノリスのような大きい給油機が目に入り、そこがガソリンスタンドだと知る。人気もなく、灯りもない。店はとっくの昔に潰れているようだった。かすかにオイルの臭いがしていた。

運転手と思しき年長の男が先へいく。ヒップホップファッションに身を包む少年らとは違って、一人だけ田舎の貧乏白人がするような金色のマレットヘアーだった。ヤンキーだ。日本ではなぜか田舎風の不良少年を北部人《ヤンキー》と呼ぶらしい。塗装工みたいにペンキで薄汚れたニッカボッカを穿いていた。鼻の穴には赤く染まったちり紙をつめている。おそらく和樹が夢中で振り回していた手が彼にヒットしたのだろう。唇をひん曲げながら和樹を睨みつけていた。

そのマレットへアーがガレージのシャッターに鍵を差し入れる。肌が粟立っていく。頭皮を剝ぎ取られるような痛みを感じながらあたりを見る。言葉を失った。周囲を広大な畑が取り巻いていた。隣には同じく潰れた古本ショップしかない。遠くには新バイパスを走るトラックや車の姿が小さく見えた。

バイパス沿いには大型ショッピングセンターの巨大な看板がそびえたっている。その下には何百台もの車が並んでいる。

何百人という人間がいるだろうに、誰も彼の存在を知らない。絶望しか感じられない圧倒的な距離があった。和樹が連れてこられたのはバイパスから一本離れた町の旧県道だった。

シャッターが錆びついた音をたてながら開く。さらに濃厚なオイルの臭いが鼻をつく。

寒々しいコンクリートの空間が目に飛びこむ。ガレージのなかは荒れ果てていた。壁は油で黒く汚れている。床はスナックの袋やビールの空き缶が転がっていた。埃をかぶった毛布が何枚かくしゃくしゃの状態で置かれてある。中央には車を持ち上げる巨大ジャッキのレールとガラクタだけが残されてあった。

マレットヘアーが毛布を掴んだ。野川が和樹をなかへと引っ張る。背後のガレージがガラガラと半開きに降ろされる。ほとんど暗闇に近い状態だ。和樹は毛布を頭からかぶせられた。足をかけられ、引き倒される。

おしんの少年が絶叫する。

「アメリカだかどこだか知らねえけどよ、調子くれてんじゃねえぞ！　この野郎！　人のことシカトしやがって。殺すぞ」

毛布の上から衝撃が加えられる。つま先が鎖骨に当たる。スラッパーが眉に当たる。ビールの空缶を投げつけられる。重い工具がわき腹に落ちる。体重を乗せた膝を下半身に見舞われる。筋肉と骨がそれぞれ爆発したように悲鳴を上げる。

どうしてこれほど理不尽な行為が許されるのか。神の姿が微塵も見えない。死の扉がぐんぐんと近づいてくる。まさかこんな連中に。現実を拒否したくなる。頭に工具が当たる。

「殺しちまうか。めんどくせえ」

マレットヘアーがいった。

「ああ、マジめんどくせえ！　お前死ね！　生き残ってんじゃねえ」

首のあたりを踏みつけられる。頸骨《けいこつ》がきしむ。気道を潰され、沼の蛙のようなうめき声が口から漏れる。皮膚が焼けるように痛む。骨も内側から炎が沸き上がっているようだった。全身の筋肉が高熱を出したときのように痛む。

死が訪れるまで終わりはないとでもいうかのように、それは執拗に続いた。攻撃をかわしたかった。腕で防ぎたかった。もう身体に触れないでくれと祈る。だがそれをせせら笑うようにいつまでもなにかが彼の身体を歪ませる。もう神など、とうの昔に信じてはいない。だが今はどうして止めてくれないのかと神を呪う。後ろ手にされながら、ただ胎児のように身体を丸めるしかない。

三十分は経っただろうか。それとも一時間か。陽も沈んで闇が訪れる。懐中電灯の光を突きつけられる。暗闇を裂くような何本もの直線的な光は、もうもうと煙る埃を映し出していた。インターバルをとり、それからまたゴングの音を聞いたボクサーのように連中は勢いよく彼を痛めつけた。

携帯電話が鳴ったのを機に暴力の嵐がやむ。一撃を加えられるたびに毛布から埃が舞い、口と喉の奥が細かい土の粒子に汚される。ひどく息苦しい。だがその毛布を剝ぎ取られると、まるで丸裸にされたような心細さを感じた。歯ががちがちと小刻みに音をたてた。地面が歪む。

目に映るもの全ての輪郭がぼやけている。それでも連中の異様に昂奮した顔つきだけははっきりと見てとれた。重い工具だと思ったのは、野川が手にしていた金属バットだった。

ずんぐりとした身体でバットを持つ彼は昔話に出てくる赤鬼のようだった。

おしんが携帯を取り出していた。トレードマークであるバンダナは解け、長い髪が汗で頬に張りついていた。シャッターの外へと潜りながら出て行く。わずかに声が和樹の耳に入る。

「ああ、お前らもそろそろ来ていいぜ、もうすぐ……」

和樹の身体が硬くなっていく。胃が収縮を始める。地面に大量の胃液を吐きだす。室内に残った二人があざ笑う。プライドなどもうない。ただ恐ろしい。さらに人を呼ぶ？　不気味な恐怖が内臓を食い破る。死の闇を見たような気がした。この手の不良少年はどういうわけか仲間を呼びたがる。

彼らの目的は明らかだった。理不尽などではない。拷問だ。和樹の口を割らせて、テープを回収する腹づもりなのだろう。マレットヘアーと野川の目には野蛮な光がみなぎっていた。虐待が与える暗い悦びに酔っていた。もう一人は見張りに立っている。それが和樹にとって幸福なのか不幸なのかはわからない。状況によっては拷問も処刑に変わる。人間は大勢になればなるほど抑制が利かなくなる。一人一人が思考を失い、獰猛な獣となって牙を突き立てる。そうして自分達が殺したという実感さえも湧かず、死体となった彼をきょとんとした顔で見下ろすのだ。

和樹は自分の姿を見る。古ぼけた雑巾のようだった。血と土でシャツはまだら模様になっていた。ボタンがいくつも取れていて、靴下が片方だけ脱げていた。自分自身に憐れみを覚えて瞼が熱くなる。憤怒と狂気で頭がきしむように痛む。歯のつめ物が取れて舌の上を転がっていた。

和樹は小さく呟く。ケツで交わるビッチどもめ。クソまみれのコックローチのマザーファッカー。退屈しのぎに親兄弟ともやる犬どもめ。殺してやる。これほど人を殺してやりたいと思ったことはない。かの地で言葉がうまく話せないとあざ笑われた幼い時期も、ギャングきどりの黒人少年にナイフをちらつかされながら肌の色を馬鹿にされても、こんな感情は生まれなかった。あのときだってそうだった。あそこで味わった怯えや恐怖が、今になって脳みそを焦がすような殺意に変わったとしか思えない。手首を縛める針金が皮膚に食いこむ。邪魔くさい！　自分の手首を切り落とせたらとさえ思う。この連中の首に腕を絡ませ、頸骨の折れる乾いた音を耳にしたいと強く願う。連中をこの世に生み出した両親や、その上の祖父母さえも絞め殺してやりたかった。

誰かが彼らに頼んだのか。目玉がひりひりする。頭に浮かんだのは新菜だった。映像を取り戻したと知るのは彼女とその仲間達だけのはずだ。和樹はすぐに考えを打ち消す。そんな疑いを持とうとする自分の頭を砕きたくなる。半藤ならやりかねない。真意をなかなか見せない彼なら。まさか。エリカや茶室の連中はどうだ。和樹にディスクを渡すのは反対しているはずだ。もうやめてくれ！　やはりスポーツ連中だろうか。気が狂いそうだ！　学校の有名人と一緒に行動したのだ。嫌でも目立つ。誰でも知りえる。

マレットヘアーが一つの缶を掴んだ。毛布の上で逆さまにする。液体が毛布にこぼれる。オイルの化学的な臭いがした。喉がカラカラに渇く。

マレットヘアーは茶色く欠けた歯を覗かせながら笑った。

「もう、わかんだろ。おれがなにすっかよ」

「どうするつもりだ……」

「ここまでやったら警察沙汰になるだろうよ。年少にいくのなんざ、まっぴらだからな。一生口が利けないようにさせてもらうぞ。楽になんか殺さねえ。ケロイドだらけの生焼けのまま、山に連れてってやる。てめえは火傷で苦しみながら生き埋めにされるんだよ」

野川がジッポを取りだした。火をつける。暗い室内に新たな光がともる。妖しげな灯りがごつい彼の顔を照らす。マレットヘアーがオイルをたっぷり吸った毛布を持ち上げて和樹に近づく。

「一度しか訊かねえ。どこにあんだ？　あ？」

「知るもんか」

和樹は即座に答える。マレットヘアーは頬をひっぱたかれたような驚きの表情を見せた。野川はライターを持ちながら同じ顔をする。絶対的ななにかを否定されたような、驚愕と嘆きが混じりあった顔。

シャッターの下を潜っておしんが戻る。緊迫した空気が読めないのか、勝ち誇ったような顔で携帯電話を折りたたんでいた。

「もう吐かせた？　刑事さんがカツどんおごっちゃうぜ。クニのおっかさんも喜んでんだろ。すぐ来るってよ。あいつら馬鹿だぜ。早くマネーに換えてパーティしようぜ。どこにあるって？」

語彙《ごい》を豊富に駆使して喋りまくっていた彼は遅まきながら異変に気づく。当惑しながら和樹と二人を見比べ、野川に目で尋ねていた。こいつ、喋ってねえのかよ？　嘘だろ、ありえねーだろ、あっちゃまずいだろ。

「本当に灸るぞ、こらあ！　調子くれんな！」

野川が和樹を見下ろしながら吠えた。唾が頭に降りそそぐ。おしんも再びギャングスタラッパーのように鬼の形相を作る。

和樹は息を吸う。息は熱い空気となって肺へと入る。あばら骨にひびが入ったのかもしれない。自分にもいい聞かせるように再び唱える。

「知らない。教える気もない」

顎に力をこめる。そうしなければ歯がちがちとやかましく鳴ってしまう。長くは話せない。まともな言葉になりそうにない。理性やコントロールという言葉とは無縁そうなこの連中が怖い。だが和樹の言葉に嘘はない。殺されても構わないと今は思う。

半藤は信じてくれた。和樹も彼を信じようと決める。半藤とエリカが新菜に見せた感情に嘘はなかったと思う。彼らがどんな想いで反撃に出たのかを想像する。悪辣で邪道かもしれない。周到な手口を考えると狂気じみたものさえ感じさせる。それだけ強烈な怒りを抱えていたのだ。

でも和樹を信用してくれた。だから裏切りも屈服もごめんだった。

「かっこつかねえだろ……それじゃよお」

おしんの口調が平板になる。連中は魔物ではない。理解できないモンスターでもない。身体だけが成長した無邪気な子供だ。和樹を痛めつけたその手で、おそらく母親が作った料理をつまみ、マンガを広げたりするんだろう。クソ、やっぱりモンスターじゃないか。

新菜は信じてくれた。彼女はすがりたかったはずだ。災厄しか呼ばない爆弾を、本当はどんな手段を用いてでも取り返したかったはずだ。試合の前に余計な不安や憂いを抱えていたいはずがない。この爆弾がどこかに流れ出ない保証なんてない。彼女らは二度と取り戻せない時期を勝負に捧げた。その代わりに彼女らにしか使えない魔法を得た。努力と研鑽によって高まった技術をお互いにぶつけあい、心の底から勝利に喜び、ときには敗北に打ちのめされる。その真剣な姿は見るものの心をゆさぶる。魅了する。容易にはたどりつけない崇高な領域にいるものだけが獲得できる魔法。その領域にたどりつこうと目指すものを、誰も邪魔することはできない。

和樹はいった。意図もせずに声はやたらと大きくなる。

「お前らにはやらない！　誰にもやらない！」

それは叫びに変わる。和樹の視界が霧で覆われる。霧のなかにいる彼らに語りかけていた。彼らはずっと和樹に尋ねていた。おれ達を救わずに一人だけ生き残るつもりか？

「もう、たくさんだ！」

同時に靴の底が見えた。和樹は頬を蹴られる。首がのけぞる。人のものとは思えない獣のような咆哮が耳に入る。和樹は地面に背中を打ちつける。

マレットヘアーが絶叫しながらのしかかっていた。馬乗りになる。うんざりしたような、我慢ならないような悔しそうな表情で和樹を殴りつける。顔の形を潰そうとする抑制のない暴力だった。拳の雨が降りそそぐ。頬や首に当たり、咳きこむ。防ぎようのないパンチに脳みそがゆさぶられる。

だが痛みは和樹を屈服させるには到らない。おそらく死に到る傷ですらも苦痛とは思わない。裏切りと偽りでまた悲劇を繰り返すぐらいなら死を選ぶ。彼にはその覚悟はできていた。マレットヘアーは異常だった。振るわれる拳から狂気がなだれこんでくる。強く念じていなければ和樹も感染してしまいそうな危うさに満ちていた。

「早くよこせぇ！　思いどおりに動けっつうんだよ！　なんだよ、てめえらは！　どうしてなんだよ、いっつもよ！　苛つかせんな！」

マレットヘアーは鼻面をサッカーボールのように蹴ろうとする。首を捻ってかわす。つま先が頬を刃のように擦る。火傷のような痛みが走る。和樹は大きな屁を漏らした。だが誰も笑ったりはしなかった。野川とおしんが視界に入る。彼らの表情も凍りついていた。マレットヘアーはバランスを崩して尻餅をついていた。そのまま体勢を整えようともせずに、座りこんだまま拳骨を和樹の大きな背中へと振り下ろし続けた。

「どこだ！　今すぐだ！　早く！　はやーく！」

小便が漏れそうになる。蹴りをもらっていたら、鼻は確実に折れていた。急所を抉られていた。ディスクの在りか云々の話ではない。病院に担ぎこまれて、警察が動き、大騒ぎになる。和樹はまたもベッドの上で過ごす。両親や親戚らはまた深いショックを受ける。そんなイメージが浮かぶ。そのときはもう二度と立ち上がれそうにないような気がした。

新たな人の気配がした。シャッターがゆれる。男の悲鳴があがる。

和樹は顔を横に向ける。粗暴で野卑な場所にふさわしくない、こざっぱりとした格好の少年が二人、入ってきた。暗い。だが姿の輪郭だけでおぼろげながらも悟る。

サッカー部の寺西と中屋だ。

「なんだよ。おい、ちょっと、や、やばくねえか」

中屋が声を裏返らせながらいった。寺西がおしんにつめよる。

「どういうことだよ。取り返したんじゃなかったのか？」

「あの、そりゃよ……」

「さっきの電話は嘘だったってのか？　なんだ。いつだって口ばっかりじゃないか。お前らは。なにやってんだよ！」

マレットヘアーが動きを止める。表情は暗くてわからない。落ちていた空のオイル缶を摑み、大きく振りかぶってそれを寺西らへと投げつけた。缶はシャッターへとぶつかり、けたたましい音が鳴った。スポーツマンの二人がたじろぐ。

「うるせえ。偉そうな面すんな。何様だ、てめえら。命令すんじゃねえよ。小野、そいつら逃がすんじゃねえぞ」

マレットヘアーは息を荒げながら命じた。スポーツマンの二人は反射的に後じさる。だがおしんこと小野がシャッターをすねのあたりまで引き下ろす。早合点して二人を招待してしまったおしんは、マレットヘアーのキレた怒りにすっかり圧倒されたようだった。ガレージのなかの温度が急に上がった気がした。

マレットヘアーはジッポを手にする。左手でオイルまみれの毛布を拾い上げる。やつ以外の全員がシャッターに背を押しつけていた。

「この野郎、ざけやがって、ざけやがって、そんな勝手なこと許されると思ってんのかよ。ざけやがって」

和樹の身体に重い毛布がかぶせられる。化学的な臭いが鼻を刺激する。冷たい。毛布からもれる液体がシャツを通して身体にまで染みる。寺西が震えた声でいう。

「お前……早く、教えたほうがいいぞ」

どいつもこいつも。怒りが恐怖や怯えを塗りつぶす。正しさなどどこにもない。和樹にもありはしない。ただ強い嫌悪感だけが湧く。身勝手で自分達の欲望だけはごりごりと押し通そうとする。目の前の世界が飴細工みたいに歪む。腹のなかに淀んだ漆黒の塊みたいなものが濃縮されていく。オイルが内臓にまで染み渡っていくようだ。

「お前らは、みんな淫売のおしゃぶり野郎だ」

意識もせずに言葉が出た。英語だった。自動的に野卑な言葉が吐き出される。自分までもがただの畜生になってしまう。果てしない底へと堕ちていくような感覚に幻惑される。だがいいようのない快楽も押し寄せてくる。恐怖によって縛められた魂が解放されていく。

「お前らになんか価値なんてない。クソとゴミしか産みださない廃棄物じゃないか。殺してみろ！　やってみろ。お前らの妹も母親も地獄で必ずファックしてやるからな」

和樹の視界が霧に覆われる。ガレージにいる人間の姿が形を変える。茶色い肌の男達とブロンドの髪をした少女、それに肥った少年が佇んでいた。和樹は彼らに訴えた。もうぼくを許してくれ。もうたくさんなんだ！

霧が消える。マレットヘアーが炎のついたジッポをこれ見よがしにかざしていた。ライターのガスが鼻に届き、吐き気がこみあげる。

「こっちの言葉で喋れよ。キレてられる立場か、この野郎。おれのほうがキレちまったよ。もう許さねえ」

炎を毛布へと近づける。まるで虫の羽をむしって悦ぶ子供みたいな無邪気な残虐さを感じた。シャッターに張りついている誰かが悲鳴を上げた。中屋だった。

「や、やめて。おれにアイディアがあるから聞いて……ください」

「うっせえ。もう知らねえよ！」

マレットヘアーの手は止まらなかった。顔を和樹に近づける。ガムと煙草の臭いが混じった息が降りかかる。炎まではあと十センチ。和樹は覚悟を決める。火がついたら突進して、炎をわけ与えてやろうと決める。マレットヘアーだけじゃない。室内にいる全員を道連れにしてやろうと誓う。

中屋はポケットにごそごそと手を入れ、携帯を高々とかざした。細くした眉毛を八の字にして、今にも泣きそうな顔で叫ぶ。

「そいつが喋んないなら、他に知ってるやつに訊けばいいじゃないですか。そいつ人質にして訊けば――」

「誰だ！　あのノッポのねえちゃんさらって、輪姦《まわ》せばいいってのか？　ああ？　お前ちゃんと訊き出せんだろうな！　ああ？」

マレットヘアーは巻き舌で問い返す。中屋は目を伏せる。もごもごと口ごもる。

「聞こえねえぞ。どうすんだ、おらあ！」

「わ、わかった。訊くのは半藤だろ。こいつのダチだからな。ち、竹馬の友ってやつ。きっと喋るんじゃねえかな……つうか喋るぜ」

おしんが助け舟を出した。野川が何度も喉を鳴らして、寺西の腕を肘でつつく。

「お前も協力しろよ。おれ達が大変だって、理解したろ？　約束の倍で頼むぜ。じゃねえと火の海になって大騒ぎになっちまう」

寺西は端正な表情を怒りで歪ませたが、マレットヘアーと和樹を見て、すぐに怯んだように顔をそらせた。

「ああ。それでいい。それでいいよ」

マレットヘアーの目に狡猾な色がよぎるのを和樹は見逃さなかった。この男の行動が狂気によるものか、演技によるものか和樹にはわからない。おそらくはマレットヘアー自身もわからないだろう。

「かけてみろ。うまくいきゃバーベーキューはなしだ。だけどこいつは許せねえ。どっちにしろ半殺しにしてやる」

マレットヘアーは和樹の顔をのぞきこみ、金属音をたててジッポに蓋をかぶせた。和樹の背中を蹴る。室内の闇が濃くなる。和樹は夏の犬みたいに浅く息をつくしかなかった。

中屋が緊迫した表情で携帯電話を操作する。

やめろ。和樹の目から涙が溢れそうになる。あと少しだった。あと少しで生き返ることができるはずだったのに。荒れ果てた心にようやく芽が生えてきたところだったのに。大量の枯葉剤を上から降りそそがれたような気がした。いっそ半藤には繋がらなければいいと願う。火をつけろ。もうこの世から消えてしまいたい。

「非通知にしたか？　こうなるとお前が出ちゃまずいだろ。ネゴシエーターはおれにまかせろ」

　中屋から携帯電話を奪う。相手に繋がったようだった。おしんが癇《かん》に障《さわ》る言葉を操る。

「ワッツアップ？　え？　ああそうだ。お前の友達の姿が見えねえだろ？　わかってんじゃん。どうよ。あ？　そうだって」

　おしんは陽気な調子で電話に語り続けていた。小動物をいたぶる猫みたいな残酷さが声に滲み出ている。この世から全員消してやりたい。壁に頭をぶつけて、粉々に砕いてしまいたい。そして自分も舌でも噛み切って、この世から消える。

「おれ達が拉致ったに決まってるだろ。もちろんあいつが持ってたディスクはもらったぜ。ははは、すげえ笑った。お前にもああいう趣味があったんだな。え？　どうなの、そのあたり。痴漢盗撮の誠ちゃんよ」

　半藤はどう思っているだろう。暴力よりもさらに苦しい痛みに和樹は襲われる。失望しているだろう。エリカの黒い涙を思い出した。その先はどうなる。ディスクを失った彼や彼女の行き先を考える。

　息が苦しくなる。オイルの臭いのせいばかりではない。彼らの行き先など、もうどこにもない。そして和樹もたとえこの場を生き抜いても、無事ではいられないだろう。あのカッターを振り回した生徒のように転校する羽目になるかもしれない。そのとき、自分はうこの世を二度と愛することなどできなくなるだろう。

「……ああ、生きてるぜ。声？　だめだ。場所を喋るかもしんねえからな。は！　この野郎。やっぱりそうくんのか。てめえは蛇か。やっちまっていいんだな。本当にバーベキューにすっぞ。ブラフじゃねえぞ。マジだっつってんだろ！　ここにいるっつってんだろうが！」

おしんは携帯電話に向かって吠える。和樹を忌々しそうに睨みつける。「いい友達持ったじゃんよ。クソ、あのカマ野郎、血も涙もねえ。捕まるような間抜けはダチじゃねえだと。どういう根性してんだ？」

「やっぱり、やるしかねえのか……」

マレットヘアーの目が冷たくなっていく。和樹も同意する。死んでしまえば利用されずに済む。おしんは同じように顔に怒りをたたえていたが、ちらちらとマレットヘアーの様子をうかがっていた。携帯電話を掌で覆う。

「まあ待てよ……クールにいこうぜ。これじゃ埒《らち》があかねえからさ」

「拉致？　あいつもさらうのかよ？」

野川は真顔で尋ね返す。

「馬鹿、そうじゃねえよ。埒って、つまり……格闘技の試合でもよくあんだろ。膠着状態でしょうがねえってことだよ。声ぐらいは聞かせてやろうぜ。ポーカーフェイス気取ってても、ダチの憐れな泣き声聞いたら、あいつだってコロっていくさ。そうだろ！」

おしんが毛布の上から和樹の太腿を蹴飛ばす。オイルが自慢のスニーカーににじみ、まるで道端の糞を踏んだような悲しそうな顔を一瞬、浮かべた。

マレットヘアーがまたライターに火をともす。

「場所なんかいってみろ。焼肉みてえに焼け焦げる音まであいつに聞かせてやる。『助けてほしい』とだけいえ」

和樹は唾を飲もうとした。粘ついた血が喉に絡みつくだけだった。半藤と話をしたくはなかった。言葉を耳にするのが怖い。炎のゆらめきに惑わされる。自分の肉が焼ける臭いならすでにかいだような気がした。助けてほしい。そう泣き叫びたかった。この狂気じみた場所から逃れたい。オイルも洗い落としたい。裂けた傷に軟膏も塗りたい。だが覚悟は決まっていた。生死など関係ない。救われる道は連中を怒らせ、燃やされる以外に見つからなかった。

目の前に携帯電話をつきつけられる。液晶モニターがこれ見よがしに眩しく光る。男根をつきつけられたような、心がへし折れそうな激しい嫌悪感を覚えた。

「ママに元気ですっていって安心させろ。無事にやってるってな」

おしんの口調は相変わらずほがらかだったが、顔だけは険しかった。妙なこと口走ると、マジで燃やされるぞ。目でメッセージを送っていた。携帯電話を耳に押しつけられ、和樹は唇を舐めた。これが自分の遺言になるのかもしれない。

「もしもし……」

「一度しかいわない。目をつむって、できるだけ大きく呼吸をして、息を止めるんだ」

「え？」

声の主は間違いなく半藤だ。彼の言葉は日常会話のときと同じようにひどく落ちついていた。和樹は戸惑う。そして言葉を思い返し、大きく息を吸った。肺に酸素を満たす。男達の体臭と油とゴミが混じった最悪の空気のおかげで胸がむかむかする。深い海にでも潜るように固く目をつむる。

「お？　てめ、なにやって――」

おしんが訝るように低い声で口走る。しかし甲高い金属音にかき消される。外から一個の缶が音をたてて転がってきていた。シャッターがぴしゃりと床まで引き降ろされる。室内が震動する。

「なんだあ？」「なにこれ」

「うわあ！」

中屋の金切り声が響く。ガス管が外れたような不気味な音がする。シューシュー。少年の悲鳴が耳を覆いつくす。「ひゃあ！」「なんだあ！」「やべえ、やべえぞ！」シャッターが激しい音をたてる。「どうなってんだよ、早く上げろ！」「開かねえぞ！」シャッターを叩く音がする。「半藤君、許してくれ！　出してよう！」中屋が泣きじゃくりながら許しを乞う。クローゼットに閉じこめられた子供のように泣きじゃくる。寺西が問いつめる。「中屋、なんだよ、これ。どういうことだよ」「開けろ！　開けろ！」痛みはない。だが痛みよりも辛い。脳はひたすらアラームを鳴らし続ける。

恐ろしい考えが湧く。熱さはない。だがとっくの昔に痛みを感じられなくなるほど、身体を黒焦げにされてしまったのではないか。目を開けたい。高温の炎によって蒸発する目玉のイメージがよぎる。

「うわ！」「くそ！」

少年らの咳きこむ音がする。悲鳴が上がる。人間のものとは思えない動物のうめきだった。排水溝に流れる水みたいにごぼごぼとおぞましい音がする。誰かがシャッターを叩く。「いてえ……いてえ」骨が折れたか、関節でも外れたのか。弱々しく裏返った声がもれる。喘息の老人のような咳。

「出して……出してくれ」

まるで地獄の亡者だ。悪寒がする。耳を塞ぎたい。自分以外の人間にとんでもない悪霊が憑いたかのようだ。

息が苦しい。横隔膜が痛む。すすり泣きや弱々しい咳が耳に入る。誰かが嘔吐する。一秒だって聞いていたくない。シャッターが開く音がした。まだこの世にいるのだと悟る。地獄に堕ちたわけではないのだと思い返す。口から少しずつ空気が漏れていく。口内や気管や肺が真空になっていく。唇から唾液が泡となって溢れ出る。

縛められた手首に誰かが触れる。

「もう少し我慢。目もまだ開けちゃだめだよ」

半藤だった。

妙にこもった声だった。罰を与えにきたのか、助けにきてくれたのか。どちらでもいい。目の奥が熱い。暗闇のなかであの日を思い出す。銃弾が飛びかう音を聞いたような気がした。息を止めたままでも硝煙の臭いをかいだような気がした。手首を縛めているワイヤーが解かれる。関節が楽になる。

安心する間もなく、半藤が手を引っ張る。足は棒になっていた。内臓と脳が酸素を求めて悲鳴をあげていた。でも手の温かさと強い握力のおかげでパニックには陥らない。決して早すぎない歩みで闇の道を進む。まるでデジャブだ。和樹の腰がひける。怖さを感じる。

「大丈夫さ。襲われる心配はないよ」

まるで見透かしたように半藤はいう。和樹はうなずく。驚きはもうない。驚いていたらキリがない。外に出たのか、風を肌で感じていた。ラストスパートするように二人は駆ける。

「三橋！」

少女の叫び声が聞こえた。新菜だ。

「ここらへんでいいかな。うまくいった」

半藤の声は弾んでいた。限界だった。和樹はへたりこむ。コンクリートの床にひっくり返る。大きく呼吸する。肺だけではなく、身体中に酸素が染みていく。空気が甘い。空気がこれほどありがたいものだったなんて。

「三橋……ごめん。ひどい、どうして……」

すぐ側で新菜の声がした。和樹はおそるおそる目を開く。薄暗い夜が見える。そっけないほど殺風景なスタンドが映る。横には目をまっ赤にした新菜がいた。言葉をかけたかった。泣いている彼女の顔を見ているだけで、ひどく切ない気持ちになった。今は空気を身体に取りこむだけで精一杯だった。

目を周りに走らせる。ぎょっとした。見張りの少年の首には、ハサミの刃があてがわれていた。

少年の背後には唇を歪めたエリカの姿があった。顔はしっかりとメイクされている。

「いまいちな連中だよ。計画性のない暴力は醜いだけだ」

半藤の顔はまるでスパイダーマンのようだった。深緑色の毒ガスマスクをつけていた。

和樹は身体を起こして、ガレージのあるほうを見た。床を這いずる野川やおしんの姿が見えた。マレットヘアーはひどい喘息でも患っているかのように苦しげに床を転がっていた。中屋と寺西は泣き喚いていた。和樹は途方に暮れる。言葉さえも思い浮かばない。

「だ、大丈夫だ。死なねえよ。つまんねえけど」

エリカは呟く。それからハサミで見張りの少年の目を突こうとする。和樹は悲鳴を上げる。少年も手を上げて顔をカバーしようとする。しかしフェイントだ。ガラ空きになった股間を後ろからつま先で蹴り上げる。少年は潰された蛙みたいにうめく。コンクリの床を這いつくばる。和樹の胃が縮む。エリカの動きは芸術的ですらあった。よほどのトレーニングを積まないと、逆に取り返しのつかない傷を与えかねない。あんな恐ろしい娘を相手に立ち回ったというのか。彼は自分の無謀さに戦慄した。手の傷がうずく。

和樹もまた喉に違和感を覚える。細かい棘だらけのイガを気管に放りこまれたようだった。咳をもらさずにはいられない。

「もう少し、離れたほうがいい」

新菜は和樹を肩でかつぐ。いかついガスマスク顔の半藤がうなずく。和樹は顔をしかめながら訊いた。心なしか目もカラシをすりこまれたようにひりひりと痛む。

「フォックス社のロックオングレネードだよ。催涙スプレーの手榴弾さ。初めて使ったけど、思ったよりも強力だったな」

「よく、わかんないけど、息をと、止めてて正解だった、よ」

エリカにも、そして半藤にも畏怖の念を抱く。この女の子みたいな少年はただものではないのだと改めて思い知らされる。ゲームセンターで野川らが見せたたじろぎの正体を見たような気がした。

「でもどうして……どうして、ここが」

「鞄をあんたの家に届けに行ったの。でも誰もいなかった。それでなんだかすごくまずいことが起きてるんじゃないかと思って、それで、どうしていいかわかんなくて、半藤に連絡して」

新菜は取り乱したように早口でいった。

何台かの車が側の道路を通り過ぎる。身を隠す余裕などなかったが、スピードを緩める気配はどうやらなさそうだった。騒ぎにならないのをただ祈るしかない。半藤はマスクを外した。髪は乱れていたものの、いつもの整った無表情が現れる。額が少し汗ばんでいた。

「中屋が教えてくれたよ。この犬達をけしかけたのも寺西とあいつだけど、やっぱりぼくには嘘をつけなかった」

新菜も視線をのたうち回る中屋に走らせた。その赤い目は憎しみに燃えていた。

和樹はおそるおそる尋ねた。

「今度は、どんなマジックを使ったんだい？」

「難しいことはやってない。昔からあいつはフォビアだったんだ」

「フォビア……恐怖症？」

「こういう田舎町にはよくいるんだ。オタク恐怖症。マッチョぶってるやつのなかには特にね。本当は大好きなくせに、自分に正直になれなくて、異常なまでに敵意をむき出ししてくる。みんなと違うことをしてると罪悪感を覚えて悩むらしい。佐治をやたらと目の敵にしてたのも、あいつと同じ趣味を持ってる自分が許せなかったんだ」

茶室で泣いていた肥った少年、佐治を思い出していた。

「彼の趣味って……」

「それがさ、こっそりスケベな同人誌を買い漁ったりすることなんだな、これが。そういうのは正々堂々としたスポーツマンシップには則《のっと》ってないからね。佐治を痛めつけては、陰でこっそり十八禁のPCゲームやエロ同人誌を借りてたんだ」

和樹は亀のように身体を縮ませている中屋を見やった。激しく咳をしながら獣じみた咆哮をあげていた。そういうものなのか。和樹にはよくわからない。ただエゴを押し通すためならなにをやっても構わないという、単純な驕《おご》りや増長によるものだけでもないらしい。

息の苦しさが収まり、代わりに身体中の痛みがまたぶり返す。服やオイルの臭いで胸にむかつきを覚える。顔の皮膚にふれるのが怖い。風が吹くたびに傷口がうずく。前歯がぐらぐらとゆれ、歯ぐきが燃えるように熱い。こんな目に遭わせた寺西と中屋に憎悪する。鶏みたいに首の骨をへし折ってやりたい。受けた苦痛の何倍もの仕返しをしてやりたい。

アドレナリンは湧かなかった。痛みと疲労で心は萎えていくばかりだった。

「すぐに中屋を問い質《ただ》したよ。どこに閉じこめてる、教えてくれよってさ。仲間じゃないかっていったら、半狂乱になってたな」

そう語る半藤はとても嬉しそうに微笑んでいた。和樹は血とは別に苦味を覚えた。彼のようにおもしろがる余裕などなかった。

新菜は寒そうに自分の腕を抱いた。

「こんなひどいことになってたのなら、すぐに一一〇番すればよかった。あたしもあいつらと同じ。なにもできなかった。警察にでも先生にでも知らせて、大騒ぎにしてでも、もっと早くあんたを救うべきだった」

「このくらい……なんともないよ。騒ぎにならなくてよかった」

新菜は拒否するように首を振る。

「こんな日に遭わせてまで、大会になんて出たくない」

車のなかを漁っていたエリカがつかつかと歩みよる。ディスクの入った袋を取り戻していた。掌をだしぬけに新菜へと向ける。

「べそやってる暇があったら、さっさと財布だせ。財布」

全員が驚いたように目を見開く。エリカはきまり悪そうに和樹を顎で指した。

「こ、このままじゃ、こ、こ、こいつ道も歩けないだろ。今からひとっ走りして、安いジャージでも買ってこようと思ったの。あんたのめそめそした泣き面じゃ、つ、つ、使いっ走りになんかやれないし、誠にはこ、この場を仕切ってもらう必要があるんだから。悪いと思ってんなら、誠意見せろ」

「……そうだね。あんたのいうとおり」

ジーンズ姿だった彼女はヒップポケットに入れていた赤いナイロン地の財布を取り出した。エリカの掌にのせる。和樹は止めようと手を上げた。肩の痛みがひどく、満足には上がらなかった。

「待ってよ。そんなの――」

半藤が首を振った。

「出させてやったほうがいい。本人の救いにもなる」

「そうさせて。これで済むとは思ってないけど」

新菜の瞳に本来の強靭さを感じさせる煌めきが戻る。誇り高いものの目だった。エリカは財布の中身を見る。和樹の胸が鋭く痛んだ。彼女は無言で金を取り出した。お札はなく、小銭ばかりだった。エリカは真剣な顔つきで金をポケットに入れ、空の財布を返した。

「ぼくも出そう」

半藤がいった。

「いい。き、機材でみんな使い果たしたんじゃない。あたしが戻ってくるまでケ、ケ、ケリ、つけといて」

エリカはディスクの袋を和樹に押しつける。そしておもしろくもなさそうにまた唇を歪めながら背を向けた。プリーツスカートのポケットに手を入れながらふてぶてしそうに歩く。

彼女にはいろいろな感情を抱いたものだった。恐怖や悲哀。それに神社では敵意に近いものさえも抱いた。だが今は違う。新菜に対する気持ちと同じものを抱く。彼女は他人の痛みにもとても敏感な娘なのだろうと思う。

「じゃあ、仕上げといこうか」

半藤は再び顔をマスクで覆った。隅に置いていたスポーツバッグを肩にかけた。ガレージの周辺にはようやく咳の苦しみから逃れた少年らが転がっている。何十マイルもマラソンさせられたようにぐったりとしていた。その苦しみに嘘はないだろう。息を止めていたはずの和樹も痛みというよりも、喉にごろごろと小石が転がっているような不快な感覚を覚えていた。半藤はうずくまっている少年らの間を進みながら、マレットヘアーのところで足を止めた。

マレットヘアーの上半身は裸だった。右肩のあたりにタトゥーがあった。とはいえまだ筋彫りだけ。着ていたヤクザ風の長袖シャツを脱ぎ、それを丸めて顔に押しつけていた。半藤は鞄のチャックを開けた。銀色のなにかが光る。取り出したのは手錠だ。マレットヘアーはそれに気づいてはいない。半藤は両手首に手錠をはめる。

金属の感触に、初めてマレットヘアーは驚いたように顔を上げた。目鼻はぐっしょりと濡れ、口から泡を吹いていた。目を何度も瞬きさせる。

半藤は兵士が履くようなごついブーツで手錠の鎖をためらいもなく踏みつけた。手がコンクリに叩きつけられる。マレットヘアーが短い悲鳴をあげた。

　さらに半藤はやつの金髪を蕪《かぶ》や大根を引き抜くかのように荒っぽく摑み上げた。

「て、てめ……ざけやがって、ぶっ殺してやるよ、ぜってえ」

　半藤は鎖を踏んづけたまま鞄にまた手を入れる。和樹は胸騒ぎを覚える。取り出したのは巨大な四角い中華包丁だった。マレットヘアーの目がその凶器に吸い寄せられていた。

「いいね。憎しみでいっぱいだ。ラブは嘘ばっかりで濁ってるけど、ヘイトはいつだって正直で清らかだ。気持ちがいいよ」

　半藤の周囲に黒い瘴気《しょうき》のようなオーラが見えた。ガスマスクをつけ、革のブーツを履き、冗談としか思えないほど大きな刃物を持ちながら責めるその姿は、まるでデスメタルのCDジャケットに出てきそうな怪人だ。半藤は包丁を高々と振り上げた。周囲の少年らは自分の苦しみと格闘するだけで精一杯だった。

「じょ、上等だ、こら。やってみろ。殺してみろよ！　つうかやれんのか！　おら！　おら！　カマ野郎！」

　マレットヘアーはしゃがれた声で叫んだ。手首の鎖を鳴らしながら半藤を凝視する。

「冗談」

　包丁は高々と掲げられたままだ。半藤のもう片方の手が動いていた。なにか黒い塊を持っている。霧のような水の粒子が二人の間で舞う。マレットヘアーが裏返った声で悲鳴を上げる。もろに不意打ちを食らったようだった。顔はマスタードのようなカラシ色の液体に濡れていた。また催涙スプレーを浴びせたのだろう。

「殺すなんて。そんな怖いことするわけないわ。返り血一つだって浴びたくありませんもの」

半藤はおどけた調子でいった。がちゃがちゃと鎖が鳴る。顔を拭おうと懸命にマレットヘアーは手を持ち上げようとしたが、半藤の厚底のブーツがそれを許さない。髪を摑まれ、顔を無理やり上向かせる。彼は目をつむり、蛇みたいに身体を左右に振ることしかできない。新菜は耐えられないとばかりに顔をそむけた。

「いてえ！　いてえ！　目が。目がいてえ！」

言語にならない喚きに変わる。止めどなく咳が漏れる。大量のよだれが半藤のブーツに垂れる。呼吸も満足にできないようだった。半藤は鎖から足を離す。マレットヘアーは手を震えさせながら自分のシャツを摑んだ。顔を拭った。背中が波打ち、顔とシャツの間からぼたぼたと黄色い胃液が漏れる。

「お前の名前は樋口翔《ひぐちしょう》。父親はアーケード通りで居酒屋を経営。母親もそれを手伝ってる。妹の名前は優《ゆう》。翔君に優ちゃんねえ。かわいいもんだ。ま、とにかくお前とは歳が六つも離れていて、東小学校に通ってる。つまり弱点を二つも抱えているということだ。店の味と妹の安全の両方を守りきれるほど、お前はスーパーマンかな?」

マレットヘアーの耳に届いているのかはわからない。それどころではなさそうだ。味方である和樹さえも冷静ではいられない。自分のけがを忘れて、やつを病院に連れていくべきではないかと慌ててしまう。周囲の少年らは畏怖の目を半藤に向けていた。

半藤はマスクを脱いで周りにいった。

「お前らも同じさ。ぼくはお前らの家族構成も両親の職業もメールアドレスも携帯の番号も、つきあってる女の名前もみんな知ってる。兄弟がいないからといって安心するなよ。飼い犬がいつも元気に尻尾を振ってると思うな。電車に乗る父親が痴漢扱いされる日もそう遠くはない。罠にはめる手口なんていくらでも思いつく。そりゃあぼくにも家族や友人はいるけど、闘いなんてそういうもんだろう? 心を殺す方法なら、たくさん知ってる。さあぼくと闘うやつはいないのか?」

半藤は倒れている彼らの周囲を威圧的に歩き回る。だが呼びかけに応えるものはいないようだった。マレットヘアーこと樋口は亀のようにうずくまって苦しんでいた。野川はスラッパーを持ったままだったが、その手を床につけたまま喘いでいた。小野は投降を決めた籠城犯のように両手を挙げた。

だが寺西だけは涙目で半藤を睨んでいた。ときどき咳を漏らしながら、かろうじていう。

「ふざけんなよ……なんだよ。なんでこんな目に遭わなきゃなんねえんだよ！」

半藤は片頬を歪ませながら、和樹を指さした。

「そのとおりだよ。お前らは大人しく女子マネージャーと初めての恋とかなんとかやってればよかったんだ。こんなのはきっと悪い夢さ」

「うるせえ……うるせえよ。てめえがきたねえ手なんか使いやがるからだろうが。だったらやってやるよ。困るのはお前んちのほうだ。造ってる酒だって、きっとどこの店にも卸せなくしてやるぞ！」

半藤は目を細めた。和樹はオイルよりもきつい汚臭をかいだような気がした。彼にそんな力があるとは思えない。それでもあの高木のカッター事件や、父親が高名な建築士で、町のロータリークラブにも在籍する名士という事実もあって、言葉に嫌な威力を感じた。

彼は新菜にもその矛先を向ける。

「真壁、お前、いつからこのキモいオタク野郎の味方になったんだ。こいつらのメイドでもやってんのか。『萌え』とかいってんだろ」

新菜が歩む。寺西は彼女の傷を負った顔に初めて気づいたようだった。ぎょっと目を開く彼の鼻に肘を叩きこむ。バスケなら一発で退場になるような強烈な一撃だった。寺西は床を転がった。

「やりなさいよ。パパに好きなだけ泣きつけばいい。でもその前にあたしが全部打ち明けるわ。あんたみたいなゴキブリがグラウンドを這い回る姿なんて見たくないもの」

「先を越されたな」

半藤は口笛を鳴らした。和樹もどうにか立ち上がる。顔がさらに熱さを増していく。浴びせられたオイルに点火してしまいそうな、ひどい火照りだ。半藤が訊く。

「さあ、どうする？　こいつらは、君がこのディスクを持っているのを承知で襲撃させたんだ。さっそく協定を反故にしても構わないと思うがね。こいつらの日常をアイスランドからアルゼンチンぐらいまで、幅広く紹介してやることもできる」

「ぼくはなにも遭ってない……今日はただ転んだだけさ」

「そうか」

「あたしがいうことじゃないけど、もう愛想がつきたわ。そんな甘い顔をしてたら、また襲われるかもしれない」

半藤が新菜にいった。

「本人がいってるんだ。今日はそういうことにしておこう。転んだだけにしてはひどい顔だけど」

和樹は鼻を押さえて悶える寺西の腕を摑んだ。

「喜ぶといい。今の一撃で仲直りさ。この意味をよく知っておいてほしい」

「わかった……わかったよ」

寺西は涙まじりでいった。なにをわかっているのかを問い質したかった。半藤に肩を叩かれた。

「今のところ、それで充分さ」

半藤は中屋に包丁を振りかざす。

「さあ、早くこの場から消え去れ。このクズどもを連れて帰れよ。すぐに心変わりするかもしれないぞ」

中屋はうなずいた。偉いお侍にこらしめられた小悪党のような卑屈な態度で半藤らを見上げていた。よたよたと動きながら寺西を担ぐ。

「エリカももうすぐ戻るだろう。ぼくらも、もうここには用はない」

半藤はマスクと包丁を鞄にしまう。チャックを閉めると同時におしんが起き上がった。

バケツの水を頭から浴びたように顔がびしょびしょに濡れていた。

「おれはな……おれ達はそうはいかねえんだよ」

半藤がまた鞄のチャックに触れる。おしんは武器を取り出そうとするのを阻むように襲いかかる。

手にはスラッパーが握られていた。手負いの獣のように思いつめた表情だった。

「わかってたまるかっつうんだよ！」

和樹は駆け寄る。振り上げたおしんの腕を摑み、奥襟を摑み、足を払った。やつの身体が空に浮かぶ。力をコントロールしながら床へと放った。後頭部を打ちつけないように奥襟を摑んだまま。それでも腰を強打したおしんは短くうめき声をあげた。

新菜と半藤は驚きの声を上げた。もっとも驚いたのは投げた和樹だっただろう。自分にはこんな力がまだ残されていたのだ。思わず自分の掌を見つめる。オイルと血で汚れ、そして細かく震えていた。

半藤はまた口笛を鳴らす。

「君はきっと、金メダリストになれるな。よくルール知らないけど」

東北新聞　ネット殺人依頼　6月13日（山形県）
保釈中の被告を再逮捕
インターネット掲示板を通じて、父親（55）の殺害を依頼し、殺人予備罪に問われ、現在保釈中の山形県I市Jの無職森純被告（23）が覚せい剤所持で再逮捕されていたことが

12日、わかった。

調べでは、森被告はインターネットを利用して、北海道T市Uの無職丸橋正彦被告(28)=麻薬特例違反などで既に起訴=から覚せい剤0・5グラムを購入したという。

丸橋被告は昨年8月から今年6月にかけて、T市Vの暴力団組員江原信男被告(26)=脅迫罪などで起訴=と共謀し、全国にわたって複数の人物に覚せい剤などを売った疑い。

丸橋被告は覚せい剤を密売した組織のリーダー格で、少なくとも一億二千万円以上の収益を上げていたという。

調べでは、森被告は丸橋被告が運営しているインターネットのサイト「ホープ薬局」から宅急便を通じて覚せい剤を購入したものとみられている。

12

室内は暗かった。

今日は近くに住む祖父が隣県の病院で検査を受けるため、母はその付き添いで外出したままだった。祖父もまたアメリカでの事件の犠牲者だった。農協で長い間技術指導員として働いてきた祖父は、百まで悠々と生きるであろう頑健な男として知られていたが、孫が事件でけがをしたと知ると急に病気がちになっていた。近々、入院するかもしれないらしい。

あの潰れたガソリンスタンドから一番近かったのは半藤の家だった。仕事が忙しいのか、彼の両親の姿は見当たらなかった。日本酒の製造元だったが、今は新商品である焼酎造りに余念がないのだという。

風呂場を借りたが、そこにある鏡が、どれだけひどい目に遭わされていたのかを嫌というほど教えてくれた。オイルを浴びせられた皮膚は赤くただれていて、湯が傷に触れるたびに悲鳴を上げたくなった。ワイヤーで縛められていた手首には黒い痣ができていた。おまけに顔は新菜が負った傷よりも段違いにひどく、KOされたボクサーみたいに瞼が腫れあがっていた。頰にはミミズ腫れがいくつも残っている。頭には無数のこぶ。絆創膏やガーゼで傷を塞ぎ、オイルの臭いがする制服をゴミ袋に入れて持ち帰った。

エリカが買ってきてくれたジャージに着替えた。そして半藤と新菜の二人に送られながら和樹は帰宅したのだった。

母には全てを話すつもりだと二人に伝えた。制服はオイルまみれで、これだけのけがをしていればもはや隠しようもない。それに同じく苦難の道を歩み続けてきた母には、できるだけ真実を伝えてやりたかった。また息が止まるようなショックを受けるかもしれない。

声をあげて嘆くかもしれない。

でも今度はまるで意味が違う。悪夢に呑みこまれてできた傷と、悪夢に堂々と立ち向かってできた傷の違いを、しっかりと説明してやりたかった。

「いない……みたい。どうする?」

灯り一つない我が家を前にして、新菜が訊いたものだった。母が受けるであろう驚きや悲しみを、できるだけ軽くしてあげたくて、心強い仲間の二人に来てもらったのだ。

いつ帰ってくるかもわからない。夜も更けつつあった。和樹は二人に帰宅を勧めていた。またあの自警団の大人達と出会うわけにはいかない。無事に家にたどり着けただけでも奇跡に近い。

「大丈夫?」

新菜は不安顔で何度も尋ねてきたが、和樹はうなずいてみせた。

「きっとわかってくれるよ。秘密も必ず守る」

半藤はディスクの入った袋を指した。

「一度地面にも落としちゃったから、異常がないか、ちょっと動作確認してみてくれないか? ロッカーに預けてるテープは明日にでも取りにいこう。なくした鍵の代金はぼくが払うよ」

半藤は新菜の目を盗むようにして、和樹に軽くウインクをした。和樹もまたこのディスクについては思うところがあった。半藤はかすかに笑うだけだった。

半藤は手を振って、止める暇もなく立ち去った。気を利かせたつもりなのか、新菜と行動をともにするのが嫌だったのかはわからない。

二人だけ取り残されて、心臓の鼓動が速まった。

「なんだかいろいろありすぎたわ。すごく疲れた……まったく」

新菜がその場でしゃがみこんだ。

長年の敵が立ち去り、急に力が抜けてしまったようだった。寺西達やエリカと堂々と向き合った人物とは思えず、和樹はどこかおかしささえ感じていた。彼女は口を尖らせる。

「なに笑ってんの？」

「今日は……ありがとう」

和樹はもうはっきりと自覚していた。

彼女に魅かれている。かの地にいたときですら、これほど強い感情を誰かに持ったことはない。ガソリンスタンドで助けられて、目を開いて、そして気づいてしまった。

「そんなことをいわれても、もうなにも出ないけど」

「もう充分だよ」

「あたしはたくさん。こんな疲れる日は二度とごめんよ」

和樹は彼女のほうへと歩み寄った。

「真壁、あのさ、ぼくは……」

新菜は急に立ち上がると、顔をうつむかせたまま和樹の胸を拳で小突いた。その頬は紅潮していた。

「これで心残りなくやっていけそう。あんたも早くそうなれたら、いいんだけど」

彼女ははにかんだように小さく笑い、それからいつもの挑戦的な目を向けた。まだまだこれからよ。まっすぐな視線がそう語っているように思える。和樹も微笑み返す。切れた唇の端が痛んだ。今はこれでいい。いかにも彼女らしい。

「信じてる。あんたなら、きっとね」

彼女はそういい残して駆けていった。帰国してから、もっとも思い出深い一日になったと感じていた。

和樹は自分の部屋に入り、パソコンを立ち上げた。静かな室内で心音だけがやけに大きく響いていた。袋やケースから取り出すのももどかしい。パソコンの起動がいつもより遅く感じられる。ＤＶＤをセットすると、忙しそうに音をたてて反応する。

モニターを見つめた。ソフトが起動して、モニターにはＤＶＤの映像が映し出されていた。画面は青一色に変わった。テープからダビングしたものらしく、ちらちらとノイズが混じっていた。

和樹の喉が鳴る。スポーツ系の生徒達が映し出されるかもしれないと思うと、なぜか奇妙な昂奮が湧いてくる。ケースのラベルにはホール1と書いてあった。バスケの練習に勤しむ新菜の姿も映っているのだろうかと考え、自分がピーピング・トムになったような恥ずかしさを覚えた。

五秒。十秒。時間が過ぎる。

画面は青色のままだった。彼のウインクを思い出す。マウスを握り、四倍速、十倍速と早送りする。画面に変化はない。

最後まで人も風景も現れなかった。

ケースを開けて、DVDを差し替える。ディスクを掴む手が震えた。中身は同じだった。画面は青いだけでなにもない。三枚目。それから四枚目と替える。

スポーツ部の秘密どころか、ディスクにはなんの映像も入ってはいなかった。

和樹は吹き出した。やっぱり、そうか。徐々に笑いの波が大きくなっていく。たまらず声をあげて笑った。ダメージを受けた腹の筋肉が痛む。それでもこの発作は当分収まりそうにない。

ペテン師め。とんだいかさま野郎だ。どこまでもふざけてる。まさかなにも撮っていなかったなんて！　とてつもない爆弾のように見せかけておきながら、実はなにもなかったとは。みんなすっかり嵌められていた。

和樹は笑う。腹は立たない。これでよかったとさえ思う。どの人間の手に渡っても不幸しか生まない。和樹がこれを一人で預かる。この方法もベストではない。ベターですらないのかもしれない。

スポーツに励むものは半藤と和樹の行動に翻弄され、不安を抱えながら大会を迎える。もう一方の連中もまた永久にやっては来ないハルマゲドンを待ち続け、焦りと疑念を抱えながら過ごす。和樹も潔白の身ではいられない。罪深い共犯者と周囲は見なすだろう。

和樹はDVDを取り出した。それで構わない。約束を果たさなければならない。和樹は誓う。この青い画面を見るのは自分だけだ。永遠に。気負いすぎかもしれない。とにかく長い年月が経って、大人になって、これが笑い話に思えるときが訪れるまでずっと口をつぐんでいよう。今はこの秘密が保たれるのを祈るしかない。

「わかったよ」

パソコンの画面に半藤の姿が見えたような気がした。覚悟を決めたかい？　そう尋ねているように思えた。

和樹は習慣でそのままネットへと繋げた。ポータルサイトでその日のニュースを確認し、メールの有無を確かめるのが日常だった。

和樹は顔の火照りを思い出す。一刻も早く身体を休める必要がありそうだった。

だが目は画面に釘付けとなる。

彼が住む市名がニュース欄にあった。改造エアガンを発砲していた男が逮捕されたという。犯人は三十三歳の会社員で、彼がガソリンスタンドで痛めつけられている頃に、パトロール中の警官らに職務質問を受けていたらしい。

この町を覆っていた恐怖の物語の、余りにも唐突な終わり方に、和樹はしばらく呆然としていた。

北関新聞　エアガン連続発砲　　6月16日（A県）

33歳会社員を緊急逮捕

16日午後8時ごろ、M市Wの市道で、自転車の男性（18）が、乗用車とすれ違った際に、「バン」という音を聞き、車の運転席の窓から拳銃のようなものが出ているのを目撃し110番通報した。県警で緊急配備を敷いたところ、同日午後9時20分ごろ、県警自動車警ら隊員が、同市Xの県道で、目撃されたものと似た白い乗用車を発見。乗っていた同市の会社員稲田博文容疑者（33）が職務質問で、男性を狙って発砲したことを認めた。M署は稲田容疑者を暴行容疑で緊急逮捕した。車内からはエアガンの弾丸などが見つかっており、使用されたエアガンは、愛知県内のメーカーの市販品で、炭酸ガスを注入できるように改造されていた。

また同市内では今年春ごろから、中学生が改造エアガンで発砲されて軽いけがを負うなど、被害が2件発生しており、同署では余罪についても調べている。

北海新聞　札幌拘置所　7月4日（北海道）

20代被告が首つり自殺

札幌拘置所は3日、収容所の丸橋正彦被告（28）が自殺したと発表した。

同拘置所によると、同日午前5時20分ごろ、独居室の丸橋被告が窓の鉄格子にシーツをかけ、首を吊っているのを巡回中の職員が発見。人工呼吸や心臓マッサージをしたうえで救急搬送したが、同6時3分に死亡が確認された。遺書などは見つかっていないという。

被告は昨年8月から今年6月にかけて、インターネットを使って全国に覚せい剤などを売った疑いで収容されていた。

13

ボールが放物線を描いて空を舞う。

スイカのようなその大きい物体は、まるで導かれるようにゴールへと迫る。ネットがゆれた。ぱさっと乾いた音が客席にいる和樹の耳にも届く。

新菜がスリーポイントのシュートを決めていた。

体育館の屋根が吹き飛ぶような歓声が湧き起こる。床が踏み鳴らされる。まるでロックバンドのライブ会場さながらの昂奮に包まれていた。和樹もまた大きな声をあげた。

試合は逆転した。シュートを決めた新菜はその歓声に惑わされず、自陣のコートへとすばやく戻り、ディフェンスにつく。その目は鋭く、後半に入っても集中力は衰えていない。彼女は、いや相手チームも含めた彼女達は、勝負に全てを賭けてきたものしか持ち得ない魔法を、見るものにかけていた。

残り時間はもうほとんどない。ゲームは一点を争う。新菜のシュートはほとんど賭けに近いものがあった。それだけに試合を決定づける強力な一撃だった。

ディフェンスを強引に突破しながら、相手選手がレイアップシュートを放つ。焦りが見て取れた。やはり決まらない。ボールは無情にもリングの外側へと落ちる。リバウンドのボールを、副キャプテンのクルーカット風の女の子が周囲を蹴散らすようにして奪う。彼女は短くドリブルをし、すぐにパスを回す。背の小さな選手が敏捷に動き回ってボールを受け取る。

敵陣の奥深くには新菜がいた。彼女は二人のマークを躱《かわ》して、パスされたボールを右手で受けた。一気に詰め寄って今度は彼女がレイアップシュートを放つ。

ボールはネットへと吸いこまれていった。相手選手らの顔に絶望が一瞬浮かぶ。

やがて終了のブザーが鳴る。関東大会の優勝を告げる祝砲だ。

国体に向けて設立された新しい体育館が歓声でびりびりと震える。今にも屋根が吹き飛んでしまいそうな勢いだ。地元学校の優勝に、学校関係者だけではなく、応援に駆けつけていた近くのおじさんやおばさんまでもが、わがことのようにウチワを叩いて喜んでいた。

やはり魔法だと思う。新菜らは全員が手に手を取って喜びあう。クルーカットの女子は海兵隊員みたいなタフそうな容貌に反して、顔を手で覆ってアイドルグループの卒業セレモニーのようにかわいらしく涙を流していた。

実力ひしめく都大会を勝ち抜いてきた強豪の相手チームは、ただ悄然とうなだれていた。

でもその目は死んではいない。準優勝チームもまたここで開かれる全国大会に出場できるのだ。雪辱を誓うような暗く激しい目を、新菜らに向けていた。その視線にこめられた悔しさや怒りも和樹には美しく見えた。

マイクとカメラを携えたテレビクルーやIDカードをぶら下げたカメラマン、それに大会関係者らでコートはいっぱいになる。フラッシュが明滅する。コメントを求めようと、新菜に人の波が押し寄せる。最近では新聞の地方記事やバスケット雑誌で彼女を目にする機会がさらに増えた。ひょっとするとあっという間に全国に、その名を轟かせてしまうのかもしれない。彼女にはそれだけの技術と華がある。

二階席で見ていた和樹は苦笑をもらす。湧き上がる感情は複雑だ。嬉しさが心の大半を占めるなかで、どこか取り残されたような寂寥を早くも感じていた。

また一段と高いところへとステップされたような気がした。抑えきれない功名心が湧く。自分も柔道の大会に出ていればよかったという悔いを感じる。彼女と同じところへと駆け上がりたい。頭を軽く叩いて、焦る必要はないと自分にいい聞かせる。

新菜は真面目くさった顔でインタビューを受けていた。だがほんの一瞬だけ二階席に目を向けた。

視線が合う。彼女はわずかに鼻腔を膨らませ、尊大な表情を作ってみせた。「約束、守ってあげたわ」そう唇が動いていた。和樹は微笑みを浮かべてうなずいた。

もう少し時間を共有していたい。だがそうもいかない。半藤らの映画制作が待っていた。夏休みの間に、彼は地元の高校生らと映画を作り上げる予定だ。近頃は和樹もその手伝いをしている。

映画のストーリーは逃避行のアクションものだった。若い少年少女らで結成されている殺し屋ギルドに嫌気がさした主人公は、次々と放たれる刺客と戦いながら、恋人とともに自由な世界を目指すというニューシネマ風の話だった。アクションにはかなり力を入れているようで、模造刀やモデルガンもたくさん用意されている。おかげで犯人は一ヶ月も前に逮捕されているというのに、撮影スタッフは警官からの職務質問によく遭うらしい。

改造エアガンで狙撃し続けた三十過ぎの男は、ネットで買った改造エアガンの威力を確かめたくて、日頃からコンビニやアーケード街に我が物顔で溜まる若者が憎くて狙ったのだという。世の中には十代でびっくりするほど成熟した内面を見せる人間もいれば、大人になっても呆れるほど幼稚なままでいる人間もいるのだと痛感させられる一ヶ月間だった。

神奈川県のあたりでは実銃による発砲事件も起きている。暴力団絡みであってほしいという願いはむなしく、今も主婦や学生が狙われ、町全体が恐怖に怯えているらしい。これも事件の凶悪さや社会に与える影響は大きくとも、犯行動機そのものは聞いていて頭痛がしてくるほど幼稚なものではないかと思えてならなかった。

体育館のある総合公園から駅まで歩く。繁華街とは反対に寂しさの漂う再開発地区だ。ワイヤーに囲まれた空地が点在していた。その合間に建築中の高層マンションが並んでいる。厳しい日差しと、熱を含んだアスファルトの照り返しで皮膚が炙られる。汗でシャツが背中に張りつくのを感じながら、足早に駅へと向かっていた。

八月に入り、昨日はその駅前で夏祭りもあった。一時的に休暇を取って戻った父と、一緒に祭りへと出かけた。夜店から流れてくるソースの匂いや発電機の轟音や人のざわめきに包まれながら、父は遠い目をしていた。母もそうしていた。おそらく和樹も同じ表情を浮かべていたと思う。幸福というものを感じていたが、単純にその感情に身を任せるには、彼の家族は多くの苦しみを味わいすぎていた。

新バイパスの下を走る地下道の入口が見えてくる。

夏の太陽が照りつけて、なかは濃い影ができている。まるで坑道のような深い闇があった。どこか寒々しささえ感じさせる。夜はとくに人気がなくなるらしく、痴漢がたびたび出没するという噂があった。日光から逃れられるのは嬉しかったが、代わりに緊張が湧いてくる。

銃撃事件を始めとして、子供を狙った誘拐殺人や、アーケード街をトラックが暴走しては次々と市民を跳ね飛ばすという凶悪事件も日替わりで登場している。人気のない場所へは出歩かないように。夜は出歩かないように。夏休みの登校日では、先生が口を酸っぱくしていっていた。

「部屋にこもられるのも嫌がるくせに。どうすればいいってんだろうね」

半藤は天を仰いで嘆いていた。

和樹の息が止まった。地下道の入口近くの路上には、一台のワゴン車が停まっていた。見覚えがある。忘れるはずもない。

ガソリンスタンドへと和樹を拐《さら》った車だ。車種だけじゃない。ナンバーも同じだ。和樹は身構える。周囲を見渡したが、隠れるような建物も木々もなかった。熱いアスファルトの上で彼はしばらく立ち尽くす。

地下道から複数の男達が現れた。マレットへアーや野川達ではない。和樹には気にも留めずに男達は車へと向かっていた。

本来の車の持ち主なのだろう。男達はずっと年上で、野川らと同じようにルーズな黒人ファッションだった。スキンヘッドに近い青々とした丸刈り頭。粗野な成金がしそうな派手なネックレスやブレスレット。二の腕の太さを誇示するようにタンクトップを着ているものもいる。そして露出させた肌には見事な洋柄のタトゥーが彫りこまれてあった。車はエンジン音を響かせて去っていった。

和樹は洞穴のような地下道を見る。人気はない。男達が去った後はますます近寄りがたい冷気を感じていた。

バイパスを車が次々と走り去る。どれもが熱風を伴って凄まじいスピードで通り過ぎる。地下道など渡らずに道路を横切ろうか。タイミングを読めば通れなくはない。だが。和樹の足は自然と地下道の階段を下っていた。

地下の空気は重々しく淀んでいた。涼しくもなんともない。市営の地下駐車場と繋がっているだけに、いがらっぽい排ガスの臭いが漂っていた。この施設自体、作ってそれほど時間は経ってないというのに、すでに壁やタイルは黒く薄汚れている。

駐車場のほうから声が聞こえた。ひどく弱々しい。鼻をすする音がした。聞き覚えのある少年の声だった。和樹は息を吐いた。隅にあるトイレからだった。

開けっ放しになっているドアの向こう側を見やる。つんとしたアンモニアの刺激臭が鼻を襲う。

野川とおしんが床に転がっていた。車に乗った連中が二人をやったのだろう。ひどい有様だった。野川の坊主頭には血が滲んでいた。小便器に叩きつけられたのか、白い陶器には血の跡が残っていた。床には血に染まった歯のかけらがいくつも転がっていた。彼は口に丸めたトイレットペーパーをあてながら、苦しそうに個室のドアにもたれていた。固くつむる目から涙が滲み出ていた。

おしんの頭は濡れそぼっていた。夏に出てくる女の幽霊みたいに、長い髪が海草みたいに顔を覆っていた。彼が頭に巻いているバンダナは洗面台の排水口のあたりにあった。それが水の流れを詰まらせている。洗面台に溜まった水には彼の毛髪が何本も浮かんでいた。

おしんは腹を手で押さえながらうめいていた。

和樹の気配に気づき、おしんは顔を上げた。唇が恐怖で震えていた。反射的に顔をかばいながら、太いジーンズを床に擦らせて後じさる。「んん!」野川の大きな背中が跳ね上がった。個室のなかへ逃れようと這う。

おしんが和樹と気づき、驚いたように口を開けた。流れた鼻血で彼の歯はまっ赤だ。それから自慰行為を母親にでも見られたかのように悲しげに顔を歪めた。

「なんでお前がいんだよ……くそ、なんだよ。なんで来るんだよ!」

「誰か、呼ばないと」

おしんは手を前に払った。

「冗談じゃねえ! お前もさっさと消えろ! 殺すぞ!」

「病院……連れてってくれ……いてえ、いてえよ。救急車……なんでもいいから」

野川はトイレットペーパーで口を押さえながらくぐもった声で懇願していた。濁音はうまく話せず、言葉を漏らすたびに紙に血の染みが広がっていた。

おしんはきまりの悪そうな表情を見せた。

「呼ぶのか、呼ばないのか、どうするんだ」

よく見ると、おしんの鼻は曲がっていた。鼻骨が折れているのかもしれない。着ているフットボールシャツも血の滴で汚れていた。鼻声で荒く息をつきながらおしんはいった。

「……よせよ。本当は馬鹿にしてんだろうが。ちくしょうが。え？　元はといえばてめえのせいじゃねえか」

「ぼくのせいだって？」

「お前がよこすものちゃんとよこしてりゃ、こんなことにはなってなかったんだ。誰か呼ぶだと？　おい、ヒーロー野郎。あのバスケ女と一緒にいつか必ず殺してやるからな。それから半藤もだ。なめやがって。全部ぶちのめしてやる」

おしんの目は、初めて会ったときよりもずっと暗さが増していた。髪が乱れ、戦に負けた落武者のようだ。顔をひどく殴られたせいか視線がちゃんと定まらない。それでも言葉や感情だけで人を殺そうとでもいうような強い負のエネルギーを発していた。腕を上げ、人差し指を銃身のように向ける。

和樹は、催涙スプレーをかけられても必死に向かってきた彼の顔を思い出していた。借金の返済やギャンググループへの上納金を納めるために和樹を襲ったのだと後から聞かされた。金を得なければ自分達の立場も危うい。だからこそ常軌を逸したリンチを行ったらしい。マレットヘアーはその後、海の上に送られたと半藤から聞いていた。借金返済のために、重労働といわれる海洋土木の作業員としてどこかの人工島で働かされているらしい。

無言のまま和樹は歩み寄る。おしんの襟を掴んで、その身体を吊り上げた。その体重は驚くほど軽い。手加減はしながら、強く壁に押しつけた。おしんの顔が凍りつく。

「やってみろ、偽者ども。シャツもスニーカーも、ストリートで稼いだわけじゃない。親からもらった小遣いで買ってもらっただけじゃないか」

おしんは足をばたつかせた。つま先が太腿に当たった。

「この……野郎。放せよ、死にぞこない。てめえなんざアメリカで撃ち殺されてればよかったんだ」

「そうだよ。死にぞこないさ」

和樹は襟を掴む拳をおしんの鎖骨に押しつけた。おしんは苦しげにうなり声をあげた。

「できれば早くくたばって、地獄に堕ちて、犯人どもを追いかけたいと今でも思ってるんだ。こんなふうに首をへし折って、業火のなかに放りこんでやるんだ。あいつらは地獄にいる価値さえもないクズだ。でもお前らはそのクズ以下だ。進んで尻尾を振って、お行儀よくワルの物まねをしてカモられる。つきあいきれない。あのクズ達は、こんなめそめそと涙なんかぼくらに見せたりしなかった。絶対に」

和樹は手を離した。おしんの身体が壁をずるずると滑り落ちる。咳を漏らしながらタイルの床にへたりこむ。野川の呟きがやむ。口を押さえながら恐々と和樹を見上げていた。

肩にかけていたバッグを下ろした。なかには柔道の練習や撮影でのアクシデントに備えて、消毒液やバンドエイドを入れていた。それらを床へと放った。

「救急車なんて呼ぶもんか。こんなくだらない内輪の喧嘩で。病院に行きたかったら、自分の足で行けばいい」

野川はその重そうな身体をひきずって、消毒液に手を伸ばした。

おしんの瞳から光が消えた。

「いいことを教えてやるよ」

「なんだ」

踵を返してトイレを出ようとした和樹は足を止めた。おしんは虚ろな笑みを浮かべた。

「……この前な。海に行ったんだ。おれらをこんなふうにボコってくれた連中とよ」

「それで？」

新手の脅迫だろうかと思い、おしんを睨みつけた。

「そんとき、初めて本物の拳銃を握ったんだ。中国やフィリピンのパチモンじゃねえ。CZ75とかシグとかピカピカのヤバいやつばっかだった。お前なら知ってるだろ？」

「……………」

「闇金とか詐欺やって、しこたま儲けてたときに買ったらしい。雲の上にいる本物のヤー公どもがな。そいつらの持ってる拳銃を次々に海に放りこんだんだ。一発くらい撃ってみたかったけどな。そんなことしたら、それこそその場で撃ち殺されちまう」

言葉の意味をおぼろげながらも理解した。

「一体、なにが起ころうとしてるんだ」

「知らねえよ。なにもありゃしねえ。始末しとかねえとまずい時期なんだろ。それだけだ」

おしんは和樹の薬には見向きもせず、生まれたばかりのキリンのようにおぼつかない足取りで立ち上がった。それ以上話す気はないのか、洗面台で顔を洗い始める。

和樹はトイレを出た。地下道になど降りなければよかった。陽炎《かげろう》のゆらめく地上へと戻りながら、後悔だけが頭のなかを渦巻いていた。弾んだ心に水を差されたような気がした。恐ろしく不愉快だった。口ばかり達者な詐欺師野郎にふさわしいやり方だと思う。腕では敵わないと知ると、人の心に不安を植えつける。恩着せがましい。最低だ。殴らずにいる自分を褒めたくなる。

陽光が頭の皮膚に突き刺さる。

ふいに足を止める。

今、自分が踏みしめているのは灼けたアスファルトではなく、薄い氷のように思えてならなかった。半藤が感じている不安が初めて理解できたような気がする。ちょっとのスキップやジャンプで、たやすく割れてしまいそうだ。その下には、薄気味悪いどろどろとした黒い激流が渦巻いているように思えた。

北海新聞　7月22日（北海道）

ネット覚せい剤密売

アパートから拳銃など大量押収

21日、札幌拘置所で拘留中に自殺した丸橋正彦被告（当時28）が、T市Yに契約していたアパートの一室に拳銃62丁、散弾銃6丁、覚せい剤約1キロ（末端価格約6千万円）を隠し持ち、道警が押収していたことがわかった。道警は覚せい剤だけではなく、これら銃器も全国に販売していたものとして、共犯とみられる暴力団組員の江原信夫被告（26）

＝脅迫罪などで起訴＝に対して取り調べを行うなどして、密売ルートを調べている。丸橋被告は所持していたことは認めたが、入手経路については黙秘していた。

14

和樹は血まみれだった。

頭の血はすでに首を伝わり、胸をべとべとに汚していた。目にも入り、視界が赤いフィルターに覆われる。

「もう少し待っててくれよ」

台本を抱えている半藤がいった。それから忙しそうにまた監督の高校生のところへと走っていく。半藤は脚本担当であり、助監督であり、それから演出担当でもあった。

ただの使い走りさ。彼はそうぼやいていたが、ほとんど監督と二人で現場を仕切っていた。出演者とアクションや科白《せりふ》について身振り手振りで意見を交わしている。道具係からもアドバイスを求められる……。年長者はたくさんいたが、彼なしでは制作もままならないといった雰囲気だった。普段は孤高の少年というイメージが強いために、そうして多くの人間と渡り合う彼の姿が新鮮に思える。

「なんか足んねえ。もう少しか、か、かけてもらえよ」

フリルのいっぱいついたゴスロリファッションに身を包んだエリカが和樹の首の血を指ですくって舐めた。血糊はいちご味のため、彼女はスタイリストの女子らの目を盗んでは口にしていた。和樹はつい目をそらす。西洋人形のような格好のエリカが指についた赤い血を舐める姿は退廃的な美しさを感じさせた。もっとも今回の彼女は主人公に立ちはだかる悪役だから、それは正しい姿なのかもしれない。

目の前では主人公の高校生がアクションの練習を繰り返していた。ブルース・リーに憧れていて、中国拳法を習っているらしく、ロープみたいに引き締まった筋肉をしていた。踊るように華麗な回し蹴りを放ち、モデルガンをすばやく構える。レスラーや歌舞伎役者顔負けの見得を切っていた。

和樹はといえば、それこそ使い走りのような雑用を受け持っていたが、急に端役の人手が足りなくなって、主役に一撃で頭を割られる悪役として出る羽目となったのだ。

木陰で昼飯を摂っているサラリーマンやカップルに混じって、目深に帽子を被った新菜が撮影風景を見守っていた。

いつからいたのかはわからない。和樹がその姿に気づいたのは十分前だった。全国大会出場を決めた彼女のバスケ部は、今は同じ敷地内の体育館で練習していた。休憩がてらに訪れたのだろう。

彼女は遠巻きに見ているだけだった。言葉を交わしたかったが、血まみれの和樹があちこち移動できるはずもなく、時折、視線を合わせることぐらいしかできなかった。

暑い。昨日は台風によって撮影中止の憂き目に遭った。台風一過となった今日は、降り注いだ雨が打ち水のような役割となって涼しさを与えてくれるかと期待していたが、まったくそれはなく、アスファルトから猛烈な蒸気となって立ち昇り、不快指数を天井知らずの勢いで上昇させていた。日本の夏はどこよりも残酷だ。先ほども格闘シーンでアスファルトを転がったが、ムニエルにされた白身魚のような気分だった。あとは死体となって寝転がっていればよかったが、じっとしていられる自信はあまりない。

「やれやれ、どうにもうまくいかないな」

半藤が和樹達の待機するビーチパラソルの元へとやってきていた。和樹の横にある折り畳みの椅子に腰かけた。さすがの彼も酷暑と激務のせいで疲労が溜まっているようだった。幾分やつれた頬を紅潮させ、彼は喉を鳴らしながらペットボトルのお茶を飲み干していた。

「本番、まだなの？」

エリカは苛立ったような調子で尋ねた。

「もう少し時間がかかりそうだ。ちょっとあっちの調子がよくないんだ」

タオルを頭に巻いた小道具班の男達が、何人も集まってモデルガンの調子を確認していた。動作不良を起こしたのか、オートマティック型の拳銃のスライドを盛んに引いている。何人和樹はここ一年の間に自分の身に起きた出来事を振り返らずにはいられなかった。何人もの友人が傷つき、倒れ、魂をも撃ち抜かれた。

学校の講堂で開かれた一周忌の模様は、父から聞いていた。州知事もその催しに参加し、大統領から寄せられたメッセージを読み上げたのだという。一周忌では終結と再生について語られた。

校舎やカフェテリアはすっかり修繕され、新たに建設されたモニュメント以外に事件の痕跡を想わせるものはなにも残っていないらしい。遺族らは、事件に対して適切な処置をしなかったとして保安官事務所を相手に訴訟を起こしたという。あの土地に住む人達の傷はまだ癒えてもいず、未だに終わりのない苦しみに苛まれているらしい。

昔の友人らと連絡を取るようになった。電子メールを送った。

「お前が元気になってくれて、本当にうれしいよ、サム」

ユンはメールではなく、電話で直接、和樹にいった。そして日本に帰国したのはよい選択だともつけ加えた。

返事のなかったスティーブの様子を訊くと、彼は入院中だと教えてくれた。三ヶ月前に父親の持っていた拳銃で自殺を図り、病院に運ばれたままだという。頭を撃ち損じたために一命を取り留めたものの、社会復帰ができるかどうかはわからないとため息混じりに答えてくれた。ロニーと和樹を放って逃げた自分を責め続け、飲みなれない酒を口にしては、彼の前に現れるロニーの亡霊に謝り続け、やがて耐え切れずに銃口をこめかみに当てたらしい。

信じがたい話だった。スティーブはフットボールの名手で、三国志や水滸伝に出てきた豪傑を思わせるような血の気に溢れたアジア系の正義漢だった。虐められていたロニーを救うために、何度も喧嘩沙汰を起こしてきた過去もあるほどだ。ユンにいわせれば、生徒やショックを受けた家族のなかには自殺を選ぶ者もいるのだという。

そう語るユンの声も、かつてのような快活さはほとんど感じられなかった。

小道具班の男がモデルガンを空に向ける。引き金を引くが、薬莢《やっきょう》の排出がうまくいかないのか、スライドが中途半端に動くだけだった。

半藤は無表情のまま口を開いた。

「そういえば、この前教えてくれた件で、少し気になることがあるんだ」

「え？　どんな？」

半藤は足元に置いていた鞄を開いて、小さなモバイル用のパソコンを取り出し、立ち上げた。彼にはおしんから耳にした情報を教えていた。暑さで緩んだ心を引き締める。

「そうだ、あいつも呼ぼうか」

和樹とエリカが口を挟む間もなく、彼は立ち上がって新菜を手招きした。遠くにいる彼女が目を丸くする。

「来てくれないか、真壁！　ちょっと話があるんだ！」

あたりをはばからずに大声で叫ばれ、新菜は口をひん曲げた。撮影隊や周囲の人間の視線を避けるようにしてうつむきながら、和樹達へと歩み寄ってくる。エリカが鼻で笑った。

「ふん。自意識、か、か、過剰なやつ」

「一体、なによ」

新菜は腰に手を当てながら居丈高に半藤を見下ろした。彼はパソコンのカーソルを動かしていた。

「別に。混ざりたがってるように見えたから誘ってみただけさ。映画に出てみないか？豪華スターのカメオ出演ってことで」

「ふざけないで」

新菜の声が震えた。アスファルトに負けない熱気を彼女の身体から感じた。

「ふざけてるに決まってるじゃないか。ちょっと見てみなよ」

疑り深い目を半藤に向けてから、新菜は恐る恐る液晶画面を覗いた。和樹も少しためらいを覚えた。なにかとんでもないショック映像を見せつけられそうな気がした。

「保存して、取っておいたんだ」

フォルダを開ける。画面には掲示板サイトが映し出されていた。新菜は排泄物でも目にしたかのように表情を歪めてみせた。好き放題に誹謗中傷が飛びかうネットそのものを彼女はあまり好いてはいない。

掲示板は地域をネタにしたもので、和樹らが住んでいる町について書かれているようだった。半藤がキーを叩く。画面がスクロールされていく。いくつもの文字の羅列が目に映る。

どこそこの飲食店がうまいという話題や改造エアガンの発砲事件に関する書きこみ。それから新菜についての書きこみもあった。好意的なものもあれば、悪戯心丸出しのセクハラやストーカーまがいの書きこみもある。だが当の本人は冷たい表情のままそれを凝視していた。

「これさ。いわゆる怖い怖いネットの闇ってやつだよ」

やがて半藤はある書きこみのところで手を止めた。八つの目がそそがれる。

八月十七日、全国中学生バスケットボール大会が開かれる総合体育館に怒りの雷が落ちるだろう！　ついに汚名を挽回するときがきた！　クソどもに浴びせてやる！　ガキも大人にもわからせる！　真壁新菜目当ての変態カメコもやってYる！　どコよRもきツいぢゴクおミせてやRZ！

エリカが吐き捨てるようにいった。

「なんだ？　つまんねえな。く、く、くだらねえ」

「こんなの日本全国から書きこめるんでしょう？　夏休みだし。暇な馬鹿の悪戯じゃない。いい加減にしてほしいわ」

新菜も同じ調子で呟く。和樹は半藤に訊いた。

「警察は動いているのかい？」

「こんなチンケなメッセージじゃどうしようもないさ。ただここだけじゃない。あちこちの掲示板に書かれていたから目に留まったんだよ。ま、ひょっとすると参加選手のただの決意表明にも見える。真壁、これは君のライバルがやったのかもしれない」

「私の敵にこんなことする馬鹿はいないわ」

「どっちにしろ、ただこんな書きこみもあるんだと知らせておくべきかなと思っただけさ。

三橋君、ただじーっと真壁の活躍ばかり見つめていちゃだめってことだよ」

半藤は和樹と新菜を交互に見た。どこか愉快そうな気楽な表情だった。和樹は言葉に詰まる。新菜は顔を赤らめながらパソコンから目を離した。

「馬鹿馬鹿しい。のこのこやって来て損し――」

火薬が破裂する音がした。

新菜は寝ている最中に触れられた猫みたいに身体を痙攣させた。モデルガンが正常に動いたらしく、試し撃ちをしたようだった。空に向けられた銃口からは白い煙が漂う。

エリカが新菜の反応を見て、さもおかしそうに腹を抱えて笑った。

「あんた達……いい死に方しないわよ」

今にも湯気が立ち昇りそうなほどの怒気を放ちながら、新菜はナチス強制収容所の女看守みたいに肩を怒らせて、体育館のほうへと歩き去っていった。

後を追いかけようと思ったが、血糊のいちごの匂いを思い出し、その場から動けずにいた。和樹は咎めるように二人を見た。半藤は肩をすくめた。

「いっておくけど、ぼくが書きこんだんじゃない」

「え？　ち、ち、違うの？」

涙をハンカチで拭きながら、エリカが尋ね返した。

「違うさ。暇じゃないのはぼくだって一緒だ」

「文面を見ると、どうしてもあの二人が頭に浮かぶよ」

和樹は呟いた。七三わけ頭の大杉とカマキリメガネの少年を疑ってしまう。スポーツ連中の悪事を暴いて、ハルマゲドン級の大騒動を引き起こしてくれるものだと信じていただけに、なにも起きてはいない現状に腹を立てているらしかった。時折、「売女と手を組んだ裏切りもの」などといった差出人のわからないフリーメールも届く。

半藤はあっさりといった。

「うん、そうだろうな。たぶんあの二人がやったんだろう」

「どうして、わかるんだい？」

「ここさ」

彼は画面上の書きこまれた文章を指した。

「汚名は挽回するもんじゃないだろ？　返上するものなんだ。気づかなかったかい？　あいつら、前に描いてたマンガでも、そんな素敵な日本語を使ってたから、そのときも指摘したつもりだったけどね、未だに直ってないや」

「よくわからないけど、じゃあ、これは――」

和樹をなだめるように彼は手の甲で軽く胸を叩いた。

「心配いらないよ。しょせん友達の敵討ちといっても、あいつらにはこれぐらいのことしかできやしないのさ。さぞや高木も喜んでることだろう。つまらないくらいになにもやらない。つまりびびる必要はないってことだよ。ただ、知っておくべきだとは思って見せただけで」

半藤は立ち上がった。長髪の監督が丸めた台本を振り回しては、撮影再開の号令をかけていた。

エリカが和樹の頬をつねる。

「か、か、固い顔してんじゃねえってんだ。笑うところだぜ。ヤー公がブルって銃を捨てるときに、こんなところにう、うじうじ落書きしてるやつらになにがで、で、できるってんだ。真壁にもそういおうとしたのによ」

「仮に改造エアガンだとしても、そんな豆鉄砲は怖くない」

半藤やエリカの本心は痛いほどわかっているつもりだった。恐怖によって生まれる息苦しさを心底嫌っている。二人は恐怖や憎悪で繋がろうとする一体感をひどく憎んでいる。

つねられた頬が痛んで仕方なかったが、和樹は笑ってみせた。逆立つ腕の毛をそっとなで下ろした。

8月6日（北海道）

北海新聞　ネット覚せい剤密売

暴力団員の被告を拳銃不法所持の容疑で再逮捕

5日、T市のアパートの一室にインターネット販売する目的で大量に拳銃を不法に所持していたとして、北海道警は、銃刀法違反（不法所持）の疑いで、T市Vの暴力団員の江原信夫被告（26）＝脅迫罪などで起訴＝を再逮捕した。江原容疑者は昨年8月から、今年6月にかけて、札幌拘置所で自殺した男性被告とともに覚せい剤と拳銃を、インターネットを通じて販売し、約7千万円を売り上げていたとみられる。

調べでは、江原被告は昨年8月から、ロシア人の船員などから大量に拳銃を購入し、インターネットオークションで「銃弾が発射しないように改造したモデルガン」として1丁約15万円でネットオークションに出品していた。道警が鑑定したところによれば、銃身に鉛を詰めたり、簡単な溶接をするなどしただけで実弾を発射できる真正の拳銃であることが判明している。

15

空は赤みを増し、陽射しはかなり柔らかくなっていた。

公園を訪れる人の数も、じりじりと照りつける昼間は撮影隊の独壇場だったが、今はかなり増えていた。犬の散歩をするもの、涼みにやってきたもの、ヒップホップに合わせて踊りの練習をしている集団もいれば、フォークギターを爪弾きながら歌っている素人ミュージシャンもいる。ランニングシャツ一枚の老人が持参しているトランジスタラジオからは、甲子園で応援しているブラスバンドの演奏とアナウンサーの声が流れていた。

撮影を終えた半藤らとちょうど別れたところだった。

本来なら次の撮影場所でも手伝いをすることになっている。でも今日は急用があると抜けさせてもらった。その理由を半藤は見抜いているだろう。彼はなにもいわないでいてくれた。

掲示板の書きこみが気になっていた。

奇妙な胸騒ぎを覚える。ひどく気になる。歯の間にニラや牛肉のスジが挟まったような嫌な違和感を覚えていた。理由はわからない。ただ単純に、半藤やエリカのように笑い飛ばせる強さを身につけていないからかもしれない。

「そこのお前、手を上げろ」

背後から女の子の声がした。背に細いなにかが突きつけられる。振り返ると、Tシャツにジャージ姿の新菜が指を突きつけていた。キャップを深々とかぶっている。

後方には揃いのスポーツバッグを抱えた女子バスケ部の面々がにやにやと笑っていた。そのなかにはボディーガード役の後輩部員の姿もある。おもしろくなさそうに頬を膨らませながら和樹を軽く睨みつけていた。

「まだいちごの匂いが残ってる」

「半日くらい、つけたままだったから。これでも念入りに洗ったつもりだけど」

「次の撮影場所には行かなかったの？」

「ちょっと急用があって」

「あいつらに会うつもりね？」

新菜は眉間に皺を寄せて訊いた。和樹は言葉に窮する。これほど見事に見抜かれるとは思ってもみなかったのだ。七三わけ頭とカマキリメガネに会うつもりだった。

「乱暴なことをするつもりはないんだ。ただ――」

「放っておけばいいじゃない。半藤も、それがいいたくて、あれを見せたんでしょう？」

「うん……でもなぜかな。なんだかひっかかるんだ。書きこみを見てから、妙に落ち着かなくて。なにもありはしないってわかってるのに」

後方から痺れを切らしたように声が飛ぶ。

「ぼやぼやしてると置いていくぞ、真壁」「早くしろよ」

彼女はそれらの声をすっかり無視して、ただ和樹を見つめていた。その表情は思いのほか厳しい。

「つまり、あんたもこの町の空気に慣れたってことなのかもね」

「ぼくは誰よりも臆病者さ」

彼女は振り返って、待っている仲間に声をかけた。

「先、行ってて」

ひやかすような歓声や口笛が返ってきた。

「あんま異性交遊しすぎんなよ、試合近いんだから」

仲間達は、なにかをいいかけるニキビ顔を半ば無理やり引っ張って歩き去った。

「まったく、みんな馬鹿ばっかり」

新菜は息をついた。

「でも、そろそろぼくも行くよ」

「あたしもついてく」

「え？」

「断っても無駄よ。嫌でもついていくから」

「……………」

断るつもりだった。しかしそんな言葉をのみこませてしまうほど、彼女の顔は真剣だった。

「またあたしの悪い癖が出た。あんたが臆病なんかじゃないってことはよく知ってるつもりなのに。確かめさせてもらっても構わないでしょう？　大会の主役はあたし達なんだから」

「わかったよ」

和樹はうなずく。同時に心に決める。大会が無事に終わったら伝えよう。それで今の友人関係が壊れたとしても構わない。

新菜を連れて公園を出る。再開発地区の新興住宅街を歩いた。

誰かが亡くなったのだろうか。門の前に提灯が置かれた邸宅の前を通り過ぎる。沈鬱そうな面持ちで黒いスーツや喪服を着た人々が出入りしていた。線香の香りで心が萎縮してしまいそうだった。

新菜が尋ねた。

「それで、どこに行くつもりなの？」

「大杉の家に行ってみようと思う。ここからも近いし、あそこに集まって、仲間らはマンガなんかを描いてたらしいから」

大杉やカマキリメガネはネットの掲示板にかなりはまっていたようだった。今思い出せば、カマキリメガネとの会話では、ネット用語がぽんぽんと登場してくる。オマエモナーだのドキュンだの。ネットで使われる分には差しつかえがないものの、現実の会話で使われると、妙な寒々しさを感じてしまい、聞くたびに鳥肌が立ってしまう。

「でも仮にあいつが書きこみをしてたとしても、素直に認めるとは思えないけど」

「そうだね……」

サッカー部の部室に押しこめられたときの彼らを思い出す。苛立ち、退屈、それに学校生活に馴染めない自分を含めた全てに彼らは飽き飽きしているようだった。

偏った見方をすれば、彼らにとって半藤とは、退屈や鬱積したものを破壊してくれる娯楽でしかなかったのかもしれない。劇場型の犯罪者の実況中継を愉しむような感覚だ。それが思うようにならないために、悪意をこめた書きこみをしたのではないか。とはいえ彼らも半藤と同じようにずっと「モトヤマっぽいやつ」などと、小学校でも中学校でもいわれ続けて育ったらしい。それが彼らの精神にどんな影響を与えてきたか。和樹には想像もつかない。

どこか遠くでパトカーのサイレンが鳴っていた。何台も動いているようだ。なんだかかなり騒々しい。

「なにかあったのかな」

新菜が藍色に染まっていく空を見上げた。

「思い出した……そうか、マンガだ」

和樹は体育館裏での出来事を思い出していた。引っかかっていた正体に気づく。あのとき、冊子にはカッター事件を起こした高木の名前があった。彼は主にストーリーの作成に関わっていたはずだ。

「マンガって？」

「あの書きこみ……あれはひょっとすると高木なのかもしれない。真壁、あいつの自宅がどこにあるか知ってる？」

「ちょ、ちょっと待ってよ。どういうこと？」

新菜は目を白黒させた。パトカーに混じって、救急車のサイレンも聞こえてくる。妙に急かされているような気分に陥る。書きこみにあった言葉の誤りを説明した。あまり彼女にもピンとこなかったようで、しきりに首を傾《かし》げていた。

「とにかくそういう言葉の間違いがあったのなら、確かにそう考えても不思議じゃないけど」

「どこに引っ越したか知ってるかい？」

彼女は小さく首を振った。

「隣町って聞いてるけど、どこかもよく知らないわ」

「それなら、やっぱり行くしかないな。大杉なら知っているかもしれない」

再開発地区の高層マンションを見上げた。大杉が住んでいる家でもある。クリーム色の瀟洒《しょうしゃ》な建物で、下からライトアップされているおかげで高級感さえ漂っていた。

周囲の木々からは夜になっても蟬《せみ》の声が聞こえていた。こういうところに住めるのは、彼の父親が高給取りだからだろうか、それとも意外と格安だからだろうか。わからなかった。

玄関はオートロック式の自動ドアだった。ライトに群がる羽虫を払いながら、ドアホンのボタンに指をかける。新聞入れに部屋主の名前が書いてあるおかげで番号を間違わずに済んだ。

無言のまま目で彼女に尋ねた。

彼女も少しばかり強張った表情でうなずく。友人でもなく、むしろ敵意を抱いている相手の家を訪れるのは、あまり愉快なことではない。

ボタンを押した。スピーカーからチャイムが聞こえるだけで反応はない。ボタンの横には黒いプラスチック板に覆われたレンズがあった。和樹は大杉家が住んでいる七階を見上げる。灯りがついている窓もあれば真っ暗なものもある。よくわからない。

「いないんじゃない？」

新菜が落胆とも安堵とも取れるようなため息をついた。それと同時にスピーカーから受話器が外れたようなガチャリという音がした。

甲高い少年の声がした。出たのは大杉本人だ。

「ど、どちらさんですか？」

和樹と新菜は顔を見合わせた。ひどく怯えた調子だった。インターフォンにはテレビモニターもついているのだろう。無理もない気もする。例えば連絡網でも別に親しくもないクラスメイトから電話がかかってくるだけで、なにやらギクシャクしてしまうというのに、いきなり連絡もなしに押しかけられたら誰だって驚くだろう。

新菜に脇腹のあたりを肘で突かれた。彼女は白い歯を覗かせて、レンズのあるほうへにっこりと笑いかける。

和樹も慌てて口を横に広げる。心を開いてくれそうな温かなスマイルを心がける。

「ご、ごめん。突然、押しかけて。実は君に話したいことがあるんだ。どうしても訊きたいことがあって。こんな時間にすまないけれど、ちょっと会ってくれないか？」

「こんな時間だったら家の人に迷惑だよね。大杉君、ねえ、もしよかったら外に出られない？　ほんの一つ二つ訊くだけなの」

新菜が横からつけ足す。まるで朝のドラマのヒロインみたいな、やけにはきはきとした口調だ。怪しささえ感じられるほど。

しばらく返答がなかった。レンズでにこにこと笑っている自分達が、頭のネジが緩んだ愚かもののように思えた。

「外は暑いから嫌だな。なんだかよくわかんないけど、入ってきなよ」

スピーカーからは、やきもきする和樹達とは裏腹にあっさりとした返事が返ってきた。

玄関のガラス扉がモーター音とともに動く。

「すまない。助かるよ」

今度は和樹が肘で軽く彼女の腕を突いた。オートロックで開くガラス扉を物珍しそうに見ていたが、慌てたように何度も「ありがとう」と連呼した。

エレベーターに乗り、表示板を見ながら彼女は呟いた。

「そんなに悪いやつじゃないのかもね」

和樹は同意できずに黙っていた。家と学校では態度が百八十度違う人間は多い。学校で見かける大杉とは違うなにかを感じていた。

エレベーターが五階を過ぎたあたりで、携帯電話の着メロが鳴っていた。ドラマのエンディングテーマなんかに使われている日本のポップスのやつだ。新菜はポケットに入れていた携帯電話を取り出した。

「あ、ぎりぎりアンテナ立ってる。でも……誰？」

登録されていない番号だったのか、彼女は目を大きく開けた。耳にあてた。和樹はつられて自分の携帯電話の液晶画面を覗いた。機種が違うせいか圏外と表示されている。

「もしもし……え？　誰？　なによ、まだなにか用があるの？　え？　うん……いるけど、なんで……わかったわよ」

新菜は不機嫌そうに携帯電話を和樹に渡した。一瞬、戸惑いを覚えたが、彼女の眉間に浮かんだ皺を見て相手が誰かすぐに悟った。

「もしもし？」

エレベーターが止まる。半藤の声は途切れ途切れになる。「ごめん、ちょっと電波の悪いところにいたんだ。どうしたんだい？」

通路に出る。生ぬるい風が下から吹き上げてくる。

「三橋君……いいかい？　落ち着いて聞いてくれ」

半藤の荒い息づかいまでが耳に届く。

落ち着いていないのはむしろ彼のほうだ。そして落ち着いてない彼と接するのはとても珍しい。

「一体、どうしたっていうんだ？」

「今すぐ戻れ。近くの……どこでもいい。人気《ひとけ》のあるコンビニにでも飛びこむんだ」

「ちょ、ちょっと待ってくれ、だから――」

「早くするんだ！　クソ！　まずいことになってる。まだどういう仕かけなのかわからないけど、あいつは本物を持ってる。家に来た警官にぶっ放して逃げてるんだ。頼む、早くしてくれ！」

まるで別人のように激しくまくし立てられる。

和樹は自分の身体から放たれる警報の音を聞く。アドレナリンだのが激しく脳を駆け巡り、うなじのあたりがぴりぴりと痺れだす。そういえばパトカーのサイレンの音は確実に増殖している。

まるで選挙運動でも展開されていたかのように、スピーカーで増幅された低い男の声が町中に鳴り響いていた。エコーがかかり過ぎていて、喋っている内容まではわからない。

「わかった」

和樹は電話を握り締めたまま新菜を見る。

彼女は通路の先を射るような視線で見つめていた。思わず和樹は振り返る。

三軒先のドアが開けっ放しになっていた。その前には白いTシャツを着た痩せた少年が立っている。大杉ではない。長い間調髪していないのか、髪が手入れをしていない植木のように伸びきっていた。額が大きく、アルミの弁当箱のような四角い顎の持ち主だった。

その顔にはいくつもの痣や赤いミミズ腫れがあった。

「逃げるな……逃げるんじゃない。こっちに来い」

か細い声とは正反対に、油膜で覆われたようなギラギラとした黒い瞳を向けてくる。肩のあたりには黒ずんだ血の斑点がいくつもついていた。彼女は小さく呟いた。

「高木……」

少年を改めて見た。彼がカッター事件を起こして、転校したあの生徒か。

まっすぐに伸ばした手には鉛色をしたなにかが握られている。暗い穴があいているなにか。それは、銃身の短いリヴォルバーの拳銃だった。

「夕方お好みテレビ」　　　　　　8月6日　午後6時47分
テレビ広島　中島アナウンサーの現場レポート

――はい。こちらZ市の現場です。ご覧のとおり、現場はものものしい雰囲気に包まれております。目の前にあります民家ですが、そこに住む三十代の男性には、銃刀法違反などの容疑がかけられていましたが、午後四時三十分に逮捕状を持った警官らに発砲した模様です。しばらく応援にかけつけた機動隊と激しい銃撃戦を展開していましたが、今は膠着状態が続いております。警察の発表によりますと、犯人は現在、自分の母親と姪を人質にしたまま立てこもっているという状況です。あ、今、動きがあった模様です！　再び銃声が轟きました！

16

「動いてみろ、動いてみろ、すぐに撃てるんだからな」

高木は二人をカーペットの上に座らせた。「痛っ」新菜が小さくうめく。散らばった細かなガラス片が足に刺さったのかもしれない。

室内はひどい有様だった。

キッチンと繋がった広いリヴィングには、座る隙間もないほど物が散乱していた。中央のガラステーブルはハンマーでも振り下ろしたようにまん中で砕け散り、倒れたゴミ箱が盛大に丸めたちり紙だのビニールだのを撒き散らしていた。その周囲には紙パックから零れた牛乳が、鼻にまとわりつくような生々しい臭いを放っていた。

二人の目の前には、その砕け散ったテーブルと、横たわる肥った男の身体があった。本来はテーブルクロスだったもので後ろ手に縛られ、まるで動こうとはしない。呼吸をしているために、ただ静かに眠っているようにも見えなくもない。だがメガネのレンズが割れて、頬の皮膚が赤黒く切り裂かれているところや、後頭部にいくつもの陥没があるところを見ると、一刻も早く助けを呼ばない限り、その呼吸が途絶えるのも時間の問題のように思えた。

大杉の父親だろう。後ろ手のまま、散々殴られたのだ。右腕だけがやけに長い。肩が歪《いびっ》で不自然な形に隆起していた。縛められた腕をなんとかしたくて脱臼したに違いない。

リヴィングの壁には同じように縛られた大杉と、彼の母親と思しきタンクトップ姿の女性が座らされていた。母親のほうはタオルを猿轡《さるぐつわ》のように噛まされている。よほど昂奮しているのか、目を飛び出さんばかりに大きく見開いている。息子はといえば、眼前の現実を拒むかのように壁のほうを向いていた。

新菜は唇を嚙みしめたまま、倒れた男にちらちらと目を走らせていた。室内に灯りはない。つけっ放しのテレビが放つ光で、傷口から流れ出る血が油のように輝いている。割れた骨片までもが目に入る。明るければ、その奥にあるものまでもが見えてしまいそうな気がする。

高木はヴェランダに通じる窓やそれから出窓のあたりを行ったり来たりしていた。カーテンの隙間から外をしきりにうかがっている。

右手にあるリヴォルバーの茶色いグリップには赤黒く乾いた血液がこびりついていた。

「まだ誰かいるのか？　いないか？　まだやって来るか？　どうなっているんだ？」

しきりに首を巡らせながら、彼は相手不詳のまま喋り続けていた。応じるべきか無言でいるべきなのか。相応しい解答を和樹は探しあぐねる。かすかに呼吸で背中を上下させる大杉の父親が、今にもその動きを停止させるのではないかと焦りを覚える。新しい建築材の臭い。それに牛乳と血の臭いが混ざり合って鼻に届く。あのカフェテリアでの光景がちらつく。地黒なのか、それとも意外と外を出歩いて日に焼けたのか、高木の肌の色がやけに浅黒いため、その姿がまるであいつらのように思えてならなかった。

新菜もなにかをいいかけては口を閉ざす。それを繰り返している。早く助けを呼ばなきゃ。彼女は胸の内で何度も叫んでいるに違いない。

視界が歪む。ＳＦに出てくるパラレルワールドに足を踏み入れたようだった。コーヒーに入れたクリームみたいにぐるぐると回転しては溶けこんでいく。座っているカーペットが下にあるのか上なのかわからなくなる。もう驚きはない。ただ内臓にドロドロのコールタールを流しこまれたような不快感があるだけだった。

大杉の母親は身を縮めて震えていた。部屋のクーラーが冷えた風を勢いよく室内に吹きつけていた。冷房の風の音。変声期を迎えた高木の低い声。それにテレビの音声が覆いかぶさる。

七時を過ぎているというのに、民放のテレビ局はそのままニュース番組を流し続けていた。

アナウンサーが大真面目な顔で喋り続けている。

大災害が起きたときのような緊迫感が画面からは伝わってくる。さっきは静岡県の田舎町の映像が映し出されていた。古めかしい日本屋敷にヘルメット姿の警官が列を作って入っていった。その前には新潟県の民家で、ブルーシートに覆われた入口を鑑識と思しき警官が出入りしていた。住人である若い男性が拳銃自殺したのだという。まるで急になにかの封印が解かれてしまったかのような有様だった。全国の警官がごく普通の家に物々しい雰囲気を漂わせながら突入していた。そんな光景をこの部屋のテレビで四件も目にしていた。

　五件目。生放送のようだった。広島県とテロップで表示されている。何本ものスポットライトで一軒の民家が照らされていた。盾を持った機動隊員らが取り囲んでいた。遠くから望遠レンズで撮っているらしく、画面が細かくぶれている。地元テレビ局の記者が、膠着状態は続いたままだとリポートしていた。何丁も散弾銃を持った男と機動隊が銃撃戦を展開しているという。

　そのテレビの事件と、目の前で起きている現実がリンクしているかもしれないと思うと奇妙な感覚に襲われる。テレビとこの部屋だけが、すっぽりと別世界に突入してしまったような気分だ。自分がただの誇大妄想狂になったとしか思えない。

「ああ……もうみんなめちゃくちゃだ」

　今度ははっきりと高木は二人に向かっていった。新菜の足のあたりに目をやっていた。やましい感情を抱いているというよりも、ただ相手の顔を見るのが苦手のようだった。

「書きこみはやっぱり、あんたなの？」

「大会の日にいろいろとやってやるつもりで計画を練ってたのに。なんだか黙ってられなくて。でも失敗したな。全部ぶち壊しだ。いきなり警官がやって来るし、びっくりしたよ」

　大人と変わらない低い声だったが、口調は妙に子供っぽく、舌ったらずだった。言葉一つで命取りになりかねないと直感した。尋ね返したい誘惑に耐えた。

「君、知ってる。アメリカから帰ってきたんだよね。ぼくと入れ違いでここに来たんだ。住み心地はどう？」

「あまり、よくはないね」

　なるべくベストな答えを心がける。高木は口を横に広げた。笑っているようだった。

「そうなんだよ。ひどいところさ。ぼくもすごく辛い想いをしたんだ。わかる」

　高木はしゃっくりでも起こしたような引きつった笑い声を上げた。そのくせ瞳孔は開き気味で、顔の上半分は少しも愉快そうではなかった。精神状態がまともとは思えなかったけれど、彼の身の上に起きた悲劇を考えると、その言葉にもある真実がこめられているように思えた。

「あんた、あっちでどう過ごしてたの」

　新菜がさりげない口調で尋ねた。

「ぼくは……そうだな……あっちでは、正義ってものについて考えてた。ずっと」

「ふうん」

彼女はなに食わぬ表情で答えた。飯を食べてきただの、散歩してきただのといった、ごく当たり前の答えを耳にしたような反応だった。内心は決して穏やかなものではないだろう。和樹は息をのんだ。

高木は微笑んだまま和樹に訊いた。

「ぼくのこと、知ってる?」

「知ってるよ。君の身に起きたことも、それから最後の結果も」

「そう。それでどうだった?」

「なにが?」

高木の微笑は型で固めたように微動だにしなかった。

「ここは少しぐらい変わったかい? ぼくのときもそれなりに大騒ぎしたんだ。身を護っただけなのに、みんな顔を真っ青にして、すごかったな。カッター振り回しながら、これでようやくわかってもらえるんだろうって思ってた。サッカー部の連中もその親も、魔女狩りで盛り上がる自分達の愚かさに。でも、どうだったのかな」

和樹は喉をつまらせた。のみこむだけの唾もなかった。口のなかがやたらと乾く。どんな返答をしても、不正解のような気がしてならなかった。

「変わったよ。とても」

新菜が代わりに答えた。「変わらなかったやつのほうが少なかった。あんたがここからいなくなって……いろんなことがあったんだから。半藤やエリカは本気で怒ったし、あたしらだって、あんなのは二度とごめんだった」

「だそうだよ。どうなの？　大杉君。君のいってることと全然違うみたいだけど」

高木は固まった微笑を大杉に向けた。彼は斬首を待つ罪人みたいにうな垂れていたが、勢いづいたように首を激しく振った。

「そんなの嘘っぱちだ！　半藤もこいつらもなにもやっちゃいない！　相変わらずゴリラどもはのさばってたさ！」

高木はリヴォルバーの銃口を大杉へ向けた。彼はしゃっくりのように声を裏返らせては、飛び上がって背中を壁に打ちつけた。母親は息子の上に覆いかぶさり、銃弾から彼を護ろうとしていた。

「君の言葉ってさ、全然信用できないんだよね。どうせ君はなにもしてなかったんだろう？　あのときだって、父親とグルになってぼくを追い出そうとしたじゃないか」

引き金にかかった指が白くなっていた。撃鉄が徐々に動いていく。和樹は思わず身を乗り出す。

高木は素早く銃口を和樹に向け、微笑みを浮かべたまま叫ぶ。

「動くな！　君らのことも全然信用なんかしてないんだ。変わっただって？　よくいうよ」

「聞いてくれ！」

和樹は吠える。この学校で出会ったあらゆる人々の苦闘の日々を思い返していた。

外ではサイレンの音が徐々に大きさを増していた。スピーカーによる警官の言葉がはっきりと聞こえてくる。現在、拳銃を持った凶悪犯が市内に潜伏中と思われます。戸締りを厳重に行ってください。外出をなるべく控えてください。

窓から赤色灯の灯りが入ってくる。高木の顔も赤く照らされる。

「部屋から出て、外で身体を鍛えてたんだ。これからは行動でアピールし続けるしかないと思ってね。この世界と同じようにさ。ぼくもアメリカに抵抗するアラブの戦士みたいにやってやるんだ。中途半端にやったところでなにも変わらない。この町だっていつまでもモトヤマという呪いから逃れられない」

冷房の乾いた風が吹きつけてくる。

寒い。それなのに額からは止めどなく汗が流れ、鼻筋や頬の皮膚をくすぐり続けていた。

このテレビで起きている騒動と関係があるのだろうか。でも今は真相どころではない。

新菜の顎のあたりが強張っていた。今にも奥歯のきしみが耳に届きそうなほど力をこめていた。

「それで、一体どうするつもりなんだ」

高木は倒れている大杉の父親に目を走らせた。血が嫌なのか、一瞬で視線をそらし、和樹らと向き合う。

「さあね。でも有名人の君らを撃てば、ぼくの苦しみも多くの人に知ってもらえるよね」

銃口が向けられる。深くて黒い穴が見える。こうなることはわかっていたが、急に腹筋が刃を突きたてられたように鋭く痛みだした。

その暗闇にどれほど人生を狂わせられたことか。

嫌悪と恐怖が混ざり合った感情が脳を貫く。ふいに大声で叫びたくなる。こんな時間を過ごすくらいなら早く終わらせてくれたほうがいい。顔の筋肉が緩んでいく。

「なんでもいうとおりにするよ。だから、もうそろそろ救急車を……父さんを」

大杉が母親と身を寄せ合いながら哀願する。高木の微笑が消えた。素早くリヴォルバーが動き、大杉に向けられる。

銃口から光が溢れる。アイスピックのような鋭角な音の針が鼓膜に突き刺さる。

高木の撃ち方はデタラメだった。撃鉄さえも起こしてはいなかった。握っていた銃は大きく上下にゆれ、食器棚のガラス扉に穴が開いた。大杉は耳を手で塞ぎながら、悲鳴をあげた。母親も目をつむり、唸り声を発していた。

高木はげっ歯類のような長い前歯で唇を嚙む。抑制の利かない幼児のような顔つきだった。銃の反動で痛めたのか二の腕をさする。

「じゃあ君が代わりに死になよ。今、必要なのは尊い犠牲なんだ」

チャイムが鳴った。

隣人だろう。間を置いてから、もう一度鳴る。高木はまるで取り合おうとはしなかった。本当に聞こえていないのかもしれない。少しはにかんだ顔をしながら今度は撃鉄を起こして、また大杉に突きつける。

和樹は悟る。高木はこの世に留まろうとする意志が欠落していた。外にいる人間に興味を示さず、まるでこの室内だけが全世界のような振る舞いだった。

「弾ももったいないし。今度こそ当てるぞ」

高木は大杉に歩み寄る。火薬の臭いに混じって、アンモニアの刺激臭が鼻に届く。ジーンズを穿いた大杉の股間が濡れていた。

新菜が和樹を見た。目には諦めを知らないもの特有の強い光があった。なにかを無言のまま伝えようとしていた。どんな意味なのか。すぐには理解できない――。

彼女はあからさまなため息をついた。

「もう終わりにして。時間の無駄だし、馬鹿馬鹿しいから」

高木は不思議なものを見るような目を彼女に向けた。

絶対服従の臣下にいきなり罵声を浴びせられたような意外そうな顔つき。すぐに元のサディスティックな表情に戻る。死の穴を大杉から彼女へと変える。どうだといわんばかりに細い腕を伸ばして銃を向ける。

「そう。じゃあ、君から撃っても構わないよ」

彼女は顔色一つ変えなかった。

「そうして。あんたみたいな甘ったれたガキの顔を見るのは、もうたくさんなんだから。ずっと言葉を聞いてて、ムカムカしっぱなしだった。なにが正義よ、バーカ」

チャイムが鳴り続ける。玄関のドアが激しくノックされる。テレビから乾いた銃声が連続して聞こえた。この部屋と同じく、機動隊と家の間に火薬の煙が漂っていた。

彼女は静かに笑い始めた。

「笑っちゃいそうだったわ。だって、そうでしょう？　こんなしけた田舎町で虐められてただけの弱虫が、正義だ世界だなんて。おかしい。結局やることといえば、無関係な人間を傷つけるだけ。サッカー部を狙わなかったのも、また虐められそうで怖かったからじゃないの？」

嗜虐的な顔つきから一転して、高木の表情は悲しげなものへと変わった。

「やっぱりだ。本性を表したな」

「そうよ。これがあたしの本性。それにしてもなんなの？　あの撃ち方。立派なテロリストだっていうんなら、練習くらいしてきなさいよ。あんまりかっこ悪いんで、泣けてきちゃった」

和樹は祈る。

かつてあの国で助けられなかった人達に。和樹の代わりに撃たれてしまったロニーに。傷の癒えなかったスティーブに。今までこの世に留まり続けられたことを感謝し、それからもう少しこの世にいさせてほしいと願う。強欲を詫びながら心の底から願う。

高木の目から、ぎらぎらとした狂気の色が消えていく。代わりに涙が溢れだす。

「お前みたいな偽善者がいるから、この町も、この世界もちっともきれいにならなかったんだ」

「そうよ。あたしの手は汚れてる。でも人が必死こいて生きてんのに、あんたみたいな弱虫にそんなことをいわれる筋合いなんてない。さあ、かかってきなさいよ」

一メートルを切る。高木は泣きじゃくりながらも、銃口を新菜の胸に向けている。もう外しようのない距離。まだ撃つな。暗闇に祈る。まだ火を放たないでくれ。お願いだ。八十センチ――。

「ぼくは弱虫なんかじゃない！」

高木の絶叫と同時に動く。

今度もうまくいく。エリカの刃を摑めたように。今度もきっと。つま先を蹴って、手首を摑みにいく。神さま、どうか今度こそは！　皮膚に触れたところで撃鉄が降りる。銃身の先から火が飛び出す。音の槍が耳から脳に突き刺さる。和樹の心が凍てつく。銃を握った手首を摑んで、ありったけの力をこめて外側に捻る。乾期の木の枝をへし折ったような手ごたえがあった。高木は口蓋が見えるほど大きく口を開ける。

高木のシャツの襟を摑んで、背中を床に叩きつける。その体重は驚くほど軽く、受身を取れなかった高木はしたたかに後頭部をカーペットに打ちつけていた。リヴォルバーは手から離れ、床に転がっていた。

撃たれたロニーの顔がちらつく。

やめてくれ。

和樹は新菜へと振り返る。お願いだ。白い煙の向こう側に彼女はいた。背筋を伸ばしたまま、姿勢を崩さず座り続けていた。和樹は銃を拾い上げて、彼女へと駆け寄る。今度だけは！

彼女の頭はバケツの水を浴びたように汗で濡れそぼっていた。すぐ横の壁に弾痕が残っていた。

彼女の顔の数センチ横を、弾は通り抜けていた。彼女は表情を消したまま呟いていた。

「こんな馬鹿みたいなやり方で、どうにかなるはずもないのに」

サイレンの音が耳に入る。ドアの向こう側では多くの人間のざわめきが聞こえていた。

それからヘリコプターの轟音が近づいてくる。あのときとまるで同じ。

新菜は顔を蒼ざめさせたまま微笑んだ。

「そんな情けない顔しないで。まともなのはあたしで、けがをしたのはあっちのほうなんだから」

東邦新聞　北海道拳銃密売事件　8月7日（東京都）

都内4箇所を一斉捜索

駿河新聞　歯科医拳銃所持逮捕　8月7日（静岡県）

自宅から爆発物も「まさか」驚きの住民

京阪新聞　密売事件に関与か
48歳女がホテルで拳銃自殺
8月7日（兵庫県）

広島新聞　広島たてこもり
散弾銃の男を6時間後に逮捕
8月7日（広島県）

北関新聞　少年拳銃発砲事件
中学生取り押さえるも1人死亡
8月7日（A県）

エピローグ

夢を見ていた。

ぼくは森の木にロープで吊るされている。すぐ横には毛のついた肉の塊がぶら下がっていた。狸か洗い熊だろう。原形を留めてはいなかった。肉には蠅が黒い塊となってまとわりついている。

原形を留めていないのはぼくも一緒だ。脇腹は破れ、黒い散弾の粒が肉に食いこんでいる。黄色い脂肪と肉の断層が露になっていた。折れたあばら骨が皮膚を突き破っていた。胃や腸が中華麵のように地面にまで垂れ下がっている。

黒い影は銃を抱えて笑っていた。代わる代わる、ぼくを的にして撃つ。まっすぐに銃口を向けられ、マズルフラッシュが瞬き、そのたびに皮膚や肉が飛び散る。

もう血も出ない。

目が覚めてからも、ベッドの上でしばらく身を縮めていた。布団のなかにいるのにひどく寒い。窓の外は薄暗かった。晩夏を感じさせる雨が冷たそうに降り注いでいた。

ドアがノックされる。母が顔を出した。

「どうする？　今日は行くの？」

「やっぱり、やめておくよ」

「そう」

母は少し悲しげな顔をしたが、なにもいわなかった。心のなかで詫びるしかなかった。母の人生を改めて思う。彼女はプロテスタントの教会で洗礼を受けていた。日本に帰ってからも、日曜になれば車を飛ばして、今も市内の教会に祈りを捧げにいっている。

そんな敬虔な信者でもある彼女も、事件が与えた無惨な仕打ちに耐え切れず、教会で神父らに罵声を浴びせて近所を騒がせたことがある。先に帰国を決めたのは、常に日本人のアイデンティティーがどうのこうのと語る父ではなく母のほうだった。

この日にバスケットボールの全国大会が開かれるのだったと思い返す。

十日間も外に出ずにいると暦も時間の感覚もなくなってしまう。身体はなんともない。事件後に出した高熱も、やまなかった腕の震えも今はない。

行きたかった。意志に反して身体が動かない。プールや花火大会にも、柔道の練習にも行きたい。友人達とも会いたい。半藤の映画制作はどれほど進んだろう。そう考えているうちに夏はもうすぐ終わりを告げようとしている。

日本中を騒然とさせるような事件が起きていたらしい。ぼくはそれに巻きこまれたそうだ。でも影響はさほどない。別になにも感じてはいない。テレビはよく見る。ときにはぼくも事件被害者の一人として登場する。この土地の風景が映し出される。なんとも思わない。あのときと同じく、どこか遠い国の話を見聞きしているようだった。テレビによれば、ぼくはまたも理不尽な被害を受けた悲劇の主人公らしい。

なにも感じたりはしない。だがぼくをずっと診てくれていたカウンセラーによれば深刻な事態なのだそうな。大げさじゃないか。先生が疑わしくなって、先週の予約もすっぽかしてしまった。この十日間のうちに外に出たのは通院のときぐらいだ。幽閉されているわけでもないのに、檻のなかで暮らしているような窮屈さを感じて心は沈んでいた。わかってる。外に出るべきだった。

五日前には新菜も見舞いにやって来てくれた。会いたくないはずがなかった。昼間は母も外に出ていて、家には誰もいなかった。ただ彼女と一緒にいるのが恐ろしかった。

玄関のドア越しに声を交わした。

「ごめん。突然、来たりして。風邪よくなった？」

「かなり前に治ったよ」

「そう、よかった」

「君は？」

「あたしは全然。ただ……逆に部員のなかで寝こんじゃうやつがいたりして大変だけど。周りもやたらとうるさいし、本当に有名人になっちゃった。バスケで騒がれたときなんか比べものになんないくらい」

彼女が努めて明るく振る舞っているのが痛いほどわかった。あの後、いつもどおりに練習やトレーニングができたのかも疑わしい。誰よりもタフであるのと同時に、人一倍敏感な感覚を彼女は併せ持っている。ひょっとするとアスリート向きではないのかもしれないと思うほどだ。

警察に救助されて、病院でほっとしたのもつかの間だった。大杉の父親が死亡したと聞いて気を失い、彼女は一日入院してから自宅に戻っていた。

手首を骨折し、脳震盪《のうしんとう》を起こしていた高木は救急車によって搬送された。それきり彼の姿は見ていない。

彼女は優しい声で尋ねた。

「ドア、開けられない？　顔見たいんだけど」

「ごめん。今はできない」

「なんで？　あたしのこと嫌い？」

「そんなはずないよ。初めて会ったときから好きだった。それに今は命の恩人で、とても大切に思ってる」

思うように感情が操れなかった。ふだんならよほどの勇気を振り絞らない限り口に出せない言葉が当たり前のように飛び出ていた。自分の声が機械の合成音声みたいだった。

「わお。すごいこと聞いちゃった。大切に思ってるわりには、ずいぶんなもてなし方だと思うけど」

「ごめん。怖いんだ」

「あたしが？」

「違うよ。そうじゃない。ただ大切な人が傷つくのはもう見たくないんだ。ぼくといれば、きっとロクなことにならない」

ずっとニュースを見ていた。密売人らが配った武器は北海道から四国あたりまでと幅広かったが、どうしてこの土地が選ばれたのか。偶然という言葉だけでは片づけられなかった。でもあるラジオのＤＪが興味深いコメントをしていた。ぼくがいたかららしい。「確証はないですけどね」ともつけくわえた。抗議が来たのか、番組の終わりでＤＪは不適切な発言であったと謝っていたが、その言葉にはひどく納得がいった。

そうか、ぼくがいたからか。銃犯罪の被害者として知られているぼくがいるところでさらに銃犯罪が起きれば注目を引く。事件後の報道によれば、密売人達は覚せい剤を摂取しながら、拳銃をじゃんじゃん売りさばいていたらしい。ドラッグにやられた頭で、果たしてどんな考えを持っていたのだろう。

「それじゃ、もう会えないの？　ずっとそうしているの？」

「わからない」

「半藤達とも会わないつもり？」

「………」

彼女は鼻をつまらせていた。声がかすかに震えていた。

「危険でも構わない。そんなの誰も望んでない。少なくともあたしはそう。あんただって……」

「わからない。もうなんだかわからないんだ」

「約束はまだ続いてるんだから。見届ける義務があんたにはあるわ」

高木は行おうと思えば、いつでも彼女やぼくを殺害できた。うまくやれば死よりも惨《むご》たらしい時間を過ごさせることも可能だった。ほんの数センチずれていれば。彼女を銃弾が穿《うが》っていたら。考えただけでも身が引き裂かれそうになる。

「あいつがいったとおり。あたしはきたないやつよ。あんなことがあって、人が亡くなったっていうのに、これからの試合に比べれば石に躓《つまず》いた程度にしか感じてないんだから」

彼女は声を裏返らせながらいった。嘘をつくのが本当に下手くそだ。鼻水をすすり、何度も短く吐息を漏らしていた。

「誰かを失うのはもう――」

「違う！　違うよ……今度だって、あんたが悪いんじゃない。だから、きっと――」

走り去っていく音が聞こえていた。彼女の気配が消えていくのを知りながら、ドアをついに開けられなかった。

窓の雨を見ながら母と遅めの朝食を摂った。食欲はほとんどなく、トーストをほんの少しかじるだけで胃は受けつけてくれなかった。会話もない。どの話題についても口にする気にはなれなかった。

またアメリカに戻った父と一度電話で話した。「祖国もそれほどとは思ってもいなかったがな。今度はどこに移ってみるべきか」軽口を叩いて、それから声を殺して泣いていた。

食事を終えたあとも部屋でただ窓の外を見ていた。そこは戦場でもなく、『マッドマックス』のような無法の世界でもない。どこよりも安全だと呼ばれた国のごく普通の風景があった。時折、雨合羽《あまガッパ》姿で元気に走り回る子供の姿さえ見える。時間が経てば経つほど、自分がこの窓の向こう側にある世界の一員として加われないのではないかという意識が強まっていく。安定剤をのむ必要がありそうだった。その意識が強くなりすぎるとこの世から消えたくなる。いとも簡単に台所で包丁の刃を首に突き立てようとしたときもある。自殺に失敗したスティーブの気持ちがわかりかけたような気がした。その衝動を抑えるのにはかなりのエネルギーと理性が必要だった。着ていたシャツがぐっしょりと濡れるほど汗をかいたものだった。

机の上にある薬の袋を取った。その横にあるエアメールが目に入る。一ヶ月前に届いていたものだった。

差出人はレイモンド・ワン。ロニーの父親だ。短いメッセージと何枚かの写真が入っていた。もう何度も読み返していた。

手紙には短い英文が記されてある。メッセージは時候の挨拶と、追悼一周年記念の集会の模様を伝えていた。また一人息子であるロニーを失ったレイモンド氏はレストランの経営権を弟に譲り、今は引退して奥さんとともにフロリダに移り住んでいるのだと教えてくれた。

夫妻は最近になって、施設に預けられた五歳の女の子を養子として引き取ったのだという。レイモンド氏は述べている。この世を去ったロニーを思い返さない日はない。彼の代わりとして育てているわけではないが、今は新たに加わった娘のおかげでどうにか生きる意義を見出せるようになったという。あなたに神の祝福があらんことを。メッセージをそう結んでいた。

ユンからもまた電子メールが届いていた。日本での事件と、それに和樹が被害者として関わっていたと知り、見舞いのメッセージを送ってくれた。

近況として、今は医者になるために猛勉強していると教えてくれた。今も昏睡状態のスティーブのもとを訪れるうちに医学への興味が湧いたらしい。添付された写真を見たが、ヤンチャ坊主だった当時の面影はほとんどなく、ブレザーを着たまじめそうな青年の姿があった。たった一年が過ぎただけだというのに、まるで大人のような奥深い雰囲気を漂わせていた。

その彼の横には、瀕死の重傷といわれたジェシカの姿もあった。腹や足に銃弾を受け、死はまず避けられないだろうと噂されていた。身体はかなり痩せ細り、かつての太陽の光みたいな輝きは表情にはなく、松葉杖をついていた。だが口元に微笑をたたえていた。ユンの話によればスティーブがいる病院で彼女と話をする機会があり、やがてリハビリを手伝うような関係になったらしい。神の祝福があらんことを。彼もまたメッセージをそう結んでいた。

パソコンを開いて、ユンからのメッセージと写真を長いこと見つめていた。レイモンド氏もユンもそれぞれの神を見出し、そしてささやかながらも祝福を受け、再生の道を歩むことにどうにか成功しているように思えた。

時計の針は十時二十分を指していた。新菜の試合は十時からだった。ぼくはずっと着たままだった部屋着を脱いで、支度をし始めた。

「出かけてくる」

「いってらっしゃい」

母は驚いた様子も見せずに答えてくれた。

外の空気は思いのほか冷たかった。まだ八月中だというのに、すでに秋を感じさせる霧のような雨と重たくて暗い灰色の雲が空を覆っていた。マンションの玄関から傘も差さずに駆け出した。

外にいるというだけでひどい緊張を覚える。通り過ぎる車の運転手が高木やチャベスのように見えた。道を歩いている同じくらいの歳の少年が銃を突きつけてくる。トレーナー姿のおじさんが襲いかかってくる。メガネをかけた上品そうな老婦人さえも例外ではない。いきなり手にしていた高そうな傘で突いてくる。

だが、もういい。

ぼくは走り続けた。そんなものはもういいんだ。

この十日間でまた体力がひどく落ちている。あっという間に息が上がる。総合公園が見える。事件の余波をひしひしと感じさせるほど厳しい警備が敷かれていた。公園内にはたくさんの制服警官の姿があった。雨に打たれながら走るぼくに不審な目を向けなくもなかったが、黙っていてくれる。やがて大きなアーチ型の建物が見える。

体育館の入口には、黒いフリルつきのシャツに黒いロングスカートを穿いた少女がいた。まったくその場には似つかわしくない格好だ。

エリカはぼくの姿を認めると、にやりと笑い、大きく手を振った。今にもへたりこんでしまいそうなぼくを叱咤するように尻を叩き、腕を摑んで体育館のなかへと入っていく。

「お役目、ごくろう！」彼女は警備を担当している警察官にいちいち嫌味ったらしく敬礼をする。

二階の客席はぎっしりと埋まっていた。廊下にも人が溢れていて、すごい熱気が渦巻いている。少し強引と思えるほど彼女は観客を押しのけて、客席の前へと導いていく。そこには巻毛の美少年が座っていた。

彼もまたエリカと同じく満足そうな笑みを向けてくる。

「来ると思ってたよ。さあ、ここは君の場所さ」

ありがとう。二人に感謝の意を示したかったが、すでに観客らの歓声と拍手でほとんど会話などできそうになかった。半藤は立ち上がると、ぼくに席を譲った。

「ほら、き、き、気合入れろ。負けちまうぞ！」

エリカにまた尻を叩かれた。フロアを見下ろしてスコアを見る。五十九対六十二。新菜のチームがリードを許していた。

白いユニフォームを着た選手らがディフェンスを敷いていた。敵の選手がパスを細かく回しながら攻撃の糸口を探っていた。新菜もまた敵選手にぴったりとマークしている。

「真壁！」

和樹は手をメガホンのように口にあてがい叫ぶ。

歓声にかき消されてしまわないように、大きく息を吸って、腹の底から声を出す。

「真壁、頑張れ！」

強引に突破しながら相手選手がレイアップシュートを放つ。ボールがリングの外側へと落ちる。リバウンドのボールを、副キャプテンのクルーカット風の女の子が空気を震わせるような気合の声とともに飛び上がって奪う。得意の速攻のパターンに入る。背の小さな選手がボールを受け、敏捷に動き回る。だが相手の戻りも速い。すぐにゴール前に厚いディフェンスを敷かれてしまう。彼女はスリーポイントラインの手前にいる新菜にパスを回す。

ボールを受け取った彼女はほんの一瞬、客席を見上げた。声を張り上げるぼくと目が合う。

彼女は鷹のような鋭い視線をゴールに向けながらジャンプする。マークしていた選手も同じように飛び上がったが、スリーポイントを放つ彼女のフォームは誰よりも高く、そして美しかった。

ボールは美しい放物線を描いてゴールへと迫る。

決まるか。決まらないか。それはまだわからない。

いずれにしてもぼくはこれから新たな道を歩み始めるだろう。この世に留まらせてくれたロニーに、新たな道を用意してくれた半藤やエリカや新菜に感謝をしながら。それから魂まではついに貫かずにいてくれた銃弾にも、今は礼を述べておきたい。

目の前の光景を強く見据える。瞬きさえもするつもりはない。

ぼくはボールの行方を追い続ける。

そして、一際大きな歓声が上がる。

〈参考文献〉

『アメリカ横断TVガイド』町山智浩　洋泉社　二〇〇〇年
『底抜け合衆国――アメリカが最もバカだった4年間』町山智浩　洋泉社　二〇〇四年
『コロンバイン・ハイスクール・ダイアリー』ブルックス・ブラウン　ロブ・メリット著
西本美由紀訳　太田出版　二〇〇四年

本作品は宝島社から刊行された文庫『ヒステリック・サバイバー』（2008年11月）を加筆修正したものです。

なお、本作品はフィクションであり、実在の個人・団体などとは一切関係がありません。

徳間文庫

ヒステリック・サバイバー

2018年9月15日 初刷

著者 深《ふか》町《まち》秋《あき》生《お》

発行者 平野健一

発行所 株式会社徳間書店

東京都品川区上大崎三－一－一 〒141－8202
目黒セントラルスクエア

電話 編集〇三(五四〇三)四三四九
販売〇四八(四五一)五九六〇

振替 〇〇一四〇－〇－四四三九二

印刷 凸版印刷株式会社

製本 株式会社宮本製本所

ISBN978-4-19-894395-0 (乱丁、落丁本はお取りかえいたします)